언와인드

언와인드 디스몰로지 1

언와인드
하비스트 캠프의 도망자

**닐 셔스터먼 장편소설
강동혁 옮김**

UNWIND
by NEAL SHUSTERMAN

Copyright (C) 2007 by Neal Shusterman
Korean Translation Copyright (C) 2025 by The Open Books Co.

Korean edition published by arrangement with Simon & Schuster Books For
Young Readers, an Imprint of Simon & Schuster Children's Publishing Division
through KCC (Korea Copyright Center Inc.), Seoul.

All rights reserved. No part of this book may be reproduced or transmitted in
any form or by any means, electronic or mechanical, including photocopying,
recording or by any information storage and retrieval system, without
permission in writing from the Publisher.

바버라 세러넬라를 기억하며

차례

1부	**삼중 복제**	13
2부	**황새**	83
3부	**이동**	177
4부	**목적지**	227
5부	**묘지**	283
6부	**언와인드**	379
7부	**의식**	455

감사의 말 485

「더 많은 사람이 장기를 기증했다면 언와인드는 절대 생기지 않았을 거다.」
—제독

생명법

〈하트랜드 전쟁〉이라고도 알려진 2차 내전은 단 하나의 문제를 놓고 벌어진 길고도 피 튀기는 충돌이었다.

그 전쟁을 끝내기 위해 〈생명법〉이라 알려진 일련의 헌법 개정안이 통과되었다.

이 법은 생명파와 선택파를 모두 만족시켰다.

생명법은 인간이 잉태된 순간부터 13세에 이를 때까지 그 생명에 대한 침해를 금지한다.

그러나 13세에서 18세 사이의 아동은 부모가 소급적으로 〈중절〉할 수 있다.

조건은 아동의 생명이 〈기술적으로〉 끝나지 않는다는 것이다.

아동을 중절하는 동시에 살려 두는 과정을 〈언와인드〉라 한다.

언와인드는 현재 사회에서 용인되는 흔한 관행이다.

1부
삼중 복제

「어쨌든 난 절대로 대단한 사람이 되진 못했을 거야. 그래도 지금은, 통계적으로 보자면 내 몸의 일부가 세계 어딘가에서 위대해질 확률이 높아진 거지. 완전히 쓸모없어지느니 일부라도 위대해지겠어.」
— 샘슨 워드

1
코너

「갈 만한 곳이 있어.」 아리아나가 그에게 말한다. 「넌 똑똑하니까 열여덟 살까지 살아남을 수 있을 거야.」

코너는 그리 확신이 들지 않지만, 아리아나의 눈을 들여다보니 잠시나마 의심이 사라진다. 아리아나의 눈은 회색 줄무늬가 들어간, 예쁘장한 보라색이다. 그녀는 그야말로 패션의 노예다. 최신 색소가 유행하면 바로 그 색소를 주입한다. 코너는 한 번도 그런 일에 관심을 둔 적이 없다. 그는 언제나 타고난 눈 색깔을 그대로 유지해 왔다. 갈색으로. 심지어 그는 문신을 한 적도 없다. 요즘에는 너무 많은 아이가 어렸을 때부터 문신을 하는데도. 코너의 피부에서 드러나는 유일한 색은 여름 햇볕에 그을린 구릿빛이었지만, 11월인 지금은 그 색마저도 희미해진 지 오래였다. 그는 다시는 여름을 보지 못하리라는 사실을 생각하지 않으려 애쓴다. 적어도 코너 래시터로서는 여름을 맞이할 수 없을 것이다. 열여섯 살 나이에 인생을 도둑맞는다니 여전히 믿기지 않는다.

눈물이 차오르며 아리아나의 보라색 두 눈이 반짝이기 시작한다. 그녀가 눈을 깜빡이자 눈물이 뺨을 타고 흘러내린다. 「코너, 어떡하면 좋아.」 그녀는 코너를 끌어안는다. 잠시나마 모든 것이 괜찮아 보인다. 지구상에 그들 둘뿐인 것 같다. 그 순간에 코너는 무적이 된 느낌, 건드릴 수 없는 존재가 된 느낌을 받지만…… 아리아나가 손을 놓자 그 순간은 지나간다. 주변의 세상이 돌아온다. 자동차가 지나가며 발밑 고속 도로에서 다시 한번 우르릉거리는 진동이 느껴진다. 차들은 코너가 거기에 있다는 사실을 알지도 못하고 신경 쓰지도 않는다. 이번에도 그는 낙인찍힌 아이, 언와인드까지 일주일밖에 남지 않은 아이에 불과하다.

아리아나가 말하는 부드럽고 희망찬 것들은 지금 전혀 도움이 되지 않는다. 쌩쌩 지나가는 자동차 때문에 그녀의 말은 거의 들리지 않는다. 그들이 세상을 피해 숨어 있는 이곳은 가장 위험한 장소 중 하나다. 어른들이 자기 자식은 고속 도로 난간에서 놀 만큼 멍청하지 않다는 걸 고맙게 여기며 고개를 저을 만한 곳. 코너가 여기에 있는 건 멍청해서도 아니고, 심지어 반항심 때문도 아니다. 그는 생명을 느끼기 위해 이곳에 와 있다. 이렇게 고속 도로 출구 표지판 뒤의 숨겨진 난간에 앉아 있을 때가 가장 편안하다. 발을 한 번만 잘못 디뎌도 로드킬을 당하겠지만, 코너에게는 가장자리에 걸터앉은 이런 삶이 집이나 마찬가지다.

다른 여자애를 이곳에 데려온 적은 없다. 아리아나에게는 그 사실을 말해 주지 않았지만. 코너는 눈을 감는다. 자동차가 지나갈 때마다 느껴지는 진동이 혈관을 타고 맥동하는 것처럼, 그의 일부가 된 것처럼 느껴진다. 이곳은 처음부터 부모와의 싸움을 피해 도망치기에 적당한 곳이었다. 그냥 열받는다는 느낌이 들 때 오기에도 좋은 곳이었고. 하지만 지금 코너는 단지 열받는 정도가 아니다. 어머니, 아버지와 싸우는 수준도 넘어섰다. 더 이상 싸울 이유가 없으니까. 부모가 언와인드 의뢰서에 서명했다. 이미 끝난 거래였다.

「우리, 도망치자.」 아리아나가 말한다. 「나도 이제 지겨워. 가족도, 학교도, 전부 다. 무단이탈해 버리고 다시는 돌아보지 않을 거야.」

코너는 그 말에 매달린다. 혼자서 도망친다니 무시무시하다. 겉으로는 센 척할 수 있고, 학교에서는 악동처럼 굴 수 있지만…… 혼자서 도망친다고? 자신에게 그럴 배짱이 있는지조차 모르겠다. 하지만 아리아나가 함께 간다면 얘기가 달라진다. 그러면 혼자가 아니다. 「진심이야?」

아리아나는 마법처럼 빛나는 눈으로 그를 바라본다. 「당연하지. 당연히 진심이야. 난 여길 떠날 수 있어. 네가 부탁한다면.」

코너는 이것이 매우 중요한 문제라는 걸 안다. 언와인드와 함께 도망친다는 건 그야말로 헌신이다. 아리아나가 그런 일을 하려 한다는 사실에 코너는 말문이 막힌다. 그는 아리아나에게 입을 맞춘다. 인생에서 온갖 일이 벌어지고 있는 와중에도 갑자기 자신이 세상에서 가장 운 좋은 남자가 된 기분이다. 그는 아리아나를 끌어안는다. 아리아나가 움찔거리는 걸 보니 조금 과하게 힘을 준 건지도 모르겠다. 그럼에도 코너는 그녀를 더 세게 안고 싶은 충동을 느낀다. 하지만 그런 마음을 누르고 아리아나를 놓아준다. 아리아나가 그를 바라보며 미소 짓는다.

「무단이탈이라…….」 아리아나가 말한다. 「근데 그게 정확히 무슨 뜻이야?」

「오래된 군대 용어인가 그럴 거야.」 코너가 말한다. 〈허락 없이 사라짐〉이라는 뜻일걸.」

아리아나는 잠시 생각해 보더니 씩 웃는다. 「흠. 그보다는 〈수업 빼먹고 살기〉가 더 어울리는 것 같은데.」

코너는 너무 세게 쥐지 않으려고 노력하며 그녀의 손을 잡는다. 아리아나는 코너가 부탁하기만 하면 그와 함께 가겠다고 말했다. 그제야 코너는 아직 그녀에게 실제로 부탁하지 않았다는 걸 깨닫는다.

「나랑 같이 갈래, 아리아나?」

아리아나는 미소 지으며 고개를 끄덕인다. 「당연하지.」 그녀가 말한다. 「갈게.」

아리아나의 부모는 코너를 좋아하지 않는다. 「우린 처음부터 그 애가 언와인드가 될 줄 알았다.」 그들이 말하는 소리가 들리는 듯하다. 「그 래시터 녀석과 거리를 뒀어야지.」 아리아나의 부모에게 코너는 한 번도 〈코너〉가 아니었다. 언제나 〈그 래시터 녀석〉이었다. 아리아나의 부모는 코너가 징계를 받아 특수 학교에 몇 번 들락거렸다는 이유만으로 자기들에게 코너를 멋대로 판단할 권리가 있다고 생각한다.

그날 오후, 코너는 아리아나를 집까지 바래다주고 그녀의 집 앞에 멈춰 선다. 나무 뒤에 숨어 아리아나가 집 안으로 들어가는 모습을 지켜본다. 집으로 향하기 전, 코너는 이제부터 두 사람 모두에게 숨기가 곧 생존의 방식이 되리라고 생각한다.

집.

코너는 지금 살고 있는 이곳을 〈집〉이라 부를 수 있을지 의문이다. 추방당하기 직전이니까. 그는 자는 곳만이 아니라, 그를 사랑하기로 되어 있는 사람들의 마음에서도 쫓겨날 판이다.

코너가 집에 들어섰을 때, 아버지는 의자에 앉아서 뉴스를 보고 있다.

「안녕, 아빠.」

아버지는 화면에 나온 학살 현장을 가리킨다. 「또 박수도야.」

「이번엔 뭘 공격했는데?」

「노스 애크런 쇼핑센터의 올드 네이비를 날려 버렸어.」

「흠.」 코너가 말한다. 「그보다는 취향이 괜찮을 줄 알았는데.」

「안 웃기다.」

코너는 자신이 언와인드당하리라는 걸 알지만, 부모는 그가 안다는 사실을 모른다. 원래는 몰랐어야 했다. 하지만 그는 언제나 비밀을 찾아내는 데 뛰어났다. 3주 전, 그는 아버지의 재택 사무실에서 스테이플러를 찾다가 바하마행 비행기표를 발견했다. 추수 감사절 연휴에 가족이 휴가를 떠날 예정이었다. 그런데 한 가지 문제가 있었다. 표가 세 장뿐이었다. 어머니, 아버지, 남동생. 코너의 표는 없었다. 처음에 코너는 표가 다른 어딘가에 있겠거니 했지만, 생각할수록 뭔가 잘못된 것 같았다. 그래서 부모가 집을 비웠을 때 좀 더 깊이 파보다가 그것을 찾아냈다. 언와인드 의뢰서. 구식 삼중 복사지에 서명되어 있었다. 흰색 원본은 이미 당국에 보낸 뒤였다. 노란색 복사지는 코너를 끝까지 따라갈 것이고, 분홍색 복사지는 코너의 부모가 한 짓에 대한 증거로 그들에게 남겨질 것이다. 아마 그들은 그 복사지를 액자에 넣어, 코너의 1학년 때 사진 옆에 걸어 둘 터였다.

의뢰서에 적힌 날짜는 바하마 여행 바로 전날이었다. 코너는 언와인드당할 테고, 가족들은 감정을 추스르기 위해 휴가를 떠날 터였다. 그 불공정함에 코너는 뭔가를 부수고 싶어졌다. 아주 많은 것을 부수고 싶었지만, 그러지 않았다. 이번만큼은 성질을 다스렸다. 학교에서는 코너가 아무런 잘못을 하지 않았는데도 싸움이 몇 번 벌어졌지만, 그때를 제외하면 코너는 감정을 감추었다. 자신이 알아낸 것을 혼자만 간직했다. 언와인드 의뢰는 한번 접수하면 취소할 수 없다는 걸 누구나 알고 있었다. 그러니 소리 지르고 싸워 봤자 바뀌는 건 없었다. 게다가 그는 부모의 비밀을 알고 있다는 사실에서 어떤 힘을 발견했다. 이제 그는 부모에게 훨씬 더 효과적인 방식으로 타격을 줄 수 있었다. 그가 어머니에게 줄 꽃을 들고 집에 돌아왔을 때 어머니가 몇 시간 동안 울었던 것처럼. 과학 시험을 보고 B+ 성적표를 받아 집에 가져왔을 때처럼. B+는 그가 과학에서 받은 최고의 점수였다. 그는 아버지에게 성적표를 건넸고, 아버지는 그걸 보더니 안색이 창백해졌다. 「봐, 아빠. 성적이 좋아지고 있어. 학기 말에는 과학 성적을 A까지 올릴 수 있을 거야.」 한 시간이 지나도록 아버지는 의자에 앉은 채 성적표를 손에 쥐고 멍하니 벽을 보고 있었다.

코너의 동기는 단순했다. 부모를 괴롭히는 것이었다. 그들이 얼마나 끔찍한 실수를 저질렀는지 평생 기억하게 하는 것.

하지만 이런 식의 복수는 전혀 달콤하게 느껴지지 않았다. 부모가 저지른 잘못을 3주 동안 생각하고 또 생각했는데도 기분은 전혀 나아지지 않았다. 그러고 싶지 않았지만, 코너는 부모가 안됐다는 생각이 들기 시작했다. 이런 감정이 드는 게 싫었다.

「나, 저녁 놓친 거야?」

아버지는 TV에서 시선을 돌리지 않는다. 「엄마가 네 거 한 접시 남겨 뒀다.」

코너는 주방으로 가지만, 반쯤 갔을 때 아버지의 목소리가 들린다.

「코너?」

돌아보니 아버지가 그를 보고 있다. 그냥 보는 게 아니라 응시한다. 이제 말해 주려나 봐. 코너는 생각한다. 나를 언와인드할 거라고 말하고, 눈물을 터뜨리고, 이 모든 일에 대해 얼마나 미안하고 미안하고 또 미안한지 떠들어 대겠지. 만일 그런다면, 코너는 그냥 사과를 받아 줄지도 모른다. 심지어 아버지를 용서할지도 모른다. 그런 다음에, 청소년 전담 경찰이 자신을 잡으러 올 때까지 여기 있을 계획은 없다고 말해 줄 것이다. 하지만 결국 아버지가 한 말은 이게 전부다. 「들어올 때 문 잠갔니?」

「지금 잠글게.」

코너는 문을 잠그고 자기 방으로 간다. 어머니가 남겨 둔 것이 무엇이든 더는 배가 고프지 않다.

새벽 2시, 코너는 검은 옷을 입고 정말 중요한 물건들을 배낭에 챙긴다. 아직 옷 세 벌은 더 들어갈 공간이 남아 있다. 줄이고 줄이다 보니, 가져갈 만한 물건이 너무 적다는 데 놀라게 된다. 대부분은 기억을 돕기 위한 물건이다. 그와 부모, 그와 세상 사이가 이렇게까지 틀어지기 전의 시절을 떠올리게 하는 것들.

코너는 잠든 동생을 들여다본다. 깨워서 작별 인사를 할까 고민하다가 좋은 생각이 아니라고 판단한다. 그는 조용히 어둠 속으로 빠져나간다. 자전거는 가져갈 수 없다. 도난 방지를 위한 추적 장치가 설치되어 있기 때문이다. 코너는 자신이 자전거를 훔치는 사람이 될 수도 있으리라고는 한 번도 생각해 보지 않았다. 아리아나에게 자전거가 두 대 있으니, 둘이 나눠 타면 될 것이다.

원래 다니던 길로 가면, 아리아나의 집까지 20분이 걸린다. 오하이오주 교외 마을에는 곧은길이 없어서 코너는 대신 숲을 가로지르는 지름길을 택한다. 그는 10분 만에 도착한다.

아리아나의 집은 불이 꺼져 있다. 그러리라고 예상했다. 아리아나가 밤새 깨어 있다면 수상해 보일 테니까. 어떤 의심도 받지 않으려면, 아리아나는 자는 척하는 게 낫다. 코너는 집과 거리를 유지한다. 아리아나의 집 앞뜰과 현관에는 뭔가가 감시 범위 안으로 들어올 때마다 불이 켜지는 동작 감지 조명이 설치되어 있다. 야생 동물과 범죄자를 겁주어 쫓아내기 위한 장치다. 아리아나의 부모는 코너가 둘 다에 해당한다고 믿는다.

코너는 핸드폰을 꺼내 익숙한 번호로 전화를 건다. 그는 지금 뒤뜰 가장자리의 그림자 속에 서 있다. 그곳에서는 위층, 아리아나의 방에서 울리는 전화벨 소리가 들린다. 코너는 재빨리 전화를 끊고 더 깊은 그림자 속으로 몸을 숨긴다. 아리아나의 부모가 창문을 내다보고 있을지 모르니까. 아리아나는 무슨 생각인 걸까? 핸드폰을 진동으로 해놓기로 했는데…….

코너는 뒤뜰 가장자리를 따라 넓게 호선을 그리며 돌아간다. 조명이 켜지지 않을 만큼 넓게. 그가 현관에 발을 올리자 불이 들어오지만, 그쪽을 향하는 건 아리아나의 침실뿐이다. 잠시 후 아리아나가 다가와서 문을 연다. 하지만 문틈은 아리아나가 나오기에도, 코너가 들어가기에도 좁다.

「안녕, 준비됐어?」 코너가 묻는다. 아리아나는 준비되지 않은 게 분명하다. 새틴 잠옷 위에 가운을 걸치고 있다. 「잊어버린 건 아니지?」

「아니, 아냐. 안 잊어버렸어…….」

「그럼 서둘러! 여기서 일찍 떠날수록 사람들이 알기 전에 멀리 도망칠 수 있어.」

「코너.」 그녀가 말한다. 「그게…….」

진실은 아리아나의 목소리에 있다. 코너의 이름을 말하는 것조차 긴장된다는 듯한 말투에, 메아리처럼 공기 중에 맴도는 미안한 떨림에. 아리아나는 더 이상 말할 필요가 없다. 코너는 이미 알았으니까. 그러나 코너는 어쨌든 아리아나가 그 말을 하게 놔둔다. 그 말이 그녀에게 얼마나 난감한 것인지 알기 때문이다. 그녀가 더 곤란해하기를 바라기 때문이다. 코너는 그 말을 하는 것이 아리아나에게 평생 살아오면서 가장 힘든 일이 되기를 바란다.

「코너, 나도 정말 가고 싶어. 진심이야. 그런데 지금 시기가 너무 안 좋아. 언니가 결혼하려고 하는데, 너도 알겠지만 나를 들러리로 선택했거든. 그리고 어쨌든 학교도 있고.」

「넌 학교 싫어하잖아. 열여섯 살만 되면 자퇴할 거라고 했잖아.」

「검정고시를 본다고 했지.」 그녀가 말한다. 「차이가 있어.」

「그래서 안 가겠다고?」

「가고 싶어. 정말, 정말로 가고 싶은데…… 못 가.」

「그러니까 우리가 나눴던 얘기는 전부 거짓말이었네.」

「아니야.」 아리아나가 말한다. 「우리가 나눴던 얘기는 꿈이었어. 현실이 가로막은 것뿐이야. 그리고 도망친다고 해서 문제가 해결되는 건 아니잖아.」

「도망치는 게 내가 살아남을 수 있는 유일한 방법이야.」 코너가 식식대며 말한다. 「나는 언와인드당하기 직전이거든, 혹시 잊어버렸을까 봐 하는 말이지만.」

아리아나가 그의 얼굴을 가만히 어루만진다. 「알아.」 그녀가 말한다. 「하지만 난 언와인드당하지 않는걸.」

그때 계단 위에서 불이 켜진다. 아리아나는 반사적으로 문을 살짝 닫는다.

「아리?」 코너는 아리아나 어머니의 목소리를 듣는다. 「뭐야? 문에서 뭐 해?」

코너는 보이지 않는 곳으로 물러나고 아리아나는 돌아서서 계단 위를 본다. 「아무것도 아니야, 엄마. 내 방 창문에서 코요테가 보이는 것 같아서, 그냥 혹시 고양이들이 나와 있지 않나 확인하려고.」

「고양이들은 위층에 있어. 문 닫고 다시 자러 가.」

「그러니까, 내가 코요테라는 거네.」 코너가 말한다.

「쉿.」 아리아나는 거의 실금만 남을 때까지 문을 닫는다. 코너에게 보이는 것은 그녀의 얼굴 윤곽과 보랏빛 눈 하나뿐이다. 「넌 도망칠 거야. 난 확신해. 안전한 곳에 도착하면 전화해 줘.」 그녀는 문을 닫는다.

코너는 그 자리에 아주 오랫동안, 동작 감지 조명이 꺼질 때까지 서 있는다. 혼자 지내는 건 원래 계획에 없었지만 결국 그럴 수밖에 없음을 깨닫는다. 부모가 언와인드 의뢰서에 서명한 순간부터 코너는 이미 혼자였다.

기차를 탈 수는 없다. 버스를 탈 수도 없다. 돈이야 있지만, 아침까지는 아무것도 운행하지 않는다. 그리고 아침이 되면 사람들이 그를 찾아 온갖 뻔한 장소들을 뒤질 것이다. 요즘에는 도망치는 언와인드가 너무 많아, 그들을 찾는 일만 전담하는 청소년 전담 경찰이 있다. 경찰은 언와인드 추적을 예술의 경지까지 끌어올렸다.

코너는 도시로 가면 사라질 수 있다는 걸 안다. 도시에는 너무 많은 얼굴이 있어, 거기서라면 두 번 다시 같은 얼굴을 볼 수 없다. 코너는 시골로도 사라질 수 있다는 걸 안다. 시골은 사람이 너무 적고, 사람 사이의 거리가 너무 멀다. 거기서라면 누구도 들여다볼 생각을 하지 않는 오래된 헛간에 숨을 수 있을 것이다. 하지만 코너는 경찰도 아마 비슷한 생각을 했으리라고 판단한다. 경찰은 모든 오래된 헛간에 코너처럼 도망친 아이들을 잡아 가둘 쥐덫 비슷한 장치를 해두었을지도 모른다. 코너의 편집증일지도 모르지만. 아니, 코너는 이런 상황에서는 당연히 경계할 필요가 있다고 생각한다. 오늘 밤만이 아니라 앞으로 2년 동안은 그럴 것이다. 그러다가 열여덟 살이 되면 그가 이긴다. 물론, 그 뒤에도 경찰은 그를 감옥에 집어넣을 수 있고 재판을 받게 할 수도 있다. 하지만 그를 언와인드할 수는 없다. 그때까지 살아남기가 어려워서 그렇지.

저 아래 주간 고속 도로에는 트럭 기사들이 도로에서 벗어나 하룻밤을 나는 휴게소가 있다. 코너는 그곳으로 향한다. 그는 대형 트레일러트럭 뒤에 몰래 탈 수 있으리라고 생각했으나 트럭 기사들이 화물칸에 자물쇠를 채워 둔다는 걸 금세 알게 된다. 그는 미리 그런 점을 고려하지 않은 자신을 탓한다. 하기야 미리 생각하는 것은 코너의 강점이 아니다. 만일 그런 강점이 있었다면 지난 몇 년 동안 그를 괴롭혀 온 다양한 상황에 처하지 않았을지도 모른다. 그에게 〈문제아〉, 〈위기 아동〉, 그리고 마지막으로 〈언와인드〉라는 이름표를 붙이게 한 상황에.

주차된 트럭은 스무 대쯤 된다. 대여섯 명의 트럭 기사들이 식사하고 있는, 환하게 불 켜진 간이식당도 있다. 새벽 3시 30분이다. 트럭 기사들에게는 그들만의 생체 시계가 있는 것 같다. 코너는 가만히 지켜보며 기다린다. 4시가 되기 15분 전쯤, 경찰차가 조용히 휴게소에 들어온다. 경광등도, 사이렌도 켜지 않은 채로. 경찰차는 상어처럼 주차장을 천천히 돈다. 코너는 숨을 수 있다고 생각하지만, 그때 두 번째 경찰차가 들어오는 걸 본다. 그림자 속에 숨기에는 불빛이 너무 많다. 밝은 달빛에 모습을 드러내지 않는 한 달릴 수도 없다. 순찰차가 주차장 저쪽 끝을 돌아온다. 눈 깜짝할 사이에 헤드라이트가 코너를 비출 것이다. 코너는 트럭 아래로 몸을 굴리며 경찰이 자신을 보지 못했기를 기도한다.

코너는 순찰차 바퀴가 천천히 굴러가는 모습을 지켜본다. 트레일러트럭 맞은편에서 두 번째 순찰차가 반대 방향으로 지나간다. 일반적인 순찰일지도 몰라, 코너는 생각한다. 날 찾는 게 아닐지도 몰라. 생각할수록 그럴 거라는 확신이 든다. 아직 경찰은 코너가 사라졌다는 사실을 모를 것이다. 코너의 아버지는 죽은 사람처럼 자고, 어머니는 더 이상 밤에 코너를 확인하러 오지 않는다.

그럼에도 경찰차는 돌고 있다.

코너는 트럭 아래에서 다른 트레일러트럭의 운전석 문이 열리는 것을 본다. 아니, 운전석 문이 아니다. 운전석 뒤에 딸린 작은 침실 문이다. 트럭 기사가 나와 기지개를 켜고는 문을 열어 둔 채 휴게소 화장실로 향한다.

숨 한번 고를 사이에 코너는 결심을 굳힌다. 숨어 있던 자리에서 빠져나와, 트럭이 있는 곳까지 주차장을 가로질러 달린다. 달려가는 그의 발밑에서 헐거운 자갈이 미끄러진다. 코너는 더 이상 경찰의 위치를 모르지만, 상관없다. 어차피 결심한 일이니 끝을 봐야 한다. 트럭 문이 가까워지자 그의 방향으로 돌아 들어오는 헤드라이트가 보인다. 그는 침실 문을 열고 안으로 몸을 던진 뒤 문을 잡아당겨 닫는다.

코너는 기껏해야 간이침대만 한 침대에 앉아 숨을 고른다. 다음엔 어쩌지? 곧 트럭 기사가 돌아올 것이다. 운이 좋으면 5분, 그렇지 않으면 1분밖에 없다. 코너는 침대 밑을 살핀다. 숨을 만한 공간이 있지만, 옷으로 가득 찬 더플백 두 개가 막고 있다. 더플백을 끌어내고 안에 비집고 들어간 다음 다시 가방을 몸 앞으로 당겨 놓으면 될 것 같다. 트럭 기사는 코너가 그곳에 있다는 걸 모를 것이다. 하지만 첫 번째 더플백을 꺼내기도 전에 문이 홱 열린다. 코너는 그 자리에 얼어붙는다. 트럭 기사가 재킷을 잡으려고 손을 뻗다가 그를 보았을 때 아무런 반응도 하지 못한다.

「워! 너 누구야? 내 트럭에서 뭐 하는 거야?」

경찰차가 천천히 그의 뒤로 지나간다.

「제발요.」 코너가 말한다. 목소리가 갑자기 변성기가 오기 전의 새된 소리로 바뀐다. 「제발 아무한테도 말하지 말아 주세요. 전 여기서 빠져나가야 해요.」 코너가 배낭에 손을 넣어 더듬다가 지갑에서 지폐 뭉치를 꺼낸다. 「돈 필요하세요? 저 돈 있어요. 가진 거 전부 드릴게요.」

「네 돈은 필요 없어.」 트럭 기사가 말한다.

「알았어요. 그럼 뭐가 필요하세요?」

아무리 조명이 어둡다지만 트럭 기사는 코너의 눈에 떠오른 두려움을 보았을 것이다. 그런데도 그는 말없이 코너를 보기만 한다.

「제발요.」 코너가 다시 말한다. 「원하시는 건 뭐든 다 할게요······.」

트럭 기사는 잠시 조용히 그를 바라본다. 「그래?」 마침내 그가 입을 연다. 그는 안으로 들어와 문을 닫는다.

코너는 눈을 꽉 감는다. 자신이 방금 얼마나 위험한 상황에 몸을 던진 건지 차마 생각하고 싶지 않다.

트럭 기사가 그의 옆에 앉는다. 「이름이 뭐냐?」

「코너요.」 코너는 잠시 후에야 가명을 댔어야 한다는 걸 깨닫는다.

트럭 기사는 까칠한 턱수염을 긁적이며 잠시 생각에 잠긴다. 「뭐 하나 보여 주마, 코너.」 그가 코너의 등 뒤로 손을 뻗어, 침대 옆에 걸려 있던 작은 주머니에서 카드 한 벌을 꺼낸다. 「이거 본 적 있냐?」 그는 한 손으로 카드를 들고, 다른 한 손으로 능숙하게 섞는다. 「꽤 멋지지?」

코너는 무슨 말을 해야 할지 몰라 그냥 고개만 끄덕인다.

「이건 어때?」 트럭 기사가 카드 한 장을 꺼내더니 손재주를 부려 허공에서 사라지게 한다. 그러고는 손을 뻗어 코너의 셔츠 주머니에서 그 카드를 꺼낸다. 「마음에 들어?」

코너는 긴장한 채로 어색하게 웃는다.

「자, 방금 네가 본 속임수 있지?」 트럭 기사가 말한다. 「내가 한 게 아니야.」

「그게 무슨...... 무슨 말씀인지 모르겠어요.」

트럭 기사가 소매를 말아 걷어 올려 팔을 드러낸다. 카드 마술을 보여 준 그 팔은 팔꿈치에 이식된 것이다.

「10년 전에 운전을 하다가 졸았어.」 트럭 기사가 코너에게 말한다. 「큰 사고였지. 나는 팔 한쪽, 신장 하나, 그 외에도 몇 가지를 잃었다. 하지만 새걸로 교체하고 회복했지.」 그는 자신의 두 손을 본다. 이제 코너는 카드 속임수를 보여 준 손이 다른 손과 약간 다르다는 걸 알아차린다. 트럭 기사의 다른 손은 손가락이 더 두껍고, 피부는 좀 더 짙은 황갈색이다.

「그러니까.」 코너가 말한다. 「새 손을 뽑으신 거네요.」

그 말에 트럭 기사가 웃는다. 그러더니 그는 한동안 가만히 교체된 손을 본다. 「이 손가락은 나의 다른 부분이 모르는 걸 알고 있었어. 〈근육 기억〉이라고 하더구나. 그 이후로는 하루도 빼놓지 않고 궁금해했지. 과연 이 팔을 가지고 있었던 아이는 언와인드당하기 전에 또 무슨 놀라운 것들을 알고 있었을지 말이다. 그 녀석이 누군지는 몰라도.」

트럭 기사가 일어선다. 「나를 만난 건 행운이야.」 그가 말한다. 「트럭 기사들 중에는 네가 주는 건 주는 대로 받으면서도 신고는 신고대로 할 사람이 많거든.」

「아저씨는 안 그래요?」

「응, 난 안 그래.」 그가 손을, 다른 손을 내민다. 코너는 그 손과 악수한다. 「조사이어스 올드리지다.」 그가 말한다. 「난 북쪽으로 가는 길이야. 아침까지는 나랑 같이 가도 괜찮아.」

코너는 너무 안심한 나머지 맥이 풀린다. 고맙다는 말조차 떠올리지 못한다.

「그 침대가 세상에서 가장 편한 침대는 아니지.」 올드리지가 말한다. 「그래도 침대는 침대야. 좀 쉬어라. 난 화장실 좀 다녀올 테니, 그다음에 출발하자.」 그는 밖으로 나가 문을 닫는다. 화장실 쪽으로 멀어져 가는 그의 발소리가 들린다. 코너는 그제야 경계를 풀고 밀려드는 피로를 느낀다. 트럭 기사는 목적지가 아닌 방향만을 알려 주었다. 그래도 괜찮다. 북쪽이든, 남쪽이든, 동쪽이든, 서쪽이든…… 여기서 멀어지기만 하면 된다. 다음 단계는, 뭐, 일단은 이 단계를 끝마친 뒤에야 다음 단계를 생각할 수 있을 것이다.

1분 뒤, 코너는 이미 졸기 시작했다. 그때 바깥에서 고함이 들린다.

「그 안에 있는 거 알아! 지금 나와야 안 다친다!」

코너의 가슴이 철렁 내려앉는다. 조사이어스 올드리지가 또

한 번 속임수를 쓴 게 분명하다. 그가 경찰에게 코너가 나타나는 마법을 보여 준 것이다. 수리수리 마수리. 여행은 시작도 하기 전에 끝났다. 코너는 문을 확 연다. 세 명의 청소년 전담 경찰이 무기를 겨누고 있다.

하지만 코너를 겨눈 게 아니다.

사실 그들은 코너에게 등을 돌리고 있다.

길 건너편에서, 코너가 몇 분 전까지 아래에 숨어 있던 트럭의 운전석 문이 확 열린다. 빈 운전석 뒤에서 한 아이가 두 손을 든 채 나온다. 코너는 한눈에 그 아이를 알아본다. 같은 학교에 다니는 녀석이다. 앤디 제이미슨.

세상에, 앤디도 언와인드당하는 거야?

앤디의 얼굴에는 두려움이 떠올라 있지만, 그 너머에 더 나쁜 무언가가 있다. 완전한 패배감이다. 코너는 그제야 자신의 어리석음을 깨닫는다. 그는 사건의 전개에 너무 놀란 나머지 아직도 그 자리에 그대로 서 있었다. 누구든 볼 수 있게 노출되어 있었다. 다행히 경찰은 그를 보지 못했다. 하지만 앤디는 다르다. 앤디는 코너에게서 시선을 떼지 않는다. 아주 잠깐이지만.

……그 잠깐 사이에 놀라운 일이 벌어진다.

앤디의 얼굴에 떠오른 절망이 갑자기 승리감에 가까운, 강철 같은 결의로 바뀐다. 그는 재빨리 코너에게서 시선을 돌리고 몇 걸음 물러난다. 경찰이 그를 잡기 위해 다가간다. 경찰은 여전히 코너를 등진 채 그에게서 멀어져 간다.

앤디는 코너를 보고도 경찰에 넘기지 않았다! 오늘 이후로 앤디는 모든 것을 잃게 될지도 모른다. 하지만 그에게는 이 작은 승리가 남을 것이다.

코너는 트럭 안의 그림자 속으로 물러나 천천히 문을 닫는다. 밖에서는 경찰이 앤디를 데려간다. 코너는 다시 자리에 눕는다. 여름 소나기처럼 갑자기 눈물이 쏟아진다. 왜 우는 건지 자신도 잘 모르겠다. 앤디 때문일까, 아니면 자기 자신 때문일까. 아리아나 때문인지도 모른다. 이유는 알 수 없어도 눈물은 똑같이 흐른다. 눈물을 닦아 내는 대신 코너는 어린 시절에 그랬듯, 눈물이 얼굴 위에 말라붙게 놔둔다. 당시에 그가 울었던 이유는 너무도 하찮아서 아침이면 기억조차 나지 않을 것들이었다.

트럭 기사는 코너를 확인하러 오지 않는다. 코너는 시동이 걸리는 소리를 듣고 트럭이 도로로 나서는 것을 느낀다. 길 위의 부드러운 진동이 그를 흔들어 잠재운다.

코너는 깊이 잠들어 있다가 핸드폰이 울려 깬다. 그는 의식과 싸운다. 꿈으로 돌아가고 싶다. 언제 가봤는지는 기억나지 않지만, 분명히 가본 적 있는 장소에 관한 꿈이다. 그는 부모와 함께 바닷가의 오두막에 있었다. 동생이 태어나기 전이었다. 코너의 다리가 베란다의 썩은 널빤지를 뚫고, 털 뭉치처럼 두껍게 엉킨 거미줄 속에 빠졌다. 코너는 아파서, 그리고 거대한 거미들이 다리를 뜯어 먹으러 오리라 확신했기에 두려워서 비명을 지르고 또 질렀다. 하지만 그건 좋은 꿈, 좋은 기억이었다. 아버지가 옆에 있다가 그를 빼내 주고 집 안으로 데리고 들어갔으니까. 안에서는 부모가 그의 다리에 붕대를 감아 주고, 그를 불가에 앉힌 뒤 너무도 맛있는 사과주스 같은 것을 주었으니까. 코너는 그 맛이 지금도 기억났다. 아버지가 무슨 이야기를 들려주었다. 무슨 이야기였는지는 기억나지 않지만 그건 괜찮았다. 중요한 건 이야기가 아니라 아버지의 목소리, 바닷가에서 부서지는 파도만큼 차분하고 부드럽고 낮고 울림이 있는 그 목소리였다. 어린 코너는 사과주스를 마시고 어머니에게 기대 잠든 척했지만, 실은 그 순간 속에 녹아들고 있었다. 그 순간이 영원히 이어지길 바랐다. 꿈속에서 그는 실제로 녹아내렸다. 그의 존재 전체가 사과주스 잔 안으로 흘러들었고, 부모는 그 잔을 가만히 탁자 위에 올려놓았다. 영원히, 언제까지나 따뜻하게 하려고 불가 가까이에 두었다.

바보 같은 꿈. 좋은 꿈조차 나쁜 꿈이다. 그런 꿈은 현실이 얼마나 형편없는지를 일깨워 주니까.

핸드폰이 다시 울리며 남아 있던 꿈을 몰아낸다. 코너는 전화를 받을 뻔한다. 트럭 안이 너무 어두워서, 처음에는 이곳이 자기 방이 아니라는 것조차 깨닫지 못한다. 코너를 구한 건 핸드폰을 찾으려면 불을 켜야 한다는 사실이다. 침대 옆 탁자가 있어야 할 자리에 벽이 보이자 코너는 이곳이 자기 방이 아니라는 걸 깨닫는다. 핸드폰이 다시 울린다. 그제야 모든 일이 떠오른다. 여기가 어딘지 기억해 낸다. 코너는 배낭에서 핸드폰을 찾는다. 발신자를 확인하니 전화를 건 사람은 아버지다.

그러니까 이제는 부모도 그가 떠났다는 걸 안다. 정말 코너가 전화를 받을 거라고 생각하는 걸까? 코너는 전화가 음성 사서함으로 넘어갈 때까지 기다린 다음 전원을 끈다. 코너의 시계에 따르면 시간은 오전 7시 30분이다. 그는 눈을 비벼 잠을 쫓으며 얼마나 멀리까지 왔을지 계산해 본다. 트럭은 멈춰 서 있다. 하지만 코너가 자는 동안 최소 320킬로미터는 이동했을 게 분명하다. 시작은 괜찮다.

문 두드리는 소리가 난다. 「나와라, 꼬마야. 차 타는 건 여기까지야.」

코너는 불평하지 않는다. 트럭 기사는 말도 안 되게 너그러운 일을 해주었다. 코너는 그 이상을 바라지 않을 것이다. 그는 고맙다는 인사를 하려고 문을 연다. 그러나 문 앞에 있는 사람은 조사이어스 올드리지가 아니다. 올드리지는 몇 미터 떨어진 곳에서 수갑을 차고 서 있다. 코너 앞에는 경찰관이 있다. 세상을 다 가진 듯한 미소를 짓는 청소년 전담 경찰이다. 그로부터 10미터쯤 떨어진 곳에 코너의 아버지가 서 있다. 방금 전화를 걸었던 핸드폰을 든 채.

「끝났다, 아들아.」 아버지가 말한다.

그 말에 코너는 격분한다. 난 당신 아들이 아니야! 그렇게 소리치고 싶다. 당신이 언와인드 의뢰서에 서명한 순간부터 당신 아들이 아니었어! 하지만 그 순간 충격에 코너는 말을 잃는다.

핸드폰을 켜두다니! 그게 경찰이 그를 추적한 방법이다. 너무 멍청했다. 기술을 맹목적으로 믿다가 잡힌 아이들이 얼마나 될지 궁금하다. 글쎄, 코너는 앤디 제이미슨처럼 잡혀가지 않을 것이다. 그는 재빨리 상황을 살핀다. 트럭은 고속 도로 갓길에 세워져 있다. 순찰차 두 대와 청소년 전담 경찰차 한 대가 앞뒤로 서 있다. 차들이 시속 110킬로미터가 넘는 속도로, 갓길에서 펼쳐지는 작은 드라마를 알지 못한 채 쏜살같이 지나간다. 코너는 순식간에 결정을 내린다. 그는 경찰관을 트럭에 떠밀고 부산스러운 고속 도로로 뛰어든다. 경찰이 무장하지 않은 아이의 등에 대고 총을 쏠까? 아니면 다리를 쏘아서 필수 장기를 지킬까? 그가 고속 도로에 들어서자 차들이 그를 간신히 피해 간다. 그럼에도 코너는 계속 나아간다.

「코너, 멈춰!」 아버지의 고함이 들린다. 총성이 들린다.

코너는 충격을 느낀다. 피부는 아니다. 총알이 배낭에 박힌 것이다. 코너는 뒤를 보지 않는다. 그는 고속 도로 한가운데에 이르러 또 한 번의 총성을 듣는다. 중앙 분리대에 작은 파란색 얼룩이 생긴다. 경찰은 진정제가 든 총알, 진정탄을 쏘고 있다. 코너를 제거하려는 게 아니라 쓰러뜨리려는 것이다. 게다가 진정탄은 일반 총알보다 훨씬 자유롭게 사용할 수 있다.

코너는 중앙 분리대를 기어 넘는다. 캐딜락 한 대가 무슨 일이 있어도 멈추지 않을 기세로 다가오고 있다. 자동차는 코너를 피하려고 방향을 튼다. 코너는 순전히 운이 좋아서, 순간적인 추진력으로 캐딜락의 앞길에서 몇 센티미터쯤 비켜난다. 캐딜락의 사이드 미러가 그의 갈비뼈를 고통스럽게 후려친다. 그런 다음에 자동차는 끼익 소리를 내며 멈춘다. 매캐한 고무 타는 냄새가 코너의 콧속을 찌른다. 코너는 아픈 옆구리를 움켜쥔 채 뒷좌석의 열린 창문을 본다. 창문 너머로 누군가가 그를 바라보고 있다. 온통 흰옷을 입은 아이다. 아이는 겁에 질려 있다.

경찰이 이미 중앙 분리대까지 따라붙었다. 코너는 겁먹은 아이의 눈을 들여다보고 무엇을 해야 할지 깨닫는다. 이번에도 찰나의 결정이다. 그는 창문 안으로 손을 뻗어 잠금장치를 당기고 문을 연다.

2
리사

리사는 자기 차례가 되어 피아노를 칠 때를 기다리며 무대 뒤를 어슬렁거린다.

그녀는 자신이 잠든 채로도 이 소나타를 연주할 수 있다는 걸 안다. 사실 자주 그렇게 한다. 잠에서 깨어 보니 손가락이 침대 시트를 두드리고 있었던 게 한두 번이 아니다. 머릿속에서 들리던 음악은 잠에서 깬 뒤에도 잠시 이어진다. 이어 음악은 어둠 속으로 녹아들고 시트를 두드리는 손가락만 남는다.

리사는 이 소나타를 알아야만 한다. 숨 쉬듯 자연스럽게 연주할 수 있어야만 한다.

「이건 경연이 아니야.」 더킨 선생님은 언제나 그렇게 말한다. 「발표회에는 승자도, 패자도 없어.」

글쎄, 리사는 그렇게 바보가 아니다.

「리사 워드.」 무대 관리자가 부른다. 「네 차례야.」

리사는 어깨를 돌리고 긴 갈색 머리에 꽂힌 머리핀을 매만진 다음 무대에 오른다. 관객의 갈채는 정중할 뿐이다. 일부 진심에서 우러난 박수도 있다. 리사의 친구들과 그녀가 성공하기를 바라는 선생들도 있으니까. 하지만 대부분은 감명받기를 기다리는 관객의 의무적인 박수다.

더킨 선생님이 나와 있다. 그는 5년간 리사에게 피아노를 가르쳤다. 리사에게는 그가 부모와 가장 가까운 존재다. 리사는 운이 좋은 편이다. 오하이오주 주립 보호 시설 23호에 있는 모든 아이에게 부모와 비슷하다고 할 만한 선생이 있는 건 아니니까. 대부분의 주보시 아이들은 선생을 증오한다. 선생들이 그들을 죄수처럼 대하기 때문이다.

리사는 발표회 드레스의 뻣뻣하고 불편한 감각을 무시하며 피아노 앞에 앉는다. 밤의 어둠만큼 검은 스타인웨이 콘서트 그랜드 피아노다. 밤의 어둠만큼 길기도 하다.

집중.

리사는 피아노에서 시선을 떼지 않는다. 억지로 관객을 어둠 속으로 물러나게 한다. 그들은 중요하지 않다. 중요한 건 피아노와 이제부터 그녀가 피아노를 사로잡아 끌어낼 영광스러운 소리뿐이다.

리사는 건반 위에 잠시 손가락을 얹고 있다가, 완벽한 열정을 담아 연주를 시작한다. 곧 그녀의 손이 건반 전체에서 춤을 춘다. 흠잡을 데 없는 그 손놀림은 쉽게만 보인다. 리사는 피아노가 노래하게 만든다. ……그때, 그녀의 왼손 넷째 손가락이 B 플랫을 헛디디고 어색하게 B 온음에 내려앉는다.

실수다.

너무 순식간에 일어난 일이라 눈에 띄지 않았을 지도 모른다. 하지만 리사에게는 그렇지 않다. 연주하는 내내 틀린 음이 머릿속을 떠나지 않는다. 마음속에서 그 음이 울려 퍼지더니 크레셴도를 타고 점점 커진다. 그녀의 집중력을 도둑질한다. 결국 리사는 다시 실수한다. 두 번째로 잘못된 음을 누른다. 이어 2분쯤이 지나서는 화음 하나를 통째로 날린다. 눈에 눈물이 차오르기 시작한다. 시야가 흐릿해진다.

볼 필요 없어. 리사는 스스로를 다그친다. 그냥 음악을 느끼면 돼. 아직도 이 추락에서 빠져나올 수 있다. 그렇지 않을까? 그녀의 실수는, 그녀에게는 너무도 끔찍하게 들리지만 사실 거의 들리지도 않는 것들이다.

〈긴장 풀어.〉 더킨 선생님은 그렇게 말할 것이다. 〈아무도 너를 평가하지 않아.〉

어쩌면 더킨 선생님은 정말 그렇게 믿고 있을지도 모른다. 그럴 만한 여유가 있으니까. 그는 열다섯 살이 아니고, 한 번도 주 정부의 피보호자로 살아 본 적이 없으니까.

다섯 번의 실수.

각각의 실수는 사소하고 미묘하다. 하지만 어쨌든 실수는 실수다. 다른 아이들의 연주가 조금만 덜 훌륭했다면 괜찮았을 것이다. 하지만 다른 아이들은 반짝반짝 빛났다.

그런데도 피로연에서 더킨 선생님은 리사에게 인사를 건네며 활짝 미소 짓는다. 「훌륭했어!」 그가 말한다. 「정말이지 자랑스럽구나.」

「제가 무대를 망쳤어요.」

「말도 안 되는 소리. 넌 쇼팽의 가장 어려운 작품을 골랐어. 프로들도 실수 한두 번 없이 그 곡을 완주하지는 못해. 너 정도면 잘한 거야!」

「그걸로는 부족해요.」

더킨 선생님은 한숨을 쉬면서도 그 말을 부정하지는 않는다. 「넌 잘 따라오고 있어. 난 그 손이 카네기 홀에서 연주하는 모습을 볼 날을 기대하고 있단다.」 그의 미소는 따뜻하고 진실하다. 기숙사 아이들의 축하가 그렇듯이. 그 온기 덕분에 리사는 그날 밤 잠을 잘 수 있다. 어쩌면, 어쩌면 자신이 쓸데없이 자학하고 있을지 모른다는 희망을 품을 수 있다. 리사는 다음에는 어떤 곡을 연주할지 생각하다가 잠든다.

일주일 뒤 리사는 교장실로 불려 간다.

세 사람이 있다. 심사 위원회야. 리사는 생각한다. 세 명의 어른이 심사를 위해 앉아 있다. 나쁜 것은 보지도, 듣지도, 말하지도 말라는 그 세 마리 원숭이를 닮았다.[1]

「앉으렴, 리사.」 교장이 말한다.

리사는 우아하게 앉으려 하지만, 무릎에 힘이 풀려 그럴 수 없다. 그녀는 취조를 당하기에는 너무 안락한 의자에 어색하게 털썩 앉는다.

리사는 교장 옆에 앉아 있는 두 사람을 모른다. 그들은 공식적인 사람들로 보인다. 태도에서 긴장감이 느껴지지 않는다. 그들에게는 너무나 일상적인 일인 듯하다.

교장 왼편에 앉은 여자는 자신을 리사의 〈사건〉에 배정된 사회 복지사라고 자신을 소개한다. 그 순간까지 리사는 자신과 연관된 사건이 있는지 몰랐다. 사회 복지사가 이름을 말한다.

---

1 각각 눈, 귀, 입을 막고 있는 원숭이로 표현되는 일본의 격언. 이하 모든 주는 옮긴이의 주이다.

무슨 무슨 선생님이다. 그 이름은 리사의 머릿속에 전혀 들어오지 않는다. 사회 복지사는 신문이라도 읽듯, 리사의 15년 인생이 적힌 서류를 휘리릭 넘긴다.「어디 보자……. 넌 태어날 때부터 주 정부의 피보호자였구나. 태도는 모범적이었던 것 같고. 성적도 괜찮았어, 훌륭하지는 않았지만.」그런 다음 사회 복지사는 고개를 들고 미소 짓는다.「지난번 밤에 네 연주를 봤단다. 아주 잘하던걸.」

 괜찮았어. 리사는 생각한다. **훌륭하지는 않았지만.**

 무슨 무슨 선생님이 몇 초 더 서류를 넘겨 본다. 하지만 리사는 그녀가 실제로 서류를 읽고 있는 건 아니라는 걸 안다. 뭐든 이곳에서 벌어지는, 일은 리사가 문으로 들어오기 한참 전에 정해진 것이다.

 「왜 부르셨어요?」

 무슨 무슨 선생님이 서류를 덮고 교장과 그 옆에 있는 비싼 정장을 입은 남자를 힐끗 본다. 정장이 고개를 끄덕이자 사회 복지사는 따뜻한 미소를 지으며 리사를 돌아본다.「우린 네가 여기에서 잠재력을 발견했다고 생각해.」그녀가 말한다.「토머스 교장 선생님과 폴슨 씨도 나와 같은 의견이고.」

 리사가 정장을 힐끗 본다.「폴슨 씨는 누구시죠?」

 정장이 목을 가다듬더니 거의 사과하듯이〈난 학교의 법률 자문이야〉라고 말한다.

 「변호사요? 변호사가 왜 오신 거예요?」

 「그냥 절차란다.」토머스 교장이 리사에게 말한다. 그는 손가락을 목 안으로 넣어 넥타이를 당긴다. 갑자기 넥타이가 교수형 올가미라도 된 듯이.「이런 절차를 진행할 때는 변호사가 입회하는 게 학교 정책이거든.」

「이게 무슨 절차인데요?」

세 사람이 서로를 본다. 셋 중 누구도 나서려 하지 않는다. 마침내 무슨 무슨 선생님이 입을 연다. 「요즘 주립 보호 시설의 자리가 귀하다는 건 너도 알고 있을 거야. 예산이 삭감되는 바람에 모든 주보시가 타격을 입었거든. 우리 시설도 마찬가지고.」

리사는 싸늘한 눈으로 그녀를 바라본다. 시선을 돌리지 않고 말한다. 「주 정부 피보호자한테는 주보시의 자리가 보장되잖아요.」

「맞는 말이지만…… 그 보장은 열세 살까지만 적용돼.」

그 순간 갑자기 모두에게 할 말이 생긴다.

「예산이 그 정도밖에 안 되거든.」 교장이 말한다.

「교육 수준이 떨어질 수 있어서.」 변호사가 말한다.

「우린 너한테 가장 좋은 걸 고민할 뿐이야. 이곳 다른 모든 아이한테도.」 사회 복지사가 말한다.

그런 식으로 3인 탁구 시합이라도 되는 듯이 말이 오간다. 리사는 아무 말도 하지 않는다. 그저 듣기만 한다.

「넌 괜찮은 음악가지만…….」

「말했다시피 넌 잠재력을 보였어.」

「넌 최선을 다했단다.」

「음악보다 경쟁이 덜한 분야를 선택했더라면 모르겠지만…….」

「뭐, 이젠 다 지난 일이지.」

「우리도 어쩔 수가 없어.」

「매일 원치 않는 아기들이 태어나고 있거든. 그 아기들 모두가 보금자리를 찾는 건 아니야.」

「우리한테는 그런 아이들을 받아 줄 의무가 있단다.」

「새로운 피보호자들을 위한 공간을 만들어야 해.」

「그 말은, 10대 피보호자 수를 10퍼센트 줄여야 한다는 뜻이야.」

「이해하지?」

리사는 더 이상 듣고 있을 수가 없어서 그들이 차마 직접 하지 못하는 말을 내뱉는다. 그렇게 그들의 입을 막아 버린다.

「저를 언와인드하시겠다는 건가요?」

침묵. 그 침묵은 〈그래〉라는 말보다 더 확실한 답이다.

사회 복지사가 손을 뻗어 리사의 손을 잡으려고 하지만, 리사가 그 전에 손을 빼낸다. 「겁나는게 당연해. 변화는 항상 두려운 거니까.」

「변화요?」 리사가 소리친다. 「〈변화〉라니 무슨 말이에요? 죽는 건 〈변화〉보다 큰일 같은데요.」

그 말에 교장의 넥타이가 다시 올가미로 변한다. 넥타이 때문에 피가 돌지 못하는 듯 그의 얼굴에 핏기가 가신다. 변호사가 서류 가방을 연다. 「진정하렴, 워드. 언와인드는 죽음이 아니야. 네가 그렇게까지 노골적으로 선동적인 말을 쓰지 않는다면 여기 있는 모두가 좀 더 편안해질 테고. 사실 네 몸의 백 퍼센트는 계속 살아갈 거야. 그냥 분리된 상태로 살아가는 거지.」 그는 서류 가방에 손을 넣었다가 리사에게 알록달록한 팸플릿을 건넨다. 「트윈레이크 하비스트 캠프[2]의 브로슈어야.」

---

2 하비스트에는 수확, 채취 등의 의미가 있다.

「괜찮은 곳이란다.」 교장이 말한다. 「우리 언와인드 모두가 가는 곳이지. 우리가 선택한 시설이야. 실은 내 조카도 거기에서 언와인드됐어.」

「걔도 참 좋았겠네요.」

「언와인드는 변화야.」 사회 복지사가 다시 말한다. 「그게 전부란다. 얼음이 물이 되고, 물이 구름이 되는 것 같은 변화. 넌 계속 살아갈 거야, 리사. 단지 다른 형태로 살아가는 거지.」

하지만 리사는 더 이상 듣지 않는다. 두려움이 이미 자리 잡기 시작했다. 「전 꼭 음악가가 되지 않아도 돼요. 다른 걸 할 수 있어요.」

토머스 교장이 슬프게 고개를 젓는다. 「그러기엔 너무 늦었어, 유감이구나.」

「아뇨, 안 늦었어요. 해낼 수 있어요. 전 고기 방패[3]가 될 수도 있어요. 군대에는 언제나 고기 방패가 더 필요하잖아요!」

변호사가 짜증스럽게 한숨을 쉬더니 손목시계를 본다. 사회 복지사가 몸을 앞으로 기울인다. 「리사, 이러지 말자꾸나.」 그녀가 말한다. 「여자아이가 군대에 들어가 고기 방패가 되려면 특정한 신체 조건이 필요해. 여러 해 동안 체력 단련도 해야 하고.」

「저도 선택권이 있잖아요?」 하지만 뒤를 돌아보니 답은 분명해진다. 리사에게 절대로 선택권을 주지 않으려고 경비원 두 사람이 와 있다. 그들에게 이끌려 가는 동안 리사는 더킨 선

---

3 원문은 boeuf로 〈소고기〉를 뜻하는 프랑스어에서 유래한 표현이다. 〈언와인드 디스톨로지〉 세계관에서는 군대에서 경력을 쌓으려는 병사나 근육질의 10대를 가리킨다.

생님을 생각한다. 씁쓸하게 웃으며, 더킨 선생님이 결국 소원을 이루리라는 걸 깨닫는다. 언젠가 그는 리사의 손이 카네기 홀에서 연주하는 모습을 보게 될 것이다. 불행히도 리사의 나머지 몸은 그곳에 없겠지만.

리사는 기숙사에 들러도 된다는 허락을 받지 못한다. 그녀는 아무것도 가져갈 수 없다. 필요한 게 아무것도 없으니까. 언와인드에게는 아무것도 필요하지 않다. 한 줌밖에 안 되는 리사의 친구들이 몰래 학교의 교통 센터로 내려온다. 그들은 빠르게 그녀를 끌어안고 빠르게 눈물을 흘린다. 그러면서도 누군가에게 들킬까 봐 두려운 듯 어깨 너머를 살핀다.

더킨 선생님은 오지 않는다. 그 사실이 리사에게는 무엇보다 아프게 느껴진다.

리사는 보호 시설의 환영 센터에 있는 손님방에서 잔다. 새벽에 그녀는 거대한 주보시 단지에서 다른 곳으로 이송되는 아이들로 가득 찬 버스에 실린다. 아는 얼굴도 있지만 정말로 아는 아이는 없다.

버스 통로 건너편에서, 꽤 잘생긴 남자아이가 그녀에게 미소 짓는다. 모습만 봐서는 군대의 고기 방패 같다. 「안녕.」 그가 고기 방패만이 할 수 있는 방식으로 유혹하듯 말한다.

「안녕.」 리사가 대꾸한다.

「나는 국립 해군 사관 학교로 가.」 그가 말한다. 「넌?」

「아, 나?」 리사는 뭔가 인상적인 것을 찾아 빠르게 허공을 훑는다. 「난 미스 마플 영재 사관 학교에 가.」

「거짓말이야.」 리사의 맞은편에 앉아 있던, 비쩍 마른 창백한 소년이 말한다. 「쟨 언와인드야.」

고기 방패는 리사가 언와인드라는 말을 듣자마자 전염병이라도 옮는 것처럼 갑자기 몸을 젖힌다. 「아.」 그가 말한다. 「어…… 안됐네. 나중에 봐!」 그러더니 그는 뒷자리로 가서 다른 고기 방패들 옆에 앉는다.

「고맙다.」 리사가 비쩍 마른 아이에게 쏘아붙인다.

그 아이는 그냥 어깨를 으쓱한다. 「어차피 상관없잖아.」 그는 악수하려고 손을 내민다. 「난 샘슨이야. 나도 언와인드야.」

리사는 웃음을 터뜨릴 뻔한다. 샘슨이라니. 이렇게 비실비실한 아이에게 붙이기에는 너무 강한 이름이다.[4] 리사는 그의 손을 잡지 않는다. 그가 잘생긴 고기 방패에게 자신의 정체를 폭로한 것이 지금도 짜증 난다.

「그래서, 넌 뭘 어쩌다가 언와인드가 된 거야?」 리사가 묻는다.

「뭘 어째서가 아니야. 뭘 어쩌지 않아서 언와인드가 된 거지.」

「뭘 안 했는데?」

「아무것도 안 했어.」 샘슨이 대답한다.

리사는 이해한다. 아무것도 하지 않는 건 언와인드가 되는 쉬운 길이다.

「어쨌든 난 절대로 대단한 사람이 되진 못했을 거야.」 샘슨이 말한다. 「그래도 지금은, 통계적으로 보자면 내 몸의 일부가 세계 어딘가에서 위대해질 확률이 높아진 거지. 완전히 쓸모없어지느니 일부라도 위대해지겠어.」

---

4 샘슨은 성경에 나오는 이스라엘의 역사인 삼손의 영어식 이름이다.

이 비틀린 논리가 그럴듯하게 들린다는 사실에 리사는 더욱 화가 날 뿐이다.「하비스트 캠프에서 잘 지내길 바랄게, 샘슨.」그녀는 그렇게 말하고는 다른 자리를 찾으러 간다.

「앉아!」앞에서 인솔자가 소리치지만, 아무도 그녀의 말을 듣지 않는다. 버스는 이 자리에서 저 자리로 돌아다니며 자신과 비슷한 아이를 찾거나 피하려는 아이들로 북적댄다. 리사는 옆자리에 아무도 없는 창가 자리를 찾는다.

이 버스 여행은 리사의 여정에서 첫 번째 구간에 불과할 것이다. 버스에 탄 아이들은 이미 설명을 들었다. 그들은 먼저 중앙 교통 센터로 간 다음, 수십 곳의 주립 보호 시설에서 온 아이들을 분류해 저마다의 목적지로 데려다줄 버스에 타게 될 것이다. 리사의 다음 버스는 샘슨들로 가득한 버스가 될 것이다. 끝내주는 일이다. 그녀는 이미 다른 버스에 몰래 탈 가능성을 떠올려 보았지만, 허리띠에 부착된 바코드 때문에 불가능했다. 이 모든 과정은 완벽하게 조직화되어 있으며 실수란 있을 수 없다. 그럼에도 리사는 탈출로 이어질 만한 모든 시나리오를 머릿속으로 굴려 본다.

그때, 그녀는 창밖에서 무언가를 본다. 길 위쪽이다. 고속 도로 반대편 차선에 경찰차 여러 대가 서 있다. 버스가 차선을 바꾼다. 그 순간 리사는 길 위의 두 아이를 본다. 그들은 도로를 가로질러 달리고 있다. 한 아이가 다른 아이의 목을 팔로 조르면서 사실상 끌고 다니고 있다. 그러다가 그들은 버스 앞으로 뛰어든다.

버스가 두 아이를 피하려고 급히 오른쪽으로 꺾으면서, 리사는 창문에 머리를 박는다. 버스 안에는 놀란 숨소리와 비명이 가득 찬다. 그 순간 버스가 갑자기 멈추면서 리사는 앞으로 내팽개쳐진다. 엉덩이가 아프지만 심각하지는 않다. 그냥 멍이 든 정도다. 리사는 자리에서 일어나 재빨리 상황을 파악한다. 버스가 옆으로 기울어져 있다. 도로를 벗어나 도랑에 빠졌다. 앞 유리가 박살 난 채 피로 뒤덮여 있다. 아주 많은 피로.

아이들은 모두 자기 몸을 확인한다. 리사와 마찬가지로 심하게 다친 아이는 없다. 다만 일부가 유독 소란을 떨고 있다. 인솔자는 신경성 발작을 일으킨 여자아이를 달래느라 바쁘다.

이 혼란 속에, 리사는 문득 뭔가를 깨닫는다.

이건 계획에 없던 일이다.

이 시스템에는 주 정부 피보호자들이 일을 망치려고 할 때에 대비한 백만 가지 방책이 있을 것이다. 하지만 사고에 대처하기 위한 계획은 없다. 앞으로 몇 초 동안 모든 계획이 무효화된다.

리사는 버스 앞문에 시선을 고정한다. 숨을 참고 그 문을 향해 달려간다.

3
레브

큰 파티다. 비싼 파티. 몇 년 동안 계획되어 온 파티.

컨트리클럽의 대연회장에는 최소 2백 명이 모였다. 레브는 밴드를 선택해야 했다. 음식도 골라야 했다. 심지어 식탁보의 색깔까지 결정해야 했다. 그는 신시내티 레즈 팀의 상징색인 빨간색과 흰색을 골랐다. 〈레비 제더다이어 콜더〉라는 그의 이름이 황금색으로 실크 냅킨에 박혀 있다. 사람들이 집에 가져갈 기념품이다.

이 파티는 모두 그를 위한 것이다. 그에 관한 것이다. 레브는 오늘을 평생 최고의 날로 만들 작정이다.

파티에 참석한 사람들은 대부분 친척이나 가족의 친구, 부모님의 사업 관계자다. 하지만 적어도 80명은 레브의 친구들이다. 학교와 교회, 그리고 다양한 스포츠 팀에서 그와 함께한 아이들이 와 있다. 당연한 일이지만, 그중 몇몇은 이 파티가 이상하다고 느꼈다.

「모르겠다, 레브.」 그들은 말했다. 「좀 이상해. 아니, 무슨 선물을 가져가야 해?」

「아무것도 가져올 필요 없어.」레브는 말했다.「십일조 파티에는 선물이 없어. 그냥 와서 즐기기만 해. 난 그럴 테니까.」

레브는 실제로 즐긴다.

그는 초대한 모든 소녀와 춤을 춘다. 단 한 명도 거절하지 않는다. 레브는 심지어 사람들에게 자신을 의자에 앉혀 들어 올려 달라고 한다. 방을 한 바퀴 돌며 함께 춤을 춰달라고도 한다. 유대인 친구의 성년식에서 그런 장면을 본 적이 있기 때문이다. 십일조 파티는 성년식과 아주 다르지만, 어쨌든 그의 열세 살 생일을 축하하는 자리이기도 하다. 그러니 그에게도 그 정도 자격은 있지 않을까?

저녁 식사가 너무 빨리 나왔다고 느낄 때쯤, 손목시계를 본다. 어느새 이미 두 시간이 지나 있다. 시간이 어떻게 이렇게 빨리 흐를 수 있을까?

곧 사람들이 차례로 마이크를 잡고 샴페인 잔을 들어 올리며 레브에게 건배사를 건넨다. 부모님이 건배사를 한다. 할머니가 건배사를 한다. 레브가 알지도 못하는 삼촌이 건배사를 한다.

「레브, 네가 이렇게 훌륭하게 자라나는 모습을 지켜보는 건 큰 기쁨이었어. 네가 앞으로 이 세상에서 만나게 될 모든 사람에게 위대한 일을 해주리라는 걸 마음 깊이 믿어.」

이렇게 많은 사람이, 이토록 친절한 말을 건넨다니, 멋지기도 하지만 이상하기도 하다. 모든 게 너무 지나칠 만큼 완벽한데, 이상하게 뭔가 부족하다. 더 있어야 한다. 더 많은 음식, 더 많은 춤, 더 많은 시간이. 사람들이 생일 케이크를 내오고 있다. 다들 케이크가 나오면 파티가 끝난다는 걸 안다. 그런데 왜 벌써 케이크를 내오는 걸까? 정말로 파티가 시작되고 세 시간이 흐른 걸까?

그리고 거의 그날 밤을 망칠 뻔한 또 한 번의 건배사가 이루어진다.

레브의 많은 형제자매 중 그날 저녁 가장 조용했던 사람은 마커스다. 마커스답지 않은 일이다. 뭔가 일이 터지리라는 걸 알아챘어야 했는데. 열세 살인 레브는 열 명의 형제자매 중 막내다. 스물여덟 살인 마커스가 첫째다. 마커스는 레브의 십일조 파티에 참석하려고 이 나라를 절반이나 가로질러 왔다. 그럼에도 춤을 추지 않았고, 말을 하지 않았고, 어떤 흥겨운 일에도 참여하지 않았다. 그는 술에 취해 있었다. 레브는 마커스가 취한 모습을 한 번도 본 적이 없었는데.

사건은 공식적인 건배사가 끝나고 사람들이 레브의 생일 케이크를 나눠 줄 때 벌어진다. 처음에는 마커스도 건배사를 하려던 게 아니었다. 그냥 형제끼리 말 한마디를 주고받은 것뿐이었다.

「축하한다, 동생아.」 마커스가 레브를 힘껏 끌어안으며 말한다. 레브는 마커스의 숨결에서 술 냄새를 맡는다. 「오늘 넌 남자가 됐어. ……이게 맞는 말인지는 모르겠지만.」

겨우 몇 발짝 떨어진 상석에서 둘의 아버지가 신경질적인 웃음을 흘린다.

「고마워……. 이게 맞는 말인지는 모르겠지만.」 레브가 대답한다. 그는 부모님을 힐끗 본다. 아버지는 앞으로 벌어질 일을 지켜보고 있다. 어머니는 찡그린 표정이다. 그 모습에 레브는 긴장한다.

마커스는 보통 미소에 담기는 감정을 하나도 담지 않고 미소 지으며 레브를 빤히 본다. 「넌 이 모든 게 어때 보여?」 그가 묻는다.

「좋아.」

「당연히 좋겠지! 이 사람들이 전부 널 위해서 와줬잖아? 놀라운 밤이야. 놀라워!」

「응.」 레브가 말한다. 무슨 일이 벌어질지는 모르겠지만, 무슨 일이든 벌어지리라는 건 분명하다. 「난 평생 최고의 시간을 보내고 있어.」

「젠장, 그렇겠지! 네 평생 최고의 시간이야! 평생 일어날 모든 사건을 하나로 압축한 거니까. 생일, 결혼, 장례, 그 모든 걸.」 그러더니 그는 고개를 돌려 아버지를 본다. 「아주 효율적이죠, 아빠?」

「그만하면 됐다.」 아버지가 조용히 말한다. 하지만 마커스의 목소리는 점점 커진다.

「왜요? 말하면 안 돼요? 아, 그렇구나. 오늘은 축하하는 날이었지. 잊어버릴 뻔했네.」

　레브는 마커스가 그만두기를 바란다. 하지만 동시에, 그가 그만두지 않기를 바란다.

　어머니가 일어서서 아버지보다 강한 목소리로 말한다. 「마커스, 앉아. 이게 무슨 망신이야?」

　그때쯤 파티장의 모든 사람이 하던 일을 멈추고, 눈앞에 펼쳐지는 가족 드라마의 한 장면을 돌아본다. 마커스는 사람들의 주목을 받고 있다는 걸 알고 누군가의 반쯤 비어 있는 샴페인 잔을 집어 높이 든다. 「내 동생, 레브를 위하여.」 마커스가 말한다. 「또 부모님을 위하여! 우리 부모님은 언제나 올바른 일만 해오셨죠. 적절한 일을요. 언제나 자선 단체에 후한 기부금을 내시고. 언제나 모든 것의 10퍼센트를 우리 교회에 내시고. 저기요, 엄마. 엄마가 아이를 다섯 명이 아니라 열 명 낳아서 다행이에요. 아니었으면, 레브의 허리를 잘라서 바칠 뻔했잖아요!」

사람들이 모두 놀라서 헛숨을 삼키고 고개를 젓는다. 첫째 아들이 하기에는 너무도 실망스러운 행동이다.

그제야 아버지가 다가와 마커스의 팔을 꽉 잡는다. 「이만했으면 됐다!」 아버지가 말한다. 「앉아.」

마커스가 아버지의 손을 뿌리친다. 「앉는 것만으로는 부족하죠.」 이제 마커스의 눈에는 눈물이 고여 있다. 그가 레브를 돌아본다. 「사랑해, 동생아. 오늘이 너한테 특별한 날이라는 건 알아. 하지만 난 더 이상 이 자리에 함께할 수 없어.」 그는 샴페인 잔을 벽에 던진다. 잔은 산산이 부서져 크리스털 파편이 뷔페 테이블 전체에 흩어진다. 그런 다음 그는 돌아서서 쿵쾅거리며 떠난다. 너무도 자신감에 찬 안정적인 걸음걸이라, 레브는 그가 전혀 취하지 않았다는 걸 알아차린다.

레브의 아버지가 밴드에 신호를 보낸다. 밴드는 마커스가 대연회장에서 나가기도 전에 무도곡을 연주하기 시작한다. 사람들이 무도장으로 나오기 시작한다. 그들은 어색한 순간이 지나가도록 최선을 다한다.

「미안하구나, 레브.」 아버지가 말한다. 「가서…… 춤을 좀 추지 그러니?」

하지만 레브는 더 이상 춤을 추고 싶지 않다. 관심의 중심에서고 싶은 욕망은 형과 함께 사라졌다. 「댄 목사님하고 얘기하고 싶어요. 괜찮을까요?」

「그럼, 당연히 괜찮지.」

댄 목사님은 레브가 태어나기 전부터 가족의 친구였다. 언제나 인내심과 지혜가 필요한 모든 주제에서 그의 부모보다 대화하기 쉬운 상대이기도 했다.

연회장은 너무 시끄럽고 붐빈다. 그래서 그들은 컨트리클럽의 골프장이 내려다보이는 테라스로 나간다.

「무섭니?」 댄 목사님이 묻는다. 그는 늘 레브의 마음을 먼저 읽는다.

레브가 고개를 끄덕인다. 「저는 준비가 끝난 줄 알았어요. 각오가 되었다고 생각했어요.」

「당연한 일이야. 걱정하지 마라.」

하지만 레브가 자신에 대해 느끼는 실망감은 가시지 않는다. 그는 이 일을 평생 준비해 왔다. 그 정도면 충분했어야 했는데. 그는 아주 어릴 때부터 자신이 십일조라는 걸 알았다. 「넌 특별해.」 부모님은 언제나 말했다. 「너의 삶은 주님을, 인류를 섬기는 삶이 될 거야.」 레브는 그 말의 진정한 의미를 정확히 알게 된 게 몇 살 때였는지 기억나지 않는다.

「학교에서 아이들이 괴롭혔니?」

「평소보다 심하진 않았어요.」 레브가 말한다. 사실이다. 평생 그는 어른들의 특별 대우를 받는다는 이유로 그에게 화를 내는 아이들을 상대해야 했다. 친절한 아이들도, 잔인한 아이들도 있었다. 그게 인생이었다. 하지만 아이들이 그를 〈더러운 언와인드〉 같은 말로 부를 때만큼은 거슬렸다. 그들은 레브가 다른 애들, 부모가 없애 버리고 싶어서 언와인드 의뢰서에 서명한 애들과 비슷하다는 듯이 말했다. 하지만 레브는 그런 아이가 아니었다. 그는 가족의 자랑이자 기쁨이었다. 학교에서는 늘 A를 받았고, 유소년 리그의 MVP였다. 언와인드될 예정이라는 이유만으로 그런 취급을 받아서는 안 되는 아이였다.

물론 학교에는 다른 십일조 아이들도 몇 명 있었다. 하지만 그들은 각자 다른 종교를 믿었고, 레브는 그들에게 진정한 동료애를 느낀 적이 없었다. 오늘 밤 이토록 많은 사람이 파티에 참석한 건 레브에게 친구가 많다는 증거다. 하지만 그들은 레브와 같지 않다. 그들의 삶은 분열되지 않은 상태로 이어질 것이다. 그들의 몸과 미래는 그들 자신의 것이다. 레브는 언제나 친구보다, 심지어 가족보다 하나님과 더 가깝다고 느껴 왔다. 선택받는다는 것이 이렇게 사람을 고립시키는 건지 종종 궁금했다. 아니면 레브에게 뭔가 문제가 있는 걸까?

「저는 잘못된 생각을 아주 많이 했어요.」 레브가 댄 목사에게 말한다.

「잘못된 생각이란 건 없어. 그냥 고민하고 극복해야 할 생각이 있을 뿐이야.」

「그냥…… 그냥 형들이랑 누나들한테 질투가 났어요. 야구팀 애들이 저를 얼마나 그리워할지 계속 생각하게 돼요. 십일조가 된다는 건 명예이고 축복이라는 걸 알지만, 왜 하필 제가 십일조가 되어야 하느냐는 생각이 멈추지 않아요.」

늘 사람의 눈을 똑바로 바라보는 댄 목사님이 이번에는 시선을 돌린다. 「이건 네가 태어나기 전에 결정된 일이야. 네가 무슨 일을 해서, 혹은 안 해서 벌어지는 일이 아니야.」

「문제는요…… 제가 자식이 많은 집을 아주 많이 안다는 거예요.」

댄 목사님이 고개를 끄덕인다. 「그래, 요즘은 아주 흔한 일이지.」

「하지만 그런 집들도 대부분은 아예 십일조를 하지 않아요. 우리 교회에 다니는 다른 가족들도요. 아무도 그 사람들을 비난하지 않고요.」

「한편으로는 첫째나 둘째, 아니면 셋째 아이를 십일조로 바치는 사람들도 있지. 각 가정이 나름의 결정을 내리는 거지. 너희 부모님은 오랜 고민 끝에 너를 갖기로 한 거야.」

레브는 마지못해 고개를 끄덕인다. 그 말이 사실이라는 걸 알기 때문이다. 그는 〈진정한 십일조〉였다. 자연적으로 태어난 아이 다섯 명, 입양한 아이 한 명, 그리고 〈황새〉로 배달된 세 명이 있었으므로 레브는 정확히 열 번째 아이였다. 부모님은 그래서 레브가 훨씬 더 특별한 존재라고 늘 말해 왔다.

「하나 말해 주마, 레브.」 댄 목사님이 마침내 그와 눈을 맞추며 말한다. 마커스가 그랬듯 그의 눈도 젖어 있다. 눈물을 흘리기 일보 직전이다. 「나는 네 형제자매들이 자라는 모습을 처음부터 지켜봐 왔어. 편애하고 싶진 않지만, 네가 여러모로 그들 중 최고라고 생각한단다. 너무도 많은 면에서 뛰어나서 어디서부터 말해야 할지조차 모르겠어. 너도 알겠지만, 주님께서 원하시는 건 바로 그런 거란다. 처음 맺은 열매가 아니라 가장 좋은 열매 말이야.」

「감사합니다, 목사님.」 댄 목사님은 언제나 레브의 기분이 나아지게 할 말을 알고 있다. 「전 준비됐어요.」 그렇게 말하자,

두려움과 의혹이 남아 있음에도 그가 정말로 준비되어 있다는 깨달음이 찾아온다. 이 일은 레브가 평생 준비해 온, 삶의 목적 그 자체다. 그렇다고는 해도 십일조 파티가 너무 일찍 끝나는 것 같긴 하지만.

아침에 콜더 가족은 응접실에서 함께 식사를 한다. 식탁이 남은 음식으로 꽉 찼다. 레브의 형제자매가 모여 있다. 지금도 부모님의 집에 사는 사람은 몇 명 안 되지만, 오늘만큼은 모두가 아침 식사를 하러 왔다. 그러니까, 마커스만 빼고 모두가.

하지만 가족이 이렇게나 많이 모인 것치고는 평소답지 않게 조용하다. 은식기가 도자기 그릇에 부딪히며 달그락거리는 소리가 대화가 없다는 사실을 더욱 두드러지게 한다.

흰 실크로 된 십일조 옷을 차려입은 레브는 옷에 얼룩이 남지 않도록 조심스럽게 식사한다. 아침을 먹고 난 뒤 작별 인사가 길게 이어진다. 포옹과 입맞춤이 넘쳐 난다. 이게 가장 나쁜 부분이다. 레브는 모두가 그냥 자신을 놓아주고, 작별 인사는 짧게 끝내기를 바란다.

댄 목사님이 도착한다. 그는 레브의 부탁으로 와주었다. 그가 도착하자 작별 인사는 더 빠르게 진행된다. 아무도 목사님의 소중한 시간을 낭비하고 싶어 하지 않기 때문이다. 레브가 가장 먼저 아버지의 캐딜락에 탄다. 아버지가 시동을 걸고 출발하려는 동안 레브는 뒤를 돌아보지 않으려 했지만, 참을 수가 없다. 레브는 등 뒤로 집이 사라져 가는 모습을 지켜본다.

다시는 집을 볼 수 없을 거야. 그는 생각한다. 하지만 그 생각을 머릿속에서 밀어낸다. 비생산적이고 도움이 되지 않는, 이

기적인 생각이다. 그는 옆자리의 댄 목사님을 본다. 댄 목사님은 레브를 지켜보며 미소 짓는다.

「괜찮아, 레브.」 목사님이 말한다. 그의 말을 들으니 정말 그렇게 느껴진다.

「하비스트 캠프까지는 얼마나 걸려요?」 레브는 누구에게랄 것 없이 묻는다.

「여기서 한 시간 정도야.」 어머니가 말한다.

「그리고…… 바로 하는 거예요?」

부모가 서로를 본다. 「분명히 오리엔테이션이 있을 거야.」 아버지가 말한다.

그 짧은 답에 레브는 부모도 자기와 다를 바 없이 모른다는 걸 분명히 깨닫는다.

고속 도로에 접어들자, 레브는 창문을 내려 얼굴에 닿는 바람을 느낀다. 그는 각오를 다지려 눈을 감는다.

난 이 일을 위해 태어났어. 이 일을 위해 평생을 살았어. 난 선택받았어. 축복받았어. 행복해.

갑자기 아버지가 급브레이크를 밟는다.

눈을 감고 있었던 레브는 차가 멈춘 이유를 알지 못한다. 그냥 속도가 급격히 줄어들며 안전벨트가 어깨를 파고드는 느낌이 들었을 뿐이다. 눈을 떠보니 그들은 고속 도로에 멈춰 서 있다. 경광등이 번쩍인다. 그리고 방금 들은 건…… 총소리일까?

「무슨 일이에요?」

그때 레브의 창문 바로 앞에 한 아이가 나타난다. 레브보다 몇 살 많아 보인다. 겁먹은 표정이다. 위험해 보인다. 레브는 재빨리 손을 뻗어 창문을 닫으려 하지만, 너무 늦었다. 그럴 겨를도 없이 아이가 안으로 손을 집어넣어 문의 잠금장치를 당기고 문을 홱 연다. 레브는 얼어붙는다. 어떻게 해야 할지 모르겠다.

「엄마? 아빠?」 그가 외친다.

눈에 살기를 머금은 소년이 레브의 흰 실크 셔츠를 움켜쥐고 그를 차에서 끌어내려 한다. 하지만 안전벨트가 레브를 꽉 잡고 있다.

「뭐 하는 거야? 이거 놔!」

레브의 어머니가 아버지에게 뭔가 하라고 재촉하지만, 아버지도 안전벨트 때문에 허둥대고 있다.

미친 아이가 단 한 번의 빠른 동작으로 레브의 안전벨트를 푼다. 댄 목사님이 그 아이를 붙잡지만, 침입자는 빠르고 강력한 주먹질로 대응한다. 댄 목사님의 턱을 그대로 갈겨 버린다. 폭력적인 행동에 충격을 받은 나머지 레브는 중요한 순간에 주의를 빼앗긴다. 미치광이가 다시 레브를 끌어낸다. 레브는 차 밖으로 떨어지며 도로에 머리를 부딪힌다. 고개를 들어 보니 아버지가 마침내 차에서 나오고 있다. 그러나 미친 아이는 자동차 문을 세게 밀어 아버지를 막는다. 그 바람에 아버지가 넘어진다.

「아빠!」 아버지가 맞은편에서 다가오는 차의 앞길에 떨어진다. 자동차가 급히 방향을 튼다. 천만다행으로 아버지를 피해 간다. 하지만 그 차는 다른 차선으로 끼어들며 충돌한다. 상대 차가 통제 불능으로 빙빙 돈다. 차들이 연이어 충돌하는 소리가 대기를 가득 메운다. 미친 아이가 다시 레브를 일으켜 세운다. 레브의 팔을 꽉 잡고 끌어낸다. 레브는 나이에 비해 덩치가 왜소하다. 아이는 레브보다 두어 살이 많아 보이고 덩치는 훨씬 더 크다. 빠져나올 수 없다.

「그만해!」 레브가 소리친다. 「원하는 건 뭐든 가져가. 내 지갑도 줄게.」 레브가 말한다. 비록 지갑은 없지만. 「차도 가져가. 그냥 사람만 해치지 마.」

미친 아이는 잠시 차에 관심을 보이지만, 잠깐일 뿐이다. 이제는 총알이 그들 주변을 지나쳐 날아간다. 남행 차선에 경찰들이 있다. 그들은 그제야 고속 도로의 차량 통행을 막고, 북행 차선과 남행 차선을 나누는 중앙 분리대까지 왔다. 가장 가까이에 있는 경찰관이 다시 방아쇠를 당긴다. 진정탄이 캐딜락 차체에 맞아 터진다.

미친 아이는 팔로 레브의 목을 감싸 쥐고, 레브를 자신의 몸 앞으로 내세운다. 레브는 아이가 차도, 돈도 원하지 않는다는 걸 깨닫는다. 그는 인질을 원한다.

「움직이지 마. 난 총이 있으니까!」 레브는 아이의 손가락이 옆구리를 찌르는 것을 느낀다. 그게 총이 아니라는 건 안다. 하지만 이 아이는 확실히 불안정한 상태이고, 레브는 그를 자극하고 싶지 않다.

「난 인간 방패로는 아무 쓸모가 없어.」 레브는 그를 설득해 보려고 말한다. 「경찰이 쏘는 건 진정탄이야. 그 말은, 저 사람들은 날 맞혀도 상관없다는 뜻이야. 그래 봤자 기절이나 할 테니까.」

「나보다는 네가 기절하는 게 낫지.」

차들이 휙휙 방향을 바꾸며 스쳐 지나간다. 레브와 미치광이가 주춤거리는 사이, 총알이 둘을 지나쳐 날아간다. 「제발…… 넌 몰라. 지금은 안 돼. 난 십일조야. 하비스트 캠프에 가는 길이라고. 이러다간 아무것도 못 하게 될 거야! 네가 모든 걸 망칠 거야!」

그제야 미치광이의 눈에 희미하게 인간성이 되살아난다. 「너, 언와인드야?」

화낼 일은 백만 가지쯤 있지만, 레브는 방금 아이가 자신을 부른 단어에 저도 모르게 분노가 치민다. 「아니, 십일조야!」

경적이 울린다. 레브가 돌아보자 버스가 그들을 향해 다가오고 있다. 비명을 지를 겨를도 없이 버스는 그들을 피하려고 방향을 틀다가 도로에서 벗어나 거대한 참나무의 굵은 둥치를 그대로 들이받는다. 그 바람에 버스는 완전히 멈춘다.

박살 난 앞 유리에 피가 잔뜩 묻어 있다. 버스 기사의 피다. 그는 창문을 반쯤 뚫고 나와 걸려 있다. 움직이지 않는다.

「아, 제기랄!」 미치광이가 말한다. 목소리에 울먹임이 섞여 있다.

방금 한 소녀가 버스에서 내렸다. 미친 아이가 그 소녀를 본다. 레브는 아이가 딴 데 정신이 팔려 있는 지금이 마지막 기회라는 걸 깨닫는다. 이 아이는 짐승이다. 이런 아이를 상대하려면 자신도 짐승이 되어야 한다. 그래서 레브는 자기 목을 꽉 감은 팔을 움켜잡고, 온 힘을 다해 피 맛이 날 때까지 이를 박아 넣는다. 아이가 비명을 지르며 팔을 푼다. 레브는 그 틈에 도망쳐 아버지의 차로 달려간다.

레브가 차에 가까이 다가가자 뒷문이 열린다. 댄 목사님이 그를 맞이하려 문을 연 것이다. 하지만 목사님의 표정은 전혀 기뻐 보이지 않는다.

미친 아이의 잔인한 주먹질 때문에 이미 얼굴이 부어오른 댄 목사님이 잔뜩 쉰 목소리로 말한다.「도망쳐, 레브!」목소리가 이상하게 떨린다.

예상하지 못한 말이다.「뭐라고요?」

「도망쳐! 최대한 빨리 도망쳐라. 가!」

레브는 그 자리에 얼어붙는다. 아무것도 할 수 없다. 움직일 수도 없고 이해할 수도 없다. 댄 목사님은 왜 그런 말을 하는 걸까? 그 순간 어깨에 통증이 전해진다. 모든 것이 빙빙 돌며 어둠 속으로 쓸려 들어간다.

4
코너

팔의 통증이 견딜 수 없을 만큼 심하다. 그 작은 괴물이 정말로 코너를 물었다. 사실상 아래팔 한 움큼을 뜯어냈다. 다른 차들은 그를 치지 않으려고 급브레이크를 밟다가 연쇄적으로 뒤차에 들이받힌다. 진정탄은 더 이상 날아오지 않지만, 코너는 그게 일시적인 일이라는 걸 안다. 청소년 전담 경찰이 교통사고로 잠깐 주의가 산만해졌지만 오래가지는 않을 것이다.

바로 그때, 코너는 버스에서 내린 소녀와 눈이 마주친다. 그는 소녀가 도와주려고 차에서 달려 나오는 사람들을 향해 비틀비틀 다가가리라고 생각했지만, 그렇진 않다. 소녀는 뒤돌아서 숲속으로 달려간다. 온 세상이 미친 걸까?

코너는 쿡쿡 쑤시고 피가 흐르는 팔을 붙든 채 돌아서서 소녀를 따라 숲속으로 달려가다가 멈춘다. 이제 막 자기 차에 이른, 흰옷을 입은 아이를 돌아본다. 코너는 청소년 전담 경찰이 어디에 있는지 모르지만. 그들은 어딘가 뒤엉킨 자동차들 사이에 도사리고 있을 것이다. 코너는 그 순간 결정을 내린다. 바보 같은 결정이라는 걸 알면서도 어쩔 수가 없다. 코너가 아는 건 단 하나, 오늘 자기 때문에 죽은 사람이 있다는 것뿐이다. 버스 기사가 죽었다. 어쩌면 더 많은 사람이 죽었을지도 모른다. 코너는 어떤 식으로든 균형을 맞춰야 한다. 아무리 큰 위험을 무릅써야 한대도. 뭔가 괜찮은 일을, 무단이탈로 발생한 끔찍한 결과를 조금이나마 보상하기 위한 일을 해야만 한다. 그래서 코너는 자기 보호 본능을 억누르며 흰옷의 아이를 향해 달려간다. 너무도 기쁘게 언와인드당하러 가야 한다던 그 아이를 향해.

코너는 차에 가까이 다가간다. 20미터쯤 떨어진 곳에서 경찰이 총을 들어 발사하는 모습이 보인다. 이런 위험을 무릅써서는 안 되는 거였는데! 도망칠 수 있었을 때 도망쳤어야 했다. 코너는 진정탄 특유의 따끔거리는 감각이 찾아오기를 기다리지만 아무 느낌도 없다. 총알이 발사된 순간 흰옷의 아이가 한 발짝 물러나다가 어깨에 총알을 맞았기 때문이다. 2초 뒤 아이의 무릎이 꺾인다. 아이는 땅에 쓰러지며 완전히 의식을 잃는다. 본의 아니게 그는 코너를 겨냥한 총알에 맞았다.

코너는 시간을 허비하지 않는다. 아이를 땅에서 일으켜 어깨에 둘러멘다. 진정탄이 몇 발 더 날아오지만 더 이상 명중하지는 않는다. 코너는 몇 초 만에 버스를 지나간다. 어쩔 줄 몰라 하는 10대 아이들이 버스에서 내리고 있다. 코너는 그들을 밀치고 숲속으로 들어간다.

숲은 빽빽하다. 나무뿐 아니라 키 큰 관목과 덩굴도 우거져 있다. 하지만 버스에서 도망친 소녀 덕분에 나뭇가지가 꺾이고 덤불이 갈라지며 이미 길이 나 있다. 경찰에게는 그들이 간 방향을 가리키는 화살표나 마찬가지다. 코너는 저 앞에 가는 소녀를 보고 소리친다.「멈춰!」소녀는 돌아보지만, 잠깐일 뿐이다. 곧바로 다시 주변 사방의 빽빽한 식물을 헤치고 나아간다.

코너는 흰옷의 아이를 가만히 내려놓고 서둘러 소녀를 따라잡는다. 그는 소녀의 팔을 부드럽지만 단호하게, 소녀가 빼지 못할 정도로 잡는다.「뭘 피해서 도망치는 건지는 모르겠지만, 우리끼리 협력하지 않으면 이곳을 빠져나갈 수 없어.」코너가 말한다. 그는 청소년 전담 경찰이 보이지 않는지 확인하려고 뒤를 힐끗 돌아본다. 아직은 없다.「부탁이야. 시간이 별로 없어.」

소녀는 덤불과의 싸움을 멈추고 그를 본다.

「계획이라도 있어?」

5
경찰

 J. T. 넬슨 경찰관은 12년 동안 청소년 전담 경찰로 일해 왔다. 그는 무단이탈 언와인드들이 조금이라도 의식이 남아 있는 한 절대 포기하지 않는다는 걸 안다. 그들은 혈중 아드레날린 수치가 높다. 대다수는 불법 약물도 복용 중이다. 니코틴, 카페인, 그보다 나쁜 약물들까지. 넬슨은 자신의 총알이 진짜 총알이기를 바란다. 저 인간쓰레기들을 기절만 시키는 게 아니라 정말로 제거하기를 바란다. 그랬다면 놈들이 저렇게까지 필사적으로 도망치려 들지 않았을 텐데. 도망친다 해도, 뭐, 별로 잃을 건 없고.

 그는 무단이탈 언와인드가 숲속에 낸 길을 따라간 끝에 땅바닥에 쓰러진 무언가에 이른다. 아까의 인질이다. 인질이 그냥 길에 버려져 있다. 흰옷이 나뭇잎 때문에 초록색으로 물들어 있고, 진흙투성이 땅 때문에 갈색으로 얼룩져 있다. **잘됐네.** 경찰은 생각한다. 결국 이 소년이 총에 맞은 것은 잘된 일이었다. 이 아이는 정신을 잃은 덕분에 목숨을 건졌을 것이다. 언와인드가 이 아이를 어디로 데려갔을지, 이 아이에게 무슨 짓을 했을지는 알 길이 없다.

「도와주세요!」 앞쪽에서 목소리가 들려온다. 소녀의 목소리다. 경찰관이 예상하지 못한 일이다.

「도와주세요, 제발. 다쳤어요!」

숲속 깊은 곳에서, 소녀가 나무에 기대앉아 팔을 부둥켜안은 채 아파서 인상을 찡그리고 있다. 이럴 시간은 없지만, 경찰관에게 〈보호하고 섬긴다〉라는 말은 단순한 구호가 아니다. 그는 가끔 자신에게 이런 도덕성이 없었으면 좋겠다고 생각하곤 한다.

그는 소녀에게 다가간다. 「여기서 뭐 하는 거야?」

「전 버스에 타고 있었어요. 버스가 폭발할까 봐 내려서 도망쳤고요. 팔이 부러진 것 같아요.」

경찰관은 소녀의 팔을 본다. 멍 하나 없다. 이것이 그에게 첫 번째 단서가 되었어야 했다. 하지만 그는 너무 앞서 나가고 있었고, 그 단서를 알아차리지 못한다. 「여기 있어. 곧 돌아올게.」 그는 추격을 계속할 태세로 돌아선다. 그때, 위에서 뭔가가 떨어진다. 뭔가가 아니라 누군가다. 무단이탈 언와인드다! 경찰관은 언와인드와 부딪혀 땅에 쓰러진다. 동시에 두 사람이 그를 공격한다. 언와인드와 소녀. 둘이 이 일을 함께 꾸몄다. 어떻게 이렇게 멍청하게 굴었을까? 경찰관은 진정탄이 든 권총으로 손을 뻗지만 총은 그곳에 없다. 대신 그는 총구가 자신의 왼쪽 허벅지에 닿는 것을 느낀다. 언와인드가 어둡고 악랄한 눈빛으로 그를 내려다보며 의기양양하게 말한다.

「잘 자.」

날카로운 통증이 경찰관의 다리를 덮친다. 세상이 사라진다.

6
레브

레브는 어깨에 묵직한 통증을 느끼며 깬다. 처음에는 이상한 자세로 잤을 거라는 생각이 들지만, 곧 통증이 상처 때문이라는 걸 깨닫는다. 레브는 아직 모르지만, 열두 시간 전 그의 왼쪽 어깨에 진정탄이 박혔었다. 그 모든 일이 머릿속에서 형체 없는, 희미한 구름처럼 느껴진다. 레브가 확실히 아는 것은 한 가지뿐이다. 십일조가 되기 위해 가던 길에 10대 살인마에게 납치되었다. 그리고 이상하게도, 댄 목사님의 모습이 자꾸 떠오른다.

댄 목사님이 그에게 도망치라고 했다.

레브는 그게 가짜 기억이라고 확신한다. 댄 목사님이 그런 말을 할 리 없으니까.

모든 것이 흐릿하다. 여기가 어디인지 모르겠다. 지금이 밤이고, 자신이 이곳에 있어서는 안 된다는 것만 알 뿐이다. 그를 데려온 10대 미치광이가 작은 모닥불 건너편에 앉아 있다. 그 옆에는 소녀도 한 명 있다.

그제야 레브는 자신이 진정탄을 맞았다는 걸 깨닫는다. 머리가 아프다. 토할 것 같다. 뇌는 아직 절반만 활성화되어 있는 것 같다. 그는 몸을 일으키려 하지만 뜻대로 되지 않는다. 처음에는 그것도 진정제 때문이라고 생각한다. 하지만 이내 자신이 굵은 덩굴로 나무에 묶여 있다는 걸 알아차린다.

레브는 뭔가 말하려 하지만, 입에서는 작은 신음과 함께 아주 많은 침방울만 나온다. 소년과 소녀가 그를 본다. 레브는 이들이 자신을 죽일 게 분명하다고 생각한다. 그들이 레브를 살려 둔 이유는 하나뿐이다. 죽일 때 레브가 깨어 있기를 바라서다. 미치광이들은 그런 식이니까.

「진정제 나라에서 돌아왔네.」 광기 어린 눈의 소년이 말한다. 단, 지금 그의 눈에는 광기가 없다. 머리칼이 미친 사람같이 뻗어 있을 뿐이다. 자고 일어난 것처럼 머리가 사방으로 뻗쳐 있다.

레브는 혀가 고무 같다고 느끼면서도 간신히 한마디를 내뱉는다. 「어디……」

「몰라.」 소년이 말한다.

소녀가 덧붙인다. 「적어도 넌 안전해.」

안전하다고? 레브는 생각한다. 여기서 대체 뭐가 안전한데?

「이…… 인질?」 레브가 내뱉는다.

소년이 소녀를 보더니 다시 레브를 본다. 「그런 셈이야. 아마 그렇겠지.」 그들은 친구처럼 편안한 목소리로 말한다. 날 속여서 안심하게 만들려는 거야. 레브는 생각한다. 나를 자기들 편으로 끌어들이려는 거지. 뭔지는 몰라도, 자기들이 계획한 범죄에 가담하게 만들려고. 그런 행동을 부르는 말이 있지 않던가? 인질이 납치범에게 동조하게 되는 경우 말이다. 무슨 증후군이었는데.

레브는 미친 아이가 숲에서 주워 온 게 분명한 열매와 견과 더미를 발견한다.

「배고파?」

레브는 고개를 끄덕이지만, 그 동작만으로도 머리가 핑핑 돈다. 아무리 배가 고파도 먹지 않는 게 낫겠다는 생각이 든다. 먹어 봐야 다 토할 테니까. 「아니.」 그가 말한다.

「너, 혼란스러운 것 같은데.」 소녀가 말한다. 「걱정하지 마. 진정제 때문이야. 금방 약효가 떨어질 거야.」

스톡홀름 증후군이지! 맞아! 글쎄, 레브는 절대 이들에게 설득되지 않을 것이다. 절대 그들의 편에 서지 않을 것이다.

댄 목사님이 나한테 도망치라고 했어.

그게 무슨 뜻이었을까? 납치범들에게서 도망치라는 말이었을까? 그럴지도 모르지만, 목사님은 완전히 다른 말을 하는 것 같았다. 레브는 눈을 감고 그 생각을 쫓아 버린다.

「부모님이 날 찾으실 거야.」 레브가 말한다. 그의 입은 이제 온전한 문장을 조합할 수 있다.

아이들은 대답하지 않는다. 아마 그 말이 사실이 아니라는 걸 알기 때문일 것이다.

「몸값은 얼마야?」 레브가 묻는다.

「몸값? 그런 건 없어.」 미친 아이가 말한다. 「난 널 구하려고 데려온 거야, 이 멍청아!」

구한다고? 레브는 믿을 수 없다는 듯이 그를 바라본다. 「하지만…… 내 십일조는…….」

미친 아이가 고개를 젓는다. 「언와인드당하고 싶어서 이렇게 서두르는 애는 처음 본다.」

불경한 두 아이에게 십일조의 의미를 설명하는 건 아무 의미 없는 일이다. 자신을 바치는 것이야말로 궁극적인 축복이라는 점을 이들은 절대 이해하지도, 이해하려 들지도 않을 것이다. 레브를 구한다고? 이들은 레브를 구한 게 아니라 그를 같이 지옥으로 끌고 내려왔다.

그때 레브는 뭔가를 깨닫는다. 그는 이 상황을 자신에게 유리하게 이용할 수 있다. 「내 이름은 레브야.」 그는 최대한 태연한 척하면서 말한다.

「만나서 반가워, 레브.」 소녀가 말한다. 「난 리사야. 얘는 코너.」

코너가 리사를 고약한 표정으로 쏘아본다. 리사가 그들의 진짜 이름을 댄 것이 분명하다. 인질범으로서는 좋은 생각이 아니다. 하긴, 대부분의 범죄자는 멍청하다.

「일부러 네가 진정탄을 맞게 한 건 아니야.」 코너가 말한다. 「경찰의 사격 솜씨가 나빠서 그랬지.」

「네 잘못도 아닌걸.」 레브는 그렇게 말한다. 사실은 이 모든 것이 코너의 잘못이지만. 레브는 기억을 더듬으며 말한다. 「네가 아니었으면, 난 절대 십일조가 되기 싫다고 도망치지 않았을 거야.」 그것만큼은 사실이다. 레브는 분명히 안다.

「그럼 내가 있어서 다행이었네.」 코너가 말한다.

「그러게.」 리사가 말한다. 「코너가 고속 도로를 질주하지 않았으면, 나도 지금쯤 언와인드당했을 거야.」

잠시 침묵이 흐른다. 레브는 분노와 역겨움을 삼키며 말한다. 「고마워. 날 구해 줘서.」

「별말씀을.」 코너가 말한다.

좋다. 그들이 레브가 고마워한다고 생각하게 놔두자. 레브의 신뢰를 얻었다고 생각하게 놔두자. 그들이 허울뿐인 안전하다는 느낌에 빠져드는 순간, 레브는 두 사람이 마땅히 받아야 할 대가를 치르게 할 것이다.

7
코너

코너는 청소년 전담 경찰의 총을 챙겼어야 했다. 하지만 당시에는 미처 생각하지 못했다. 경찰을 그의 무기로 마취시켰다는 사실에 너무 놀란 나머지 그냥 총을 떨어뜨리고 도망쳤다. 레브를 데려가겠다고 주간 고속 도로에 배낭을 흘리고 온 것과 같은 실수였다. 그 안에는 코너의 전 재산이 들어 있는 지갑도 있었는데. 이제 코너에게는 주머니 속 보풀 말고는 아무것도 없다.

늦은 시각이다. 아니, 정확히 말하자면 이른 시간이다. 거의 새벽이 되었으니까. 그와 리사는 하루 종일 숲을 헤치고 다녔다. 정신을 잃은 십일조를 데리고 갈 수 있는 한 멀리까지 어둠이 내리자 그와 리사는 번갈아 가며 상대가 잠을 자는 동안 망을 봤다.

코너는 레브를 믿지 않는다. 그래서 그를 나무에 묶어 둔 것이다. 하지만 버스에서 달려 나온 리사를 믿어야 할 이유도 없다. 지금 그들을 묶어 주는 건 살아남아야 한다는 공동의 목표뿐이다.

이젠 달이 하늘을 떠나 버렸다. 대신 머잖아 새벽이 올 것을 약속하는 희미한 빛이 보인다. 지금쯤 그들의 얼굴이 사방에 나붙었을 것이다. 이 아이들을 보셨습니까? 접근하지 마십시오. 극도로 위험한 인물입니다. 즉시 경찰에 신고하십시오. 우스운 일이다. 학교에서는 위험인물인 척하느라 그토록 많은 시간을 낭비했는데, 정작 위험인물이 되고 보니 자신이 그렇게 위험한 존재라고 확신한 적은 한 번도 없었다는 걸 알겠다. 코너 자신에게나 위험인물이었다면 모를까.

레브가 줄곧 그를 지켜본다. 처음에는 눈에 힘이 풀려 있고 고개는 한쪽으로 기울어져 있었다. 하지만 지금은 두 눈이 예리하게 빛난다. 불빛이 잦아들며 사방이 어둑한데도 날카롭게 보인다. 서늘한 파란색이다. 계산적인 눈빛이다. 이상한 녀석이다. 코너는 레브라는 외계인의 머릿속에서 무슨 일이 벌어지고 있는 건지 잘 모르겠다. 뭘 알고 싶은 건지조차 모르겠다.

「처치 안 하면 물린 자리가 감염될 거야.」 레브가 말한다.

코너는 레브가 문 팔을 본다. 상처는 여전히 빨갛게 부어 있다. 레브가 일깨워 주기 전에는 통증을 잊고 있었는데. 「……어떻게든 해볼게.」

레브는 줄곧 그를 살펴본다. 「넌 왜 언와인드당하는 거야?」

코너는 온갖 이유로 그 질문이 마음에 들지 않는다. 「왜 언와인드당할 뻔했냐고 해야지. 보면 알겠지만, 이젠 언와인드 당하지 않을 테니까.」

「잡히면 당하겠지.」

코너는 아이의 얼굴을 후려쳐 잘난 척하는 표정을 지워 버리고 싶지만 참는다. 때리려고 이 아이를 구한 건 아니니까.

「그럼 넌? 평생 언젠가 희생당하리라는 걸 알면서 사는 기분은 어때?」 코너가 묻는다. 공격하려는 의도로 던진 말이지만 레브는 진지하게 받아들인다.

「인생의 목표를 모른 채로 평생을 사는 것보단 낫지.」

일부러 코너를 움찔하게 하려고 던진 말일까? 잘 모르겠다. 코너가 아무 목표도 없이 살고 있다는 뜻이려나? 그 말을 들으니 나무에 묶인 건 레브가 아니라 자기 자신인 것만 같다. 「인생의 목표를 모르고 사는 것도 그렇게 나쁘진 않아.」 코너가 말한다. 「우리 모두 험프리 던피처럼 될 수도 있었는걸.」

레브는 그 이름에 놀란 듯하다. 「그 얘기를 알아? 우리 동네에서만 하는 이야기인 줄 알았는데.」

「아냐.」 코너가 말한다. 「애들은 어디서든 그 얘기를 해.」

「지어낸 이야기야.」 방금 잠에서 깬 리사가 말한다.

「그럴지도 모르지.」 코너가 말한다. 「하지만 전에 내 친구랑 학교 컴퓨터로 그 얘기를 찾아본 적이 있어. 험프리 던피 부모가 완전히 미쳤다는 얘기가 나와 있는 웹사이트에 들어갔지. 그때 컴퓨터가 다운됐어. 알고 보니, 지역 서버 전체를 쓸어버리는 바이러스에 공격당한 거더라고. 우연이었을까? 아닌 것 같은데.」

레브는 이 말에 넘어갔지만, 리사는 꽤 거북해하며 말한다. 「뭐, 난 절대 험프리 던피처럼 되지 않아. 부모가 미치려면 일단 부모가 있어야 하는데, 난 없거든.」 리사가 일어선다. 코너는 잦아드는 불에서 고개를 돌린다. 새벽이 밝았다.

「앞으로도 안 잡히려면 방향을 다시 잡아야 해.」 리사가 말한다. 「변장도 생각해 봐야 하고.」

「어떻게?」코너가 묻는다.

「몰라. 일단 옷을 갈아입어야지. 머리도 잘라야 할지 모르고. 경찰은 남자 둘, 여자 하나를 찾고 있을 거야. 내가 남자로 변장할 수도 있겠지.」

코너는 그녀를 자세히 보다가 미소 짓는다. 리사는 예쁘다. 아리아나가 예쁜 것과는 다르지만, 그보다 더 나은 방식으로 예쁘다. 아리아나의 예쁘장함은 대부분 화장이나 색소 주입 같은 것 덕분이었다. 반면 리사의 아름다움은 자연스럽다. 코너는 별생각 없이 손을 뻗어 리사의 머리카락을 만지며 부드럽게 말한다. 「아무도 널 남자라고 생각할 것 같지는 않은데…….」

순간, 코너의 손이 뒤로 확 꺾인다. 온몸이 틀어진다. 리사가 코너의 팔을 아프게 비틀어 허리 쪽으로 밀어 넣는다. 너무 아파서 비명조차 나오지 않는다. 그저 〈아, 아, 아!〉 하는 소리뿐이다.

「다시는 내 몸에 손대지 마. 다음엔 팔을 뽑아 버릴 거야.」 리사가 말한다. 「알았어?」

「알았어, 알았어. 안 그럴게. 놔줘. 알아들었어.」

저쪽 참나무 아래에서 레브가 웃는다. 코너가 아파하는 걸 보니 기쁜 모양이다.

리사는 팔을 놓아주지만, 코너는 여전히 어깨가 욱신거린다. 「그럴 필요는 없었잖아.」 코너는 아직도 팔이 많이 아프다는 걸 티 내지 않으려고 애쓰며 말한다. 「내가 널 해치려고 한 것도 아닌데.」

「그래. 뭐, 이젠 절대 그럴 수 없겠지.」 리사가 말한다. 약간은 심했나 싶은지 말투에서 죄책감이 느껴진다. 「내가 주립 보호 시설에서 자랐다는 걸 잊지 마.」

코너는 고개를 끄덕인다. 그는 주보시 아이들에 대해 안다. 그들은 아주 어릴 때부터 자기 몸을 지키는 방법을 배워야 한다. 그렇지 않으면 별로 유쾌하지 못한 삶을 살게 된다. 리사가 봉선화처럼 건드리기만 해도 터지는 타입의 아이라는 걸 진작 눈치챘어야 했는데.

「미안한데.」 레브가 말한다. 「날 나무에 묶어 두면 우린 어디로도 갈 수 없어.」

코너는 지금도 레브의 눈에 떠오른, 남을 멋대로 판단하는 듯한 표정이 마음에 들지 않는다. 「네가 도망치지 않으리라는 걸 어떻게 믿지?」

「모르지. 근데 너희가 풀어 줄 때까지 난 인질이야.」 레브가 말한다. 「풀어 주면, 그 순간 나도 너희와 같은 도망자가 되는 거고. 묶여 있을 땐 적이지만 풀려나면 친구라고.」

「네가 도망치지 않는다면 그렇겠지.」 코너가 말한다.

리사가 조바심을 내며 덩굴을 풀어 주기 시작한다. 「얠 여기에 놔두고 갈 게 아니라면 그 정도 위험은 감수해야 해.」 코너도 무릎을 꿇고 돕는다. 레브는 금방 풀려난다. 그는 일어나서 기지개를 켜고 진정탄에 맞은 어깨를 문지른다. 레브의 눈은 여전히 얼음장 같은 파란색이다. 코너는 그 눈빛을 읽기 어렵다. 하지만 레브는 도망치지 않는다. 코너는 생각한다. 어쩌면 이 녀석도 십일조라는 〈의무〉를 극복한 걸지도 몰라. 이제야 살아남는다는 것의 의미를 깨닫기 시작했는지도 모르지.

8
리사

리사는 숲속에서 마주치기 시작한 음식 포장지와 깨진 플라스틱 조각에 알 수 없는 불안감을 느낀다. 문명의 첫 번째 흔적은 언제나 쓰레기다. 문명이란 건, 그들의 얼굴을 뉴스넷에서 보고 알아볼 사람들이 있다는 뜻이다.

리사는 인간과의 접촉을 완전히 피하는 것이 불가능하다는 걸 알고 있다. 그들이 살아남을 확률이나 남들 눈에 띄지 않고 지낼 수 있는 능력에 대해서도 환상을 품지 않는다. 그들은 익명으로 지내야 하지만, 완전히 그들끼리만 지낼 순 없다. 다른 사람의 도움이 필요하다.

「아니, 필요 없어.」 주변에서 문명의 흔적이 점점 더 많아지자 코너가 빠르게 반박한다. 이제는 쓰레기만이 아니라, 무릎 높이까지 올라오는 돌담의 이끼 낀 잔해와 전기가 전선으로 전달되던 시대의 오래된 송전탑이 남긴 녹슨 잔해도 보이기 시작한다. 「우리한테는 아무도 필요 없어. 필요한 건 우리가 직접 구하면 돼.」

리사는 이미 너덜너덜해진 인내심을 부여잡으려고 애쓰며

한숨을 쉰다. 「네가 도둑질을 아주 잘한다는 건 알겠는데, 내가 보기에 그건 좋은 방법이 아니야.」

코너는 리사의 말에 담긴 속뜻에 모욕감을 느낀 듯하다. 「그럼 넌 뭐라고 생각하는데? 사람들이 그냥 착한 마음에 우리한테 음식이든 뭐든 필요한 걸 내줄 거라는 말이야?」

「아니.」 리사가 말한다. 「하지만 무턱대고 달려드는 대신 영리하게 행동하면 승률이 올라가겠지.」

그녀의 말에 코너는 발을 쿵쿵거리며 멀어져 간다. 어쩌면 리사가 일부러 깔보는 듯한 말투를 썼기 때문인지도 모른다.

리사는 레브가 멀리서 말다툼을 지켜보는 걸 알아챈다. 도망갈 거라면 지금이야. 코너랑 내가 싸우느라 바쁠 때. 리사는 문득 이것이 레브를 시험해 볼 훌륭한 기회라는 것을 깨닫는다. 레브가 정말로 그들의 편이 된 건지, 그저 시간을 벌며 탈출을 노리는 건지 알아볼 기회 말이다.

「어딜 그냥 가!」 리사가 코너에게 짓씹어 뱉는다. 말다툼을 이어 가려고 최선을 다한다. 한편으로 그녀는 레브를 주시한다. 「난 아직 얘기 안 끝났어!」

코너가 그녀를 돌아본다. 「내가 왜 들어야 하는데?」

「뇌가 반쪽이라도 있으면 듣겠지. 근데 없나 보네!」

코너가 리사의 공간에 깊숙이 들어온다. 리사가 누구에게도 허락하지 않을 만큼 가까이. 「내가 아니었으면 넌 지금 하비스트 캠프로 가고 있었을걸!」 코너가 말한다. 리사는 손을 들어 그를 밀치려고 하지만, 코너가 먼저 손을 들어 그녀의 손목을 잡는다. 그 순간 리사는 자신이 선을 넘었음을 깨닫는다. 이 소년에 대해 뭘 안다고 그를 도발했을까? 코너는 언와인드당할 예정이었다. 어쩌면 그럴 만한 이유가 있었는지도 모른다. 합당한 이유가.

리사는 몸싸움을 피하려고 신경을 쓴다. 몸싸움이 벌어지면 코너가 우위를 차지할 수 있기 때문이다. 그녀는 목소리에 최대한 권위를 실어 말한다. 「놔.」

「왜? 내가 너한테 뭐라도 할까 봐?」

「이걸로 네가 내 몸에 손댄 게 두 번째야.」 리사가 말한다. 그럼에도 코너는 놓지 않는다. 하지만 리사는 곧 알아차린다. 코너의 손아귀는 그리 위협적이지 않다. 꽉 잡은 게 아니다, 헐겁다. 거칠지도 않다. 리사는 손목을 살짝 잡아채기만 해도 쉽게 빠져나올 수 있다. 그런데 그녀는 왜 그렇게 하지 않는 걸까?

리사는 코너가 이런 행동으로 어떤 주장을 하려 한다는 걸 안다. 하지만 요점이 뭔지는 확실하지 않다. 자기가 원하면 리사를 해칠 수 있다고 경고하는 걸까? 아니면, 그의 메시지는 부드러운 손동작 자체에 실려 있는 걸까? 자신이 그런 사람이 아니라고 말하려는 걸까?

뭐, 상관없어. 리사는 생각한다. 부드러운 침해라도 침해는 침해다.

리사는 코너의 무릎을 본다. 제대로 겨누어 차면 그의 무릎을 부러뜨릴 수 있다.

「난 1초 만에 널 쓰러뜨릴 수 있어.」 리사가 위협한다.

코너는 전혀 위기감을 티 내지 않고 말한다. 「알아.」

어째서인지 코너도 리사가 그런 짓을 하지 않으리라는 걸 안다. 처음에 리사가 그의 팔을 꺾은 건 그냥 반사적인 행동이었다. 하지만 리사가 두 번째로 해를 가한다면, 그건 의식적인 행동이 될 것이다. 선택에서 비롯된 행동.

「물러나.」 리사가 말한다. 이제 그녀의 목소리에는 방금까지 실려 있던 힘이 없다.

이번에 코너는 그 말을 듣는다. 꽤 거리를 두고 물러난다. 둘 다 서로에게 해를 가할 수 있었지만 그러지 않았다. 리사는 그게 어떤 의미인지 확신할 수 없다. 그녀가 아는 건, 자신이 코너에게 화가 나는 이유가 너무도 복잡하게 얽혀 있어 그 이유들을 구분할 수 없다는 것뿐이다.

그때 오른쪽에서 목소리가 들린다. 「아주 재미있긴 한데, 싸움이 별 도움이 될 것 같진 않아.」

레브다. 리사는 그녀의 작은 계략이 실패했음을 깨닫는다. 처음에는 레브를 시험하려고 꾸며낸 가짜 말다툼이 진짜가 되었다. 그 과정에서 레브를 완전히 잊었다. 레브는 도망칠 수도 있었다. 코너와 리사는 그가 떠나고 한참이 지날 때까지 몰랐을 것이다.

리사는 코너를 좀 더 노려본다. 세 사람 사이의 긴장 상태가 이어진다. 10분 뒤, 레브가 혼자 볼일을 보러 간 사이 코너가 다시 말을 건다.

「잘했어.」 코너가 말한다. 「통했네.」

「뭐가?」

코너가 몸을 가까이 기울이며 속삭인다. 「말다툼 말이야. 우리가 관심을 기울이지 않을 때 레브가 도망치는지 보려고 한 거지?」

리사는 깜짝 놀란다. 「알았어?」

코너는 약간 재미있어하며 그녀를 본다.「뭐…… 그렇지.」

리사는 전에도 코너를 잘 모르겠다고 느꼈지만, 지금은 더 그렇다. 어떻게 봐야 할지 모르겠다.「그러니까…… 아까 일이 다 쇼였다는 거야?」

이제는 코너가 확신을 잃을 차례다.「그런 것 같은데. 그런 셈이지. 아니었어?」

리사는 애써 미소를 참는다. 갑자기 이상하게도 코너가 편하게 느껴진다. 어떻게 그럴 수 있는지 놀랍다. 둘의 말다툼이 전부 진심이었다면 리사는 코너를 경계했을 것이다. 완전히 연기였다고 해도 경계했을 것이다. 그렇게 설득력 있게 거짓말을 할 수 있다면 절대 그를 믿을 수 없을 테니까. 하지만 방금의 말다툼에는 두 가지가 섞여 있었다. 그건 진심이기도 했고 연기이기도 했다. 그 조합이 모든 것을 괜찮게 만들었다. 안전그물 위에서 아슬아슬하게 곡예를 하는 것처럼 안전한 기분이 들었다.

코너와 함께 레브가 있는 곳으로 향하면서, 리사는 그 예상치 못한 기분에 매달린다. 그렇게 그들은 문명이라는 무시무시한 미래를 향해 나아간다.

2부
황새

「인간 본성을 먼저 바꾸지 않고는 법을 바꿀 수 없어.」
— 보육사 그레타

「법을 먼저 바꾸지 않고는 인간 본성을 바꿀 수 없어.」
— 보육사 이본

9
엄마

 엄마는 열아홉 살이지만, 그렇게 나이가 많은 것 같지는 않다. 어린 소녀였을 때보다 똑똑해진 것 같지도 않고, 이런 상황에 대처하는 능력이 나아진 것 같지도 않다. 궁금해진다. 그녀는 언제부터 더 이상 아이가 아니게 된 걸까? 법에 따르면 열여덟 살이 된 순간부터다. 하지만 법은 그녀를 모른다.

 그녀는 여전한 분만의 고통에 시달리며 갓난아기를 꼭 끌어안는다. 서늘한 아침이다. 이제 막 새벽이 지났다. 그녀는 뒷골목을 따라 걷는다. 사람이 한 명도 없다. 쓰레기통들이 각진 검은색 그림자를 드리운다. 사방에 깨진 병 조각이 널려 있다. 그녀는 지금이 이런 일을 하기에는 완벽한 시간이라는 걸 안다. 코요테를 비롯해 썩은 고기를 먹는 동물들이 나와 있을 확률이 낮으니까. 아기가 불필요하게 고통받는다고 생각하면 견딜 수 없다.

 커다란 초록색 쓰레기통이 눈앞에 나타난다. 쓰레기통은 골목의 울퉁불퉁한 포장도로 위에 기울어진 채 서 있다. 그녀는 아기를 꼭 끌어안는다. 쓰레기통에서 손이 돋아 나와 아기를 그 더러운 뱃속 깊은 곳으로 끌고갈 것처럼. 그녀는 쓰레기통 주변을 지나쳐 골목을 계속 따라간다.

생명법이 통과된 직후에는 저런 쓰레기통이 그녀 같은 소녀들을 유혹하기도 했다. 소녀들은 절박한 나머지 원치 않는 갓난아기를 쓰레기통에 버렸다. 그런 일이 너무 흔해서, 더 이상 뉴스에 나오지도 않았다. 그냥 삶의 일부가 되었다.

우습게도 생명법은 생명의 신성함을 보호하기 위한 법이었다. 하지만 오히려 생명을 싸구려로 만들었다. 그녀 같은 소녀들에게 훨씬 나은 대안을 허락해 준 훌륭한 법인 황새법에 감사해야 했다.

새벽이 이른 아침으로 바뀌면서, 그녀는 골목을 벗어나 주택가로 접어든다. 거리를 하나 건널 때마다 동네는 점점 나아진다. 집들이 크고 아늑해 보인다. 황새 배달을 하기에 적절한 동네다.

그녀는 영리하게 집을 선택한다. 그녀가 고른 집은 가장 큰 집도, 가장 작은 집도 아니다. 거리로 나오는 길이 매우 짧아서 빠르게 떠날 수 있는 집이다. 또 웃자란 나무들 덕분에 집 안팎에서는 누구도 갓난아기를 황새 배달하는 그녀를 볼 수 없을 것이다.

그녀는 조심스레 현관으로 다가간다. 집 안에는 아직 불이 켜지지 않았다. 다행이다. 진입로에는 자동차가 한 대 서 있다. 사람들이 집 안에 있다는 뜻이면 좋겠다. 그녀는 머뭇거리며 현관 계단을 오른다. 소리를 내지 않으려고 주의한다. 그런 다음 무릎을 꿇고, 잠든 아기를 현관 앞 발 매트에 내려놓는다. 아기는 두 겹의 담요에 싸여 있다. 머리는 모직 모자로 덮여 있다. 그녀는 담요를 제대로 꼭 여민다. 그녀가 엄마로서 배운 유일한 행동이다.

그녀는 초인종을 누르고 도망칠까 고민하지만, 그게 좋은 생각이 아님을 깨닫는다. 사람들에게 잡혔다간 아기를 키워야 할 의무가 생긴다. 그것도 황새법의 일부다. 하지만 사람들이 문을 열었을 때 아이만 있다면, 법은 그 상황을 〈본 사람이 키워야 하는〉 상황으로 간주한다. 그들이 원하든, 원치 않든.

임신했다는 걸 알게 된 순간부터 그녀는 이 아기를 황새 배달하게 되리라는 걸 알고 있었다. 마침내 아기를 봤을 때, 너무도 무력하게 그녀를 올려다보는 눈을 마주했을 때 그녀는 생각이 바뀌기를 바랐다. 하지만 누구를 속이겠는가? 인생의 이 시점에 그녀는 어머니가 될 기술도, 욕구도 없었다. 황새 배달은 언제나 최선의 선택이었다.

그녀는 어리석을 정도로 오래 머물렀다는 걸 알아차린다. 위층에 불이 켜졌다. 그녀는 억지로 잠든 아기에게서 시선을 돌리고 떠난다. 이제는 짐을 덜었기에 힘이 난다. 지금 그녀는 인생에서 두 번째 기회를 얻었다. 이번에는 더 현명하게 굴 것이다. 반드시.

그녀는 서둘러 거리를 따라가며 두 번째 기회를 얻을 수 있다니 참 멋진 일이라고 생각한다. 이렇게 쉽게 책임에서 벗어날 수 있다니 얼마나 멋진 일이냐고.

10
리사

 황새 배달된 갓난아기와 몇 블록 떨어진 곳, 빽빽한 숲 가장자리에서 리사는 어느 집 문 앞에 선다. 그녀가 초인종을 누르자 잠옷 차림의 여자가 나온다.

 리사는 여자에게 활짝 미소 지어 보인다. 「안녕하세요? 저는 디디라고 하는데요. 학교에서 옷이랑 음식을 모으고 있어요. 그러니까, 노숙자들에게 줄 거거든요? 이게 대회 같은 거라서…… 제일 많이 모아 오는 사람한테 플로리다로 여행을 보내 준다나 뭐라나요? 도와주신다면 정말, 정말 좋을 것 같은데요?」

 졸음에 겨운 여자는, 노숙자들을 돕겠다는 바보 같은 〈디디〉의 말을 따라잡느라 머리를 억지로 굴린다. 디디의 말이 너무 빨라 한마디도 제대로 알아들을 수 없었기 때문이다. 리사에게 껌이 있었다면, 그녀는 더 진짜처럼 보이기 위해서 말하는 도중에 풍선도 불어 터뜨렸을 것이다.

 「제발, 제발, 제발요. 제가, 그러니까, 지금 2등이거든요?」

 문 앞의 여자는 한숨을 쉰다. 그녀는 〈디디〉가 빈손으로 떠나지 않으리라는 사실을 체념하며 받아들인다. 가끔은 그냥 뭔가를 쥐버리는 게 이런 애들을 쫓아내는 가장 좋은 방법이다. 「잠깐만 기다려.」 여자가 말한다.

3분 뒤, 리사는 옷과 통조림이 가득 담긴 가방을 들고 그 집을 떠난다.

「끝내주는데.」 숲 가장자리에서 지켜보던 코너가 말한다.

「말해 뭐 해? 난 예술가야.」 리사가 말한다. 「이건 피아노 연주와 비슷해. 사람들을 움직이려면 어떤 건반을 눌러야 하는지만 알면 돼.」

코너가 미소 짓는다. 「네 말이 맞아. 이게 훔치는 것보다 훨씬 낫다.」

「사실 사기 치는 것도 도둑질이야.」 레브가 말한다.

리사는 그 말에 약간 신경이 곤두서고 불편해지지만, 티 내지 않으려 노력한다.

「그럴 수도 있지.」 코너가 말한다. 「그래도 폼 나는 도둑질인걸.」

숲의 끝에는 주택 단지가 펼쳐져 있다. 잘 다듬어진 잔디밭이 낙엽과 함께 노랗게 물들고 있다. 진정한 가을이 찾아왔다. 이곳의 집들은 거의 똑같지만 완전히 똑같지는 않고, 거의 똑같지만 완전히 똑같지는 않은 사람들로 가득하다. 리사가 잡지와 TV에서만 보던 세상이다. 리사에게 교외란 마법의 왕국이었다. 아마 리사가 누구보다 용감하게 그 집에 다가가 디디인 척할 수 있었던 것도 그 때문이다. 이 동네는 오하이오 주립 보호 시설 23호의 산업용 오븐에서 갓 구워 낸 빵 냄새처럼 그녀를 끌어당겼다.

일행은 누구도 창밖으로 그들을 내다볼 수 없는 숲속으로 돌아와 가방을 확인한다. 그게 핼러윈 사탕으로 가득 찬 선물 자루라도 되는 것처럼.

가방 안에는 코너에게 잘 맞는 바지 한 벌과 단추 달린 파란색 셔츠가 들어 있다. 레브에게 잘 맞는 재킷도 있다. 리사가 입을 만한 옷은 없지만 괜찮다. 다른 집에서 또 디디인 척할 수 있으니까.

「난 지금도 옷을 갈아입는다고 뭐가 달라질지 모르겠어.」 코너가 말한다.

「넌 TV도 안 봐?」 리사가 말한다. 「경찰이 나오는 프로그램을 보면, 지명 수배를 내릴 때 용의자가 마지막으로 입고 있었던 옷을 꼭 설명하잖아.」

「우린 용의자가 아니야.」 코너가 말한다. 「무단이탈자지.」

「우린 중범죄자야.」 레브가 말한다. 「너희가 하는 일, 그러니까 우리가 하는 일은 연방법에 따른 범죄라고.」

「뭐, 옷을 훔치는 게?」 코너가 묻는다.

「아니, 우리 자신을 훔치는 게. 언와인드 의뢰서에 서명이 이루어진 순간부터 우리는 정부의 재산이 돼. 무단이탈하면, 연방법에 따른 범죄자가 되는 거야.」

이 말이 리사에게는 불편하게 들린다. 코너에게도 마찬가지다. 하지만 둘 다 그 불편함을 떨쳐 낸다.

이런 식으로 사람이 사는 동네에 가는 건 위험하지만 필요한 일이다. 아침이 지나면 그들은 지도를 다운로드할 도서관을 찾을 수 있을 것이다. 지도를 얻으면 영영 사라져 버릴 수 있을 만큼 큰 황무지를 찾을 수 있을 테고. 소문에 따르면, 어딘가에 무단이탈 언와인드로 이루어진 숨겨진 공동체가 있다고 한다. 아마 그런 곳을 찾을 수 있을 것이다.

그들이 조심스레 동네를 가로질러 갈 때, 한 여자가 다가온다. 실은 기껏해야 열아홉 살이나 스무 살쯤 되었을 소녀일 뿐이다. 그녀는 빠르게 걷지만 걸음걸이가 이상하다. 어딘가 상처가 있거나 상처에서 회복 중인 것 같다. 리사는 그녀가 자신들을 알아보리라 확신하지만, 소녀는 눈도 마주치지 않고 지나쳐 모퉁이를 돌아 서둘러 사라진다.

11
코너

노출되었다. 취약하다. 코너는 숲에 계속 머물 수 있기를 바라지만, 도토리와 나무 열매로 버티는 데도 한계가 있다. 그들은 마을로 내려가야 한다. 음식과 정보를 찾아서.

「들키지 않으려면 지금이 제일 좋아.」 코너가 다른 두 사람에게 말한다. 「아침에는 모두가 바쁘니까. 출근을 하든, 뭘 하든 다들 정신이 없어서.」

코너는 덤불에서 신문을 발견한다. 배달하는 소년이 잘못 던진 것이다. 「이걸 봐!」 코너가 말한다. 「신문이야. 요즘도 신문 보는 사람이 있나?」

「우리 얘기가 나와?」 레브가 묻는다. 신문에 나오는 게 좋은 일이라도 되는 듯이. 세 사람은 1면부터 훑기 시작한다. 오스트레일리아에서 벌어진 전쟁, 정치인들의 거짓말…… 늘 똑같은 얘기다. 코너는 서툴게 지면을 넘긴다. 신문은 크고 거추장스럽다. 쉽게 찢어지고, 연처럼 바람을 받는다. 읽기가 힘들다.

2면에도, 3면에도 그들의 이야기는 없다.

「오래된 신문일지도 몰라.」 리사가 말한다.

코너가 맨 위의 날짜를 확인한다. 「아니, 오늘 자야.」 그는 바람과 씨름하며 지면을 넘긴다. 「아…… 여기 있다.」

헤드라인은 〈주간 고속 도로의 연쇄 추돌 사고〉다. 아주 짧은 기사다. 아침에 자동차 사고가 일어나서 어쩌고저쩌고, 교통이 몇 시간 동안 정체되었고 어쩌고저쩌고. 기사에는 버스 기사가 사망했으며 도로가 세 시간 동안 폐쇄되었다는 내용이 있다. 하지만 그들에 관한 언급은 없다. 코너는 기사의 마지막 줄을 큰 소리로 읽는다.

「이 지역에서 진행된 경찰 작전으로 운전자들의 주의가 흐트러져 사고가 발생한 것으로 보인다.」

그들은 모두 어안이 벙벙해진다. 코너는 안도감을 느낀다. 뭔가 대단한 짓을 벌이고도 빠져나간 것 같은 느낌이다.

「이럴 리가 없어.」 레브가 말한다. 「내가 납치…… 아니, 최소한 사람들은 내가 납치당했다고 생각하잖아. 그 얘기가 나와야 하는데.」

「레브 말이 맞아.」 리사가 말한다. 「신문에는 언제나 언와인드 관련 소식이 실려. 우리 얘기가 빠졌다면 이유가 있는 거야.」

코너는 두 사람을 이해할 수 없다. 이 선물 같은 소식에서 굳이 흠을 찾으려 들다니! 그는 바보들에게 말하듯 천천히 말한다. 「기사가 나지 않았다는 말은 사진이 실리지 않았다는 뜻이야. 그 말은, 사람들이 우리를 못 알아볼 거라는 뜻이고. 그게 뭐가 문제인지 모르겠는데.」

리사가 팔짱을 낀다. 「왜 사진이 실리지 않은 걸까?」

「모르지. 경찰이 일을 망쳤다는 걸 알리기 싫어서 쉬쉬하는 걸지도.」

리사가 고개를 젓는다. 「뭔가 잘못된 느낌인데…….」

「느낌이 무슨 상관이야!」

「목소리 낮춰!」 리사가 화를 내며 속삭인다.

코너는 애써 성질을 다스린다. 다시 소리를 질렀다가 사람들의 관심을 끌까 봐 아무 말도 하지 않는다. 그는 말없이 두 사람을 본다. 리사는 이 상황에 대해 고민하고 레브는 둘을 번갈아 보며 상황을 살핀다. 리사는 바보가 아니야. 코너는 생각한다. 그러니까 리사도 이게 좋은 일이고, 자기 걱정에는 아무 근거가 없다는 걸 알게 될 거야.

하지만 리사는 오히려 이렇게 말한다. 「우리가 신문에 실리지 않는다면, 우리가 살든 죽든 누가 알겠어? 잘 봐. 경찰이 우리를 쫓는다는 얘기가 신문에 도배되면, 경찰이 우리를 찾았을 때 진정탄을 쏘고 하비스트 캠프로 데려가야 해. 맞지?」

코너는 그녀가 왜 뻔한 말을 하는 건지 알 수 없다. 「그래서, 무슨 말을 하고 싶은 거야?」

「경찰이 우리를 언와인드하고 싶어 하지 않는다면? 우릴 죽이고 싶어 한다면?」

코너는 그게 얼마나 멍청한 생각인지 말해 주려고 입을 열었다가 다문다. 전혀 멍청한 생각이 아닐지도 모른다.

「레브.」 리사가 말한다. 「너희 집, 부자 맞지?」

레브가 겸손하게 어깨를 으쓱한다. 「그런 것 같아.」

「너희 가족이 경찰한테 돈을 주고, 납치범들을 죽이고 너를 되찾아 달라고…… 그것도 아무도 이런 일이 일어났다는 걸 모르도록 조용히 처리해 달라고 했다면?」

코너는 레브가 이 말에 웃음을 터뜨리기를, 우리 부모님은 절대 그런 끔찍한 일을 할 리 없다고 말하기를 바라며 그를 본다. 하지만 레브는 그럴 가능성을 생각하며 묘하게 침묵을 지킨다.

바로 그 순간, 두 가지 일이 동시에 벌어진다. 경찰차 한 대가 방향을 틀어 거리에 접어든다. 아주 가까운 어딘가에서 아기가 울기 시작한다.

도망쳐!

코너에게 가장 먼저 떠오른 생각, 가장 본능적인 반응이다. 하지만 리사는 경찰차를 보자마자 코너의 팔을 꽉 잡는다. 그래서 코너는 망설인다. 코너가 아는 한, 끔찍한 상황에서 머뭇거리는 건 삶과 죽음을 가를 수 있는 문제다. 하지만 오늘은 아니다. 오늘은 망설임이 시간을 벌어 준다. 덕분에 코너는 비상 상황에서 거의 하지 않는 일을 한다. 처음의 생각을 넘어서서 두 번째 생각을 처리한다.

도망치면 관심을 끌게 돼.

코너는 가까스로 땅에 발을 붙인 채 재빠르게 주위를 살핀다. 출근 시간이라, 자동차들이 진입로를 빠져나가기 시작한다. 어딘가에서 아기가 울고 있다. 고등학생으로 보이는 아이들이 길 건너편 모퉁이에 모여 떠들며 서로를 떠밀고 웃는다. 코너는 리사를 본다. 그리고 둘 다 같은 생각을 하고 있다는 걸 알아차린다. 리사가 〈버스 정류장!〉이라고 말하기도 전이다.

순찰차는 한가롭게 거리를 따라 움직인다. 한가롭다는 말은, 숨길 것이 아무것도 없는 사람 눈에 그렇게 보인다는 뜻이다.

하지만 코너에게는 그 느린 속도가 위협적으로 느껴진다. 경찰이 그들을 찾는 건지, 일상적인 순찰을 하는 건지 알 길이 없다. 이번에도 그는 도망치고 싶은 충동을 눌러 참는다.

그와 리사는 경찰차를 등지고 자연스럽게 버스 정류장을 향해 걸어간다. 하지만 레브는 따라오지 않는다. 그는 엉뚱한 방향을 보고 있다. 다가오는 경찰차를 똑바로 본다.

「뭐야, 너 미쳤어?」 코너가 그의 어깨를 잡고 억지로 돌려세운다. 「그냥 우리가 하는 대로 해. 자연스럽게 행동하라고.」

다른 방향에서 스쿨버스가 다가온다. 모퉁이의 아이들이 소지품을 챙기기 시작한다. 이제는 눈에 띄지 않고도 달려갈 수 있다. 코너는 리사와 레브보다 몇 걸음 앞서 달리기 시작한다. 그러다가 돌아서서, 미리 계산한 대로 징징대는 척한다. 「얼른 와, 애들아. 버스 또 놓치겠어!」

경찰차는 이제 그들 바로 옆에 와 있다. 코너는 경찰차를 등지고 있다. 돌아서서 차 안의 경찰이 그들을 지켜보는지 확인하지 않는다. 만일 경찰이 그들을 지켜보고 있다면, 그들의 대화를 듣고 그저 평범한 아침 소동이라 생각했으면 좋겠다. 다른 생각은 하지 않고. 레브의 〈자연스러운 행동〉은 눈을 휘둥그렇게 뜨고, 지뢰밭이라도 가로지르는 듯 팔을 양옆에 뻣뻣하게 붙인 채 걷는 것이다. 눈에 띌 수밖에 없다. 「꼭 그렇게 천천히 걸어야겠어?」 코너가 소리친다. 「난 한 번 더 지각하면 벌을 받는다고.」

순찰차가 그들을 지나쳐 간다. 저 앞에서 버스가 정류장에 멈춰 선다. 코너와 리사, 레브는 서둘러 길을 건너 버스 쪽으로 간다. 이 모든 게 연극이다. 경찰이 백미러로 그들을 지켜보고 있을지 모르니까. 코너는 이 연극이 역효과를 내서 경찰이 무단 횡단으로 그들을 잡을지 모른다고 생각한다.

「정말로 버스를 탈 거야?」 레브가 묻는다.

「당연히 아니지.」 리사가 말한다.

이제 코너는 용기를 내 경찰차를 힐끗 본다. 깜빡이가 켜져 있다. 경찰차는 모퉁이를 돌 테고, 일단 모퉁이를 돌고 나면 일행은 안전해질 것이다. ······그러나 그때 스쿨버스가 멈추더니 문을 열고 빨간색 불을 깜빡인다. 스쿨버스에 타본 사람이라면 안다. 그 불이 깜빡이기 시작하면 주변의 모든 차량은 멈춰서 버스가 다시 움직일 때까지 기다려야 한다.

경찰차는 모퉁이에서 10미터쯤 떨어진 곳에 멈춰 선다. 그리고 버스에 아이들이 다 타기를 기다린다. 그 말은, 버스가 떠날 때까지 경찰차도 바로 그 자리에 있으리라는 뜻이다. 「망했어.」 코너가 말한다. 「이젠 버스에 타야만 해.」

그들이 인도에 이르렀을 때, 너무도 희미하고 중요하지 않아서 신경 쓰지 않았던 소리가 문득 코너의 관심을 사로잡는다. 아기 울음소리다.

그들 앞의 집 현관에 웬 꾸러미가 놓여 있다. 그 꾸러미가 꿈틀거린다.

코너는 그게 무엇인지 안다. 전에도 본 적이 있다. 그는 자기 집 앞 현관에 황새 배달된 아기를 두 번이나 보았다. 당연히 이 아기가 그때 그 아기는 아니지만 코너는 걸음을 멈춘다.

「야, 빌리. 버스 놓치겠어!」

「응?」

리사다. 리사와 레브가 코너보다 몇 미터 앞에 있다. 리사는 이를 악물고 말한다. 「얼른, 〈빌리〉. 바보처럼 굴지 마.」

아이들이 이미 버스에 몰려들기 시작했다. 경찰차는 깜빡이는 빨간 불빛 뒤에 꼼짝하지 않고 서 있다.

코너는 움직이려 해보지만 그럴 수 없다. 아기 때문이다. 아기가 울부짖는 그 방식 때문이다. 같은 아기가 아니야! 코너는 스스로를 타이른다. 바보처럼 굴지 마. 지금은 안 돼!

「코너.」 리사가 속삭인다. 「너 왜 그래?」

그때 집 문이 열린다. 문 앞에 뚱뚱하고 작은 아이가 서 있다. 여섯 살, 아니면 일곱 살로 보인다. 소년이 아기를 내려다본다. 「아아, 안 돼!」 그러더니 돌아서서 집 안에 대고 소리친다. 「엄마! 누가 또 황새 배달을 했어요!」

대부분의 사람에게는 위기에 대처하는 두 가지 방식이 있다. 싸우거나 도망치거나. 하지만 코너는 자신에게 세 가지 방식이 있다는 걸 예전부터 알고 있었다. 싸우거나 도망치거나 근사하게 망쳐 버리거나. 위험한 정신적 합선이 일어난다. 코너가 레브를 구하겠다고 무장한 청소년 전담 경찰에게 돌아갔던 것도 그 때문이었다. 코너는 머릿속이 절절 끓는 것을 느낀다. 〈누가 또 황새 배달을 했다〉고, 뚱뚱한 아이는 말했다. 왜 〈또〉였을까? 그 아이가 〈또〉라는 말만 하지 않았으면 코너는 괜찮았을지도 모른다.

그러지 마! 코너는 스스로를 타이른다. 같은 아기가 아니야!

하지만 코너의 뇌 깊숙한 곳, 터무니없는 부분에서는 그들 모두가 같은 아기다.

코너는 모든 자기 보호 본능을 거스르며 현관을 향해 곧장 달려간다. 그가 문 앞으로 성큼 다가가자 아이는 겁먹은 눈으로 그를 쳐다보며 어머니에게로 물러난다. 방금 문 앞에 나타난 아이의 어머니도 역시 통통한 여자다. 달갑지 않은 기색으로 얼굴을 찌푸리고 있다. 그녀는 코너를 보다가, 우는 아기를 힐끗 본다. 하지만 아기에게 다가가지는 않는다.

「너 누구야?」 여자가 묻는다. 소년은 이제 엄마 회색 곰 뒤의 새끼 곰처럼 숨어 있다. 「네가 아기를 여기 둔 거야? 대답해!」 아기는 계속 운다.

「아뇨……. 아뇨, 저는…….」

「거짓말 마!」

코너는 자신이 무슨 생각으로 여기 온 건지 모르겠다. 이건 그의 일이, 그의 문제가 아니다. 하지만 이제는 그가 이 일을 자기 문제로 만들어 버렸다.

그의 뒤에서는 여전히 버스가 아이들을 태우고 있다. 경찰차도 여전히 기다리고 있다. 코너는 이 집 앞에 온 것으로 자기 목숨을 끝장내 버린 것이나 다름없다.

그때 등 뒤에서 목소리가 들린다. 「걔가 놔둔 게 아니에요. 저예요.」

코너는 돌아본다. 리사의 얼굴은 돌처럼 굳어 있다. 그녀는 코너조차 보지 않는다. 그냥 여자를 노려본다. 여자의 딱정벌레 같은 눈이 코너에게서 리사에게로 옮겨 간다.

「들켰구나, 요 귀여운 것아.」 여자가 말한다. 〈귀여운 것〉이라는 말이 욕설처럼 들린다. 「법에 따라 황새 배달을 할 수 있을지는 몰라도, 그건 걸리지 않았을 때 얘기야. 아기 데리고 가. 그러지 않으면 경찰을 부를 테니까.」

코너는 달궈진 머리를 식히려 필사적으로 노력한다. 「하지만…… 하지만…….」

「그냥 입 다물어!」 리사가 쏘아붙인다. 목소리에 독기와 비난이 가득하다.

그 말에 여자가 미소 짓는다. 기분 나쁜 미소다. 「애 아빠가 망쳤구나? 그냥 도망치는 대신 돌아온 거야.」 여자는 경멸 섞인 눈으로 코너를 힐끗 본다. 「엄마로 살 때의 첫 번째 규칙은 남자란 못 믿을 존재라는 거란다, 요 귀여운 것아. 지금 그걸 배워 두면 인생이 훨씬 편해질 거야.」

그들 사이에서 아기가 계속 운다. 이건 베이컨 훔치기 게임과 같다. 단, 아무도 그 베이컨을 가지고 싶어 하지 않는다. 마침내 리사가 허리를 숙여 발 매트 위의 아기를 들어 올리고 꼭 끌어안는다. 아기는 계속 울지만 이제는 훨씬 누그러졌다.

「이제 가.」 여자가 말한다. 「아니면 저 경찰과 이야기하게 될 테니까.」

코너는 스쿨버스에 반쯤 가려진 경찰차를 본다. 레브가 버스에 발을 걸친 채 문이 닫히지 않게 서 있다. 얼굴에는 절망감이 가득하다. 짜증이 난 버스 기사가 그를 내다본다. 「어이, 하루 종일 서 있을 거냐?」

코너와 리사는 문 앞의 여자에게서 돌아서 서둘러 버스로 향한다.

「리사, 난…….」

「하지 마.」 리사가 쏘아붙인다. 「듣고 싶지 않아.」

코너는 부모가 언와인드 의뢰서에 서명했다는 걸 처음으로 알게 되었을 때만큼 마음이 무너져 내린다. 다만 그때는 두려움과 충격을 희석해 줄 분노가 있었다. 지금의 그에게는 분노가 없다, 자신에 대한 분노 말고는. 힘도, 희망도 사라졌다. 모든 자신감이 죽어 가는 별처럼 폭발했다. 그들은 법을 피해 도망치는 세 명의 도망자였다. 그런데 이제는 합선을 일으킨 코너의 멍청함 때문에, 그들은 아기를 데리고 있는 세 명의 도망자가 되었다.

12
리사

코너가 대체 뭐에 씌었는지 짐작조차 되지 않는다.

이제 리사는 코너가 단지 나쁜 결정만 내리는 것이 아니라 위험한 결정도 내린다는 걸 안다. 스쿨버스에 타고 보니 아이들은 몇 명 되지 않는다. 기사는 화를 내며 문을 닫는다. 아기에 대해서는 아무 말도 하지 않는다. 아마 버스에 탄 아기가 이 아기만은 아니기 때문일 것이다. 리사는 레브를 밀치고 앞장서서 뒷자리로 간다. 일행은 또 다른 기쁨의 꾸러미를 안고 있는 소녀를 지나친다. 그 아기는 기껏해야 6개월 정도로 보인다. 어린 엄마가 호기심 어린 눈으로 일행을 본다. 리사는 눈을 마주치지 않으려 노력한다.

그들은 가장 가까운 아이와도 몇 줄 떨어진 자리에 앉는다. 레브가 뻔한 질문을 하기가 두려운 표정으로 리사를 본다. 마침내 그가 말한다. 「어…… 왜 아기가 있는 거야?」

「재한테 물어봐.」 리사가 말한다.

코너는 돌처럼 굳은 얼굴로 창밖을 응시한다. 「사람들은 남자 둘, 여자 하나를 찾고 있어. 아기를 데리고 다니면 그 사람들을 따돌릴 수 있을 거야.」

「훌륭하네.」 리사가 쏘아붙인다. 「가는 길에 우리 모두 아기를 한 명씩 데려가야겠다.」

코너는 눈에 띄게 얼굴을 붉힌다. 그는 리사를 돌아보며 손을 내민다. 「내가 안을게.」 하지만 리사는 고개를 저으며 코너에게서 아기를 떼어 놓는다.

「네가 안으면 울 거야.」

리사는 아기가 낯설지 않다. 주립 보호 시설에서 그녀는 때로 갓난아기들을 돌보곤 했다. 이 아기도 아마 주립 보호 시설에 가야 했을 것이다. 리사는 문 앞의 여자에게 아기를 키우려는 의도가 전혀 없다는 걸 알 수 있었다.

리사는 코너를 본다. 그는 여전히 붉어진 얼굴로 그녀의 시선을 피하고 있다. 코너가 댄 이유는 거짓말이다. 그가 그 집 현관까지 간 데는 다른 이유가 있을 것이다. 하지만 진짜 이유가 무엇이든, 코너는 그걸 혼자만 간직할 생각이다.

버스가 덜컥 멈추고 더 많은 아이가 탄다. 버스 앞자리에 앉아 있던 소녀, 아기를 데리고 있던 그 소녀가 뒤로 와서 리사 바로 앞에 앉더니 의자 등받이 너머로 말을 건넨다.

「안녕, 새로 왔구나! 난 알렉시스야. 애는 체이스.」 소녀의 아기가 호기심 어린 눈으로 리사를 보며 의자 등받이에 침을 흘린다. 알렉시스가 아기의 축 늘어진 손을 들어 장난감 인형 손처럼 흔든다. 「인사해, 체이스!」 알렉시스는 리사보다도 어려 보인다.

알렉시스는 고개를 들어 잠든 아기의 얼굴을 본다. 「갓난아기네! 어머나! 너 정말 용감하다. 이렇게 일찍 학교에 돌아오다니!」그녀가 코너를 돌아본다. 「네가 아빠야?」

「나?」코너는 잠시 허둥거리며 갈팡질팡하다가 정신을 차리고 말한다. 「응. 그래, 맞아.」

「너희 둘이 지금까지 계속 만난다니, 너어어무 좋다. 채즈는 — 체이스의 아빠야 — 이제 우리 학교에도 안 다녀. 군사 학교로 보내졌거든. 내가, 뭐랄까, 〈배가 찬〉 걸 알고서 걔 부모님이 엄청 화를 냈어. 채즈는 부모님이 자기를 정말로 언와인드할까 봐 무서워했어. 믿어져?」

리사는 이 아이의 목을 조르고 싶다. 침 흘리는 체이스에게 엄마를 빼앗게 되는 것만 아니었다면 그렇게 했을 것이다.

「그래서, 네 아기는 남자야, 여자야?」

침묵이 흐른다. 어색하고 불편하다. 리사는 알렉시스에게 들키지 않고 아기의 성별을 확인할 방법이 있는지 고민하지만 그런 방법은 없다. 「여자야.」리사가 말한다. 맞을 확률이 최소 50퍼센트는 된다.

「이름은 뭐야?」

이때 코너가 끼어든다. 「디디.」그가 말한다. 「애 이름은 디디야.」이 말에, 리사는 코너에게 몹시 화가 나 있음에도 살짝 미소를 짓고 만다.

「그래.」리사가 말한다. 「내 이름도 디디고. 집안 전통이야.」

리사가 코너를 보니 적어도 조금은 정신을 차린 게 분명하다. 조금 더 편안하고 자연스러워 보인다. 그는 최선을 다해 자기 역할을 하고 있다. 얼굴에 돌던 붉은 기는 이제 귀에만 남아 있다.

「아무튼 너희도 센터노스 고등학교를 좋아하게 될 거야.」

알렉시스가 말한다. 「훌륭한 보육 센터가 있거든. 학생 엄마를 정말 잘 돌봐 줘. 수업 시간에 젖을 먹이게 해주는 선생님들도 있어.」

코너가 리사의 어깨에 손을 얹는다. 「아빠들도 아기를 봐도 돼?」

리사는 어깨를 움츠려 코너의 팔을 치우고, 조용히 그의 발을 밟는다. 코너는 움찔하지만 아무 말도 하지 않는다. 코너는 자신이 더 이상 개 취급을 받지 않아도 된다고 생각할지 모르지만, 틀렸다. 적어도 리사에게 코너는 여전히 누렁이다.

「네 동생이 친구를 사귀는 것 같네.」 알렉시스가 말한다. 리사는 레브가 앉아 있던 곳을 본다. 그는 앞으로 이동해, 옆자리 소년과 이야기하고 있다. 리사는 그들의 대화를 엿들으려고 애쓰지만, 알렉시스가 지껄이는 소리 말고는 아무것도 들리지 않는다.

「아니, 네 동생인가?」 알렉시스가 코너에게 묻는다.

「아니, 내 동생이야.」 리사가 말한다.

알렉시스가 씩 웃으며 어깨를 으쓱한다. 「좀 귀엽다.」

리사는 자신이 지금 이상으로 알렉시스를 싫어할 수 있을지 몰랐다. 그 생각이 틀렸다. 알렉시스는 리사의 눈에 떠오른 표정을 보았는지 이렇게 말한다. 「아니, 신입생치고는 귀엽다고.」

「쟨 열세 살이야. 한 학년 건너뛰었어.」 리사가 말한다. 그녀는 〈내 동생한테서 손 치워〉라고 말하는, 더욱 심술궂은 경고의 눈길을 쏘아 보낸다. 리사는 레브가 친동생이 아니라는 사실을 잊지 않으려고 애쓴다. 이제는 코너가 그녀의 발을 밟을 차례다. 잘한 일이다. 리사는 너무 많은 정보를 내주고 말았다. 레브의 진짜 나이는 알렉시스에게 알려 줄 필요가 없는 정보였다. 게다가 지금은 적을 만들 때도 아니다.

「미안.」 리사가 시선을 누그러뜨리며 말한다. 「아기 때문에 잠을 못 자서. 신경이 날카로워졌어.」

「아, 나도 잘 알아. 진짜야.」

학교에 도착할 때까지 알렉시스의 취조는 계속될 것처럼 보인다. 하지만 버스가 갑자기 멈추는 바람에, 아기 체이스가 의자 등받이에 턱을 부딪쳐 울기 시작한다. 순식간에 알렉시스는 엄마 모드가 되고 대화는 끝난다.

리사는 깊게 한숨을 쉰다. 코너가 말한다. 「정말로 미안해.」 진심인 것 같지만, 리사는 사과를 받아 줄 생각이 없다.

13
레브

 오늘은 계획대로 흘러가지 않았다.

 계획은 문명사회에 도착하는 순간 도망치는 것이었다. 레브는 숲을 빠져나오자마자 도망칠 수 있었다. 하지만 그러지 않았다. 더 나은 기회가 있을 거야. 그는 생각했다. 인내심을 가지고 계속 주의를 기울이다 보면 완벽한 때가 알아서 나타날 거라고.

 일행에게 소속감을 느끼는 것처럼, 그들과 비슷한 존재인 것처럼 굴기 위해 레브는 모든 의지력을 끌어내야 했다. 그를 계속 나아가게 하는 건 모든 일이 곧 바람직하게 끝나리라는 사실뿐이었다.

 경찰차가 모퉁이를 돌아 거리에 접어들었을 때, 레브는 차에 뛰어들어 자수할 각오를 다지고 있었다. 한 가지 이유만 아니었더라면 그렇게 했을 것이다.

 일행의 사진이 신문에 실리지 않았다.

 그 사실은 다른 무엇보다 레브를 괴롭혔다. 그의 가족은 영향력이 있었다. 만만찮은 사람들이었다. 레브는 자신의 얼굴이 신문 1면에 무엇보다 크게 실려 있으리라 확신했다. 그런데 아니었다. 레브는 어떻게 받아들여야 할지 알 수 없었다. 그의 부모님이 리사와 코너를 죽이고 싶어 하리라는 리사의 가설조차 가능하게 보였다.

레브가 자수한다면, 경찰이 돌아서서 리사와 코너에게 진짜 총을 쏜다면 어쩌지? 정말 그럴까? 레브는 두 사람을 정의의 심판대로 데려가고 싶었지만, 둘이 눈앞에서 죽는 모습을 보는 건 견딜 수가 없었다. 그래서 그는 순찰차가 지나가게 놔두었다.

그런데 상황이 더 나빠졌다. 이제는 아기까지 생겼다. 황새 배달된 아기를 훔치다니! 이 두 언와인드는 통제 불능이다. 레브는 더 이상 두 사람이 자신을 죽일지 모른다는 두려움은 들지 않지만, 그렇다고 해서 둘이 덜 위험해지는 건 아니었다. 코너와 리사는 그들 자신으로부터 보호되어야 한다. 그들은…… 그들은…… 언와인드되어야 한다. 그렇다. 그게 그들에게 가장 좋은 해결책이다. 지금 상태로는 그들은 누구에게도 쓸모가 없다. 특히 그들 자신에게. 내면이 완전히 망가져 버린 그들에게는 언와인드가 다행스러운 일일 것이다. 안에서부터 부서지는 것보다는 차라리 바깥이 망가지는 것이 낫다. 그렇게 되면 살아 있는 육신이 전 세계로 퍼져 나가 다른 생명을 구하고 누군가를 온전하게 만들어 주리라는 걸 알고 그들의 분열된 영혼이 마침내 편히 쉴 수 있을 것이다. 레브 자신의 영혼이 곧 안식하게 될 것처럼.

레브는 버스에 앉아 그런 생각에 잠긴다. 자기 안에서 뒤죽박죽 생겨나는 감정을 부정하려 애쓴다.

리사와 코너가 생기 넘치는 소녀와 아기를 상대로 골치 아픈 대화를 이어 가는 동안, 레브는 한 자리 앞으로 이동해 그들과 거리를 벌린다. 한 소년이 버스에 타서 옆자리에 앉는다. 그는 헤드폰을 쓴 채 레브에게는 들리지 않는 노래를 흥얼거린다. 그 아이가 둘 사이의 자리에 배낭을 내려놓는다. 그 바람에 레브는 사실상 구석에 갇힌다. 아이는 다시 음악 속으로 빠져든다.

그때, 레브에게 한 가지 아이디어가 떠오른다. 그는 코너와 리사가 아직 소녀와 아기한테 시달리고 있는지 확인한다. 그러고는 조심스레 아이의 배낭에 손을 집어넣어, 귀퉁이가 접힌 노트를 꺼낸다. 노트에는 커다란 검은색 글자로 〈수학 때문에 사망〉이라고 적혀 있다. 작은 해골과 교차된 뼈다귀도 그려져 있다. 안에는 지저분한 수학 공식과 실수 때문에 점수가 깎인 과제가 보인다. 레브는 조용히 노트를 넘겨 빈 페이지를 펼친 다음 아이의 배낭에 다시 손을 넣어 펜을 꺼낸다. 아이는 음악에 심취해서 알아차리지 못한다. 레브는 이렇게 쓰기 시작한다.

도와줘! 무단이탈 언와인드가 나를 인질로 잡고 있어.
알아들었으면 고개를 끄덕여.

다 쓴 다음, 레브는 아이의 어깨를 잡아당긴다. 두 번이나 당긴 뒤에야 아이가 관심을 기울인다.
「응?」
레브가 노트를 내민다. 너무 눈에 띄지 않도록 주의한다. 아이가 그것을 보고 말한다.

「야, 그거 내 노트잖아.」

레브는 깊이 숨을 들이쉰다. 이제는 코너가 그를 보고 있다. 조심해야 한다. 「네 노트인 거 알아.」 레브는 눈으로 최대한 많은 말을 전하려고 애쓰며 말한다. 「그냥 한 페이지가…… 필요해서…….」

그는 아이가 읽을 수 있도록 노트를 좀 더 높이 들지만, 아이는 쳐다보지도 않는다. 「아니! 먼저 물어봤어야지.」 그는 보지도 않고 페이지를 찢어 구긴다. 그런 다음 경악하는 레브는 아랑곳없이 종이를 버스 앞으로 던져 버린다. 종이는 다른 아이의 머리에 맞고 튕겨 나온다. 그 아이마저 모른 체한다. 종이는 바닥에 떨어진다. 버스가 멈추고, 아이들이 우르르 내린다. 레브는 질질 끌리는 서른 켤레의 신발 아래로 자신의 희망이 짓밟히는 것을 본다.

14
코너

 수십 대의 버스가 학교에 도착한다. 아이들이 모든 문으로 몰려든다. 코너는 리사, 레브와 함께 버스에서 내리며 탈출구를 찾아보지만, 그런 곳은 없다. 학교 경비원과 순찰 중인 선생들이 있다. 학교에서 멀어지는 사람은 누구나 지켜보는 모든 사람의 주의를 끌게 될 것이다.

「진짜로 들어갈 수는 없어.」 리사가 말한다.

「들어가야 해.」 레브는 평소보다 더 안절부절못하며 말한다.

 교사 한 명이 이미 그들을 알아보았다. 학교에 학생 엄마를 위한 보육 센터가 있다지만, 아기는 매우 눈에 띈다.

「들어가자.」 코너가 말한다. 「보안 카메라가 없는 곳에 숨는 거야. 남자 화장실이라든지.」

「여자 화장실.」 리사가 말한다. 「거기가 더 깨끗해. 들어가서 숨을 칸도 더 많고.」

 코너는 고민해 보고 리사의 두 가지 지적이 모두 일리가 있다고 인정한다. 「알았어. 점심시간까지 숨어 있자. 그때쯤 애들이 우르르 나올 테니까 그 틈에 몰래 빠져나가는 거야.」

「넌 이 아기가 협조할 거라고 생각하나 본데.」 리사가 말한다. 「얘는 곧 뭔가 먹고 싶어 할 거야. 엄밀히 말해서, 나한텐 먹일 게 없어. 무슨 말인지 알 거야. 아기가 화장실에서 울기 시작하면 아마 그 소리가 학교 전체에 울릴걸.」

또다시 비난이다. 리사의 목소리에서 티가 난다. 그 목소리는 이렇게 말하고 있다. 너 때문에 우리 상황이 얼마나 어려워졌는지 알긴 해?

「그냥 아기가 울지 않기를 바라자.」 코너가 말한다. 「만약에 울면, 하비스트 캠프로 가는 내내 날 비난해도 좋아.」

학교 화장실에 숨는 건 코너에게 낯선 일이 아니다. 물론 오늘이 오기 전까지는 그냥 수업을 빼먹기 위해서였다. 하지만 오늘은 들어야 하는 수업이 없다. 만일 잡히면, 그 대가는 토요일 보충 수업보다 심각할 것이다.

그들은 1교시 수업 종이 울린 직후에 건물 안으로 몰래 들어간다. 코너는 화장실 은닉의 자세한 요령을 일행에게 가르쳐 준다. 아이들의 발소리와 어른의 발소리를 구별하는 방법이라든가, 아무도 보지 못하게 발을 들어 올려야 하는 순간이라든가, 칸 안에 사람이 있다고 알려야 할 때라든가. 마지막 방법은 리사와 레브에게는 통할 것이다. 레브의 목소리는 아직 높은 편이니까. 하지만 코너는 감히 여자 흉내를 낼 수 없다.

그들은 각자의 칸에 있으면서도 함께한다. 다행히도 화장실 문은 열릴 때마다 돼지처럼 끽끽대기에 누군가 들어오면 미리 알 수 있다. 1교시가 시작할 때 여자애 몇 명이 있었지만, 곧 조용해진다. 누수가 일어난 변기 손잡이에서 똑똑 떨어지는 물소리만 울린다.

「점심까지 여기서 버틸 수는 없어.」리사가 코너의 왼쪽 칸에서 말한다.「아기가 계속 잔다고 해도.」

「화장실에 얼마나 오래 숨을 수 있는지 모르는구나.」

「이런 일을 자주 해봤다는 뜻이야?」레브가 오른쪽 칸에서 묻는다.

코너는 이런 상황이 자신을 불량배로 보는 레브의 시선에 딱 맞는다는 걸 안다. 그래, 그렇게 생각하라지. 어쩌면 레브의 생각이 맞을 것이다.

화장실 문이 끽끽거린다. 그들은 조용해진다. 둔탁하고 빠른 발걸음. 운동화를 신은 학생이다. 레브와 코너는 발을 들고 리사는 발을 내린다. 계획한 그대로다. 아기가 꾸르륵대는 소리를 내자 리사는 목을 가다듬으며 그 소리를 완벽히 감춘다. 학생은 1분도 안 돼서 나간다.

화장실 문이 끽끽거리며 닫힌 뒤 아기가 기침한다. 코너는 그 소리가 가볍고도 깨끗하다는 걸 알아차린다. 전혀 아픈 소리가 아니다. 다행이다.

「그건 그렇고.」리사가 말한다.「얜 진짜로 여자야.」

코너는 한 번 더 아기를 안아 보겠다고 할까 고민한다. 하지만 지금은 그게 필요 이상으로 골치 아픈 일이 되리라는 걸 안다. 그는 어떻게 안아야 아기가 울지 않는지를 모른다. 코너는 자신이 왜 잠깐 미쳐서 아기를 데려왔는지 이들에게 말해야 할 때라고 판단한다. 적어도 그 정도는 해줘야 한다.

「그 애가 한 말 때문이었어.」코너가 낮은 목소리로 말한다.

「뭐?」

「아까 그 집에서, 문 앞에 서 있던 뚱뚱한 애 말이야. 걔가 그랬어, 자기 집에 누가 또 황새 배달을 했다고.」

「그래서 뭐?」 리사가 말한다. 「황새 배달을 여러 번 당하는 집이 얼마나 많은데.」

그때 반대편에서 이런 말이 들린다. 「우리 집에도 그런 일이 있었어. 내가 태어나기 전에 황새 배달로 온 형이 두 명, 누나가 한 명 있거든. 우리 집에선 전혀 문제가 되지 않았어.」

레브는 정말 황새가 아기를 배달해 주었다고 믿는 걸까? 아니면 그냥 그 표현을 사용하는 걸까? 코너는 모르는 편이 낫겠다고 생각한다. 「훌륭한 가족이네. 황새 배달로 맞이한 아기는 받아들이고, 자기 혈육은 언와인드당하게 보내 버리다니. 아, 미안. 십일조랬지.」

레브는 확실히 언짢은 듯 말한다. 「십일조는 성경에 나오는 거야. 우리는 가진 것의 10퍼센트를 바쳐야 해. 황새 배달도 성경에 근거가 있고.」

「아니, 성경엔 그런 얘기 안 나와!」

「모세 이야기가 있잖아.」 레브가 말한다. 「모세는 바구니에 담겨 나일강에 띄워졌다가 파라오의 딸에게 발견됐어. 모세가 처음으로 황새 배달된 아기야. 그리고 모세한테 무슨 일이 일어났는지 봐!」

「그래.」 코너가 말한다. 「근데 그 여자가 나일강에서 주운 그다음 아기는 어떻게 됐을까?」

「목소리 좀 낮출래?」 리사가 말한다. 「복도까지 너희 목소리가 들릴 수 있어. 디디가 깰 수도 있고.」

코너는 잠깐 시간을 들여 생각을 정리한다. 다시 입을 연 그는 속삭이지만, 타일 벽에 둘러싸인 이 공간에서는 속삭임조차 울려 퍼진다. 「우리 집에도 황새 배달된 아기가 있었어. 내가 일곱 살 때였지.」

「그것참 큰일이네.」 리사가 말한다.

「진짜로 큰일이었어. 엄청나게 많은 이유로. 우리 집에는 이미 자연 출생한 아이가 둘이나 있었거든. 부모님은 아이를 더 낳을 생각이 없었고. 아무튼 아기가 우리 집 문 앞에 나타나자 부모님은 당황해하다가…… 어떤 아이디어를 떠올렸어.」

「내가 들어야 하는 얘기야?」 리사가 묻는다.

「아마 아닐 거야.」 그렇지만 코너는 이야기를 멈추지 않는다. 지금 말하지 않으면 영영 말할 수 없을 것이다. 「이른 아침이었어. 부모님은 문 앞에 아기가 남겨진 걸 본 사람이 아무도 없다는 걸 알았고. 그래서 다음 날 아침, 우리가 일어나기 전에 아빠가 그 아기를 길 건넛집 현관에 뒀어.」

「그건 불법이야.」 레브가 말한다. 「일단 황새 배달을 받으면 그 아기를 키워야 해.」

「그래. 근데 부모님은 아무도 모를 거라고 생각한 거야. 우리한테도 비밀을 지키겠다고 맹세하라고 했어. 우리는 건넛집에서 예상치 못하게 아기가 도착했다는 소식이 들리기를 기다렸지. ……그런데 그런 소식이 들리지 않았어. 그 사람들은 황새 배달을 받았다는 얘기를 하지 않았고, 우리는 물어볼 수가 없었어. 물어봤다간 우리가 그 사람들한테 아기를 떠넘겼다는 게 티 날 테니까.」

말을 하는 동안 코너는 이미 비좁은 칸이 더 좁아지는 느낌을 받는다. 양옆에 다른 아이들이 있지만, 그는 절망적인 외로

움에 사로잡힌다.

「그런 일이 아예 없었던 것처럼 시간이 흘렀어. 한동안 아주 조용했지. 그러다가 2주 뒤에 내가 현관문을 열었는데…… 그 멍청한 발 매트 위에 아이가 담긴 바구니가 있는 거야. 내 기억에…… 난 웃을 뻔했어. 믿어져? 난 그게 우습다고 생각해서 엄마를 돌아보며 〈엄마, 또 황새 배달을 당했어요〉라고 말했어. 오늘 아침에 그 애가 말했던 것처럼. 엄마는 완전히 짜증이 나서 아기를 데리고 들어왔다가…… 알게 됐어.」

「아, 설마.」 리사는 코너가 입을 떼기도 전에 그가 무슨 말을 하려는지 알고 말한다.

「같은 아기였던 거야.」 코너는 아기의 얼굴을 떠올리려고 애쓰지만 기억나지 않는다. 그의 머릿속에 보이는 건 리사가 안고 있는 아기의 얼굴뿐이다. 「알고 보니, 아기가 2주 내내 동네에서 이리저리 전달된 거였어. 매일 아침에 다른 집 앞 현관에 남겨졌던 거야. ……단지 이제는 상태가 별로 안 좋아 보였어.」

화장실 문이 삐걱거리고 코너는 조용해진다. 정신없는 발소리. 여자애 둘이다. 그들은 남자와 데이트와 부모 없이 하는 파티에 대해 잠시 떠든다. 화장실은 쓰지 않는다. 떠들썩한 발소리와 함께 문이 삐걱거리는 소리가 다시 들리고, 일행은 또다시 홀로 남겨진다.

「그래서 아기는 어떻게 됐어?」 리사가 묻는다.

「우리 집 앞 현관에 다시 도착했을 때는 아기가 아팠어. 물개처럼 기침을 했고, 피부랑 눈이 노랬어.」

「황달이야.」 리사가 조용히 말한다. 「주보시에는 아주 많은 아기가 그런 상태로 나타나.」

「우리 부모님은 아기를 병원에 데려갔지만, 병원에서 할 수 있는 일은 아무것도 없었어. 아기가 죽었을 때 나도 그 자리에 있었어. 아기가 죽는 걸 내가 봤어.」 코너는 눈을 감고 이를 악문다. 눈물을 삼키기 위해서다. 아무도 그를 볼 수 없지만, 어쨌든 눈물이 흐르지 않기를 바란다. 「이런 생각을 했어. 아기가 그렇게까지 사랑받지 못할 거라면, 신은 왜 그 아기를 세상에 보냈을까?」

코너는 레브가 뭔가 할 말이 있을 거라고 생각한다. 어쨌거나 신에 관해서라면 레브는 모든 답을 알고 있는 것처럼 구니까. 하지만 레브가 하는 말은 이것뿐이다. 「네가 주님을 믿는 줄은 몰랐는데.」

코너는 잠시 감정을 누른 뒤 말을 잇는다. 「아무튼 법적으로 우리 아기였기 때문에 우리가 장례식 비용을 냈어. 아기한테는 이름조차 없었고, 부모님은 차마 아기한테 이름을 지어 주지 못했어. 그냥 〈아기 래시터〉가 됐지. 아무도 그 아기를 원하지 않았지만 동네 사람 모두가 장례식에 왔어. 사람들은 죽은 게 자기 아기라도 되는 것처럼 울었고....... 난 울고 있는 사람들이, 바로 그 사람들이 아기를 이리저리 떠넘기던 사람들이라는 걸 깨달았어. 그들도 우리 부모님처럼 아기를 죽이는 데 가담한 거야.」

한동안 침묵이 흐른다. 물이 변기 손잡이에서 똑똑 떨어진다. 옆 남자 화장실에서 변기 물 내리는 소리가 공허하게 울린다.

「자기 집 문 앞에 남겨진 아기를 떠넘겨서는 안 돼.」 레브가 마침내 말한다.

「애초에 아기를 문 앞에 버리면 안 되지.」 리사가 답한다.

「하면 안 되는 일이야 많아.」 코너가 말한다. 그는 둘의 말이 모두 옳다는 걸 알지만, 그렇다고 달라지는 건 없다. 완벽한 세상이라면 모든 어머니가 모두 아기를 원할 테고, 낯선 사람들은 사랑받지 못한 아기를 위해 자기 집 문을 열어 줄 것이다. 완벽한 세상이라면 모든 것이 검거나 희고, 옳거나 그를 것이다. 모두가 그 차이를 알 것이다. 하지만 이곳은 완벽한 세상이 아니다. 문제는, 사람들이 이 세상을 완벽하다고 믿는다는 것이다.

「아무튼, 그냥 너희한테 알려 주고 싶었어.」

잠시 후 종이 울린다. 복도에서 소동이 인다. 화장실 문이 삐걱거리며 열린다. 여자애들이 웃으며 들어온다. 그들은 모든 것에 대해, 딱히 대수롭지 않은 일에 대해 이야기한다.

「다음에는 드레스를 입어.」

「역사책 좀 빌려줄래?」

「그 시험은 말도 안 됐어.」

문이 끊임없이 삐걱거리고 코너가 있는 칸의 문이 몇 번이나 당겨진다. 아무도 칸막이 안을 들여다볼 만큼 키가 크지는 않고, 아무도 칸막이 아래를 들여다보고 싶어 하지는 않는다. 늦은 종이 울린다. 마지막 여자애가 서둘러 교실로 돌아간다. 일행은 2교시까지 버텼다. 운이 좋다면, 이 학교에 오전 휴식 시간이 있을 것이다. 그때 몰래 빠져나갈 수 있을지도 모른다. 리사의 칸에서는 아기가 낑낑거리는 소리를 낸다. 우는 건 아니지만 딸꾹거린다. 배가 고파서 울기 직전이다.

「칸을 바꿔야 할까?」 리사가 묻는다. 「여러 번 오는 애들은 내 발이 같은 칸에 있는 걸 보면 의심할지도 몰라.」

「좋은 생각이야.」 코너는 복도에서 발소리가 들리지 않는지 귀 기울이며 자기 칸 문을 열고 나와 리사와 자리를 바꾼다. 레브의 문도 열린다. 그러나 그는 밖으로 나오지 않는다. 코너가 레브의 문을 완전히 밀어젖힌다. 레브는 그곳에 없다.

「레브?」 그가 리사를 보고, 리사는 고개를 젓는다. 그들은 모든 칸을 확인한 다음 레브가 다시 나타나기라도 할 것처럼 그가 있던 칸까지 다시 확인한다. 레브는 어디에도 없다. 사라져 버렸다. 아기가 온 힘을 다해 울기 시작한다.

15
레브

레브는 가슴속에서 심장이 터져 버릴 거라 확신한다.

심장은 터질 것이고, 그는 학교 복도에서 죽을 것이다. 종이 울리자마자 화장실에서 몰래 빠져나오는 건 무척 긴장되는 일이었다. 그는 칸막이 문의 걸쇠를 풀어 두었고, 수업 종의 전자식 버저 소리가 문 열리는 소리를 덮어 주기를 기다리며 10분 동안 손잡이에 손을 얹고 있었다. 그런 다음에는 다른 아이들이 그의 새 운동화가 바닥에 닿아 끽끽대는 소리를 듣지 못하게 조심하며 화장실 입구까지 가야 했다(운동할 때마다 시끄러운 소리가 나는 신발을 왜 운동화라고 부르는 걸까?). 혼자서 삐걱거리는 문을 열고 나갈 수는 없었다. 그랬다간 너무 티가 날 것이다. 그래서 그는 화장실에 들어오는 여자애가 자기 대신 문을 열어 줄 때까지 기다렸다. 방금 종이 울렸기에 몇 초만 기다리면 되었다. 한 여학생이 문을 열었고, 레브는 그 아이를 밀치고 지나갔다. 그 아이가 레브의 정체를 드러낼 말을 하지 않기를 바라면서. 그 애가 여자 화장실에 남자가 있다는 말을 하기라도 했다간 코너와 리사가 알아챌 터였다.

「다음에는 드레스를 입어.」 서둘러 떠나는 레브에게 여자애가 말했고, 그 애 친구가 웃었다. 그것만으로도 코너와 리사는 레브가 도망쳤다는 걸 알아챘을까? 레브는 궁금증을 풀기 위해 돌아보는 일 따위는 하지 않았다. 그냥 앞으로 나아갔다.

이제 그는 거대한 고등학교 복도에서 길을 잃었다. 심장이 어느 순간에든 터질 것만 같았다. 다음 수업을 들으러 서둘러 가는 거친 아이들 무리가 주변을 둘러싸고 그와 부딪혔다. 그 바람에 방향을 잃었다. 이 학교에서는 대부분의 아이가 레브보다 컸다. 위압적이었다. 위협적이었다. 레브가 늘 상상해 온 고등학교였다. 알 수 없는, 폭력적인 아이들로 가득한 위험한 곳. 레브는 한 번도 고등학교에 대해 걱정해 본 적이 없었다. 애초에 고등학교에 갈 일이 없을 거라고 생각했으니까. 사실 그는 8학년 중간까지 다닐 걱정만 하면 됐다.

「미안한데, 교무실이 어디 있는지 알려 줄래?」 그가 천천히 걷는 한 아이에게 묻는다.

아이는 레브를 화성에서 온 외계인 보듯 내려다본다. 「어떻게 그걸 몰라?」 그는 고개를 저으며 멀어져 간다. 또 다른, 좀 더 친절한 아이가 방향을 알려 준다.

레브는 이 상황을 원래대로 돌려놓기에는 지금 이 학교가 가장 좋은 곳이라는 걸 안다. 아무리 비밀스러운 계획이 있다 해도 이토록 많은 아이가 있는 학교에서 코너와 리사를 죽일 수는 없을 것이다. 레브가 제대로만 해낸다면, 아예 그런 일이 벌어지지 않을 것이다. 레브가 제대로만 해낸다면, 그들 셋 모두가 안전하게 언와인드의 길을 가게 될 것이다. 마땅하게. 정해진 대로. 생각하면 여전히 겁이 나지만, 레브는 순간순간 무슨 일이 일어날지 알 수 없는 요즘이 더 두렵다. 인생의 목표에서 찢겨 나온 것이야말로 자신에게 벌어진 일 가운데 가장 불안한 일이었다. 하지만 이제 그는 주님께서 왜 그런 일이 벌어지도록 하셨는지 이해한다. 이건 교훈이다. 운명을 거역한 아이에게 어떤 일이 벌어지는지를 보여 주시려는 것이다. 그런 아이는 가능한 모든 면에서 길을 잃는다.

레브는 교무실에 들어가 접수대 앞에 선다. 누군가 자신을 알아봐 주기를 기다린다. 하지만 행정 직원은 종이를 넘겨 대느라 너무 바쁘다. 「저기······.」

마침내 그녀가 고개를 든다. 「무슨 일이니?」

레브는 목을 가다듬는다. 「제 이름은 레비 콜더예요. 도망 중인 언와인드 두 명에게 납치당했고요.」

딱히 관심을 기울이지 않던 여자가 갑자기 그에게 온전히 집중한다. 「뭐라고?」

「전 납치당했어요. 그 애들이랑 화장실에 숨어 있다가 빠져나왔어요. 걔들은 아직 거기 있어요. 아기도 한 명 데리고 있고요.」

여자가 일어서서 소리친다. 유령이라도 본 듯 목소리가 떨린다. 그녀가 교장에게 전화를 걸고, 교장은 경비원을 부른다.

1분 뒤, 레브는 보건실에 앉아 있다. 보건 교사는 레브가 열이라도 나는 듯 애지중지 돌본다.

「걱정하지 마.」 그녀가 말한다. 「너한테 무슨 일이 있었는지 몰라도 이제는 다 끝났어.」

이곳, 보건실에서는 코너와 리사가 잡혔는지 알아낼 방법이 없다. 만일 잡혔다면, 사람들이 그들을 이곳으로 데려오지 않았으면 좋겠다. 그들과 마주해야 한다니 부끄러운 마음이 든다. 옳은 일을 해놓고 부끄러움을 느껴서는 안 되는 건데.

「경찰을 불렀어. 모든 게 잘 처리되고 있어.」 보건 교사가 말한다. 「넌 곧 집에 가게 될 거야.」

「전 집에 안 가요.」 레브가 말한다. 보건 교사는 이상하다는 듯 그를 본다. 레브는 자세히 말하지 않기로 한다. 「아무것도 아니에요. 부모님한테 전화드려도 될까요?」

보건 교사는 놀란 눈으로 그를 본다. 「아니, 아무도 전화를 걸게 해주지 않았단 말이니?」 그녀는 구석에 있는 학교 전화기를 보더니, 대신 주머니에서 핸드폰을 꺼낸다. 「전화해서 괜찮다고 알려 드리렴. 원하는 만큼 통화해도 돼.」

보건 교사는 잠시 레브를 보더니 그가 조용히 통화할 수 있도록 보건실을 나간다. 「밖에 있을게.」

레브는 번호를 누르려다가 멈춘다. 그가 대화하고 싶은 사람은 부모님이 아니다. 그는 번호를 지우고 다른 번호를 누른 다음 잠시 망설인 끝에 통화 버튼을 누른다.

신호음이 두 번 울리고 상대가 전화를 받는다.

「여보세요?」

「댄 목사님?」

찰나의 순간 공기가 얼어붙은 듯 고요해진다. 그런 다음에는 그의 목소리를 알아들었다는 기색이 비친다. 「오, 하나님. 레브? 레브, 너니? 어디야?」

「모르겠어요. 웬 학교예요. 저기, 부모님한테 경찰을 막아 달라고 해주세요! 그 애들이 죽는 건 바라지 않아요.」

「레브, 천천히 말해 봐. 넌 괜찮니?」

「그 애들이 저를 납치했어요. 하지만 절 해치지는 않았어요. 그러니까 저도 그 애들이 다치는 건 바라지 않아요. 아버지한테 경찰을 물리라고 해주세요!」

「무슨 말인지 모르겠구나. 우린 경찰에 신고하지 않았어.」

레브가 예상한 말이 아니다. 「무슨…… 뭐라고요?」

「네 부모님은 신고하려 했지. 아주 크게 문제 삼으려 했어. 그런데 내가 그러지 말라고 설득했다. 네가 납치당한 것도 주님의 뜻이라고.」

레브는 고개를 젓는다. 그러면 이런 말도 떨칠 수 있을 것처럼. 「하지만…… 왜 그러셨어요?」

댄 목사님의 목소리가 절박해진다. 「레브, 잘 들어라. 내 말을 주의 깊게 들어야 해. 너를 찾는 사람은 아무도 없어. 사람들은 모두 네가 십일조로 바쳐진 줄 알아. 십일조로 바쳐진 아이들에 대해서는 아무도 묻지 않고. 내 말 이해하니?」

「하지만…… 저는 십일조로 바쳐지고 싶어요. 그래야만 해요. 부모님께 전화해서 말해 주세요. 저를 하비스트 캠프로 데려다주셔야 한다고요.」

이제 댄 목사님은 화를 낸다. 「나한테 그런 짓은 시키지 마라! 제발 그러지 마!」 목사님은 누군가와 싸우는 듯하다. 하지만 목사님이 싸우는 상대는 레브가 아니다. 댄 목사님은 레브가 알고 있던 모습과는 너무 거리가 멀다. 레브는 이 사람이 오랜 세월 알고 지냈던 바로 그 사람이라는 걸 믿을 수 없다. 꼭 사기꾼이 목사님의 신념을 빼고 그의 목소리만을 훔친 것 같다.

「모르겠니, 레브? 넌 너 자신을 구할 수 있어. 이젠 네가 원하는 어떤 사람이든 될 수 있다.」

한순간에 레브에게 진실이 다가온다. 댄 목사님은 그날 납치범에게서 달아나라고 한 것이 아니었다. 댄 목사님 자신에게서 도망치라고 한 것이었다. 부모에게서. 십일조에서. 그토록 많은 설교와 강연을 했는데, 레브의 신성한 임무에 대해 그토록 오랜 세월 이야기했는데, 그 모든 게 사기였다. 레브는 십일조가 되기 위해 태어났다. 그것이 영광스럽고도 명예로운 운명이라고 레브를 설득했던 사람이 댄 목사님이었다. 그러나 정작 댄 목사님은 그 말을 믿지 않았다.

「레브? 레브, 듣고 있니?」

레브는 듣고 있지만, 듣고 싶지 않다. 그를 벼랑 끝으로 내몰고 마지막 순간에 등을 돌린 이 남자의 말을 더는 듣고 싶지 않다. 이제 레브의 감정은 운명의 수레바퀴처럼 돌아간다. 한순간은 분노했다가 다음 순간에는 안심한다. 극심한 공포에 사로잡혀, 콧속으로 두려움의 산(酸) 같은 것이 밀려든다. 그러다가 기쁨이 솟구친다. 배트를 휘둘러, 야구공을 정통으로 맞혔을 때처럼. 지금 레브는 바로 그 공이 되어 날아간다. 그의 인생이야말로 야구장 같지 않았던가? 그 모든 선과 구조와 규칙이 절대로 바뀌지 않는. 하지만 지금은 배트에 맞아 담장 너머로, 알 수 없는 어딘가로 날아가고 있었다.

「레브?」 댄 목사가 말한다. 「걱정되는구나. 말 좀 해.」

레브는 천천히 심호흡한 뒤 말한다. 「안녕히 계세요, 아저씨.」 그런 다음 그는 말없이 전화를 끊는다.

학교 바깥에는 경찰차 여러 대가 도착하고 있다. 코너와 리사는 아직 잡히지 않았더라도 곧 잡힐 것이다. 보건 교사는 더 이상 문 앞에 서 있지 않다. 이 상황을 처리한 방식에 대해 교장에게 따지고 있다. 「왜 저 가엾은 아이의 부모님에게 전화하지 않으신 거예요? 왜 학교를 폐쇄하지 않으셨죠?」

레브는 자신이 해야 할 일을 안다. 잘못된 일이다. 나쁜 일이다. 하지만 이제 레브는 더 이상 개의치 않는다. 그는 보건 교사와 교장의 등 뒤를 지나 보건실에서 몰래 빠져나온 뒤 복도로 나간다. 찾던 것을 발견하기까지는 몇 초밖에 걸리지 않는다. 그는 벽에 있는 작은 상자로 손을 뻗는다.

나는 모든 면에서 길을 잃었어.

그런 다음, 손가락 끝에 닿는 강철의 차가움을 느끼며 화재경보기를 울린다.

16
교사

 교사는 수업 준비를 하고 있었다. 그때 화재 경보가 울린다. 그녀는 끔찍한 타이밍에 속으로 욕설을 뱉는다. 아마도 가짜 경보일 것이다. 언제나 가짜 경보다. 그냥 빈 교실에 남아 경보가 처리될 때까지 기다릴 수 있으면 좋겠다고 생각한다. 하지만 지나가던 학생들이 교실을 들여다보다가 그곳에 앉아 있는 그녀를 보게 된다면, 무슨 본을 보이게 되겠는가.

 교실에서 나오자 복도에는 이미 학생들이 가득 차 있다. 교사들이 아이들을 통제하려고 최선을 다하지만, 이곳은 고등학교다. 초등학교 시절에 줄지어 대피하던 소방 훈련의 기억은 오래전에 사라졌다. 스스로에게 해로울 정도로 몸집이 커져 버린 아이들이 호르몬을 뿜으며 지그재그로 뻔뻔하게 움직인다.

 그때 그녀는 이상한 것을 본다. 골치 아픈 것이다.

 앞쪽 교무실에 경찰관 두 명이 와 있다. 그들은 학교 정문으로 밀려 나가는 아이들 무리에 내심 위협을 느끼는 듯하다. 하지만 왜 경찰일까? 소방관이 아니라? 게다가 어떻게 이렇게 빨리 올 수 있었을까? 불가능한 일이다. 경찰은 경보가 울리기 전에 신고를 받은 게 분명하다. 하지만 왜?

지난번에 경찰이 학교에 온 건 누군가가 폭탄이 있다고 신고했기 때문이었다. 학교에는 대피령이 내렸고, 사건이 끝난 뒤에야 진상이 밝혀졌다. 알고 보니 폭탄은 없었다. 학교가 날아갈 위험은 전혀 없었다. 그냥 어떤 아이가 그럴싸한 장난을 친 것이었다. 하지만 테러 위협은 언제나 진지하게 받아들여진다. 언제 진짜 위협이 닥칠지는 절대 알 수 없으니까.

「제발 밀지 마라!」 그녀는 팔꿈치에 부딪힌 학생에게 말한다. 「우리 모두가 나갈 수 있어.」 그녀가 커피를 들고 있지 않아서 다행이다.

「죄송해요, 스타인버그 선생님.」

그녀는 과학실 앞을 지나가다 문이 열려 있는 것을 본다. 철저히 해두기 위해, 그녀는 남아 있는 아이나 대규모 탈출을 피하려 하는 아이가 없는지 확인하려고 안을 들여다본다. 돌로 된 상판은 비어 있고 의자는 모두 제자리에 놓여 있다. 이번 수업 시간에는 아무도 과학실에 들어오지 않았다. 그녀는 습관적으로 문을 닫으려고 손을 뻗는다. 그때 과학실 안에서 전혀 어울리지 않는 소리가 들린다.

아기 울음소리다.

처음에 그녀는 울음소리가 학생 엄마 보육실에서 들리는 것일지도 모른다고 생각한다. 하지만 보육실은 복도 저쪽에 있다. 이 울음소리는 과학실에서 들려온 게 확실하다. 그녀는 다시 울음소리를 듣는다. 이번에는 이상하게 막힌 듯이 들린다. 화가 난 것 같기도 하다. 그녀는 그 소리를 알고 있다. 누군가가 울음을 멈추려고 아기의 입을 막은 것이다. 10대 엄마들은 있어서는 안 될 곳에 아이를 데려왔을 때 언제나 그렇게 한다. 그래 봐야 아기가 더 크게 울 뿐이라는 걸 절대 깨닫지 못하고.

「다 끝났어.」 그녀가 소리친다. 「얼른 나와. 너랑 네 아기도 다들 나갈 때 나가야 해.」

하지만 아무도 나오지 않는다. 다시 틀어 막힌 울음소리가 들리고, 그녀가 잘 알아들을 순 없지만 열띤 속삭임도 이어진다. 그녀는 짜증이 나서 과학실 안으로 들어간다. 가운데 통로를 쿵쾅거리며 따라간다. 그렇게 좌우를 살피다가 실험용 탁자 뒤에 웅크리고 있는 이들을 발견한다. 여자애와 아기만 있는 게 아니다. 남자애도 있다. 그들은 절망적인 표정을 짓고 있다. 소년은 뛰쳐나가려 하는 것 같지만, 소녀가 남는 손으로 그를 단단히 잡고 있다. 소년은 어쩔 수 없이 자리를 지킨다. 아기가 울부짖는다.

교사는 학생 모두의 이름은 몰라도 얼굴은 다 안다고 확신한다. 학생 엄마는 확실히 다 안다. 이 소녀는 학생 엄마가 아니다. 소년도 완전히 낯선 얼굴이다.

소녀가 애원하는 눈으로 교사를 본다. 너무나 두려워 말도 하지 못하고 그저 고개만 젓는다. 대신 말을 하는 건 소년이다.

「저희를 고발하시면 저흰 죽어요.」

그 말에 소녀는 아기를 더 꼭 끌어안는다. 울음소리가 잦아들지만 완전히 사라지지는 않는다. 이들이 바로 경찰이 찾는 아이들일 것이다. 교사는 그 이유를 짐작할 수밖에 없다.

「제발…….」 소년이 말한다.

제발 뭐? 교사는 생각한다. 제발 법을 어겨 달라고? 제발 학교를 위험에 빠뜨려 달라고? 아니다. 전혀 그런 게 아니다. 그가 실제로 하는 말은 이것이다. 제발 인간이 되어 주세요. 너무도 많은 규칙과 통제에 둘러싸여 살다 보면 우리가 바로 인간이라는 사실을 잊기 쉽다. 그녀는 얼마나 자주 연민이 편의에 자리를 내주는지 안다. 그런 경우를 자주 본다.

그때, 뒤에서 목소리가 들린다. 「해너?」

돌아보니 다른 교사가 문가에 서 있다. 그는 약간 후줄근한 모습이다. 지금도 학교에서 쏟아져 나가고 있는 아이들의 물살을 거슬러 왔기 때문이다. 아기 울음소리를 들은 게 분명하다. 어떻게 못 듣겠는가?

「괜찮아요?」 그가 묻는다.

「네.」 해너는 실제로 느껴지는 것보다 훨씬 침착한 목소리로 말한다. 「제가 처리할게요.」

다른 교사는 고개를 끄덕이고 떠난다. 뭐든 간에, 아기가 우는 이 상황의 짐을 나눠 지지 않아도 된다는 사실에 안도했을 것이다. 하지만 해너는 이게 어떤 상황인지 안다. 최소한 생각나는 것은 있다. 아이들이 이런 절망감을 보이는 건 언와인드 당할 때뿐이다.

그녀는 겁먹은 아이들에게 손을 내민다. 「따라와.」 아이들이 망설이자 그녀가 말한다. 「경찰이 너희를 찾는 거라면, 건물이 비는 순간 바로 들킬 거야. 여기에 숨을 수는 없어. 나가고 싶으면 다른 사람들과 함께 나가야 해. 어서, 내가 도와줄게.」

결국 그들은 실험용 탁자 뒤에서 일어난다. 교사는 안도의 한숨을 쉰다. 그들이 아직 그녀를 믿지 않는다는 걸 알고 있다. 하기야 어떻게 믿겠는가? 언와인드는 끊임없는 배신의 그림자 속에 산다. 뭐, 지금은 그녀를 믿지 않아도 상관 없다. 그냥 그녀와 함께 가기만 하면 된다. 필요는 순응의 어머니다. 지금은 그거면 된다.

「너희 이름은 말하지 마.」 그녀가 말한다. 「아무 말도 하지 마. 나중에 누가 나를 신문하더라도, 모른다는 답이 거짓말이 되지 않게.」

여전히 복도에는 아이들이 몰려나와 가장 가까운 출구를 향해 서로를 떠밀고 있다. 교사는 과학실에서 나서며, 두 아이와 아기가 바로 뒤에 따라오는지 확인한다. 그녀는 이들을 도울 것이다. 이들이 누군지는 모르지만, 안전한 곳으로 데려다주기 위해 최선을 다할 것이다. 그렇지 않으면, 무슨 본을 보이게 되겠는가?

17
리사

 복도 끝에 경찰이 있다! 출구에도 경찰이 있다! 리사는 이게 레브의 짓이라는 걸 안다. 레브는 도망치는 데서 그치지 않고 그들을 신고했다. 이 선생은 그들을 돕겠다고 말하지만, 그게 사실이 아니라면? 그냥 그들을 경찰에게 데려가는 거라면?

 지금은 그런 생각 하지 마! 아기한테서 눈을 떼지 마.

 경찰은 두려움을 알아본다. 하지만 아기에게 시선을 준다면, 그녀의 두려움이 아기의 눈물에 대한 걱정으로 읽힐지도 모른다.

 「다시 레브를 보게 되면, 갈기갈기 찢어 버릴 거야.」 코너가 말한다.

 「쉿.」 교사가 그들을 학생 무리와 함께 출구로 데려가며 말한다.

 리사는 화를 내는 코너를 탓할 수 없다. 그녀는 레브의 가식을 꿰뚫어 보지 못한 자신을 탓한다. 어떻게 레브가 정말 그들의 편이 되었다고 순진하게 믿었을까?

 「그 소름 끼치는 자식, 언와인드되게 놔뒀어야 해.」 코너가 툴툴댄다.

「입 다물어.」 리사가 말한다. 「그냥 여기서나 빠져나가자.」

그들이 문으로 다가가자 문 바깥에 또 다른 경찰관이 서 있다.

「나한테 아기를 넘겨.」 선생이 명령한다. 리사는 시키는 대로 한다. 그녀는 아직 이 여자가 아기를 달라고 한 이유를 모르지만 상관없다. 자신이 뭘 하는지 아는 듯한 누군가가 앞장서게 한다는 건 좋은 일이다. 어쩌면 이 여자는 적이 아닐지도 모른다. 어쩌면 정말로 그들을 이 일에서 빠져나가게 해줄지도 모른다.

「내가 앞장설게.」 교사가 말한다. 「너희 둘은 흩어졌다가, 다른 애들하고 같이 나가.」

아기가 사라지자 리사는 자신의 눈에 깃든 두려움을 감출 수 없게 되었다는 걸 깨닫는다. 하지만 그녀는 곧 그게 문제가 아닐지도 모른다고 생각한다. 이제야 그녀는 그 여자가 아기를 데려간 이유를 이해한다. 그래, 레브가 그들을 신고했다. 하지만 운이 좋다면, 지역 경찰이 알고 있는 건 기껏해야 그들의 인상착의뿐일 것이다. 부스스한 머리의 소년과 아기를 안고 있는 검은 머리의 소녀. 아기를 빼면, 그런 인상착의는 이 학교 아이들 절반에 해당한다.

교사, 해너는 그들보다 몇 미터 앞서 경찰관을 지나친다. 경찰은 그녀를 잠시 힐끗 볼 뿐이다. 하지만 그 뒤에 경찰관은 리사를 본다. 그의 시선이 리사와 마주친다. 리사는 방금 자신이 정체를 드러냈다는 걸 안다. 돌아서서 학교 안으로 다시 달려가야 할까? 지금 코너는 어디에 있을까? 그녀 뒤에? 앞에 있을까? 모르겠다. 리사는 완전히 혼자다.

그때, 구원이 그야말로 불가능한 형태로 찾아온다.

「안녕, 디디!」

알렉시스다. 스쿨버스에서 만났던 수다쟁이 소녀! 그녀가 리사 옆으로 다가온다. 체이스가 그녀의 어깨를 오물거리고 있다. 「애들이 맨날 경보를 울린다니까.」 그녀가 말한다. 「뭐, 그래도 난 수학 시간에 나왔지만.」

갑자기 경찰관의 눈길이 알렉시스에게로 옮겨 간다.

「거기 서, 학생.」

알렉시스는 놀란 표정이다. 「누구, 저요?」

「옆으로 나와. 몇 가지 물어봐야겠다.」

리사는 그 틈에 바로 지나간다. 다시 경찰관의 시선을 끌까 봐 안도의 한숨을 참는다. 뭔지는 몰라도, 리사는 더 이상 경찰이 찾는 인상착의에 맞지 않는다. 맞는 건 알렉시스다! 리사는 돌아보지 않는다. 그냥 계단을 내려가 거리로 나간다.

잠시 뒤 코너가 그녀를 따라잡는다. 「저 뒤에서 무슨 일이 일어나는지 봤어. 네 친구가 방금 네 목숨을 구해 준 셈이야.」

「고맙다는 인사는 나중에 할게.」

앞에서, 해너가 남는 손을 주머니에 넣더니 자동차 열쇠를 꺼내 왼쪽의 교직원 주차장으로 방향을 튼다. 다 괜찮을 거야. 리사는 생각한다. 저 사람이 우리를 여기서 빼내 줄 거야. 리사는 기적을, 천사들을 믿기 시작하지만…… 그때 등 뒤에서 익숙한 목소리가 들린다.

「잠깐! 멈춰!」

돌아보니 레브가 있다. 레브가 그들을 발견했다. 멀리 있기는 하지만, 그는 사람들을 헤치며 빠르게 다가오고 있다.

「리사! 코너! 기다려!」

그들을 신고하는 것만으로는 부족했는지, 이제는 경찰을 직접 이끌고 오고 있다. 레브만이 아니다. 알렉시스가 여전히 경찰관과 함께 서 있다. 그녀가 서 있는 곳에서는 리사가 보인다. 그녀가 경찰에게 리사를 가리킨다. 경찰은 즉시 무전기를 꺼내 다른 경찰관들에게 알린다.

「코너, 큰일 났어.」

「알아. 나도 보여.」

「잠깐만!」 레브가 여전히 멀리서 다가오며 소리친다.

리사는 해너를 돌아보지만, 해너는 주차장의 아이들 무리 속으로 사라졌다.

코너가 리사를 본다. 그의 눈에 깃든 두려움이 분노를 압도한다. 「도망쳐.」

이번에 리사는 망설이지 않는다. 코너와 함께 거리를 건넌다. 그 순간 소방차가 사이렌을 울리며 현장에 진입한다. 소방차가 바로 앞에 멈춰 선다. 도망칠 곳이 없다. 화재 경보가 다행스럽게도 완벽한 시간에 울린 덕분에 여기까지 올 수 있었지만, 이제 소동은 잦아들고 있다. 아이들은 움직이는 대신 서로에게 떠밀려 다닌다. 사방에서 경찰이 두 사람에게 포위망을 좁혀 온다.

필요한 건 새로운 소동이다. 화재 경보보다 나쁜 무언가다.

리사가 미처 아이디어를 떠올리기도 전에 답이 알아서 찾아온다. 그녀는 자신이 무슨 말을 하려는 건지 정확히 알지도 못한 채 말한다.

2부 황새

「손뼉을 쳐!」

「뭐?」

「손뼉을 치라고. 날 믿어!」

한 차례 고개를 끄덕이는 걸 보니 코너도 분명히 이해한 듯하다. 그는 처음에는 느리게, 이어서 점점 빠르게 두 손을 맞부딪치기 시작한다. 리사도 똑같이 한다. 둘 다 가장 좋아하는 밴드의 콘서트에서 환호하듯 손뼉을 친다.

그들 옆에서 한 학생이 배낭을 떨어뜨리더니, 완전히 두려움에 질려 그들을 빤히 본다.

「박수도다!」 그가 소리친다.

곧바로 그 말이 퍼져 나간다.

박수도다박수도다박수도다…….

순식간에 주변 아이들에게 울려 퍼지며 크나큰 덩어리가 된다. 학교 전체가 완전히 공황에 빠진다.

「박수도다!」 모두가 비명을 지른다. 군중은 떼 지어 달리기 시작한다. 어디로 가야 할지 아는 이는 없다. 그들이 아는 것은 최대한 빨리 학교에서 벗어나야 한다는 것뿐이다.

리사와 코너는 계속해서 손뼉을 친다. 나란히 손을 맞부딪치느라 손이 빨개진다. 고등학생 무리가 맹목적인 두려움으로 질주하고 있기에 경찰은 그들에게 다가올 수 없다. 레브는 사라졌다. 공황에 빠진 무리에게 짓밟힌 듯하다. 소방차 사이렌이 모든 것을 더욱 악화시킨다. 사이렌은 세상의 종말을 알리는 듯 울린다.

그들은 손뼉 치기를 멈추고 우르르 몰려가는 군중에 합류해 그 일부가 된다.

그때 누군가가 그들 옆으로 다가온다. 해너다. 그들을 학교에서 먼 곳으로 태워다 주려던 그녀의 계획은 취소되었다. 그녀는 리사에게 재빨리 아기를 넘겨준다.

「플레밍 스트리트에 골동품 가게가 있어.」 그녀가 말한다. 「가서 소니아를 찾아. 소니아가 너희를 도와줄 수 있어.」

「저희는 박수도가 아니에요.」 리사가 떠올릴 수 있는 말은 그게 전부다.

「알아. 행운을 빌어.」

고맙다는 인사를 할 틈도 없다. 순식간에 미친 군중이 그들을 떼어 놓는다. 해너를 다른 방향으로 끌고 간다. 리사는 발을 헛디딘다. 정신을 차려 보니 그들은 거리 한복판에 있다. 수백 명의 아이가 보이지 않는 테러범에게서 탈출하려고 미친 듯이 도망친다. 교통은 마비됐다. 리사의 품에서 아기가 울어 댄다. 하지만 군중의 비명에 비하면 그 울음소리는 아무것도 아니다. 순식간에 그들은 군중에 섞여 길 건너편으로 사라진다.

18
레브

이것이 혼자가 된다는 것의 진짜 의미다. 레브 콜더는 우르르 몰려가는 군중에게 짓밟히고 있다.

「리사! 코너! 도와줘!」

절대 그들의 이름을 불러서는 안 됐다. 하지만 이제 와서 되돌리기에는 너무 늦었다. 레브가 부르자 그들은 도망쳤다. 기다리지 않고 달려갔다. 그들은 레브를 증오한다. 그가 한 짓을 안다. 이제는 수백 명의 발이 레브 위를, 마치 그가 존재하지 않는다는 듯 지나간다. 그의 손이 밟힌다. 부츠가 그의 가슴을 짓밟는다. 한 아이는 더 빨리 달리려고 그의 등을 밟고 도움닫기를 한다.

박수도다. 모두가 박수도가 나타났다고 외친다. 그게 다 레브가 빌어먹을 경보를 울렸기 때문이다.

레브는 리사와 코너를 따라잡아야 한다. 설명해야 한다. 미안하다고 말해야 한다. 그들을 신고한 건 잘못이었다고, 그들이 탈출할 수 있도록 경보를 울렸다고 말해야 한다. 그들을 이해시켜야 한다. 이제 레브의 친구는 둘뿐이다. 둘뿐이었다. 더 이상 그들은 친구가 아니니까. 레브가 모든 것을 망쳤다.

마침내 군중이 어느 정도 지나가고 레브는 간신히 몸을 일으킨다. 청바지 무릎이 찢어졌다. 입안에서 피 맛이 난다. 혀를 씹은 게 틀림없다. 그는 상황을 파악하려 애쓴다. 대부분의 아이가 학교를 벗어나 거리로, 그 너머로 달아났다. 골목으로 사라졌다. 낙오자들만 남았다.

「거기 그냥 서 있지 마.」 서둘러 지나가던 한 아이가 말한다. 「지붕 위에 박수도가 있어!」

「아냐.」 다른 아이가 말한다. 「급식실에 있다고 들었어.」

레브의 주변에서는 당황한 경찰들이 단호한 척하며 사방을 어슬렁거린다. 어디로 가야 하는지 아는 것처럼. 하지만 그들은 뱅뱅 돌며, 똑같이 단호한 발걸음으로 다른 방향으로 갈 뿐이다.

코너와 리사는 레브를 떠났다.

레브는 지금 다른 낙오자들과 함께 떠나지 않으면 경찰의 관심을 받게 되리라는 걸 안다.

그는 도망친다. 황새 배달된 아기보다도 무력해진 기분이다. 이번 일이 누구 탓인지 모르겠다. 그를 놓아준 댄 목사 때문일까? 기꺼이 그를 도와주려 했던 단 두 명의 아이를 배신한 레브 자신 때문일까? 아니면 그의 삶이 이처럼 쓸쓸한 순간에 이르도록 놔둔 신을 탓해야 할까? 이젠 네가 원하는 어떤 사람이든 될 수 있다. 댄 목사는 그렇게 말했다. 하지만 지금 이 순간 레브는 그 누구도 아닌 기분이다.

이것이 혼자가 된다는 것의 진짜 의미다. 레비 제더다이어 콜더는 자신이 더 이상 존재하지 않는다는 것을 깨닫는다.

19
코너

 골동품 가게는 마을의 오래된 구역에 자리하고 있다. 거리 위로 나무들이 호선을 그리며 뻗어 있다. 나뭇가지들이 지나가는 트럭 옆면에 부자연스럽고 각진 무늬를 드리운다. 거리에는 노란색과 갈색 낙엽이 가득하지만, 아직 끈질긴 잎들이 가지에 잔뜩 매달려 그림자를 드리우고 있다.

 아기는 도저히 달랠 수 없다. 코너는 리사에게 불평하고 싶지만 그럴 수 없다는 걸 안다. 코너가 아니었다면 아기는 애초에 문제가 되지 않았을 것이다.

 거리에는 사람이 많지 않다. 하지만 이 정도면 충분하다. 대부분은 그냥 돌아다니는 고등학생들이다. 아마 박수도가 자폭하려 한다는 소문을 퍼뜨리고 있을 것이다.

「무정부주의자라고 들었어.」

「이상한 종교를 믿는다던데.」

「그냥 그러고 싶어서 그러는 거래.」

 박수도의 위협은 너무나 효과적이다. 정말로 박수도가 무엇을 대표하는지 아는 사람이 아무도 없기 때문이다.

「아깐 영리했어.」 골동품 가게로 다가가며 코너가 리사에게 말한다. 「박수도인 척한 거 말이야. 난 절대 그런 생각을 못 했을 거야.」

「저번에 청소년 전담 경찰을 그 사람 진정탄으로 기절시켰을 때는 너도 꽤 빨랐는걸.」

코너가 씩 웃는다. 「난 본능적으로 움직이고 넌 머리를 쓰는 거지. 우리, 꽤 괜찮은 팀 같은데.」

「그래. 레브가 없으니까 이상한 짓도 좀 덜할 테고.」

레브 이야기에 코너는 분노가 솟구친다. 그는 레브가 물었던 아픈 팔을 문지른다. 하지만 오늘 레브가 한 짓이 그보다 훨씬 더 아프다. 「그 녀석은 잊어버려. 이제 과거일 뿐이야. 우린 빠져나왔으니까. 그 녀석이 우리를 보고 소리를 질러 대도 소용없어. 이제 그 녀석은 언와인드당할 거야. 자기가 원하던 대로. 우린 다시는 그 녀석을 마주할 일이 없을 테고.」 하지만 정작 그렇게 말하고 나니 안타까움이 가슴을 후빈다. 코너는 레브를 위해 목숨을 걸었다. 그를 구하려 했지만 실패했다. 말주변이 좀 더 좋았다면, 정말로 레브의 마음을 얻을 수 있었을지도 모른다. 하긴, 이게 다 무슨 헛소리람? 레브는 태어날 때부터 십일조였다. 13년간 이어진 세뇌를 이틀 만에 되돌릴 수는 없다.

골동품 가게는 낡았다. 현관의 흰색 페인트가 벗겨져 가고 있다. 코너가 문을 밀자 위쪽에 매달린 종이 딸랑거린다. 저차원 침입 경보다. 손님은 한 명뿐이다. 트위드 코트를 입은, 시무룩한 얼굴의 남자다. 그가 고개를 들어 둘을 본다. 별 관심은 없어 보인다. 아기에게 거부감을 느끼는 건지도 모른다. 그는 일행에게서 멀어지려는 듯 어수선한 가게 뒤쪽으로 더 들어간다.

가게에는 마치 미국 역사의 모든 순간에서 가져온 듯한 물건들이 뒤섞여 있다. 코너의 할아버지 시절에 쓰였을 법한 작은 기기들이 테두리가 크롬으로 된 식탁 위에 진열되어 있다. 오래된 영화가 골동품 플라스마 TV에서 재생되고 있다. 영영 오지 않은, 말도 안 되는 미래를 배경으로 한 영화다. 날아다니는 자동차와 흰머리의 과학자가 나오는 영화.

「어서 오세요.」

물음표처럼 허리가 구부정한 여자가 계산대 뒤에서 나온다. 그녀는 지팡이를 짚고 있지만 발걸음에는 힘이 있어 보인다.

리사는 울음을 달래려고 아기를 통통 흔든다. 「소니아를 찾아왔는데요.」

「내가 소니아야. 왜 그러냐?」

「저희는…… 그러니까, 도움이 필요해요.」 리사가 말한다.

「네.」 코너가 끼어든다. 「어떤 사람이 저희더러 여기로 가라고 했어요.」

늙은 여자는 수상하다는 듯 그들을 본다. 「고등학교에서 벌어진 그 난장판과 관계된 일이냐? 너희가 박수도야?」

「저희가 박수도처럼 보여요?」 코너가 말한다.

여자가 눈을 가늘게 뜨고 그를 본다. 「박수도처럼 보이는 사람은 없다.」

코너도 눈을 가늘게 뜨고 그녀를 본다. 그런 다음 그는 벽으로 다가가 손에 온 힘을 실어 앞으로 뻗는다. 손마디에 멍이 들 만큼 세게 벽을 친다. 과일 그릇이 그려진 작은 그림이 벽에서 떨어진다. 코너는 그림이 바닥에 닿기 전에 잡아 계산대에 올려놓는다.

「보셨죠?」 코너가 말한다. 「제 피는 폭발하지 않아요. 제가 박수도였다면 이 가게가 날아갔겠죠.」

늙은 여자는 그를 빤히 본다. 코너가 마주 보기에는 엄한 눈길이다. 경계심 가득한 그 눈에는 일종의 불길이 깃들어 있다. 그래도 코너는 시선을 돌리지 않는다. 「이 굽은 등 보이냐?」 여자가 묻는다. 「너희 같은 애들 때문에 고개를 쭉 빼고 살아서 이렇게 된 거다.」

코너는 그래도 시선을 떼지 않는다. 「그럼 저희가 잘못 찾아왔나 보네요.」 그는 리사를 힐끗 보며 말한다. 「나가자.」

코너는 나가려고 돌아선다. 그때 늙은 여자가 지팡이를 휙 후려쳐 그의 정강이를 아프게 때린다. 「그렇게 빨리 나가면 안 되지. 실은 해너가 전했거든. 너희가 오리라는 걸 알고 있었다.」

리사는 아기를 흔들며 답답하다는 듯 한숨을 쉰다. 「저희가 들어왔을 때 알려 주실 수도 있었잖아요.」

「그럼 재미가 없잖냐?」

그때쯤 시무룩한 얼굴의 손님이 다시 다가와 이 물건, 저 물건을 살펴보고 있다. 그의 얼굴에는 이 가게에 있는 모든 것에 대한 노골적인 반감이 드러나 있다.

「뒤쪽에 멋진 유아용품이 좀 있단다.」 늙은 여자는 손님에게 들리도록 말한다. 「거기로 가서 날 기다리겠니?」 그러더니 그녀는 속삭인다. 「그리고 제발, 그 아기한테 먹을 것 좀 줘라!」

뒷방은 낡은 샤워 커튼 같은 것으로 가린 문 너머에 있다. 앞쪽 공간이 어수선했다면 뒷방은 재난 현장이나 마찬가지다. 망가진 액자며 녹슨 새장 같은 것들이 아무렇게나 쌓여 있다. 앞쪽 공간에 진열하기에는 상태가 좋지 않은 물건이 여기에 있다. 쓰레기 중의 쓰레기다.

「이런데도 저 할머니가 우릴 도와줄 거라고 믿는 거야?」 코너가 말한다. 「자기 몸 하나 건사하기 힘들어 보이잖아!」

「해너가 도와줄 거라고 했잖아. 난 해너를 믿어.」

「넌 어떻게 주보시에서 자라고도 아직 사람을 믿냐?」

리사는 그를 험악하게 바라보고는 말한다. 「받아.」 그녀는 코너의 팔에 아기를 안긴다. 그녀가 아기를 맡긴 건 이번이 처음이다. 아기는 코너가 예상했던 것보다 훨씬 더 가볍다. 이렇게 시끄럽고 바라는 게 많은 존재라면 더 무거워야 마땅한데. 아기 울음소리는 이제 약해졌다. 거의 탈진하기 직전이다.

더 이상 두 사람을 이 아기에게 묶어 두는 건 없다. 그들은 아침이 되자마자 아기를 황새 배달할 수 있다. ……하지만 그렇게 생각하자 코너는 마음이 불편해진다. 그들은 이 아기에게 빚진 게 아무것도 없다. 아기가 그들의 것이 된 건 생물학적 이유 때문이 아니라 멍청함 때문이었다. 코너는 아기를 원하지 않지만, 자신보다도 아기를 원하지 않는 사람에게 이 아기를 넘긴다고 생각하면 견딜 수가 없다. 그의 답답함이 분노로 끓어오르기 시작한다. 집에서도 그를 곤란하게 만들었던, 바로 그 분노다. 이 분노는 코너의 판단을 흐리게 하고, 그의 성질을 터뜨리고, 싸움을 일으키고, 선생들에게 욕을 하거나 혼잡한 교차로에서 미친 듯이 스케이트보드를 타게 한다. 「넌 왜 그렇게 모든 일에 힘을 주냐?」 아버지가 짜증을 내며 물은 적이 있다. 그때 코너는 마주 쏘아붙였다. 「그러게. 언와인드당하면 힘도 못 쓸 텐데.」 당시에 코너는 그게 그냥 농담이라고 생각했다.

리사는 뒷방의 다른 공간처럼 북적거리는 냉장고를 연다. 그녀는 우유 통을 꺼내고 그릇을 찾아 그 안에 우유를 붓는다.

「아기는 고양이가 아니야.」 코너가 말한다. 「그릇에 있는 우유를 핥아 먹지는 않을걸.」

「내가 알아서 할게.」

코너는 리사가 서랍을 뒤져 깨끗한 숟가락을 꺼내는 모습을 지켜본다. 그런 다음, 리사는 코너에게서 아기를 받아 간다. 그녀는 코너보다 능숙하게 아기를 안고 숟가락을 우유에 담근 뒤 아기 입에 흘려 넣는다. 아기는 우유 때문에 숨이 막히는지 기침하며 침을 튀겨 댄다. 그러자 리사가 아기의 입에 검지를 집어넣는다. 아기는 리사의 손가락을 빨며 만족스럽게 눈을 감는다. 잠시 뒤, 리사는 손가락을 살짝 구부려 우유 한 숟갈을 더 흘려 넣을 수 있을 만큼 공간을 만든다. 아기는 다시 손가락을 문다.

「와, 제법인데.」 코너가 말한다.

「주보시에서 가끔 아기를 돌봐야 했어. 그러다 보면 몇 가지 요령을 배우게 돼. 아기한테 유당 불내증이 없기나 바라자.」

아기가 조용해지자 하루의 긴장감이 한꺼번에 풀리는 것 같다. 코너는 눈꺼풀이 무거워진다. 하지만 감히 잠들 수 없다. 그들은 아직 안전하지 않다. 아마 영영 안전하지 않을지도 모른다. 지금 경계를 풀 수는 없다. 그래도 코너의 생각은 이리저리 흘러가기 시작한다. 그는 부모가 아직 그를 찾고 있을지, 아니면 이제는 경찰만 찾고 있을지 생각한다. 아리아나를 떠올린다. 아리아나가 약속대로 함께 왔다면 어땠을까? 아마 첫날 밤에 잡혔을 것이다. 아마 그랬을 것이다. 아리아나는 리사처럼 물정에 밝지 않았다. 재치가 뛰어나지도 않았다. 아리아나를 생각하자 슬픔과 그리움이 밀려들지만, 코너가 생각했던 것만큼 강력하지는 않다. 아리아나가 그를 잊는 데 얼마나 걸릴까? 모두가 그를 잊는 데 얼마나 걸릴까? 오래 걸리지는 않을 것이다. 그게 언와인드에게 일어나는 일이다. 코너는 지난 몇 년간 학교에서 사라진 아이들을 떠올린다. 그 아이들은 그냥 어느 날부터 나타나지 않았다. 선생들은 그들이 〈떠났다〉라거나 〈더 이상 등록된 학생이 아니다〉라고 말하곤 했다. 하지만 그건 암호였다. 다들 그게 무슨 뜻인지 알았다. 그들을 알던 아이들은 참 끔찍한 일이라고 말하며 하루이틀쯤 불평했다. 그러고 나면 그건 오래된 소문이 되었다. 언와인드들은 별다른 충격을 남기지 않고 떠났다. 칭얼거리는 소리조차 내지 못했다. 그들은 손가락 두 개로 꼬집어 끄는 촛불의 불꽃처럼 소리 없이 꺼져 버렸다.

마침내 손님이 떠나고 소니아가 뒷방으로 들어온다. 「그러니까, 너희는 언와인드이고 내 도움이 필요하다는 거지?」

「음식이 좀 필요할지도 모르겠어요.」 코너가 말한다. 「몇 시간쯤 쉴 곳하고요. 그런 다음에는 갈 길 갈게요.」

「곤란하게 해드리고 싶지 않아서요.」 리사가 말한다.

그 말에 늙은 여자가 웃는다. 「아니, 설마! 너희는 만나는 모든 사람을 곤란하게 해.」 그녀는 지팡이로 리사를 가리킨다.

「이제 너흰 그런 존재가 됐어. 대문자 골칫덩어리 말이다.」 그러더니 그녀는 지팡이를 내려놓고 약간은 부드럽게 말한다. 「하지만 그게 너희 잘못은 아니지. 너희가 태어나게 해달라고 한 것도 아니고, 언와인드해 달라고 한 것도 아니니까.」 그녀는 둘을 번갈아 보더니, 리사에게 대단히 뻔뻔하게 말한다. 「정말로 살아남고 싶다면, 얘야, 저 애한테 다시 임신시켜 달라고 해라. 산모를 언와인드하지는 않으니까. 9개월을 통째로 벌 수 있을 거야.」

리사는 말을 잃고 입을 쩍 벌린다. 코너는 얼굴이 붉어진다. 「얘는…… 애초에 임신한 적 없어요. 얘가 낳은 아기가 아니에요. 제 아기도 아니고요.」

소니아는 잠시 생각에 잠기더니 아기를 더 가까이서 살펴본다. 「너희 아기가 아니다? 뭐, 그럼 모유를 주지 않는 이유가 설명되는구나.」 그녀가 갑자기 날카롭게 웃는다. 그 웃음에 코너와 아기가 동시에 움찔한다.

리사는 놀라지 않는다. 그저 짜증스러운 표정일 뿐이다. 그녀는 우유 한 숟가락과 검지로 다시 아기의 관심을 끈다. 「도와주실 거예요, 말 거예요?」

소니아는 지팡이를 들어 코너의 팔을 탁탁 두드리더니 여행 스티커로 뒤덮인 커다란 가방을 가리킨다. 「저걸 여기로 가져올 수 있겠니? 고기 방패처럼 말이야.」

코너는 여행 가방 안에 대체 어떤 쓸모 있는 물건이 들어 있을지 궁금해하며 일어난다. 그는 여행 가방을 잡고 낑낑대며 빛바랜 페르시아 양탄자 위로 밀고 온다.

「고기 방패가 되긴 글렀구나, 응?」

「하겠다고 한 적도 없어요.」

코너는 여행 가방을 조금씩 밀면서 바닥을 가로지른다. 이제 가방은 소니아 바로 앞에 있다. 소니아는 가방을 여는 대신 그 위에 앉아 발목을 주무르기 시작한다.

「그 안에 뭐가 있는데요?」 코너가 묻는다.

「편지.」 그녀가 말한다. 「하지만 중요한 건 안에 든 게 아니야. 그 아래에 있는 거지.」 소니아는 지팡이로 여행 가방이 있던 곳의 깔개를 밀어 젖힌다. 그러자 놋쇠 고리가 달린 바닥 문이 드러난다.

「자.」 소니아가 다시 지팡이로 고리를 가리키며 말한다. 코너는 한숨을 쉬고 고리를 잡아 바닥 문을 당겨 연다. 어둠 속으로 가파르게 이어지는 돌계단이 드러난다. 리사는 그릇을 내려놓고, 트림을 할 수 있도록 아기를 어깨에 엎어 놓은 채 바닥 문으로 다가가 코너 옆에 무릎을 꿇는다.

「여긴 오래된 건물이야.」 소니아가 말한다. 「20세기 초반, 첫 번째 금주령 시대에는 저 아래에 밀주를 숨겼었지.」

「밀주요?」 코너가 묻는다.

「술 말이야! 정말이지 너희 세대는 다 똑같아. 대문자 무식쟁이들!」

계단은 가파르고 울퉁불퉁하다. 코너는 소니아가 그들만을 내려보내리라고 생각한다. 하지만 소니아는 자기가 앞장서겠다고 고집을 부린다. 그녀는 뜸을 들인다. 오히려 평평한 바닥보다 계단에서 발걸음이 더 단단해 보인다. 코너는 소니아를 부축하려고 팔을 뻗지만, 소니아가 그를 떨쳐 내며 고약한 눈으로 쏘아본다. 「도움이 필요하면 말하마. 네가 보기엔 내가 약해 보이냐?」

「솔직히 그렇긴 해요.」

「겉모습은 속임수야.」 그녀가 말한다. 「다 떠나서, 널 처음 봤을 땐 꽤나 똑똑해 보였거든.」

「아주 웃기네요.」

바닥에 이르자 소니아는 벽을 더듬어 전등을 켠다.

리사가 헛숨을 들이켠다. 코너는 그녀의 시선을 따라가다가 그 이유를 발견한다. 세 사람이 있다. 소녀 한 명과 소년 두 명.

「식구가 늘었구나.」 소니아가 그들에게 말한다.

아이들은 움직이지 않는다. 코너나 리사와 비슷한 또래로 보인다. 같은 언와인드인 게 분명하다. 그들은 경계하면서도 지친 듯하다. 코너는 자신도 저렇게 상태가 나빠 보이는지 궁금해진다.

「정말이지, 그만 좀 쳐다봐라.」 소니아가 말한다. 「쥐 떼 같구나.」

소니아는 발을 끌면서 먼지투성이 지하실을 한 바퀴 돌며 리사와 코너에게 이것저것 가리켜 보인다. 「이쪽 선반에는 통조림이 있어. 어딘가에 통조림 따개도 있고. 뭐든 먹고 싶은 걸 먹되, 아무것도 남기지 마라. 남기면 진짜 쥐를 보게 될 테니까. 화장실은 저 뒤야. 깨끗하게 써라. 내가 좀 이따 나가서 분유랑 젖병을 구해 오마.」 그녀가 코너를 힐끗 본다. 「아, 그리고 네 팔의 물린 상처를 치료할 수 있는 구급상자가 여기 어딘가에 있을 거야. 대체 왜 그런 상처가 생긴 건지 모르겠다만.」

코너는 슬며시 새어 나오는 미소를 눌러 참는다. 소니아는 정말이지 아무것도 놓치지 않는다.

「얼마나 더 있어야 해요?」지하실 쥐 세 마리 가운데 가장 나이가 많아 보이는 아이가 묻는다. 근육질의 그 아이는 우두머리 수컷이라는 자신의 역할에 코너가 도전할지 모른다는 듯, 강한 불신의 눈빛으로 코너를 본다.

「그게 무슨 상관이야?」소니아가 말한다. 「급한 약속이라도 있나 보지?」

아이는 대답하지 않는다. 그냥 소니아를 노려보며 팔짱을 낀다. 그러자 아래팔에 있는 상어 문신이 드러난다. 아아. 코너는 히죽 웃으며 생각한다. 위협적이기도 하네. 정말 무서워.

소니아가 한숨을 쉰다. 「나흘만 더 있으면 나도 너희를 영영 치워 버릴 수 있어.」

「나흘 뒤에 무슨 일이 있는데요?」리사가 묻는다.

「아이스크림 장수가 와.」그 말을 끝으로 소니아는 계단을 성큼성큼 올라간다. 코너는 그녀가 그렇게 빨리 움직일 수 있다는 걸 처음 알았다. 바닥 문이 쾅 닫힌다.

「용 아줌마[5]는 친절하게도 앞으로 무슨 일이 일어날지 절대로 알려 주지 않아.」두 번째 소년이 말한다. 얼굴에 언제까지나 고정된 것 같은, 희미하게 히죽거리는 표정을 짓고 있는 호리호리한 금발 소년이다. 그는 치아에 굳이 필요하지 않을 듯한 교정기를 끼고 있다. 눈가에 드리운 그늘을 보니 여러 날 밤을 새운 모양이지만, 머리 모양은 완벽하다. 코너는 이 아이가 아무리 누더기를 입고 있어도 부잣집 출신이라는 걸 알 수 있다.

---

5 영어권에서 강하고 무서운 (특히 아시아계) 여성을 가리키는 멸칭이다.

「우린 하비스트 캠프로 보내질 거고 사람들이 우릴 조각조각 자를 거야. 그게 앞으로 일어날 일이야.」 소녀가 말한다. 아시아계다. 문신이 있는 아이만큼이나 거칠어 보인다. 머리카락은 짙은 분홍색으로 염색했고, 목에는 가시가 달린 가죽 초커를 둘렀다.

상어 문신이 날카롭게 그녀를 본다. 「세계 종말 같은 헛소리는 좀 집어치우지 그래?」 코너는 그 아이의 얼굴 한쪽에 네 줄의 긁힌 자국이 나 있는 것을 본다. 손톱 자국으로 보인다. 소녀는 눈가에 멍이 들어 있다.

「세계 종말은 아니야.」 소녀가 투덜거린다. 「그냥 우리의 종말이지.」

「넌 허무주의자처럼 말할 때 참 예뻐.」 히죽거리는 아이가 말한다.

「닥쳐라.」

「네가 그렇게 말하는 건 그냥 허무주의가 무슨 뜻인지 몰라서야.」

리사가 코너를 의미심장하게 본다. 코너는 리사가 무슨 생각을 하는지 안다. 이 녀석들이랑 나흘이나 같이 있어야 해? 하지만 먼저 손을 내밀고 자기소개를 하는 사람은 리사다. 코너도 마지못해 그렇게 한다.

알고 보니 이 아이들은 모든 언와인드가 그렇듯 각자 클리넥스 열 상자는 써야 할 사연을 안고 있다.

히죽거리는 아이는 헤이든이다. 코너가 예상했듯 말도 안 되게 부유한 집 아들이다. 부모가 이혼하면서, 그를 두고 잔인한 양육권 분쟁이 벌어졌다. 2년 하고도 여섯 번의 재판이 이어졌는데도 그 분쟁은 해결되지 않았다. 결국 헤이든의 부모가 합의할 수 있었던 유일한 내용은 상대에게 양육권을 넘겨 주느니 헤이든이 언와인드되는 꼴을 보겠다는 것이었다.

「우리 부모가 가진 악의적인 힘을 다스릴 수만 있으면.」 헤이든이 말한다. 「몇 년 동안 작은 도시 하나는 돌릴 수 있을 거야.」

소녀의 이름은 마이다. 그녀의 부모는 아들을 낳으려고 노력한 끝에 한 명을 낳게 되었다. 하지만 그 전에 딸 네 명이 태어났다. 마이가 넷째였다. 「새삼스러운 일도 아니야.」 마이가 말한다. 「중국에서 가족당 아이 한 명만 낳게 하던 시절에는 온 동네 사람들이 여자 아기를 죽였어.」

덩치가 큰 아이는 롤런드다. 그는 군대의 고기 방패가 되겠다는 꿈을 꾸었지만, 테스토스테론인지 스테로이드인지 그 둘의 혼합물인지가 너무 많아, 군대조차 꺼릴 정도로 위협적인 존재가 되었다. 코너처럼 롤런드도 학교에서 싸움을 일으켰다. 다만 코너는 롤런드의 싸움이 훨씬 더 심각했으리라고 짐작한다. 하지만 롤런드가 끝장난 건 그 때문이 아니다. 롤런드는 자기 엄마를 때린 의붓아버지를 패버렸다. 어머니는 남편의 편을 들었고, 의붓아버지는 경고만 받고 풀려났다. 반면 롤런드는 언와인드당하게 되었다.

「너무 불공평하다.」 리사가 롤런드에게 말한다.

「너한테 일어난 일은 공평하고?」 코너가 말한다.

롤런드가 코너에게 시선을 고정한다. 감정적으로는 돌을 던지는 것이나 마찬가지다. 「계속 그딴 식으로 말하면, 쟤가 새 남자 친구를 찾게 될 거야.」

코너는 가짜 온기가 담긴 미소를 지어 보이며 그의 손목에 있는 문신을 힐끗 본다. 「돌고래가 참 마음에 든다.」

롤런드는 재미있어하지 않는다. 「이건 뱀상어야, 멍청아.」

코너는 롤런드에게 절대 등을 보이지 않겠다고 머릿속에 메모를 남긴다.

예전에 코너가 읽은 대로라면, 상어에게는 치명적인 폐소공포증이 있다. 상어는 밀폐된 공간을 두려워한다기보다 그런 곳에서 살 수가 없다. 이유는 아무도 모른다. 어떤 이들은 상어가 균형을 잃는 이유가 수족관의 금속 때문이라고 한다. 하지만 원인이 무엇이든, 큰 상어는 잡힌 상태에서 오래 살지 못한다.

소니아의 지하실에서 하루를 보내고 난 뒤, 코너는 상어의 기분을 이해하게 된다. 리사에게는 계속 관심을 둘 만한 아기라는 대상이 있다. 아기는 엄청난 관심을 요구한다. 리사는 자신의 책임에 대해 불평하지만, 코너는 그녀가 시간을 보낼 대상이 있다는 이유만으로 고마워한다는 걸 알 수 있다. 지하실에는 뒷방이 있다. 롤런드는 리사와 아기가 그 방을 독차지해야 한다고 고집을 부린다. 친절하게 구는 척하지만, 실제로는 아기 울음소리를 참을 수 없어서일 것이다.

마이는 책을 읽는다. 구석에는 먼지 낀 낡은 책 무더기가 있다. 마이는 언제나 그중 한 권을 들고 있다. 리사에게 뒷방을 양보한 롤런드는 책장을 하나 끌어내 그 뒤에 자기만의 거주 공간을 만든다. 감옥에 들어가 본 경험이 있는 사람처럼 공간을 구획한다. 자신만의 작은 감방에 틀어박혀 있지 않을 때면,

그는 지하실의 식량을 배급량에 따라 재정비한다. 「식량은 내가 관리해.」 그가 선언한다. 「이제 사람이 넷이 됐으니까, 배급량을 다시 조절할 거야. 누가 언제, 뭘 받는지 정해야겠어.」

「내가 언제, 뭘 원하는지는 나 스스로 정할 수 있는데.」 코너가 말한다.

「그렇게는 안 돼.」 롤런드가 말한다. 「네가 오기 전부터 여기 상황은 내가 통제하고 있었어. 앞으로도 그럴 거고.」 그는 코너에게 스팸 한 캔을 건넨다. 코너는 그것을 역겹다는 듯 바라본다. 롤런드가 말한다. 「더 나은 걸 원하면 프로그램에 따라.」

코너는 이 문제로 싸움을 일으키는 것이 과연 현명한 일인지 생각해 본다. 하지만 화가 났을 때는 지혜가 찾아오는 일이 거의 없다. 긴장이 고조되기 전에 상황을 진정시키는 사람은 헤이든이다. 헤이든은 코너에게서 캔을 낚아채 뚜껑을 연다.

「정신 안 차리면 빼앗기는 거야.」 그는 그렇게 말하더니, 손가락으로 아무렇지 않게 스팸을 퍼먹기 시작한다. 「여기 오기 전까지 스팸을 먹어 본 적이 한 번도 없었는데……. 지금은 아주 좋아해.」 그러더니 그는 씩 웃는다. 「오, 하나님. 내가 트레일러에 사는 인간쓰레기로 변해 가나 봐.」

롤런드는 코너를 노려보고 코너도 그를 마주 노려본다. 그런 다음, 코너는 그런 순간에 늘 해온 말을 꺼낸다.

「양말 멋지네.」

롤런드는 즉시 양말을 내려다보진 않는다. 하지만 살짝 흔들리며 뒤로 물러난다. 그는 코너가 보지 않는다는 생각이 들 때까지 기다렸다가, 양말의 짝이 맞는지 확인한다. 그 순간 코너는 키득거린다. 아예 이기지 못하는 것보다는 이런 작은 승리가 낫다.

헤이든은 수수께끼 같은 아이다. 코너는 그가 정말로 주변에서 벌어지는 모든 일을 즐기는 건지, 아니면 전부 연기일 뿐인지 확신할 수 없다. 과연 헤이든의 행동은 너무 고통스러워 견딜 수 없는 상황에 맞서는 자기만의 방어 기제일까? 코너는 대개 부유하고 가식적인, 헤이든 같은 아이들을 싫어했다. 그런데 헤이든에게는 그를 좋아할 수밖에 없도록 만드는 무언가가 있다.

코너는 헤이든 옆에 앉는다. 헤이든은 롤런드가 책장 감옥에 들어갔는지 힐끗 확인한다.

「〈양말 멋지네〉 작전 좋더라.」 헤이든이 말한다. 「나도 가끔 써도 돼?」

「얼마든지.」

헤이든은 스팸 한 조각을 떼어 코너에게 내민다. 지금 이 순간 코너가 가장 원하지 않는 것이 있다면 바로 그 스팸이지만, 그는 안다. 고기가 문제가 아니라는 걸. 그는 스팸을 받아 든다.

가공된 햄 덩어리를 주고받자 둘 사이에서 긴장이 풀린다. 이해가 오간다. 나는 네 편이야. 스팸 조각이 그렇게 말한다. 내가 네 뒤를 봐줄게.

「아기를 낳을 생각이었어?」 헤이든이 묻는다.

코너는 잠시 고민한다. 잠정적인 우정이라도 맺으려면 진실을 말하는 게 최선이라고 판단한다. 「내 아기가 아니야.」

헤이든은 고개를 끄덕인다. 「네 아이도 아닌데 쟤랑 같이 다니다니 멋지네.」

「쟤 아기도 아니야.」

헤이든이 히죽 웃는다. 그는 어쩌다 아기가 그들과 함께하게 되었는지 묻지 않는다. 코너가 할 수 있는 그 어떤 이야기보다 자기가 머릿속에서 떠올린 이야기가 재미있는 것 같다. 「롤런드한테는 말하지 마.」 그가 말한다. 「롤런드가 너희 둘한테 이렇게 잘해 주는 유일한 이유는 핵가족의 신성함을 믿기 때문이니까.」 코너는 헤이든이 진지하게 말하는 건지, 비꼬는 건지 알 수 없다. 아마 영영 알 수 없을 것이다.

헤이든은 남은 스팸을 마저 씹어 삼킨 뒤, 텅 빈 캔을 들여다보며 한숨을 쉰다. 「몰록으로서의 인생이여.」 그가 말한다.

「몰록이 뭔지 모르면 무식한 거야?」

「형편없는 초록색 고무 코스튬을 입은 모습으로 자주 그려지는, 빛에 민감한 지하 개구리 인간이야. 슬프게도 우리가 바로 그 개구리가 됐지. 초록색 고무 코스튬만 빼고.」

코너는 음식 선반을 힐끗 본다. 귀 기울여 들어 보니 금속성의 음악 소리가 들린다. 롤런드가 처음 도착했을 때 위층에서 훔쳐 온 게 분명한 골동품 MP3 플레이어에서 나오는 소리다.

「넌 롤런드랑 얼마나 알고 지냈어?」

「너보다 사흘 더 알았어.」 헤이든이 말한다. 「현명하지 않은 자에게 해주는 말인데 — 네가 그런 것 같거든 — 롤런드는 자기가 대장 노릇을 하고 있다고 생각하는 한 괜찮아. 그렇게 생각하게 놔두기만 하면 우리 모두가 하나의 행복한 대가족이 될 수 있어.」

「내가 그렇게 하기 싫다면?」

헤이든은 스팸 캔을 들어 올리더니 몇 발짝 떨어진 쓰레기통에 던진다. 「몰록의 문제는, 식인종으로 알려져 있다는 거야.」

첫날 밤에 코너는 잠을 이루지 못한다. 지하실의 불편함과 롤런드에 대한 불신이다. 그가 할 수 있는 행동이라고는 한 번에 잠깐씩 조는 것뿐이다. 옆방에서 리사와 함께 잘 수도 없다. 공간이 좁아서 리사와 딱 붙어 자야 할 테니까. 코너는 진짜 이유가, 자면서 구르다가 아기를 깔아뭉갤지 몰라 두렵기 때문이라고 자신을 속인다. 마이와 헤이든도 깨어 있다. 마이는 자려고 노력하는 듯하지만, 그녀의 눈은 뜨여 있고 생각은 딴 데가 있는 것 같다.

헤이든이 쓰레기 더미에서 찾은 양초에 불을 붙인다. 그 바람에 곰팡이에 계피를 끼얹은 듯한 냄새가 지하실에 퍼진다. 헤이든은 촛불 위로 손을 왔다 갔다 움직인다. 화상을 입을 만큼 느리지는 않지만, 열기를 느낄 수 있을 만큼 느리게. 헤이든은 코너가 자신을 지켜보고 있다는 것을 알아차린다. 「너무 느릴 때만 화상을 입는다니 웃기지.」 헤이든이 말한다. 「원하는 만큼 불꽃을 놀려 대도 돼. 적당히 빠르기만 하면 불꽃이 절대 날 잡지 못해.」

「너, 방화광이야?」 코너가 묻는다.

「넌 지루함과 집착을 헷갈리고 있어.」

하지만 코너가 느끼기엔 그게 전부가 아닌 것 같다.

「언와인드당한 아이들에 대해서 생각하고 있었어.」 헤이든이 말한다.

「왜 그런 생각을 하는 건데?」 코너가 묻는다.

「그야 쟤가 미친놈이니까 그렇지.」 방 건너편에서 마이가 말한다.

「개 목걸이를 차고 있는 건 내가 아닌데.」

마이는 헤이든에게 가운뎃손가락을 쳐든다. 헤이든은 개의치 않는다. 「나는 하비스트 캠프가 블랙홀과 비슷하다고 생각해 왔어. 그 안에서 무슨 일이 벌어지는지는 아무도 모르잖아.」

「무슨 일이 벌어지는지는 다들 알아.」 코너가 말한다.

「아니야.」 헤이든이 말한다. 「다들 결과를 아는 거지. 정작 언와인드가 어떻게 이루어지는지 아는 사람은 아무도 없어. 난 그게 궁금해. 즉시 이루어지는 걸까, 아니면 거기서 기다리게 할까? 친절하게 대할까, 차갑게 대할까?」

「뭐.」 마이가 비웃는다. 「운이 좋으면 네가 직접 알아볼 수 있을 거야.」

「있잖아.」 코너가 말한다. 「넌 생각이 너무 많아.」

「뭐, 이 아래에서도 누군가는 집단적인 사고력 부족을 보완해야지.」

그제야 코너는 헤이든을 이해하기 시작한다. 헤이든은 촛불에서 손을 거두었지만, 언와인드에 관한 이 모든 이야기는 불꽃 위로 손을 움직이는 것과 비슷하다. 헤이든은 위험한 곳의 가장자리에 머무는 것을, 위험한 생각을 좋아한다. 코너는 자신이 가장 좋아하는 가장자리를, 고속 도로 표지판 뒤를 떠올린다. 어떤 면에서 이 둘은 비슷하다.

「좋아.」 코너가 말한다. 「머리 터질 때까지 생각해 봐. 근데 내가 하고 싶은 생각은 하나뿐이야. 열여덟 살까지 살아남는 것.」

「너의 그 얄팍함이 신선하면서도 실망스럽네. 이런 나는 심리 치료를 받아야 하는 걸까?」

「아니. 내 생각에는 너희 부모가 서로에게 엿을 먹이겠다는 이유만으로 너를 언와인드하기로 결정한 게 네가 심리 치료를 받아야 할 이유야.」

「일리 있네. 몰록치고는 통찰력이 대단한걸.」 헤이든은 잠시 조용해진다. 그의 얼굴에서 히죽거리는 웃음이 서서히 사라진다. 「내가 정말로 언와인드되면, 아마 부모님은 다시 함께하게 될 거야.」

코너는 그의 공상을 터뜨릴 마음이 없다. 하지만 마이는 다르다. 「아닐걸. 네가 언와인드당하면, 너희 부모는 서로를 탓하면서 더 증오하게 될 거야.」

「그럴지도 모르지.」 헤이든이 말한다. 「아니면 그제야 깨달음을 얻게 될지도 몰라. 그렇게 험프리 던피 이야기가 다시 시작되는 거지.」

「누구?」 마이가 묻는다.

둘 다 마이를 돌아본다. 헤이든이 활짝 미소 짓는다. 「험프리 던피 이야기를 한 번도 들어 본 적 없다는 말이야?」

마이는 수상하다는 듯 주위를 둘러본다. 「들어 봤어야 하는 이야기야?」

헤이든의 얼굴에서 미소가 떠나지 않는다. 「마이, 네가 그 이야기를 모른다니 정말 놀랍다. 네 스타일의 이야기인데.」 그는 손을 뻗어 양초를 세 사람 사이에 놓는다. 「이게 모닥불은 아니지만.」 그가 말한다. 「이걸로 만족해야 할 거야.」 헤이든은 잠시 불꽃을 들여다본다. 이어 천천히, 으스스하게 마이를 바라본다.

「몇 년 전에 한 아이가 있었어. 진짜 이름은 험프리가 아니었어. 아마 헬인지, 해리인지, 그런 이름이었을 거야. 생각해 보면 험프리라는 이름이 잘 어울리긴 하지만. 어쨌든 어느 날 걔네 부모가 험프리의 언와인드 의뢰서에 서명했어.」

「왜?」 마이가 묻는다.

「부모가 의뢰서에 서명하는 데 이유가 있겠어? 그냥 한 거지. 그리고 청소년 전담 경찰이 환한 이른 아침에 험프리를 잡으러 왔어. 그 아이를 납치해 데리고 갔지. 험프리는 그렇게 끝장났어. 아무 문제 없이 언와인드당한 거야.」

「그게 다야?」 마이가 묻는다.

「아니…… 문제가 있었어.」 코너는 헤이든이 멈춘 곳에서 이야기를 이어 간다. 「그게, 던피 가족은 안정적이라고 할 만한 사람들이 아니었어. 애초에 좀 제정신이 아니었는데 아이가 언와인드당한 다음에는 완전히 돌아 버린 거야.」

이제 마이의 거친 겉모습은 그야말로 사라져 버렸다. 눈을 크게 뜨고 모닥불가에서 이야기를 듣는 어린아이 같다. 「뭘 했는데?」

「그 사람들은 결국 험프리를 언와인드하고 싶지 않았던 거라는 결론을 내렸어.」 헤이든이 말한다.

「잠깐만.」 마이가 말한다. 「이미 언와인드해 버렸다며.」

헤이든의 눈이 촛불에 비쳐, 그 속에 광기가 어린 것처럼 보인다. 「맞아.」

마이는 몸을 떤다.

「문제는 이거야.」 헤이든이 말한다. 「내가 말했다시피 하비스트 캠프의 모든 건 비밀이야. 언와인드가 이루어지고 나면 누가 뭘 받았는지에 관한 기록조차 비밀이 돼.」

「응, 그래서?」

「그래서 던피 가족은 기록을 찾았어. 내 생각엔 아버지가 정부 기관에서 일했나 그랬을 거야. 신체 부위 담당 부서에 해킹해 들어갈 수 있었어.」

「어디?」

헤이든이 한숨을 쉰다. 「전국 언와인드 데이터베이스 말이야.」

「아.」

「그러고는 험프리의 신체 부위를 받은 사람들의 명단을 출력했어. 그 명단을 가지고 던피 부부는 그 사람들을 찾으러 전 세계를 돌아다니기 시작했어. 그렇게 그 사람들을 죽이고 신체 부위를 되찾아, 험프리를 부분 부분 다시 완전하게 만들려고······.」

「말도 안 돼.」

「그래서 사람들이 그 애를 험프리라고 부르는 거야.」 코너가 덧붙인다. 「〈왕의 모든 말과 왕의 모든 사람도······ 험프리를 다시 붙일 수는 없었어요〉라고 하잖아.」[6]

말의 여운이 공기 중에 무겁게 머문다. 결국 헤이든은 양초 위로 몸을 숙이며 갑자기 마이에게 손을 내밀고 소리친다. 「왁!」

---

6 〈험프티 덤프티〉라는 달걀 모양의 인물이 벽에서 떨어진 뒤, 왕의 모든 군대와 사람들이 노력했는데도 그를 다시 붙일 수 없었다는 내용의 유명한 동요가 있다.

모두가 자기도 모르게 움찔한다. 누구보다도 마이가.

코너는 웃을 수밖에 없다. 「봤어? 쟤, 말 그대로 껍질을 벗고 튀어나올 듯이 놀라던데!」

「안 그러는 게 좋을 거야, 마이.」 헤이든이 말한다. 「껍질을 벗고 튀어나왔다간, 네가 되찾기도 전에 사람들이 그걸 다른 누군가에게 줘버릴 테니까.」

「둘 다 그냥 꺼져라.」 마이는 헤이든을 때리려 하지만, 헤이든은 쉽게 그녀를 피한다. 그때 롤런드가 책장 뒤에서 나타난다.

「무슨 일이야?」

「아무것도 아니야.」 헤이든이 말한다. 「그냥 귀신 얘기나 하고 있었어.」

롤런드는 세 사람을 본다. 분명히 짜증이 나 있고, 자신과 상관없는 일은 무엇이든 믿지 못하는 표정이다. 「그래. 뭐, 가서 자. 늦었어.」

롤런드는 느릿느릿 구석의 자기 자리로 돌아가지만, 코너는 이제 그가 대화를 감시하고 있다고 확신한다. 아마 그들이 자신에게 대항하려는 음모를 짜고 있다는 편집증에 사로잡혀 있을 것이다.

「그 험프리 던피 이야기 말이야.」 마이가 말한다. 「그냥 이야기, 맞지?」

코너는 의견을 속에 담아 두지만 헤이든은 말한다. 「내가 전에 알던 애 중에 사람들한테 험프리의 간을 받았다고 말하고 다니던 애가 있었어. 그런데 어느 날 그 애가 사라져서 다시는 보이지 않았어. 사람들은 걔가 그냥 언와인드당했다고 했지만,

그게 사실이라면…… 던피 가족이 개를 데려갔을 수도 있지.」
그러더니 헤이든은 촛불을 불어 끈다. 그 순간, 모든 것이 어둠 속에 남겨진다.

 코너와 리사가 온 지 사흘째 되는 날, 소니아가 그들을 한 사람씩 위층으로 부른다. 도착한 순서대로, 한 번에 한 명씩만.
 「고기 방패 같은 도둑놈부터.」 그녀가 계단 아래에 있는 롤런드를 가리키며 말한다. 도둑맞은 MP3 플레이어에 대해 아는 게 분명하다.
 「용 아줌마가 원하는 게 뭘까?」 바닥 문이 닫힌 뒤 헤이든이 묻는다.
 「네 피를 마시는 거.」 마이가 말한다. 「한동안 널 지팡이로 두들겨 패거나. 그런 거.」
 「용 아줌마라고 그만 좀 불러.」 리사가 말한다. 「저분은 널 지켜 주고 있어. 최소한의 존경심은 보여야지.」 그녀는 코너를 돌아본다. 「네가 디디를 데려갈래? 팔에 힘이 빠져서.」 코너는 아기를 받아, 전보다는 조금 더 능숙하게 안는다. 마이가 흥미롭다는 듯 그를 바라본다. 코너는 헤이든이 마이에게 두 사람이 아기의 진짜 부모가 아니라는 사실을 말했는지 궁금해진다.
 롤런드는 30분 뒤, 소니아와의 만남을 마무리하고 돌아온다. 그는 아무 말도 하지 않는다. 마이도 돌아와서는 입을 다문다. 헤이든이 가장 오래 걸린다. 돌아온 뒤, 그 역시 입을 다문다. 헤이든답지 않다. 불안하다.
 다음은 코너 차례다. 올라가 보니 밖은 밤이다. 몇 시인지는 전혀 알 수 없다. 소니아가 작은 뒷방으로 그를 데려가, 불편한 의자에 앉힌다. 코너가 움직일 때마다 의자도 함께 삐걱거린다.

「넌 내일 여길 떠날 거야.」 그녀가 말한다.

「어디로 가요?」

소니아는 질문을 못 들은 체하고 접어 넣는 뚜껑이 달린 오래된 책상의 서랍을 연다. 「네가 글을 조금이라도 읽을 줄 알면 좋겠구나.」

「왜요? 제가 뭘 읽었으면 하시는데요?」

「넌 아무것도 읽을 필요 없어.」 그러더니 그녀는 빈 종이 몇 장을 꺼낸다. 「난 네가 글을 쓰기를 바라는 거야.」

「무슨, 최후의 유언장이요? 그런 거예요?」

「유언장을 쓰려면 물려줄 거라도 있어야지. 너한텐 그런 게 없잖아? 내가 너한테 바라는 건 편지를 쓰는 거다.」 소니아는 그에게 종이와 펜, 봉투를 건넨다. 「사랑하는 사람에게 편지를 쓰거라. 원하는 만큼 길게, 또는 짧게 써. 난 상관 안 한다. 되도록 하고 싶었는데 기회가 없어서 못 한 말을 전부 쓰도록 해. 알겠냐?」

「제가 아무도 사랑하지 않으면요?」

소니아는 입을 꾹 다문 채 천천히 고개를 젓는다. 「너희 언와인드들은 모두 똑같구나. 아무도 너희를 사랑하지 않으니, 너희 역시 아무도 사랑할 수 없다고 생각하는 걸 테지. 좋아, 그럼 네가 꼭 하고 싶은 말을 들어야 할 사람을 고르거라. 네 마음속 모든 말을 해. 참지 말고. 다 쓰면 봉투에 넣고 봉해. 난 읽지 않을 테니까 걱정하지 말고.」

「그게 무슨 의미가 있어요? 직접 부치실 거예요?」

「그만 물어보고 시키는 대로 해.」 그녀는 도자기로 만들어진, 식사를 알리는 작은 종을 가져다가 펜과 종이 옆에 올려놓는다. 「시간은 얼마든지 써도 된다. 다 쓰면 종을 울려라.」

소니아는 코너를 남겨 두고 방을 나간다.

이상한 요청이다. 사실 코너는 자기도 모르게 겁을 먹는다. 그의 마음속에는 그야말로 가고 싶지 않은 장소들이 있다. 그는 아리아나에게 편지를 써야 할지도 모르겠다고 생각한다. 그게 가장 쉬운 방법일 것이다. 코너는 아리아나를 아꼈다. 아리아나는 그 어떤 여자아이보다 코너와 가까운 사이였다. 리사를 제외하고는 그 어떤 소녀보다도. 하긴, 리사는 사실 코너와 가까운 사이라고 할 수 없다. 그와 리사가 맺은 건 인간관계가 아니다. 두 사람은 그저 떨어지기 싫어서 같은 절벽에 매달려 있을 뿐이다. 편지를 세 줄 정도 쓰고 나서, 코너는 종이를 구겨 버린다. 아리아나에게 쓰는 편지는 의미가 없다. 아무리 저항해도, 그는 이 편지를 누구에게 보내야 하는지 안다.

코너는 새 종이에 펜을 꺼내 눌러 쓴다. 엄마, 아빠에게······.

5분 동안 그는 다음 한 줄을 쓰지 못한다. 하지만 일단 다음 줄을 쓰고 나자 말이 흘러나오기 시작한다. 이상한 방향으로 흘러가기도 한다. 처음에는 분노를 쏟아 냈다. 당연한 일이었다. 어떻게 그럴 수 있어? 왜 그런 거야? 대체 어떤 부모가 자기 자식한테 이런 짓을 할 수가 있어? 하지만 세 번째 장에 이르자 말이 부드러워지기 시작한다. 함께한 그들의 삶에서 좋았던 일들이 떠오른다. 처음에는 부모에게 상처를 주기 위해, 그다음에는 언와인드 의뢰서에 서명할 때 그들이 버린 것이 정확히 무엇인지 일깨워 주기 위해 쓴다. 하지만 그다음에는 기억 자체가 중요해진다. 더 정확히 말하자면 그들이 기억하도록 하는 것이. 코너가 떠났을 때…… 코너가 정말 떠난다고 해도 그는 자신이 느꼈던 모든 감정에는 살려 둘 가치가 있었음을 기록해야 한다. 편지를 쓰기 시작했을 때 코너는 이 편지가 어떻게 끝날지 알고 있었다. 이런 짓을 한 당신들이 싫어. 절대 용서하지 않을 거야. 하지만 마침내 열 번째 페이지에 이르렀을 때, 그는 자기도 모르게 이렇게 쓰고 있다. 사랑해. 한때 당신들의 아들이었던 코너가.

이름을 쓰기도 전에, 코너는 마음속에서 눈물이 차오르는 것을 느낀다. 눈에서 나오는 눈물이 아니다. 뱃속 깊은 곳에서 나오는 것이다. 너무 심하게 들썩여 배와 폐가 아프다. 눈에 홍수가 난다. 고통이 너무 심해, 지금 당장 이 자리에서 죽을 수도 있겠다는 확신이 든다. 하지만 그는 죽지 않는다. 시간이 흐르면서 내면의 폭풍은 지나간다. 온몸의 관절과 근육에서 힘이 빠진다. 다시 걸으려면 소니아의 지팡이가 필요할 것 같은 기분이다.

눈물이 페이지를 적셨다. 종이가 구겨져 작은 분화구처럼 움푹 팬 자국이 남았다. 그런데도 잉크는 번지지 않았다. 코너는 편지를 접어 봉투에 넣은 뒤 봉하고 주소를 적는다. 몇 분 더 기다려 감정의 폭풍이 다시 몰려오지 않는다는 걸 확인한다. 그런 다음 작은 종을 울린다.

소니아가 잠시 뒤 방에 들어온다. 그동안 커튼 바로 너머에서 내내 기다렸을 것이다. 코너는 그녀가 자신의 울음소리를 들었으리라는 걸 안다. 하지만 소니아는 아무 말도 하지 않는다. 그저 봉투를 들어 무게를 가늠한 다음 의외라는 듯 눈썹을 치켜올린다. 「할 말이 많았구나?」

코너는 어깨를 으쓱할 뿐이다. 소니아는 봉투를 뒤집어 다시 책상에 내려놓는다. 「이제 뒷면에 날짜를 적으면 좋겠다. 네 열여덟 살 생일 날짜를 적어.」

코너는 더 이상 소니아에게 질문하지 않는다. 시키는 대로 날짜를 쓴다. 그러자 소니아는 봉투를 가져간다. 「내가 이 편지를 대신 보관하마.」 소니아가 그에게 말한다. 「네가 열여덟 살까지 살아남으면, 여기로 돌아와서 이걸 찾아가겠다고 약속해야 해. 그럴 수 있겠냐?」

코너가 고개를 끄덕인다. 「약속할게요.」

소니아는 자기 말을 강조하려고 봉투를 흔들어 보이며 말한다. 「나는 네 열여덟 살 생일부터 1년 동안 이 편지를 보관할 거야. 그 안에 네가 돌아오지 않으면 살아남지 못했다고 생각하마. 네가 언와인드당했다고 말이야. 그때는 내가 직접 이 편지를 부칠 거야.」

소니아는 코너에게 편지를 다시 돌려주고 일어서서 바닥 문을 가리고 있던 낡은 여행 가방으로 향한다. 그녀는 가방의 자물쇠를 연다. 무거울 텐데도 뚜껑을 들어 올린다. 그 안에는 봉투가 수백 개는 들어 있다. 거의 가득 차 있다.

「여기 두거라.」 소니아가 말한다. 「안전할 거야. 네가 돌아오기 전에 내가 죽는다면 해너가 여행 가방을 맡아 주기로 약속했다.」

코너는 궁금해진다. 이렇게 많은 편지가 여행 가방에 들어 있다니, 소니아는 얼마나 많은 아이를 도왔던 걸까? 또 다른 감정이 뱃속을 휘어잡는 게 느껴진다. 눈물로 이어질 정도는 아니지만 내면이 온통 부드러워진다. 〈훌륭한 일을 하셨네요〉라는 말을 할 만큼.

소니아는 손을 저어 그 말을 흩어 버린다. 「이런다고 내가 성인이라도 되는 줄 알아? 한마디 하마. 나는 꽤 오랜 시간을 살았어. 그래서 끔찍한 일도 많이 저질렀지.」

「뭐, 상관없어요. 할머니가 그 지팡이로 저를 아무리 후려쳐도 전 할머니가 좋은 사람이라고 생각할 거예요.」

「그럴 수도 있고 아닐 수도 있지. 나만큼 오래 살다 보면 알게 되는 건…… 사람들이 완전히 선하지도, 완전히 악하지도 않다는 거야. 우리는 평생 어둠과 빛을 드나든다. 지금 이 순간, 나는 빛 속에 있어서 기쁘고.」

코너가 아래층으로 내려가려 할 때, 소니아는 작정하고 따끔할 정도로 세게 코너의 엉덩이를 지팡이로 후려친다. 하지만 코너는 웃음이 날 뿐이다.

그는 리사에게 무슨 일이 기다리고 있는지 말해 주지 않는다. 어째서인지 말을 하면 그녀에게서 무언가를 빼앗는 일이 될 것 같다. 코너는 이 일을 리사와 소니아와 펜과 종이 사이에서만 일어나는 일로 놔두기로 한다. 코너 자신에게도 그랬듯이.

리사는 아기를 코너에게 맡기고 위로 올라가 늙은 여자를 마주한다. 아기는 잠들어 있다. 지금 이 순간, 이곳에서 아기를 품에 안고 있다는 사실이 너무도 위안이 되어서, 코너는 이 아기를 구한 것이 다행이라고 느낀다. 자신의 영혼에 형태가 있다면 바로 이런 모습이리라 생각한다. 그의 품 안에 잠들어 있는 아기의 모습.

20
리사

 소니아가 바닥 문을 열었을 때, 리사는 상황이 다시 달라지고 있음을 직감한다. 소니아의 안전한 지하실을 떠날 때가 온 것이다.

 소니아가 그들을 불렀을 때 가장 앞에 서 있던 사람은 리사였다. 롤런드가 앞장서려 했지만, 코너가 회전문처럼 한쪽 팔을 뻗어 길을 막았고 리사가 가장 먼저 계단을 올라가게 했다.

 오른팔에는 잠든 아기를 안고, 왼손으로는 녹슨 강철 난간을 잡은 채로 리사는 삐죽빼죽한 돌계단을 오른다. 밖은 환한 낮일 거라고 예상했지만 실제로는 밤이다. 가게 안이 어둡다. 야간 조명 몇 개만 켜져 있다. 아이들이 어둠 속에서 골동품 지뢰밭을 피해 다닐 수 있도록 조심스레 배치된 조명이다.

 소니아는 그들을 데리고 뒷방으로 간다. 뒷방에는 골목으로 향하는 뒷문이 열려 있다. 그곳에서 트럭이 그들을 기다리고 있다. 작은 배달용 트럭이다. 트럭 옆면에는 아이스크림콘 그림이 그려져 있다.

 소니아는 거짓말을 하지 않았다. 그는 정말로 아이스크림 장수다.

기사가 트럭 뒷문 옆에 서 있다. 아이들보다는 불법 약물을 배달할 것 같은 지저분한 남자다. 롤런드, 헤이든, 마이는 먼저 트럭으로 향한다. 하지만 리사와 코너는 막아선 소니아 때문에 멈춰 선다.

「너희 둘은 아직 아니야.」

그때 리사는 어둠 속에 숨어 있던 그림자를 발견한다. 머리털이 방어적으로 삐죽 선다. 하지만 그림자가 앞으로 나서자 리사는 그게 누구인지 알아본다. 둘을 고등학교에서 구해 준 교사, 해너다.

「얘야, 아기는 네가 가는 곳에 갈 수 없어.」 해너가 말한다.

리사는 반사적으로 아기를 더욱 꽉 끌어안는다. 이유조차 모르겠다. 이 녀석과 엮인 뒤로 줄곧 이 녀석을 떨쳐 버리고 싶어 했는데.

「괜찮아.」 해너가 말한다. 「남편이랑 이야기해 뒀어. 누군가 우리한테 황새 배달을 했다고 말할 거야. 아기는 괜찮을 거야.」

리사는 해너의 눈을 들여다본다. 어둑한 불빛 때문에 그렇게까지 잘 보이지는 않지만, 해너가 하는 말이 진심이라는 건 알 수 있다.

그때 코너가 끼어든다. 「이 아기를 원하세요?」

「선생님이 기꺼이 받아 주실 거야.」 리사가 말한다. 「그거면 돼.」

하지만 코너는 되묻는다. 「이 아기를 정말 원하시냐고요.」

「넌 이거를 원했어?」

그 말에 코너는 잠시 말을 멈추고 생각에 잠긴다. 리사는 코너가 이 아기를 원했던 게 아니라는 걸 안다. 단지 아기가 비참한 가족과 비참한 삶을 보내야 했기에 기꺼이 아기를 데려온 것이다. 해너가 지금 이 순간, 불확실한 미래로부터 기꺼이 아기를 구하려는 것처럼. 마침내 코너가 말한다. 「이거가 아니야. 아기야.」 그러더니 그는 트럭 쪽으로 향한다.

「좋은 가족이 되어 줄게.」 해너가 말한다. 그녀가 한 발짝 다가오고, 리사는 그녀에게 아기를 건넨다.

아기가 품에서 떠나는 순간, 리사는 어마어마한 안도감을 느낀다. 동시에 뭐라 말할 수 없는 공허감도 느껴진다. 눈물을 흘릴 만큼 강한 감정은 아니지만, 환상통처럼 흔적을 남기는 감정이다. 사지를 잃은 환자가 느낄 법한 고통이다. 그러니까 새로운 사지가 이식되기 전까지는.

「자, 잘 가거라.」 소니아는 리사를 어색하게 안으며 말한다. 「긴 여행이 되겠지만, 너라면 분명 해낼 수 있을 거야.」

「어디로 가는 거예요?」

소니아는 대답하지 않는다.

「어이.」 트럭 기사가 말한다. 「밤새도록 있을 거냐?」

리사는 소니아에게 작별 인사를 하고, 해너에게 고개를 끄덕인 뒤 돌아서서 코너에게 간다. 코너는 트럭 뒤에서 그녀를 기다리고 있다. 리사가 멀어지자 아기가 울기 시작하지만, 리사는 돌아보지 않는다.

트럭 안에는 열댓 명의 아이들이 타고 있다. 모두의 얼굴에 불신과 두려움이 가득하다. 롤런드는 이곳에서도 덩치가 가장 크다. 그는 다른 자리가 비어 있음에도 다른 아이를 밀어내고 자리를 잡는다.

배달 트럭은 단단하고 차가운 금속 상자다. 한때는 아이스크림을 차갑게 보관하기 위한 냉장 설비도 있었겠지만, 그건 아이스크림과 함께 사라졌다. 그래도 안은 얼어붙을 듯 춥다. 상한 유제품 냄새가 난다. 기사가 뒷문을 닫아건다. 아기의 울음소리가 끊긴다. 하지만 리사는 여전히 그 소리가 들리는 것 같다. 문이 닫힌 뒤에도 그녀의 귓가에 아기 울음소리가 맴돈다. 아마 그녀의 상상일 뿐이겠지만.

아이스크림 트럭은 울퉁불퉁한 도로를 따라 덜컹거리며 달린다. 트럭이 흔들리자 아이들의 등이 끊임없이 벽에 부딪힌다.

리사는 눈을 감는다. 정말로 아기가 그리워지다니 화가 난다. 인생 최악의 순간에 억지로 떠맡은 아기였다. 왜 아기와 떨어지자 조금씩 후회가 밀려오는 걸까? 그녀는 하트랜드 전쟁 이전 시절을 떠올린다. 원치 않는 아기들이 그냥 원치 않는 태아로 빠르게 떠날 수 있었던 시절을. 그런 선택을 했던 여자들도 지금 리사와 같은 기분이었을까? 안도감, 달갑지 않고 종종 공정하지도 않은 책임으로부터 해방된 느낌, 그러면서도 애매하게 후회스러운 느낌?

주립 보호 시설에서 지내던 시절, 그녀는 갓난아기들을 돌보는 일을 맡곤 했다. 그때 그녀는 자주 이런 문제를 생각했다. 갓난아기들이 있는 건물은 거대했고, 똑같이 생긴 요람이 줄지어 있었다. 그런 요람마다 아무도 원치 않은 아기가 하나씩 들어 있었다. 그 아기들은, 주 정부의 보호를 받았지만 충분한 영양을 공급받기는커녕 끼니조차 간신히 먹었다.

「인간 본성을 먼저 바꾸지 않고는 법을 바꿀 수 없어.」 한 보육사가 우는 갓난아기들을 내려다보며 자주 그렇게 말했다. 그 보육사의 이름은 그레타였다. 그레타가 그런 말을 할 때마다 근처에 있던 다른 보육사가 이렇게 반박하곤 했다. 「법을 먼저 바꾸지 않고는 인간 본성을 바꿀 수 없어.」 시스템을 훨씬 잘 받아들이는 그 보육사의 이름은 이본이었다. 그레타는 그 말에 반박하지 않았다. 그냥 툴툴대며 자리를 떴다.

리사는 궁금해하곤 했다. 어느 쪽이 더 나쁠까? 아무도 원치 않는 아기가 수만 명씩 태어나도록 두는 걸까, 아니면 아기들이 태어나기도 전에 조용히 떠나보내는 걸까? 리사의 생각은 그날그날 달라졌다.

그레타는 전쟁 이전 시대를 기억할 만큼 나이가 많았지만, 그 시절에 대한 이야기를 거의 하지 않았다. 그녀의 관심은 온통 당장의 일에 쏠려 있었다. 일이 어마어마하게 많았다. 아기 50명당 보육사는 한 명뿐이었으니까. 「이런 곳에서는 부상자 분류를 연습해야 해.」 그레타는 비상 상황에서는 간호사가 어떤 환자에게 의료적 관심을 기울일지 선택해야 한다며 그렇게 말했다. 「사랑할 수 있는 아기들은 사랑하렴.」 그레타는 말했다. 「나머지를 위해서는 기도하고.」 리사는 그 조언을 마음에 새기고, 한 줌밖에 안 되는 아기들을 선별해 좀 더 관심과 애정을 쏟았다. 그 아기들은 컴퓨터에게 맡겨 무작위로 이름을 짓는 대신 리사가 직접 이름을 지어 준 아기들이었다. 리사는 자기 이름도 컴퓨터가 아니라 인간이 지어 주었다고 믿고 싶었다. 어쨌거나 그녀의 이름은 그리 흔하지 않았으니까. 「손리사를 줄인 말이야.」 언젠가 히스패닉계 아이가 말해 주었다. 「스페인어로 〈미소〉라는 뜻이지.」 리사는 자신에게 히스패닉 혈통이 흐르는지는 알 수 없었지만 그랬으면 좋겠다고 생각했다. 그 핏줄로 이름과 연결되고 싶었으니까.

「무슨 생각 해?」 코너의 목소리가 그녀를 생각에서 끌어내 불안한 현실로 돌려놓는다.

「네가 알 바 아니야.」

코너는 그녀를 보지 않는다. 대신 벽 위의 커다란 녹슨 자국을 바라보며 생각에 잠긴 것처럼 보인다. 「아기 일은 괜찮아?」 그가 묻는다.

「당연하지.」 리사는 일부러 화난 목소리로 대꾸한다. 그 질문 자체가 모욕적이라는 듯이.

「해녀가 좋은 가족이 되어 줄 거야.」 코너가 말한다. 「우리보다 낫겠지. 황새 배달을 받은, 그 딱정벌레 같은 눈의 멍청한 여자보다도 나을 거고.」 코너는 잠시 망설인 뒤 말한다. 「내가 그 아기를 데려오는 바람에 일을 엄청나게 망쳤다는 건 알아. 하지만 우리한텐 오히려 잘된 일이고, 아기한텐 더더욱 잘된 일이야. 안 그래?」

「다신 그렇게 일을 망치지 마.」 리사가 하는 말은 그게 전부다.

앞쪽에 앉아 있던 롤런드가 기사를 돌아보며 묻는다. 「어디로 가요?」

「엉뚱한 사람에게 묻는구나.」 기사가 대답한다. 「주소를 알려 주는 건 다른 사람들이야. 나는 거기로 가서 모른 척하고 돈을 받을 뿐이고.」

「그런 식이야.」 트럭이 소니아의 집에 도착했을 때 이미 그 안에 타고 있던 아이가 말한다. 「우린 여기저기 돌려져. 어느 안전 가옥에 며칠, 다른 안전 가옥에 며칠…… 또 다른 안전 가옥에 며칠. 그렇게 옮길 때마다 조금씩 목적지에 가까워지는 거야.」

「그게 어딘데?」 롤런드가 묻는다.

아이는 주위를 둘러본다. 누군가 대신 대답해 주기를 바라는 눈치다. 하지만 아무도 나서지 않는다. 그래서 그가 말한다. 「뭐, 그냥 들은 얘기지만, 사람들 말로는…… 〈묘지〉라는 곳에 가게 된대.」

아이들은 반응하지 않는다. 그저 트럭이 덜컹거릴 뿐이다.

묘지. 그 단어에 리사는 더욱 움츠러든다. 무릎을 접어 가슴에 붙이고, 구속복이라도 되는 것처럼 팔로 몸을 꽉 끌어안고 있는데도 얼어붙을 것만 같다. 코너는 그녀의 치아가 딱딱 부딪히는 소리를 들었는지 한 팔로 그녀를 감싼다.

「나도 추워.」 그가 말한다. 「체온을 나누려는 거야, 알았지?」

리사는 코너를 밀치고 싶은 충동을 느끼지만, 자기도 모르게 그에게 기댄다. 그녀의 귓속에 코너의 심장 박동이 느껴질 때까지.

3부
이동

우크라이나 아기들, 줄기세포 채취 정황 드러나
매슈 힐, BBC, 2006년 12월 12일.

(……) BBC는 우크라이나 하르키우시의 어머니들을 만났다. 그들은 건강한 아기를 낳았으나 병원 직원들이 그 아기를 데려갔다고 말한다. 2003년에 당국은 산부인과 병원 6호가 사용해 온 묘지에서 30구의 시신을 발굴했다고 밝혔다. 한 활동가가 부검이 진행되는 현장에 입회해 영상을 촬영했고, 그 자료를 BBC와 유럽 평의회에 제공했다.

유럽 평의회는 자체 보고서에서 출생 직후 아기들이 납치되고 인신매매되는 일이 일반적 관행처럼 이루어지고 있으며, 병원 말단 직원에서 고위 관계자에 이르기까지 이 아기들의 운명에 대해 입을 다물고 있다고 설명했다. 보고서에 실린 사진에는 뇌를 포함한 장기가 적출되고, 일부 토막 난 시신이 등장한다. 영국의 선임 법의병리학자는 토막 난 시신을 보게 된 것이 매우 우려스럽다고 말한다. 시신이 표준 부검 절차에 따라 해부되지 않았기 때문이다. 그에 따르면, 이는 골수에서 줄기세포를 채취한 흔적일 수 있다.

산부인과 병원 6호는 이러한 의혹을 전면 부인하고 있다.

기사 전문은 다음에서 확인할 수 있다.
http://news.bbc.co.uk/2/hi/europe/6171083.stm

21
레브

「네 마음속에 뭐가 들어 있는지는 아무도 말해 줄 수 없어.」 그가 레브에게 말한다. 「그건 네가 직접 찾아야 해.」

레브와 그의 새 일행은 기찻길을 따라 걷고 있다. 기찻길 양옆으로 덤불이 빽빽하게 들어차 있다.

「넌 언와인드당하지 않으려고 도망쳤어. 그게 법을 어기는 일이라 해도, 누구도 너한테 그게 잘못된 일이라고 말할 순 없어. 그게 옳지 않은 일이었다면 선량하신 주님께서 네 마음에 그런 생각을 심어 주지 않으셨을 거야. 듣고 있어, 프라이? 이게 바로 지혜야. 네가 무덤까지 가져갔다가, 위무가 필요할 때 다시 파내 쓸 수 있는 지혜. 위무란 〈위로〉를 말하는 거야.」

「위무가 무슨 뜻인지는 알아.」 레브는 〈선량하신 주님〉 이야기에 약이 올라 말한다. 최근 선량하신 주님은 레브에게 별로 해준 것이 없었다. 그의 상황을 혼란스럽게 만드는 것 말고는.

이 아이는 열다섯 살이고, 이름은 사이러스 핀치다. 그 이름은 거의 사용하지 않지만. 「아무도 나를 사이러스라고 부르지 않아.」 그는 만난 지 얼마 안 되어 레브에게 말했다. 「난 사이파이로 통해.」

사이파이는 특히 별명을 좋아한다. 그래서 레브를 〈프라이〉라고 부른다. 작은 생선을 튀긴 음식, 〈스몰 프라이〉에서 따온 이름이다. 그는 프라이Fry와 레브Lev는 글자 수가 같으므로 이 이름이 적절하다고 주장한다. 레브는 자기 이름이 레비라는 것을 지적해 그의 환상을 터뜨리고 싶지 않았다.

사이파이는 자기 이야기를 누군가가 들어주는 걸 즐긴다.

「난 내 인생의 길을 스스로 개척해.」 그가 말한다. 「그래서 우리가 멍청한 오래된 시골길이 아니라 기찻길을 걷게 된 거야.」

사이파이는 〈엄버〉다. 「예전엔 엄버를 흑인이라고 불렀대, 검은 사람이라고. 상상이 돼? 그러다 어떤 예술가가 등장했지. 혼혈이었어. 이 인종 약간, 저 인종 약간. 하지만 그 사람은 미국 최남부의 아프리카인 조상을 둔 사람들을 그리면서 유명해졌어. 그 사람이 쓴 색깔이 주로 암갈색이었어. 엄버는 암갈색이라는 뜻이었고. 사람들이 그 단어를 훨씬 더 좋아해서, 엄버라는 말이 남은 거야. 너는 그 말이 어디에서 온 건지 몰랐지, 프라이? 그다음에 사람들은 흔히 말하는 백인을 〈시에나〉라고 부르기 시작했어. 다른 물감의 이름을 따서 말이야. 훨씬 나은 단어지. 그런 단어에는 가치 판단이 들어가 있지 않으니까. 물론, 그렇다고 인종 차별이 완전히 사라진 건 아니야. 우리 아빠 말로는 겉치장한 문명이 그저 한 겹 더 옷을 입었달까. 마음에 들어, 프라이? 〈겉치장한 문명〉이라는 말 말이야.」 그는 그렇게 말하며 손으로 허공을 천천히 쓸어 본다. 정교하게 마감된 탁자를 만지듯이. 「우리 아빠는 언제나 그런 말을 해.」

사이파이는 도망자다. 아니라고 주장하긴 하지만.「나는 도망자가 아니야. 어딘가로 달려가고 있을 뿐이야.」그는 처음 만났을 때 그렇게 말했다. 어디로 달려가는지는 말하지 않았다. 레브가 물었을 때 사이파이는 고개를 저으며 말했다.「정보는 필요시 공개 원칙에 따라 제공돼야 해.」

뭐, 상관없다. 사이파이는 비밀을 간직할 수 있다. 레브는 그가 어디로 가는지에 별 관심이 없으니까. 레브에게 중요한 건 그에게 목적지가 있다는 사실 그 자체. 레브에게는 그마저도 없으니까. 목적지는 미래를 암시한다. 이 암갈색 피부의 소년이 레브에게 목적지를 빌려줄 수 있다면, 그것만으로도 그와 함께 여행할 가치가 있다.

두 사람은 쇼핑센터에서 만났다. 레브는 허기에 이끌려 그곳으로 갔다. 그는 코너와 리사를 잃고 나서 거의 이틀 동안 어둡고 외로운 곳에 숨어 지냈다. 길거리의 쥐처럼 살아 본 경험이 없었기에 그는 배가 고팠다. 하지만 결국 허기는 누구든 생존의 달인으로 만든다.

쇼핑센터는 갓 태어난 길거리 쥐들의 집결지였다. 푸드 코트에는 놀랄 만큼 많은 음식을 사놓고 남기는 사람들이 가득했다. 레브는 그들이 식사를 마칠 때까지 기다리는 것이 요령임을 깨달았다. 거의 절반이 음식을 식탁에 그냥 남겨 두고 갔다. 레브는 그런 사람들을 쫓아다녔다. 식탁에 남겨진 음식 찌꺼기를 먹을 만큼 배가 고프긴 했지만, 아직 쓰레기통을 뒤질 만큼 자존심이 바닥을 치지는 않았으니까. 레브가 어떤 치어리더가 남긴 피자를 다 먹었을 때쯤 누군가의 목소리가 귓가에 꽂혔다.

「다른 사람이 남긴 음식을 먹으면 안 되지, 멍청아!」

레브는 얼어붙었다. 자신을 끌어내리는 경비원이라고 확신했다. 하지만 눈앞의 인물은 우스꽝스러운 미소를 띠고, 향수를 뿌린 듯 특이한 태도를 뒤집어쓴 키 큰 엄버 아이일 뿐이었다. 「어떻게 하는 건지 보여 줄게.」 그는 〈위키드 웍〉이라는 중국 음식점에서 일하는 예쁘장한 소녀에게 다가가 몇 분 동안 추파를 던지더니 빈손으로 돌아왔다. 음식도, 음료도, 아무것도 없이.

「난 계속 남은 음식을 먹을게.」 레브가 말했다.

「인내심을 가져, 임마. 봐, 곧 문 닫을 시간이잖아. 이 가게들은 법적으로 오늘 만든 음식은 전부 처분해야 해. 보관했다가 내일 다시 쓸 수 없어. 그럼 그 음식은 어디로 갈까? 내가 알려 줄게. 마지막 교대자가 집에 가져가. 그런데 이런 데서 일하는 사람들은 그 음식을 먹지 않아. 질려서 죽을 지경이거든. 나랑 얘기한 저 여자애 보이지? 쟨 나한테 관심 있어. 내가 아래층 셔츠 가게 보난자에서 일한다고, 어쩌면 재고를 가져다줄 수 있을지도 모른다고 했거든.」

「정말 거기서 일하는 거야?」

「아니지! 내 말을 듣기는 한 거야? 아무튼, 문 닫기 직전에 난 다시 위키드 웍으로 갈 거야. 저 애한테 미소를 지어 주면서 이렇게 말할 거야. 〈와, 그 많은 음식을 다 어떻게 하려고?〉 그러면 쟨 〈네 생각은 어때?〉 하고 묻겠지. 그렇게 5분 뒤면 난 군대의 식량으로 써도 될 만큼 많은 유린기 천국에 들어가게 될 거야.」

아니나 다를까, 상황은 그대로 진행됐다. 레브는 놀랐다.

「나랑 같이 다니자.」 사이파이는 허공에 주먹을 쳐들며 말했다. 「주님께서 증인이시니, 넌 절대 다시는 배고플 일 없을 거야.」 그러더니 그는 덧붙였다. 「이 대사는 〈바람과 함께 사라지다〉에 나온 거야.」

「알아.」 레브가 대답했다. 실제로는 몰랐지만.

그가 사이파이와 함께 다니기로 한 것은 둘이 서로의 결핍을 채워 줄 수 있다는 걸 알았기 때문이다. 사이파이는 신도가 없는 설교자와 같았다. 그는 관중 없이 존재할 수 없는 인간이었다. 반면 레브는 일생 쌓아 온 신념을 대체할 이념으로 그의 머리를 채워 줄 누군가가 필요했다.

하루가 지난다. 신발이 닳고 근육이 쑤신다. 리사와 코너에 대한 기억이 지금도 새로 난 상처처럼 아리다. 영영 낫지 않을 것 같다. 그들이 이미 잡혀 언와인드당했을지도 모른다. 다 레브 때문이다. 그러면 레브는 살인의 공범이 되는 걸까?

언와인드된다고 해서 죽는 게 아닌데, 어떻게 그럴 수가 있어?

이제는 머릿속에서 들려오는 목소리가 누구의 것인지도 모르겠다. 아버지? 댄 목사? 그저 화가 날 뿐이다. 뭐든 내면에서 들려오는 목소리보다 머리 바깥에서 나는 사이파이의 목소리를 듣는 게 낫다.

도시를 벗어난 이후로도 주변 풍경은 별로 바뀌지 않았다. 눈높이까지 올라오는 덤불과 듬성듬성한 나무들. 어떤 덤불은 상록수다. 어떤 덤불은 노란색에서 갈색으로 물들어 가고 있다. 기찻길 사이로 잡초가 자랐지만 그다지 길지는 않다.

「길게 자랄 만큼 멍청한 잡초에게는 가망이 완전 없어. 다음 기차가 오면 참수당할 테니까. 참수란 머리가 잘린다는 뜻이야.」

「참수가 무슨 뜻인지는 알아. 그런 식으로 말하는 건 그만해도 돼. 부정문을 말할 때마다 〈완전〉이라고 말한다든지.」

사이파이는 기찻길 한가운데에 서서 시선으로 녹여 버리기라도 할 듯 레브를 바라본다.

「내 말투에 불만 있어? 구세계 엄버 사투리가 마음에 안 드냐고?」

「꾸며 낸 것일 때는.」

「뭐라냐, 이 멍텅구리야!」

「티 나. 장담하는데, 전쟁 이전의 멍청한 TV 프로그램 같은 데서가 아니라면 사람들은 〈멍텅구리〉 같은 말을 쓰지도 않을 거야. 넌 일부러 문법을 틀리게 쓰는 거잖아.」

「틀렸다고? 왜 틀렸는데? 이건 그런 TV 프로그램만큼 고전적인 거야. 네가 내 사투리를 존중하지 않는 게 마음에 들지 않아. 사투리의 의미는…….」

「사투리의 의미는 나도 알아.」 사실은 잘 모르지만, 레브는 그렇게 말한다. 「난 바보가 완전 아니라고!」

사이파이는 변호사라도 된 듯 손가락을 들어 올린다. 「아하! 너도 〈완전〉이라고 말했네. 누가 누구더러 잘못 말한대?」

「이건 그런 게 아니야! 내가 그렇게 말한 건 네 말투에 물든 거라고! 계속 붙어 다니다 보면 나도 어쩔 수 없이 너처럼 말하게 되겠지!」

그 말에 사이파이는 씩 웃는다. 「맞아.」 그가 말한다. 「완전 사실이야. 구세계 엄버 말투에는 전염성이 있어. 지배적이지. 그리고 그렇게 말한다고 바보가 되는 건 아니야. 하나 알려 줘야겠는데, 프라이. 난 우리 학교에서 읽기와 쓰기는 최고 점수를 받았어. 하지만 내 조상님들과, 내가 여기에 있을 수 있도록 그분들이 겪어 내신 모든 일을 존중해야 해. 물론 나도 너처럼 말할 수 있어. 하지만 그러지 않기로 선택한 거야. 예술과 비슷한 거랄까? 피카소는 자기가 제대로 그림을 그릴 수 있다는 걸 세상 사람들에게 증명해야 했어. 그런 다음에야 눈 두 개를 얼굴 한쪽 면에 그리고, 코를 무릎에서 튀어나오게 그릴 수 있었지. 봐, 할 줄 아는 게 엉뚱한 그림을 그리는 것밖에 없어서 그렇게 그린다면 넌 그냥 얼간이일 뿐이야. 하지만 그렇게 하고 싶어서 선택한다면? 예술가가 되는 거지.」 그는 레브에게 미소 짓는다. 「이게 사이파이의 지혜 한 조각이야, 프라이. 이걸 무덤까지 가져갔다가 필요할 때 파내서 쓰면 돼!」

사이파이는 돌아서서 껌을 뱉는다. 껌은 기찻길에 떨어져 달라붙는다. 그는 다른 껌을 꺼내 입속에 밀어 넣는다. 「아무튼, 우리 아빠들은 내 말투에 아무 불만이 없었어. 두 분 다 너처럼 백합같이 하얀 시에나인데.」

「두 분?」 사이파이는 전에도 〈아빠들〉이라고 말한 적이 있었지만, 레브는 그것도 구세계 엄버 농담인 줄 알았다.

「응.」 사이파이가 어깨를 으쓱하며 말한다. 「난 아빠가 둘이야. 완전 별일도 아니지만.」

레브는 그 사실을 이해하려 애쓴다. 물론, 그는 남성 부부의 육아에 대해 들어 본 적이 있었다. 요즘에는 그런 가족 형태를 〈음(陰)의 가족〉이라고 부르기도 한다. 다만 레브의 인생처럼 철저히 보호된 구조에서는 그런 개념이 거의 다른 우주에 속한 것이나 마찬가지였다.

사이파이는 레브가 놀란 것조차 알아차리지 못한다. 여전히 뻐기고 있다.

「그래, 난 아이큐 검사에서 155점을 받았어. 알고 있었어, 프라이? 당연히 몰랐겠지. 네가 어떻게 알겠어.」 그러더니 그는 잠시 망설이다가 덧붙인다. 「근데 사고 이후로 좀 떨어졌어. 자전거를 타고 가다가 벤츠를 탄 빌어먹을 멍청이한테 치였거든.」 그는 머리 옆의 흉터를 가리킨다. 「엉망진창이었어. 다 터져 버렸다니까? 거의 로드킬 수준이었어. 그 사고로 오른쪽 측두엽이 젤리가 됐어.」 그는 사고를 떠올리며 몸을 떨더니 어깨를 으쓱한다. 「하지만 요즘은 뇌 손상도 별일 아니지. 그냥 뇌 조직만 교체하면 새것처럼 좋아지니까. 아빠들은 언와인드된 애한테서 측두엽 전체를 이식받게 의사한테 돈을 주기까지 했지. 기분 나쁘게 듣지는 말고. 원래는 뇌를 조각조각 이식받아야 하는 건데.」

레브도 안다. 그의 누나 캐라가 간질을 앓아서, 백 개가 넘는 조그만 뇌 조각으로 뇌의 일부분을 대체했다. 그러자 문제가 해결되었고, 캐라는 전혀 달라진 게 없어 보였다. 레브는 한 번도 그 작은 뇌 조직들이 어디에서 왔는지를 생각해 본 적이 없었다.

「뭐랄까, 뇌를 조각조각 이식하는 것도 나쁘진 않아. 훌륭하지도 않지만.」 사이파이가 설명한다. 「그건 벽에 난 구멍에 회반죽을 바르는 것과 비슷해. 아무리 잘해도 벽은 전처럼 좋아질 수 없어. 그래서 우리 아빠들은 내가 한 명의 기증자에게서 측두엽 전체를 받을 수 있도록 한 거야. 하지만 그 애는 나만큼 똑똑하지 않았어. 바보는 아니었지만, 아이큐 155는 아니었던 거지. 최근에 다시 검사해 보니까 내 아이큐가 130이더라. 인구 상위 5퍼센트에 해당해. 그래도 천재 취급은 받고. 그냥 대문자 천재가 아닐 뿐이야. 넌 아이큐가 몇이야?」 그가 레브에게 묻는다. 「흐릿한 전구야, 고출력 전구야?」

레브는 한숨을 쉰다. 「몰라. 우리 부모님은 나한테 지능 검사를 받게 하지 않았어. 종교적인 이유로. 주님의 눈에는 모두가 평등하다나 뭐라나.」

「아...... 그런 집안 출신이구나.」 사이파이가 레브를 새삼스럽게 살핀다. 「근데 그렇게 대단하고 힘센 집안에서 왜 널 언와인드하려는 거야?」

레브는 그 이야기를 하고 싶지 않다. 하지만 지금 자신에게 친구라고는 사이파이뿐이다. 진실을 말하는 편이 나을 것이다. 「난 십일조야.」

사이파이가 눈을 휘둥그렇게 뜬다. 레브가 〈내가 바로 하나님이다〉라고 말한 것처럼.

「젠장! 그럼 넌 엄청 신성하고, 그런 거야?」

「이젠 아니야.」

사이파이는 고개를 끄덕이고 입술을 꾹 다문 채 한동안 아무 말도 하지 않는다. 그들은 기찻길을 따라 걷는다. 기찻길의 침목이 나무에서 돌로 바뀐다. 이제는 기찻길 옆 자갈도 이전보다 잘 관리된 것처럼 보인다.

「우린 방금 주 경계선을 넘었어.」 사이파이가 말한다.

레브는 어느 주로 넘어온 건지 묻고 싶지만, 바보처럼 보이고 싶지 않아서 입을 다문다.

기찻길이 합쳐지거나 갈라지는 지점마다 2층짜리 작은 오두막이 하나씩 서 있다. 서 있는 건물은 선로 전환소다. 이 노선에는 선로 전환소가 꽤 많다. 레브와 사이파이는 매일 밤 그곳으로 몸을 피한다.

「누가 우리를 볼까 봐 걱정되진 않아?」 레브는 딱하게 생긴 건물로 다가가며 묻는다.

「응. 전환소는 더 이상 쓰이지 않거든.」 사이파이가 말한다. 「모든 시스템이 자동화됐어. 몇 년 전부터 그래. 하지만 저 모든 전환소를 부수는 데 비용이 너무 많이 들어서 놔둔 거야. 결국은 자연이 공짜로 부숴 주리라 생각했나 봐.」

전환소 문에는 맹꽁이자물쇠가 채워져 있다. 하지만 자물쇠도, 자물쇠가 달려 있는 문도 이미 약해져 있다. 흰개미들이 갉아 먹었다. 발길질 한 번에 맹꽁이자물쇠의 걸쇠가 떨어져 나가고, 나무 문은 먼지와 죽은 거미를 쏟아 내며 안쪽으로 활짝 열린다.

2층은 가로세로 2.5미터쯤 되는 방으로, 사방에 창문이 나 있다. 얼음장처럼 춥다. 사이파이는 밤의 냉기를 막아 주는, 비싸 보이는 겨울 코트를 입고 있다. 레브에게는 지난번에 쇼핑센터의 의자에서 훔쳐 온, 인조솜이 들어간 불룩한 재킷밖에 없다.

사이파이는 레브가 쇼핑센터를 나서기 직전 재킷을 가져오는 걸 보고 코를 쳐들었다. 「도둑질은 밑바닥 인생들이나 하는 거야.」 사이파이는 말했다. 「품격이 있는 사람은 필요한 걸 훔치지 않아. 다른 사람들이 자유 의지로 그걸 주게 만들지. 내가 저번에 중국 음식점에서 했던 것처럼. 중요한 건 영리하고 자연스럽게 구는 거야. 너도 곧 알게 될걸.」

레브가 훔친 재킷은 흰색이다. 그는 그 옷이 싫다. 평생 흰옷을 입어 왔지만 — 흰색은 그를 상징하는, 결백과 무결함 그 자체였다 — 이제는 그 색이 전혀 위로가 되지 않는다.

그날 밤 식사는 제법 괜찮았다. 레브 덕분이다. 그가 이제야 자신만의 생존 전략을 떠올렸기 때문이다. 그건 다름 아닌, 지나가는 기차에 치여 죽은 작은 동물들과 관련된 전략이었다.

「로드킬을 당한 건 완전 안 먹을 거야!」 레브가 제안하자 사이파이는 고집을 부렸다. 「우리가 아는 한, 그런 것들은 여기서 몇 주째 썩고 있었을지도 모른다고.」

「아냐.」 레브가 말했다. 「이렇게 하자. 기찻길을 따라 몇 킬로미터를 걸으면서 죽은 동물을 하나하나 막대기로 표시하는 거야. 그리고 다음 기차가 지나가면 길을 거슬러 올라가는 거지. 우리가 표시해 놓지 않은 건 뭐든 신선한 거야.」 겉보기에 상당히 역겨운 아이디어라는 점은 인정하겠지만, 실제로는 사냥과 전혀 다를 바 없었다. 무기가 디젤 엔진일 뿐이었다.

그날 저녁 그들은 선로 전환소 옆에서 작은 모닥불을 피우고 구운 토끼와 아르마딜로를 먹는다. 레브가 생각했던 것보다는 맛이 나쁘지 않다. 결국 고기는 고기다. 바비큐를 하면 아르마딜로든 스테이크든 별 차이가 없다.

「야생 동물 고기 뷔페다!」 사이파이는 음식을 먹으며 이런 사냥 방식을 그렇게 부르기로 한다. 「나는 창의적인 문제 해결 방식을 그렇게 불러. 넌 어쩌면 천재인지도 몰라, 프라이.」

사이파이의 인정을 받으니 기분이 좋다.

「사이파이, 오늘 목요일이야?」 레브가 이제 막 깨달은 듯 말한다. 「추수 감사절인 것 같은데!」

「글쎄, 프라이. 우린 살아 있어. 그만하면 충분히 감사할 일이지.」

그날 밤, 선로 전환소의 2층, 작은 방에서 사이파이가 중대한 질문을 던진다. 「너희 부모님은 왜 널 십일조로 바쳤어, 프라이?」

사이파이와 함께 지낼 때 좋은 점 한 가지는, 그가 자기 이야기를 아주 많이 한다는 것이다. 덕분에 레브는 자신의 인생에 대해 생각할 필요가 없었다. 물론, 사이파이가 질문할 때는 예외다. 레브는 잠든 척 침묵으로 대답한다. 레브는 사이파이가 절대로 견디지 못하는 게 있다면, 그게 침묵이라는 걸 안다. 아니나 다를까, 사이파이는 알아서 침묵을 채운다.

「너, 황새 배달된 아기야? 그래서 그래? 부모님이 애초에 널 원하지 않아서 한시라도 빨리 없애 버리려고 한 거야?」

레브는 눈을 감고 움직이지 않는다.

「뭐, 난 황새 배달됐어.」 사이파이가 말한다. 「우리 아빠들이 여름 첫날에 현관 앞 계단에서 나를 데려왔어. 대단한 일은 아니었지. 어차피 아빠들은 가족을 꾸릴 준비가 되어 있었으니까. 사실 두 분은 너무도 기뻐했어. 그제야 두 분 관계를 공식적으로 인정하고 결혼한 거야.」

그 말에 레브는 눈을 뜬다. 아직 깨어 있다는 걸 인정할 만큼 호기심이 들어서다. 「하지만…… 하트랜드 전쟁 이후에 남자끼리 결혼하는 건 불법이 됐잖아?」

「결혼이 아니라 결혼이라니까.」

「차이가 뭔데?」

사이파이는 머저리를 보듯 레브를 본다. 「ㄱ이 하나 더 들어가잖아. 아무튼, 네가 궁금해할까 봐 말해 주는 건데 난 아빠들이랑 달라. 내 나침반은 여자들을 가리킨다고. 내 말 알아들을지 모르겠지만.」

「그래, 나도 마찬가지야.」 레브는 더는 말하지 않는다. 여자와 데이트하거나 키스 비슷한 걸 해본 경험이라곤 십일조 파티에서 느리게 춤을 춰본 게 전부라는 말은 차마 하지 못한다.

그 파티를 떠올리자, 날카로운 불안감이 솟구쳐 소리를 지르고 싶어진다. 레브는 눈을 꽉 감고 그 폭발적인 감정을 억지로 떠나보낸다. 이제 그의 옛 인생은 그런 식으로, 머릿속에서 째깍거리는 시한폭탄으로 느껴진다. 그 인생은 잊어버려. 레브는 자신을 타이른다. 넌 더 이상 어린애가 아니야.

「너희 부모님은 어떤 사람이야?」 사이파이가 묻는다.

「난 그 사람들이 싫어.」 레브가 말한다. 그런 말을 하다니 놀랍다. 진심이라니 더욱 놀랍다.

「내가 물어본 건 그게 아닌데.」

이번에 사이파이는 침묵을 답으로 받아 주지 않는다. 그래서 레브는 할 수 있는 데까지 말해 준다. 「우리 부모님은 해야 할 일은 다 해.」 그가 입을 연다. 「세금을 내고, 교회에 가고, 친구들이 예상하는 대로 투표하고, 생각해야 하는 걸 생각해. 우리를 자기들이랑 똑같이 생각하도록 키우는 학교에 보내고.」

「내가 듣기엔 그렇게 끔찍하지 않은데.」

「응, 끔찍하진 않았어.」 레브가 말한다. 불편함이 커져 간다. 「하지만 그 사람들은 나보다 하나님을 더 사랑했어. 그래서 그 사람들이 싫어. 그 말은, 내가 지옥에 간다는 뜻이겠지.」

「흠. 하나 말해 줄까? 지옥에 가면 내 방도 맡아 줘, 알았지?」

「왜? 넌 왜 지옥에 갈 것 같은데?」

「난 안 가. 하지만 혹시 모르잖아. 대비책을 세워 둬야지, 안 그래?」

이틀 뒤, 그들은 인디애나주 스코츠버그 시내에 도착했다. 적어도 레브는 자신이 어느 주에 있는지 알게 된다. 그는 이곳이 사이파이의 목적지일지도 모른다고 생각했지만, 사이파이는 가타부타 말이 없었다. 그들은 기찻길을 떠나왔고, 사이파이는 다음 기찻길이 나올 때까지 시골길을 따라 남쪽으로 가야 한다고 말했다.

사이파이의 행동이 이상하다.

전날 밤부터 그랬다. 그의 목소리가 달라졌다. 눈빛도 어딘가 달라졌다. 처음에 레브는 자기 혼자 그렇게 느낀 거라고 생각했지만, 가을 낮의 창백한 빛에 비추어 본 지금은 사이파이가 평소와 다르다는 게 분명해진다. 그는 앞장서서 걷지 않고 레브 뒤로 처진다. 발걸음도 완전 이상하다. 의기양양하게 걷는 대신 발을 질질 끌다시피 한다. 레브는 사이파이를 만난 이후 처음으로 불안감이 든다.

「우리가 어디로 가는 건지 말해 주긴 할 거야?」 레브는 목적지에 가까워졌을지 모른다고, 그래서 사이파이가 이상하게 행동하는 건지 모른다고 여기며 묻는다.

사이파이는 뭔가 말하는 것이 지혜로운 일인지 헤아리듯 망설이더니, 마침내 입을 연다. 「우린 조플린으로 가. 미주리주 남서부야. 아직 갈 길이 멀지.」

머릿속 한구석에서 레브는 사이파이가 구식 엄버 말투를 완전히 버렸다는 사실을 깨닫는다. 이제 그는 레브가 고향에서 알고 지내던 여느 아이와 비슷한 말투로 말한다. 하지만 목소리가 낮고 목이 쉰 듯한 느낌도 든다. 어딘가 위협적이다. 변신하기 직전의 늑대 인간 같다.

「조플린에 뭐가 있는데?」 레브가 묻는다.

「네가 걱정할 일은 아니야.」

하지만 레브는 걱정하기 시작한다. 사이파이가 목적지에 도착하면 자신은 또다시 혼자가 될 테니까. 이 여행은 목적지를 모를 때가 더 쉬웠다.

걷는 내내 레브는 사이파이의 마음이 다른 어딘가에 가 있다는 걸 알 수 있다. 어쩌면 조플린에 가 있는 건지도 모른다. 거기에 대체 뭐가 있을까? 혹시 여자 친구가 그리로 이사한 걸까? 어쩌면 자신을 낳아 준 엄마를 찾아낸 걸지도 모른다. 레브는 사이파이가 이 여행에 나선 이유를 열두 가지쯤 떠올렸다. 그가 생각조차 하지 못한 이유가 열두 가지는 더 있을 테고.

스코츠버그 중심가에는 예스러워 보이려고 애쓰지만 그냥 지쳐 보일 뿐이다. 그들이 시내를 가로지를 때는 늦은 아침이다. 식당들이 점심 손님을 맞을 준비를 하고 있다.

「그래서, 매력을 발산해서 공짜 점심을 얻어 낼 거야? 아니면 내 차례야?」 레브가 묻는다. 그러면서 사이파이를 돌아보지만 그는 자리에 없다. 당황한 레브는 등 뒤의 가게들을 훑어

보다가 한 가게의 문이 휙 닫히는 걸 본다. 크리스마스 상점이다. 쇼윈도가 초록색과 빨간색 장식, 플라스틱 순록, 솜으로 된 눈송이로 꾸며져 있다. 사이파이가 거기에 들어갔다는 게 믿기지 않지만, 창문을 들여다보니 가게 안에 서 있다. 손님처럼 주위를 둘러보고 있다. 레브는 어쩔 수 없이 안에 들어간다.

가게 안은 따뜻하다. 인조 소나무 향이 풍긴다. 판지로 만들어진 방향제 향기다. 사방에는 완벽하게 다듬어진 알루미늄 크리스마스트리에 온갖 종류의 성탄절 장식이 달려 있다. 나무마다 주제가 다르다. 다른 곳, 다른 시간에서는 레브도 이런 가게를 즐기며 구경했을 것이다.

여자 판매원이 계산대 뒤에서 의심스러운 눈으로 그들을 본다. 레브가 사이파이의 어깨를 잡으며 말한다. 「얼른 여기서 나가자.」 하지만 사이파이는 그 손을 떨쳐 내고, 온통 금빛 장식으로 뒤덮인 트리로 다가간다. 사이파이는 반짝이는 전구와 장식용 조각에 홀린 듯하다. 그의 왼쪽 눈 바로 아래가 파르르 떨린다.

「사이파이.」 레브가 속삭인다. 「가자…… 조플린에 가야지. 기억나? 조플린 말이야.」

하지만 사이파이는 움직이지 않는다. 그때 판매원이 다가온다. 그녀는 성탄절 스웨터를 입고 성탄절 미소를 짓는다. 「찾는 게 있니?」

「아뇨.」 레브가 말한다. 「그냥 나가려고요.」

「호두까기 인형이요.」 사이파이가 말한다. 「엄마한테 드릴 호두까기 인형을 찾고 있어요.」

「아, 호두까기 인형은 안쪽에 있어.」 여자가 돌아서서 가게 안쪽을 보는 순간, 사이파이가 반짝이는 트리에 매달린 황금색 장식용 구슬을 떼어 내 코트 주머니에 몰래 집어넣는다.

레브는 충격을 받아 그 자리에 얼어붙는다.

사이파이는 여자를 따라 가게 안쪽으로 가면서 레브에게 눈길 한번 주지 않는다. 그곳에서 둘은 호두까기 인형에 대해 이야기를 나눈다.

이제는 레브의 마음속 깊은 곳에서 두려움이 끓어오르기 시작한다. 서서히 표면까지 힘겹게 올라온다. 사이파이와 여자는 좀 더 잡담을 나눈다. 이어 사이파이는 여자에게 고맙다고 인사한 뒤 가게 앞쪽으로 돌아온다. 「집에 가서 돈을 더 가져와야겠어요.」 그는 사이파이 같기도 하고, 또 전혀 아닌 것 같기도 한 목소리로 말한다. 「엄마가 파란색을 좋아하실 것 같아요.」

넌 엄마가 없잖아. 레브는 그렇게 말하고 싶지만 하지 않는다. 지금 중요한 건 가게에서 나가는 것뿐이니까.

「그래, 그럼.」 판매원이 말한다. 「좋은 하루 보내렴!」

사이파이는 먼저 문으로 향한다. 레브는 작정하고 그를 바짝 쫓아간다. 혹시라도 사이파이가 갑자기 가게로 돌아가 다른 무언가를 훔치고 싶다는, 망상에 가까운 충동을 느낄지 몰라서다.

하지만 문이 닫히자마자 사이파이는 도망친다. 그냥 달려가는 게 아니라 자기 껍질을 벗고 뛰쳐나갈 것처럼 쏘아져 나간다. 그는 골목을 달려 내려가 거리에 접어든다. 그러더니 다시 돌아온다. 자동차들이 경적을 울린다. 트럭이 그를 깔아뭉갤 뻔한다. 그는 바람 빠진 풍선처럼 아무 방향으로나 빠르게 움직인다. 그러다가 어느 순간 거리 저 아래의 골목으로 사라진다.

황금색 장식 구슬 때문이 아니다. 그럴 리가 없다. 이건 원자로 폭발이다. 발작이다. 레브는 그 발작의 정체를 짐작조차 할 수 없다. 그냥 사이파이를 보내 줘야겠어. 레브는 생각한다. 사이파이를 그냥 놔두고, 반대 방향으로 달리는 거야. 뒤돌아보지 않고. 이제는 혼자 살아남을 수 있다. 레브는 충분히 물정에 밝아졌다. 사이파이 없이도 해낼 수 있다.

하지만 도망치기 전, 레브는 사이파이의 얼굴에서 뭔가를 본다. 절망감이었다. 아버지의 편안한 세단에서 레브를 끌어내던 순간, 코너의 얼굴에도 똑같은 표정이 떠올랐었다. 레브는 코너를 배신했다. 사이파이까지 배신하지는 않을 것이다.

레브는 훨씬 더 안정적인 속도와 걸음걸이로 길을 건너 골목을 따라 내려간다.

「사이파이.」 그가 소리친다. 들리기는 할 테지만, 관심을 끌 만큼 크지는 않다. 「사이파이!」 그는 쓰레기통과 문 안쪽을 힐끗 들여다본다. 「사이러스, 너 어디 있어?」 레브는 골목 끝에 이르러 좌우를 살핀다. 어디에도 사이파이의 흔적은 없다. 그때, 희망을 잃으려던 순간 그는 어떤 소리를 듣는다. 「프라이?」

레브는 고개를 돌리고 다시 귀 기울인다.

「프라이. 이쪽이야.」

이번에는 어디에서 나는 소리인지 알 수 있다. 오른쪽 놀이터다. 초록색 플라스틱과 파란색 강철 장대로 이루어진 놀이터. 놀고 있는 아이는 없다. 생명체의 흔적이라고는 미끄럼틀 뒤에서 삐죽 나온 사이파이의 신발 끝뿐이다. 레브는 산울타리를 넘어 놀이터 모래밭에 발을 딛는다. 사이파이가 보일 때까지 놀이기구를 빙 돌아간다.

레브는 보이는 것으로부터 뒷걸음질칠 뻔한다.

사이파이가 무릎을 가슴에 붙이고 아기처럼 웅크리고 있다. 그의 왼쪽 얼굴이 움찔거린다. 왼손이 젤라틴처럼 흔들린다. 그는 고통스러운 듯 인상을 쓰고 있다.

「왜 그래? 무슨 일이야? 말해 봐. 내가 도와줄 수 있을지도 몰라.」

「아무것도 아니야.」 사이파이가 식식거린다. 「곧 괜찮아질 거야.」

하지만 레브가 보기엔 그는 죽어 가는 것 같다.

사이파이는 떨리는 왼손에 훔친 장식 구슬을 들고 있다. 「내가 훔친 게 아니야.」 그가 말한다.

「사이파이⋯⋯.」

「내가 훔친 게 아니라고!」 그는 오른손 아랫부분으로 자신의 머리 옆을 세게 친다. 「내가 아니었어!」

「알았어. 네 말이 맞겠지.」 레브는 주변에 누가 없는지 살핀다.

사이파이가 잠시 조용해진다. 「사이러스 핀치는 도둑질 같은 건 하지 않아. 한 번도 그런 적 없고, 앞으로도 없을 거야. 그건 내 스타일이 아니야.」 그는 자기 손에 들린 증거를 보면서도 그렇게 말한다. 하지만 순식간에 증거가 사라진다. 사이파이가 주먹을 들고 다른 손에 쾅 내리쳐 장식품을 부숴 버린다. 황금색 유리가 산산이 부서지며 땅에 떨어진다. 그의 왼손 손바닥과 오른손 마디에서 피가 배어 나온다.

「사이파이, 네 손이······.」

「걱정하지 마.」 사이파이가 말한다. 「네가 해줬으면 하는 일이 있어, 프라이. 내가 생각을 바꾸기 전에 말이야.」

레브가 고개를 끄덕인다.

「저기, 내 코트 보이지? 주머니 안을 봐줘.」

사이파이의 묵직한 코트가 몇 미터 떨어진 그네 의자 위에 던져져 있다. 레브는 그네로 다가가 코트를 집어 든다. 안주머니를 뒤져 보니, 하필 황금색 라이터가 나온다. 레브는 그것을 꺼낸다.

「이거야, 사이파이? 담배를 피우고 싶어?」 담배가 사이파이를 이 상황에서 꺼내 줄 수 있다면, 레브는 기꺼이 담뱃불을 붙여 줄 것이다. 어쨌든 담배보다 훨씬 더 불법적인 것도 많으니까.

「다른 주머니도 확인해 봐.」

레브는 다른 주머니를 뒤져 보지만 담배는 나오지 않는다. 대신 그는 작은 보물 창고를 발견한다. 보석이 박힌 귀고리, 손목시계, 금목걸이, 다이아몬드 팔찌······. 어둑한 빛에도 아른거리며 빛나는 것들이다.

「사이파이, 대체 무슨······.」

「이미 말했잖아, 내가 그런 게 아니야! 이제 그 모든 걸 가져가서 없애 버려. 어디에 버렸는지 나한테는 말하지 마.」 그런 다음 그는 숨바꼭질이라도 하는 것처럼 눈을 가린다. 「가. 이놈이 내 생각을 바꾸기 전에!」

레브는 그 물건들을 품에 안고 놀이터 저 끝으로 달려간다. 차가운 모래밭을 파고 그 안에 전부 넣는다. 다시 모래를 차서

덮는다. 마지막으로 그는 신발 옆으로 땅을 고르게 다지고 그 위에 나뭇잎 몇 장을 흩뿌린다. 그런 다음 사이파이에게 돌아간다. 사이파이는 여전히 그 자리에서 두 손으로 얼굴을 가린 채 앉아 있다.

「다 했어.」 레브가 말한다. 「이제 봐도 돼.」 사이파이가 손을 내리자 손의 상처에서 나온 피로 범벅이 된 얼굴이 드러난다. 사이파이는 자기 손을 본 다음 무력하게 레브를 바라본다. 뭐랄까, 방금 놀이터에서 다친 아이 같다. 레브는 그가 울음을 터뜨릴지도 모른다는 생각이 든다.

「여기서 기다려.」 레브가 말한다. 「내가 붕대를 구해 올게.」 그는 붕대를 훔쳐야 한다는 걸 안다. 최근에 자신이 훔친 모든 것에 대해 댄 목사가 뭐라고 말할지 궁금해진다.

「고마워, 프라이.」 사이파이가 말한다. 「잘했어. 완전 안 잊을 거야.」 그의 목소리에 구식 엄버 사투리가 다시 깃든다. 경련도 멈추었다.

「당연한 건데, 뭘.」 레브는 위로하듯 미소를 지으며 말하고 약국을 찾아 나선다.

사이파이가 모르는 것이 있다. 레브가 다이아몬드 팔찌 하나를 주머니에 몰래 넣었다는 점이다. 지금은 그리 하얗지 않은 재킷 안에서 팔찌는 조용히 숨 쉬고 있다.

그날 밤, 레브는 잘 곳을 찾는다. 여태 발견한 곳 중에 가장 나은 장소인 모텔 방이다. 이곳은 찾기가 그리 어렵지 않았다. 앞에 세워진 차가 거의 없는, 쇠락한 모텔이었다. 주인 없는 방에서 열려 있는 화장실 창문만 찾으면 그만이었다. 커튼을 치고 불을 꺼두기만 하면, 아무도 그들이 그곳에 있다는 걸 모를 터였다.

「나의 천재성이 자꾸 너한테 묻어나는구나.」 사이파이는 말한다. 그는 평소 모습으로 돌아왔다. 그날 아침의 사건은 아예 없었다는 듯이. 하지만 그 사건은 실제로 일어났고, 둘 다 그 사실을 알고 있었다.

밖에서 자동차 문이 열리는 소리가 들린다. 레브와 사이파이는 모텔 방 자물쇠에 열쇠가 꽂히기만 하면 바로 도망칠 준비를 한다. 하지만 문 여는 소리는 몇 칸 떨어진 다른 방에서 들린다. 사이파이는 긴장을 떨치지만 레브는 안심할 수 없다. 아직은.

「오늘 있었던 일에 대해서 알고 싶어.」 레브가 말한다. 질문이 아니다. 요청이다.

사이파이는 담담하다. 「아주 오래된 이야기야.」 그가 말한다. 「과거는 묻어 두고 이 순간을 살아라. 무덤까지 가져갔다가 필요하면 파내 쓸 수 있는 지혜야!」

「지금 파내면?」 레브는 잠시 뜸을 들인 뒤, 주머니에 손을 넣어 다이아몬드 팔찌를 꺼낸다. 그는 그 팔찌를 사이파이 앞에 내밀고 커튼 틈으로 스며든 가로등 불빛이 다이아몬드에 반사되어 아른거리게 한다.

「어디서 났어?」 방금까지 장난기 가득하던 사이파이의 목소리가 싸늘하게 변한다.

「내가 간직했어.」 레브가 침착하게 말한다. 「써먹을 데가 있을 것 같아서.」

「없애라고 했잖아.」

「애초에 네 것도 아니잖아. 없앨 이유가 없지. 게다가 네가 말했잖아. 네가 훔친 게 아니라고.」 레브는 다이아몬드가 빛을 굴절시켜 사이파이의 눈에 번쩍임을 비추도록 팔찌를 돌린다. 방 안이 어둡지만, 사이파이의 뺨이 움찔거리는 모습만은 분명히 보인다.

사이파이는 일어서서 레브를 위압적으로 내려다본다. 레브도 일어선다. 그는 사이파이보다 머리 하나는 작지만 물러서지 않는다. 「그거 내 눈앞에서 치워.」 사이파이가 말한다. 「장담하는데, 안 그러면 널 돼지고기처럼 두들겨 팰 거야.」

레브는 사이파이가 정말 그럴지도 모른다고 생각한다. 사이파이는 주먹을 쥔다. 붕대를 감은 손이 권투 선수가 글러브를 끼기 전에 붕대로 감싼 손 같다. 그러나 레브는 물러서지 않는다. 그냥 팔찌를 늘어뜨린다. 팔찌는 느릿한 디스코 볼처럼 방 안에 반짝이는 작은 점들을 흩뿌린다. 「이 팔찌랑 다른 것들이 어떻게 네 주머니에 들어가게 됐는지 알려 주면 치울게.」

「일단 치워. 그럼 말해 줄게.」

「좋아.」 레브는 팔찌를 주머니에 넣고 기다리지만 사이파이는 입을 열지 않는다. 레브는 그를 조금 부추긴다. 「그 녀석 이름은 뭐야?」 레브가 묻는다. 「혹시 여자야?」

사이파이의 어깨가 패배감에 축 처진다. 그는 의자에 털썩 앉는다. 어둠 속에서, 그의 얼굴은 보이지 않지만 그의 목소리에 주의가 쏠린다. 여전히 사이파이의 말투처럼 들린다면 그가 괜찮다는 뜻이다. 레브는 몇 발짝 떨어진 침대 모서리에 앉아서 유심히 귀를 기울인다.

「남자야.」 사이파이가 말한다. 「이름은 몰라. 뇌 어딘가에

감춰 뒀나 봐. 내가 받은 건 이 녀석의 오른쪽 측두엽뿐이야. 대뇌 피질의 8분의 1 정도. 나는 8분의 7이 나이고 8분의 1은 그 녀석이야.」

「그럴 줄 알았어.」 레브는 이미 약국에서 붕대를 훔치러 가기 전부터 눈치채고 있었다. 사이파이가 단서를 주었다. 이놈이 내 생각을 바꾸기 전에. 사이파이는 그렇게 말했었다. 「그럼······ 그 녀석은 좀도둑인 거야?」

「이 녀석은······ 문제가 있어. 애초에 그 문제 때문에 부모가 언와인드했을 거야. 그리고 지금은 그 문제 중 하나가 내 문제가 됐지.」

「와. 거지 같네.」

사이파이는 그 말에 씁쓸하게 웃는다. 「그래, 프라이. 거지 같아.」

「우리 형 레이한테 일어난 일이랑 비슷한걸.」 레브는 말한다. 「레이가 정부 경매 행사에 갔다가 호수 위의 땅 10에이커를 거의 공짜로 샀거든. 근데 알고 보니 그 땅에 지하로 스며드는 유독 화학 물질이 가득한 벙커가 딸려 있었던 거야. 이제 그 땅을 갖게 됐으니 그 벙커도 형의 문제가 됐지. 화학 물질을 치우는 데 땅값의 열 배가 들었어.」

「엿 같네.」 사이파이가 말한다.

「그렇지. 그래도 그 화학 물질은 형의 머릿속에 들어 있는 건 아니었어.」

사이파이가 아래를 내려다본다. 「이 녀석은 나쁜 애는 아니야. 그냥 아픈 거지. 아주 심하게.」 사이파이가 하는 말을 들으니 아이가 여전히 그의 공간에, 그들과 함께 있는 것 같다. 「이 녀석한테는 뭔가를 슬쩍하고 싶어 하는 충동이 있어. 일종의 중독이랄까? 대부분은 반짝이는 것들이야. 정말로 갖고 싶어 하는 건 아니고, 그냥 그런 물건을 낚아채야만 해. 도벽이 있나 봐. 아, 제기랄. 너도 도벽이 무슨 뜻인지는 알겠지.」

「그래서, 그 녀석이 너한테 말을 걸어?」

「아니, 딱히 그런 건 아니야. 나는 언어를 사용하는 부위를 받은 게 아니니까. 대체로는 감정이 전해져. 때로는 이미지가 떠오르기도 하고. 하지만 대부분은 그냥 감정이야. 충동. 그게 어디서 오는 건지 모를 때가 있는데, 그럴 땐 이 녀석이 이유라는 걸 알아. 한번은 길거리에서 아이리시 세터를 보고 갑자기 쓰다듬어 주고 싶었던 때가 있었어. 난 개를 별로 좋아하지 않거든. 근데 그때는 강아지를 쓰다듬어 주지 않고는 못 배기겠더라고.」

사이파이는 일단 이야기를 시작하자 멈추지 못한다. 모든 이야기가 터진 댐의 물처럼 쏟아져 나온다. 「그 개를 쓰다듬은 건 좋다 이거야. 하지만 훔치는 건 완전히 다른 문제야. 그 때문에 화가 나. 내 말은, 난 평생 준법 시민으로 살아왔다고. 내 것이 아닌 물건에 한 번도 손댄 적 없어. 그런데 이제는 이런 처지에서 벗어날 수 없게 됐어. 이 세상에는 그런 사람들이 있어. 크리스마스 상점의 그 여자 같은 사람. 그들은 나 같은 엄버 아이를 보면 자동적으로 내가 나쁜 짓을 꾸미고 있다고 생각해. 그런데 이제 내 머릿속의 이 아이 때문에 그 사람들의 생각이 맞게 생겼어. 웃긴 게 뭔지 알아? 이 녀석은 너처럼 백합 시에나였어. 금발에 파란 눈.」

그 말을 듣고 레브는 놀란다. 인상착의 때문이 아니라 사이파이가 그 모습을 묘사할 수 있다는 사실 자체가 놀랍다. 「걔가 어떻게 생겼는지 보여?」

사이파이는 고개를 끄덕인다. 「가끔 보여. 드물지만 아주 가끔. 눈을 감고 거울을 들여다본다고 상상하면 돼. 보통은 내 모습이 보이지만, 가끔 한 번씩은 걔가 보여. 순간적이지만. 이미 번쩍이는 걸 본 다음에 번개를 포착하려는 것과 비슷해. 하지만 다른 사람들은…… 걔가 도둑질할 때 걔를 보는 게 아니잖아. 내 손이 물건을 훔치는 걸 보지.」

「중요한 사람들은 네가 그런 게 아니라는 걸 알 거야. 너희 아빠들도…….」

「아빠들은 아무것도 몰라!」 사이파이가 말한다. 「그분들은 나한테 새로운 뇌 덩어리를 박아 주었으니 좋은 일을 해줬다고 생각한다고. 이 얘기를 했다간 세상 끝날 때까지 죄책감에 시달리실 거야. 그러니까 아빠들한테는 말할 수 없어.」

레브는 무슨 말을 해야 할지 모른다. 아예 이 이야기를 꺼내지 말걸 그랬다는 생각이 든다. 굳이 알려고 들지 말걸. 하지만 무엇보다도, 그는 사이파이가 이런 일을 겪지 않았으면 좋겠다고 생각한다. 사이파이는 좋은 녀석이다. 더 나은 인생을 살아갈 자격이 있는.

「그리고 이 녀석은…… 자기가 내 일부라는 것조차 몰라.」 사이파이가 말한다. 「자기가 죽었다는 걸 모르는 유령이랑 비슷해. 이 녀석은 계속 자기 자신으로 살려고 해. 왜 자기 몸의 나머지 부분이 없는지 이해하지 못해.」

갑자기 레브는 무언가 깨닫는다. 「걔가 조플린에 살았구나!」

사이파이는 대답하지 않는다. 그래서 레브는 그 말이 사실이라는 걸 알게 된다. 마침내 사이파이가 말한다. 「이 녀석 머릿속에는 아직도 내가 가닿을 수 없는 것들이 있어. 내가 아는 건 하나야. 이 녀석이 조플린에 가야 한다는 거. 그래서 나도 거기에 가야만 해. 일단 도착하면 이 녀석이 나를 가만히 놔둘지도 몰라.」

사이파이가 어깨를 움직인다. 으쓱하기보다는 등이 가렵거나 갑자기 한기가 드는 것처럼 불편하게 돌린다. 「이 녀석 얘기는 더 이상 하고 싶지 않아. 이 녀석의 회색질 안에서 시간을 보내다 보면, 8분의 1이 8분의 7보다 훨씬 더 크게 느껴져.」

레브는 형처럼 사이파이의 어깨를 한 팔로 끌어안고 위로해 주고 싶지만 차마 그럴 수 없다. 대신 그는 침대에서 담요를 가져다가, 의자에 앉은 사이파이를 감싸 준다.

「뭐야?」

「그냥 너희 둘이 따뜻하게 있으라고.」 그런 다음 레브가 덧붙인다. 「아무 걱정도 하지 마. 내가 다 알아서 할게.」

사이파이는 웃는다. 「네가? 넌 너 자신도 돌보지 못하잖아. 그런데 이젠 날 돌보겠다고? 내가 아니었으면 넌 지금도 쇼핑센터에서 남들 음식 쓰레기나 주워 먹고 있었을걸.」

「맞아. 하지만 네가 날 도와줬잖아. 이젠 내가 널 도울 차례야. 내가 널 조플린으로 데려다줄게.」

22
리사

리사 메건 워드는 주변의 모든 것을 유심히, 신중하게 관찰한다. 그녀는 주보시에서 별의별 꼴을 다 보았기에 생존이 관찰력에 달려 있다는 걸 안다.

지난 3주 동안 그녀와 코너는 언와인드들로 이루어진 어중이떠중이들과 함께 이 안전 가옥에서 저 안전 가옥으로 옮겨 다녔다. 이 무자비한 언더그라운드 레일로드[7] 피난에는 끝이 없는 것처럼 보였다. 미칠 것만 같았다.

수십 명의 아이가 옮겨 다니지만, 어느 안전 가옥에도 한 번에 대여섯 명 이상이 머무는 일은 없었다. 같은 아이를 두 번 보는 일도 드물었다. 리사와 코너가 함께 다닐 수 있었던 유일한 이유는 커플인 척했기 때문이었다. 그건 실용적이고 둘 모두의 이해관계에도 부합했다. 뭐라더라? 아는 악마가 모르는 악마보다는 낫다던가?

마침내 그들은 굉음이 울리는 항공 교통 구역의 커다란 텅

---

[7] 남북 전쟁 이전 시기에 미국에서 흑인 노예들을 은밀히 자유 주로 대피시키기 위해 운영된 비공식 탈출 경로.

빈 창고에 버려진다. 누구도 원하지 않는 아이들을 숨겨 놓기 위한 싸구려 부지다. 구불구불한 강철 지붕이 달린, 아무 장식 없는 건물. 머리 위로 비행기가 지나갈 때면 지붕이 너무 심하게 흔들려 꼭 무너질 것만 같다.

그들이 도착했을 때 그곳에는 이미 30명에 가까운 아이가 모여 있었다. 그중 상당수는 리사와 코너가 지난 몇 주간 마주쳤던 아이들이었다. 리사는 이곳이 저수조라는 걸, 모든 아이가 마지막 여정을 앞두고 보관되는 곳이라는 걸 깨닫는다. 원치 않는 사람은 들어오지 못하고 반항적인 아이들은 나가지 못하도록 문에 사슬이 걸려 있다. 쓸모없는 난방기도 있다. 모든 열기가 높은 천장을 통해 빠져나가기 때문에 난방기는 전혀 소용이 없다. 화장실은 하나뿐이고 그나마 자물쇠가 망가졌다. 수많은 안전 가옥과는 달리 샤워 시설도 없다. 도착과 동시에 개인위생은 정지된다. 이 모든 것을 겁먹고 화가 난 아이들 무리와 결합하면, 폭발 직전의 화약고가 된다. 아마 이곳을 운영하는 사람들이 모두 총을 들고 다니는 것도 그래서일 것이다.

책임자는 남자 네 명, 여자 세 명이다. 소니아처럼 안전 가옥을 운영하는 사람들이 군사화된 모습이다. 아이들은 그들을 피로하다는 뜻의 〈퍼티그〉라 부른다. 그들이 즐겨 입고 다니는 카키색 군복에서 비롯된 말이기도 하고, 동시에 그들의 지쳐 보이는 얼굴에서 따온 이름이기도 하다. 그럼에도 그들에게는 리사가 존경할 만한, 대단히 긴장된 결기가 있다.

거의 매일 한 줌의 아이들이 도착한다. 리사는 도착한 아이들 무리를 하나하나 관심 있게 지켜본다. 그러다가 코너도 그렇게 하고 있다는 걸 알아차린다. 리사는 그 이유를 안다.

「너도 레브를 찾는 거지?」 마침내 리사가 묻는다.

코너는 어깨를 으쓱한다. 「그냥 다들 그러듯이 애크런의 무단이탈자를 찾고 있는 걸지도 모르지.」

그 말에 리사는 키득거린다. 이 창고에서도 그들은 청소년 전담 경찰의 진정탄 총으로 경찰을 쏘고 탈출한 애크런의 무단이탈자에 관한 부풀려진 소문을 들었다. 「여기로 오고 있을지도 몰라!」 아이들은 연예인 이야기를 하듯 창고에서 속삭이곤 한다. 리사는 그 소문이 어디에서 시작되었는지 도저히 알 수 없다. 그 이야기는 뉴스에 한 줄도 나오지 않았으니까. 그녀는 자신이 그 소문에 포함되어 있지 않아 약간 짜증이 나기도 한다. 그 이야기는 보니와 클라이드[8] 같은 이야기가 되었어야 하는데. 소문 공장은 확실히 성차별적이다.

「그래서, 언젠간 네가 애크런의 무단이탈자라고 고백할 거야?」 그녀가 코너에게 조용히 묻는다.

「그런 관심은 필요 없어. 거기다 쟤들은 어차피 내 말을 믿지 않을 거야. 다들 애크런의 무단이탈자가 덩치 큰 고기 방패 슈퍼히어로라고 하니까. 실망시키고 싶지 않아.」

레브는 그 어떤 무리와도 함께 나타나지 않는다. 아이들과 함께 늘어나는 건 긴장감뿐이다. 첫째 주가 끝날 무렵, 아이들의 수는 마흔세 명에 이른다. 그런데도 여전히 화장실은 하나뿐이고, 샤워 시설은 없으며, 이런 상태가 얼마나 지속될지에 대해서도 아무런 답변이 없다. 초조함이 고약한 체취와 함께

---

[8] 미국 대공황기에 대중과 언론에 의해 미화된 범죄자 커플.

공기 중에 무겁게 떠돈다.

퍼티그들은 아이들에게 먹을 것과 할 일을 주려고 최선을 다한다. 마찰을 최소화하기 위해서라도 그래야 한다. 창고에는 보드게임 몇 상자와 완전하지 않은 카드 한 벌, 어느 도서관에서도 원하지 않은 너덜너덜한 책들이 있다. 전자 기기나 공은 없다. 그런 것들은 소음을 일으키거나 키울 수 있으니까.

「밖에서 너희 소리가 들리면 모두가 끝장나는 거야.」 퍼티그들은 틈날 때마다 그 말을 거듭한다. 리사는 퍼티그들에게 언와인드를 구하는 것 외에 다른 삶이 있는지, 아니면 이 일이 그들 평생의 위업인지 궁금해진다.

「왜 우리한테 이런 일을 해주시는 거예요?」 두 번째 주에 리사는 그들 중 한 명에게 묻는다.

퍼티그는 거의 외운 것처럼, 기자에게 기삿거리를 던져 주듯이 대답한다. 「너희나 너희 같은 사람들을 구하는 건 양심에 따른 행동이야. 이런 행동 자체로 보상이 돼.」

그들 모두가 그런 식으로 말한다. 리사는 그걸 〈거창한 이야기〉라고 부른다. 전체는 보되, 그 안의 부분은 보지 못하는 이야기. 그건 말뿐만이 아니라 그들의 눈빛에서도 드러난다. 퍼티그들이 리사를 볼 때, 리사는 그들이 정말로 자신을 보는 것이 아님을 안다. 그들은 언와인드 무리를 불안해하는 아이들의 집단이 아니라, 그저 하나의 개념으로 인식하는 것 같다. 그래서 그들은 비행기 소리에 흔들리는 지붕처럼 이곳의 상황을 강하게 뒤흔드는 미묘한 사회적 소란을 전부 놓친다.

둘째 주가 끝나 갈 즈음, 리사는 이 안에서 무언가가 부글거리고 있다는 사실을 파악한다. 그 중심에는 리사가 다시는 안

봤으면 좋겠다고 생각한 아이가 있다. 그 녀석은 리사와 코너가 도착하고 얼마 지나지 않아 나타났다.

롤런드.

이곳의 아이들 중에서도 가장 위험한 아이이다. 골치 아픈 점은, 코너 역시 딱히 안정적인 모습을 보여 주지 못했다는 것이다.

안전 가옥에 있을 때는 괜찮았다. 코너는 분노를 억누르며 지나치게 충동적이거나 비합리적인 일을 하지 않았다. 하지만 이토록 많은 아이가 함께 있는 이곳에서는 다르다. 짜증스럽고 반항적이다. 아주 작은 일에도 폭발한다. 그는 이미 대여섯 번 싸움에 휘말렸다. 리사는 그게 바로 코너의 부모가 그를 언와인드하기로 결정한 이유가 틀림없다고 확신한다. 때로 부모에게 절망적인 방법을 쓰게 하는, 들불 같은 성격.

상식적으로는 그와 거리를 두어야 한다. 둘의 동맹은 필요에 의해 맺어진 것일 뿐, 리사에게는 더 이상 코너와 관계를 이어 가야 할 이유가 없다. 그러나 시간이 갈수록 리사는 코너에게 끌리고…… 그가 걱정된다.

어느 날 아침 식사 직후, 리사는 코너에게 다가간다. 코너가 지금 분명하게 존재하는 위험에 눈뜨게 할 작정이다. 그는 혼자 앉아, 녹슨 못으로 콘크리트 바닥에 사람 얼굴을 새기고 있다. 리사는 그림을 잘 그렸다고 말해 줄 수 있으면 좋겠다고 생각한다. 코너는 대단한 화가가 아니다. 리사는 실망한다. 코너에게서 무언가 구원이 될 만한 점을 간절히 찾고 싶었으니까. 코너가 예술가라면, 둘은 창의적인 공감대를 형성할 수 있을 것이다. 리사는 음악에 대한 자신의 열정을 나눌 수 있을 테고,

코너는 그 말에 귀 기울일 것이다. 그러나 현실은 다르다. 리사가 보기에 코너는 그녀가 피아노를 연주한다는 사실을 모르거나 관심조차 없다.

「누구야?」 리사가 묻는다.

「집에 있을 때 알던 여자애.」 코너가 대답한다.

리사는 질투심을 조용히 빠른 감정적 진공 속으로 밀어 넣어 질식시킨다. 「네가 좋아하던 애야?」

「그런 셈이지.」

리사는 그림을 더 자세히 본다. 「얼굴에 비해 눈이 너무 큰데.」

「가장 기억에 남는 게 걔 눈이어서 그럴 거야.」

「이마도 너무 좁아. 네가 그린 대로라면 뇌가 들어갈 공간이 없겠는데.」

「그래, 뭐. 별로 똑똑한 애는 아니었어.」

리사는 그 말에 웃는다. 코너도 미소 짓는다. 그가 미소 지으면, 이 아이가 그 모든 싸움에 끼어든 바로 그 녀석이라는 걸 믿기가 어렵다. 리사는 지금 자신이 할 말에 귀 기울일 만큼 코너의 마음이 열린 상태인지 가늠해 본다.

코너는 그녀에게서 시선을 돌리며 말한다. 「원하는 게 있는 거야, 아니면 오늘은 미술 비평가가 된 거야?」

「난…… 네가 왜 혼자 있는지 궁금해서.」

「아. 그럼 넌 내 정신과 의사가 되기로 한 거구나.」

「다들 우리가 커플인 줄 알잖아. 그 이미지를 유지하려면 네가 너무 반사회적으로 굴면 안 돼.」

코너는 다른 아이들 무리를 바라본다. 그들은 다양한 아침 활동으로 분주하다. 리사가 그의 시선을 따라간다. 이곳에는 세상을 적대하며 하루 종일 독기를 뿜어내는 아이들 무리가 있다. 만화책 한 권만 반복해서 읽을 뿐 아무것도 하지 않는, 입으로 숨을 쉬는 아이도 있다. 마이는 〈빈센트〉라는 이름의 침울하고 머리를 뾰족뾰족하게 세운 소년과 붙어 다닌다. 빈센트는 온몸에 가죽을 걸치고 피어싱을 한 녀석이다. 빈센트가 영혼의 짝이라도 되는지, 둘은 하루 종일 입을 맞춘다. 그 바람에 다른 아이들이 구경꾼처럼 그들을 둘러싼다.

「난 사람을 사귀고 싶지 않아.」 코너가 말한다. 「여기 애들이 싫어.」

「왜?」 리사가 묻는다. 「너랑 너무 비슷해서?」

「저 녀석들은 패배자야.」

「그래, 내 말이 그 말이야.」

코너는 반쯤만 진심을 담아 리사를 고약하게 쏘아보더니 자기 그림을 내려다본다. 하지만 리사는 그가 지금 그 소녀를 떠올리고 있는 게 아니라는 걸 안다. 그의 생각은 다른 데 있다. 「혼자 있을 때는 싸움을 안 하잖아.」 그는 그림 새기기를 포기하고 못을 내려놓는다. 「나도 내가 왜 이러는지 모르겠어. 너무 많은 목소리가 들려서 그런 걸지도 몰라. 너무 많은 몸뚱이가 움직여서 그런 건지도 모르고. 머릿속에 개미가 기어다니는 것 같아. 그래서 소리를 지르고 싶어. 딱 어느 정도까지만 견딜 수 있고, 그다음에는 폭발해. 집에서도 그랬어. 저녁 식탁에서 모두가 동시에 말을 하면 말이야. 한번은 다른 가족을 초대했는데 말소리 때문에 미칠 것 같아서 그릇 장식장에 접시를 집어 던졌어. 사방으로 유리가 튀었지. 식사를 망쳤어. 부모님이 나더러 뭐가 문제냐고 묻는데, 난 아무 말도 할 수 없었어.」

코너가 이런 이야기를 기꺼이 해주었다는 사실에 리사는 기분이 좋아진다. 코너와 더 가까워진 기분이다. 어쩌면 지금, 그는 리사가 해야만 하는 말에 귀 기울일 만큼 오랫동안 마음을 열지도 모른다.

「하고 싶은 말이 있어.」

「뭔데?」

리사는 그의 옆에 앉아 목소리를 낮춘다.

「네가 다른 아이들을 지켜봐 줬으면 좋겠어. 애들이 어디로 가는지. 누구랑 얘기하는지.」

「모든 애를?」

「응. 근데 한 번에 한 명씩. 그러면 너도 뭔가 발견하게 될 거야.」

「예를 들면?」

「가장 먼저 식사하는 아이들이 롤런드와 가장 많은 시간을 보내는 아이들이라는 거. 롤런드는 절대 맨 앞줄에 서지 않아. 그리고 롤런드와 가장 친한 애들이 다른 패거리에 침투해서 괜히 말다툼을 일으키는 것도 볼 수 있을 거야. 그렇게 해서 그 패거리를 깨뜨리는 거지. 다른 모두가 가엾게 여기는 아이들에게 롤런드가 특별히 잘해 주다가, 아무도 그 애들을 불쌍하게 여기지 않으면 더 이상 잘해 주지 않는 것도 보일 테고. 결국 그 애들을 이용하는 거지.」

「롤런드에 관한 숙제라도 한 것 같네.」

「진지하게 하는 말이야. 난 전에도 이런 걸 본 적이 있어. 롤런드는 권력에 굶주려 있고 무자비해. 아주아주 똑똑하고.」

그 말에 코너가 웃는다. 「롤런드가? 저 녀석 혼자서 머리를 굴렸다간 종이봉투에서도 빠져나오지 못할걸.」

「그래. 하지만 롤런드는 다른 애들을 종이봉투에 집어넣고 그 봉투를 뭉개 버릴 수 있어.」 확실히, 그 말에 코너는 잠시 생각에 잠긴다. 리사는 생각한다. 좋아. 드디어 생각하기 시작했어. 앤 생각을 좀 해야 해. 전략을 짜야 해.

「왜 나한테 이런 얘기를 하는 거야?」

「네가 롤런드한테 가장 큰 위협이니까.」

「내가?」

「넌 싸움꾼이야. 모두가 그 사실을 알아. 네가 그 누구의 헛소리도 받아 주지 않는다는 사실도 알지. 다른 애들이 롤런드에 대해 얘기하면서 누가 뭐라도 해야 한다고 투덜거리는 거 들어 본 적 있어?」

「응.」

「걔들은 네가 가까이 있을 때만 그런 얘기를 해. 네가 뭔가 해주기를 기대하는 거야. 롤런드도 그걸 알아.」

코너는 손을 내저어 리사의 말을 떨쳐 버리려 하지만, 리사는 그의 얼굴을 똑바로 쳐다본다.

「내 말 잘 들어. 다 알고 하는 얘기니까. 주보시에는 언제나 힘으로 사람들을 조종하려는 애들이 있었어. 걔들이 그렇게 할 수 있었던 이유는 누구를, 언제 쓰러뜨려야 하는지 정확히 알았기 때문이야. 걔들이 가장 집요하게 괴롭힌 애가 누구인 줄 알아? 걔들을 쓰러뜨릴 수 있는 애들, 잠재력이 가장 큰 애들이었어.」

코너가 주먹을 쥐는 모습이 보인다. 리사는 그가 자신의 말을 엉뚱하게 받아들였다는 걸 안다. 코너는 잘못된 메시지를 받아들였다.

「싸우고 싶다면 싸워 주지.」

「아냐! 미끼를 물면 안 돼! 롤런드가 바라는 게 그거야! 롤런드는 너를 싸움에 끌어들이기 위해서 자기가 할 수 있는 모든 일을 할 거야. 하지만 넌 싸우면 안 돼.」

코너가 입을 꽉 다문다. 「내가 롤런드를 이길 수 없을 것 같아서 그러는 거야?」

리사는 코너의 손목을 꽉 잡는다. 「롤런드는 너랑 싸우고 싶은 게 아니야. 널 죽이고 싶은 거야.」

23
코너

 코너는 인정하고 싶지 않지만, 많은 부분에서 리사의 말이 옳았다. 그녀의 날카로운 통찰력은 지금껏 여러 번 그들을 위기에서 구했다. 그녀의 말대로 눈여겨보기 시작하니, 롤런드의 비밀스러운 권력 구조가 보인다. 리사의 관찰은 그야말로 정확했다. 롤런드는 자신에게 유리한 방향으로 주변의 삶을 재배치하는 데 능숙하다. 그것도 노골적인 괴롭힘이 아니라 교묘한 조종으로. 실제로 롤런드는 괴롭힘을 이용해 자신이 벌이는 일을 은폐하곤 했다. 사람들은 롤런드를 단순하고 거친 녀석으로 본다. 그 때문에 그의 영리한 술수들을 알아채지 못한다. 예컨대 롤런드는 일부러 퍼티그 중 한 명이 보는 앞에서 자기 음식을 어린아이에게 양보한다. 그 행위로 퍼티그의 호감을 얻는다. 체스의 달인처럼, 롤런드의 모든 행위에는 목적이 있다. 설령 그 목적이 바로 드러나지는 않더라도.

 리사는 롤런드뿐 아니라 레브에 대해서도 옳았다. 최소한 코너가 레브에 대해 느끼는 감정이 맞는다면 말이다. 코너는 레브를 머릿속에서 지울 수가 없다. 그는 그 까닭이 복수하고 싶은 마음에서 비롯된 것일 뿐이라고 자신을 설득해 왔다. 레브에게 빚을 갚아 줄 순간이 못 견디게 기다려진다고. 하지만 새로운 아이들이 도착할 때마다 레브가 그들 가운데 없다는 사실에 절망감이 뱃속에서 꿈틀거린다. 코너는 자신이 이런 기분을 느낀다는 데 화가 난다. 어쩌면 그런 감정이 싸움에 끼어들도록 부추기는 분노의 일부인 것 같다.

사실, 레브는 그들을 신고하는 데서 그치지 않고 스스로도 자수했다. 그 말은 아마 레브가 사라졌으리라는 뜻이다. 이미 언와인드되어 흔적조차 남지 않았을 것이다. 뼈도, 살도, 정신도 갈가리 찢겨 재활용되었겠지. 코너가 너무도 받아들이기 힘든 점이 바로 이것이다. 그는 레브를 구하기 위해 목숨을 걸었다. 문 앞에 버려진 아기를 구하기 위해 목숨을 걸었던 것처럼. 그 아기는 구할 수 있었지만 레브는 아니었다. 코너는 레브가 언와인드된 것이 자기 책임이 아니라는 걸 알면서도 그게 자기 탓인 것 같다. 그래서 새로운 아이들이 도착할 때마다 은밀한 기대감을 품고 일어선다. 가망이 없다는 걸 알지만, 거만하고 혼자만 잘난 줄 아는 재수 없는 레브가 아직 살아 있기를 바라며, 희망의 끈을 놓지 않는다.

24
리사

퍼티그들은 크리스마스 만찬에 한 시간 늦게 도착한다. 음식은 똑같이 오래된 찌꺼기지만, 퍼티그들이 산타 모자를 쓰고 있다. 조바심이 저녁을 지배한다. 모두가 굶주려 있어서 구호 식량이라도 도착한 것처럼 시끄럽게 모여든다. 상황이 더 나빠지려는 건지, 음식을 나눠 줄 퍼티그는 평소처럼 네 명이 아니라 둘뿐이다.

「한 줄로 서! 한 줄로!」 퍼티그들이 소리친다. 「모두가 먹을 만큼 많은 음식이 있단다. 호, 호, 호.」 하지만 오늘 밤은 충분한 음식보다 당장 음식을 받는 게 중요하다.

리사도 다른 아이들만큼 배가 고프지만, 식사 시간이야말로 화장실에서 조금이나마 프라이버시를 누리기에 가장 좋은 시간이라는 걸 안다. 식사 시간에는 잠기지 않는 문을 밀고 불쑥 들어오는 아이도, 빨리 나오라며 계속해서 문을 두드려 대는 아이도 없다. 모두가 성탄절 음식을 달라고 떠들어 대는 오늘 밤에는 화장실이 비어 있다. 그래서 리사는 굶주림을 잠시 억누르며 창고를 가로질러 화장실로 향한다.

일단 화장실에 들어간 그녀는 임시로 만든 〈사람 있음〉 팻말을 문고리에 걸고 문을 닫는다. 잠시 시간을 들여 거울에 비친 자기 모습을 살피지만, 제멋대로 자란 머리에 넝마를 걸친 이 새로운 모습이 마음에 들지 않아 오래 바라보지는 않는다. 그녀는 세수하고, 수건이 없으므로 소매로 물기를 닦는다. 그때 등 뒤에서 문이 삐걱거리며 열리는 소리가 들린다.

리사는 돌아보고는 숨을 삼킨다. 화장실에 들어온 사람은 롤런드다. 그는 조용히 문을 닫는다. 리사는 즉시 자신의 실수를 깨닫는다. 절대 혼자서는 여기에 오지 말았어야 했다.

「나가!」 그녀가 말한다. 그러나 목소리가 생각했던 것만큼 단호하지 못하다. 롤런드는 그녀가 당황했다는 것을 알아챈 듯 더욱 느긋하게 움직인다.

「그렇게 사납게 굴 필요 없어.」 롤런드가 포식자처럼 여유 있는 걸음으로 다가온다. 「여기 있는 모두가 친구잖아? 다들 저녁을 먹고 있으니, 우리는 서로를 알아 가면서 좋은 시간을 보낼 수 있고.」

「가까이 오지 마!」 이제 리사는 여러 선택지를 살핀다. 하지만 문이 하나밖에 없고 무기로 쓸 수 있는 것이 아무것도 없는 이 비좁은 공간에서 선택에는 제한이 따른다.

이제는 롤런드가 위험할 만큼 가까이 다가왔다. 「가끔은 저녁을 먹기 전에 디저트가 먹고 싶더라. 넌 어때?」

리사는 마지막 선택지를 집어 든다. 그가 팔을 뻗는 순간 무릎을 가격하고, 문밖으로 뛰쳐나가려 한다. 그의 주의를 흩어 놓고 어떤 식으로든 고통을 주려고. 그러나 롤런드가 너무 빠르게 움직인다. 그는 리사의 손목을 움켜쥐고 차가운 초록색

타일 벽에 밀친다. 리사의 무릎이 표적에 닿지 못하도록 자기 몸을 그녀에게 딱 붙인다. 그러고는 이 모든 게 너무도 쉽다는 듯 씩 웃는다. 그의 손이 리사의 뺨에 닿는다. 그의 아래팔에 새겨진 상어 문신이 겨우 한 뼘 정도 떨어져 있다. 공격할 준비가 된 것 같다.

「그래서, 재미 좀 보는 거 어때? 그럼 넌 아홉 달 동안 절대 언와인드당하지 않을 텐데.」

리사는 비명을 지르는 타입이 아니다. 그녀가 보기에 비명은 약점을 드러내는 짓이자 패배의 신호다. 하지만 지금은 패배를 인정할 수밖에 없다. 아무리 변태들을 물리친 경험이 많다 한들, 롤런드가 변태 짓을 한 경험이 더 많은 듯하다.

그래서 리사는 비명을 지른다. 허파가 터지도록, 뼛속까지 울리는 소리를 낸다. 하지만 타이밍이 최악이다. 바로 그 순간 머리 위로 비행기가 날아가며 천장을 뒤흔든다. 그녀의 비명을 완전히 삼켜 버린다.

「삶을 즐기는 법을 배워야지.」 롤런드가 말한다. 「이걸 첫 번째 수업이라고 치자.」

바로 그때 문이 홱 열린다. 롤런드의 거대한 어깨 너머로, 리사는 문 앞에 서 있는 코너를 본다. 그의 눈이 이글거린다. 리사는 누군가를 보고 이렇게 기뻤던 적이 처음이다.

「코너! 막아 줘!」

롤런드도 그를 본다. 화장실 거울에 비친 그의 모습을 알아보지만 리사를 놓아주지 않는다.

「이런.」 롤런드가 말한다. 「이것 참 어색하네.」

하지만 코너는 움직이지 않는다. 그냥 문 앞에 서 있을 뿐이다. 눈에는 여전히 분노가 가득하지만 두 손은…… 주먹조차 쥐지 않는다. 그냥 양옆에 축 늘어져 있다. 왜 저러는 거지?

롤런드는 리사에게 윙크하더니, 어깨 너머로 코너에게 소리친다. 「바보가 아니라면 나가는 게 좋을 거야.」

코너는 문턱을 넘어 들어오지만 그들에게 다가오지 않는다. 대신 세면대로 간다. 「저녁 먹기 전에 손 좀 씻으려고.」

리사는 그가 휙 돌아서서 롤런드를 불시에 공격하기를 기다린다. 하지만 코너는 그저 손만 씻는다.

「네 여자 친구는 소니아의 지하실에서부터 나한테 눈독을 들이고 있었어.」 롤런드가 말한다. 「너도 알지?」

코너는 바지에 물기를 닦는다. 「너희 둘이 뭘 하든 난 상관없어. 오늘 아침에 리사랑은 끝냈거든. 나갈 때 불 끌까?」

너무도 예상하지 못한, 완전한 배신이다. 리사는 롤런드와 코너 중 누구를 더 증오해야 할지 알 수 없다. 그러나 그 순간 롤런드가 리사의 손목을 놓는다. 「이젠 분위기가 깨졌네, 안 그래?」 그가 리사를 놓아준다. 「그냥 농담이었어. 난 아무 짓도 안 했어.」 그는 뒤로 물러나며 특유의 미소를 지어 보인다. 「네가 준비될 때까지 기다리는 건 어떨까?」 그러더니 그는 들어왔을 때처럼 대담하게 뻐기는 걸음으로 나간다. 나가면서 이별의 인사라도 하듯 코너의 어깨를 툭 친다.

리사는 모든 혼란과 분노를 코너에게 쏟아 낸다. 그를 벽으로 밀어붙이고 흔들어 댄다. 「방금 뭐야? 롤런드가 그런 짓을 하게 놔둘 생각이었어? 그냥 거기 서서 무슨 일이 벌어지든 놔두려고 했어?」

코너가 리사를 밀어내며 말한다. 「네가 나더러 미끼를 물지 말라고 하지 않았어?」

「뭐?」

「저 자식은 그냥 널 따라온 게 아니야. 일부러 날 밀치고 지나갔어. 자기가 너를 쫓아간다는 걸 분명히 알렸다고. 이건 네 일이 아니라 내 일이야. 네가 말한 그대로야. 저 자식은 내가 따라오기를 원했어. 날 미치게 만들고 싶어 했다고. 화나게 만들어서 싸움에 끌어들이려는 거야. 그래서 난 미끼를 물지 않았어.」

리사가 고개를 젓는다. 믿지 않아서가 아니라, 그 진실이 너무 충격적이라 어질어질해서다. 「하지만 만약에…… 롤런드가 정말 그랬다면…….」

「근데 안 했잖아. 앞으로도 안 할 거야. 네가 나랑 헤어졌다고 생각하면 널 자기편에 두는 게 훨씬 쓸모 있다고 여길 테니까. 계속 널 쫓아다닐지도 모르지, 지금부터는 친절함으로 널 죽이려 들 게 분명해.」

온몸으로 미친 듯이 튀어 대던 온갖 감정이 마침내 낯선 곳에 멈추고, 리사의 눈에서 눈물이 터진다. 코너가 위로하기 위해 다가오지만, 리사는 롤런드에게 썼을 법한 힘으로 그를 밀어낸다.

「나가!」 그녀가 소리친다. 「그냥 나가!」

코너는 답답해하며 두 손을 번쩍 든다. 「알았어. 그냥 저녁이나 먹으러 갈걸 그랬네.」

그가 나가고, 리사는 화장실을 쓰려고 줄지어 선 아이들을 무시하고 문을 닫는다. 감정을 다스리려 노력하는 동안 아무도 들어올 수 없도록 등을 문에 기댄 채 바닥에 주저앉는다.

코너는 옳은 일을 했다. 이번만큼은 코너가 리사보다 정확하게 상황을 보았다. 그리고 아마 코너 말대로 롤런드는 앞으로 리사를 위협하지는 않을 것이다. 적어도 당분간은. 그런데도 그 자리에 서서 아무것도 하지 않던 코너를 마음 한편으로 용서할 수 없다. 어쨌거나 영웅들은 자신을 던져 싸워야 한다. 목숨을 걸어야 한대도.

바로 그 순간, 리사는 깨닫는다. 그 모든 결정과 문제에도 자신이 코너를 영웅으로 보고 있음을.

25
코너

 화장실에서 성질을 다스린 것은 어쩌면 코너가 여태 해온 모든 일 중에서 가장 힘든 일이었을 것이다. 그는 여전히 롤런드를 두들겨 패고 싶다. 발을 쿵쿵대며 리사에게서 멀어져 가는 이 순간까지도. 하지만 지금 필요한 건 맹목적인 분노가 아니다. 코너는 그 사실을 안다. 리사의 말이 옳았다. 잔인하고 전면적인 싸움이야말로 롤런드가 원하는 것이다. 코너는 다른 아이들에게서 롤런드가 창고에 굴러다니는 금속 조각으로 칼을 만들었다는 이야기를 들었다. 만약 코너가 분노해 주먹을 휘두르며 달려들면 롤런드는 단 한 번의 치명적인 칼질로 싸움을 끝낼 방법을 찾을 것이다. 그러고도 자기방어였다고 주장하며 빠져나갈 것이다.
 중요한 건 코너가 싸움에서 롤런드를 이길 수 있느냐는 문제가 아니다. 롤런드가 칼을 들고 있더라도 코너는 그것을 빼앗아 칼날을 거꾸로 향하게 하거나, 롤런드가 칼을 쓸 새도 없이 다른 방식으로 그를 제압할 수 있을 거라고 생각한다. 문제는 이것이다. 코너는 둘 중 하나가 죽어야만 끝나는 싸움을 벌이고 싶은가? 코너에게는 여러 가지 모습이 있을지 모르지만 살인자는 아니다. 그래서 그는 성질을 다스리며 태연한 척 군다.

이것은 코너에게 새로운 영역이다. 그의 내면 깊숙한 곳에서 싸움꾼이 이건 반칙이라고 소리를 질러 대지만, 꾸준히 강해지고 있는 그의 또 다른 면은 이 조용한 힘의 행사를 즐긴다. 이것이야말로 진짜 힘이라는 걸 알아 간다. 이제 롤런드는 리사와 코너가 원하는 바로 그대로 행동하고 있다. 코너는 그날 밤 롤런드가 사과의 뜻으로 리사에게 디저트를 내미는 장면을 본다. 물론 리사는 받아 주지 않는다. 하지만 롤런드가 디저트를 건넸다는 사실이 바뀌는 건 아니다. 롤런드는 후회하는 척하면 자신이 저지른 짓을 지울 수 있는 것처럼 군다. 정말로 미안해서가 아니라, 이제는 리사에게 잘해 주는 것이 그의 이익에 부합하기 때문이다. 그는 리사와 코너가 보이지 않는 목줄로 그를 매두었다는 걸 모른다. 하지만 그 목줄은 오래가지 못할 것이다. 코너는 그가 목줄을 씹어 끊어 버리는 것이 단지 시간문제일 뿐이라는 걸 안다.

4부
목적지

다음은 2001년, 자신의 영혼을 경매로 판매하려 한 판매자에게 온라인 경매 사이트 이베이가 답변한 내용이다.

시간을 들여 이베이에 우려 사항을 전달해 주셔서 감사합니다. 기꺼이 도와드리겠습니다.

만약 영혼이 존재하지 않는다면, 이베이는 영혼의 경매를 허락할 수 없습니다. 실체가 없는 상품은 판매 대상이 아니기 때문입니다. 반대로 영혼이 존재한다면, 인간의 신체 부위와 유해에 관한 이베이의 정책에 따라 영혼 역시 인간 유해로 간주될 수 있으므로 경매 등록이 금지됩니다. 이 정책에는 〈영혼〉이 명시되어 있지 않지만, 유해와 관련된 항목에 포함된다고 판단됩니다. 따라서 귀하의 경매는 적절히 중단되었으며 복구되지 않을 예정입니다. 앞으로는 같은 품목을 다시 등록하지 말아 주십시오.

이베이의 정책은 다음 링크에서 확인하실 수 있습니다.
https://www.ebay.com/help/policies/default/ebays

-rules-policies?id=4205

    도움을 드릴 수 있어서 기쁩니다. 이베이를 이용해 주셔서 감사합니다.

26
전당포 주인

 남자는 심장 마비로 세상을 떠난 형에게서 전당포를 물려받았다. 전당포를 계속 운영할 생각은 없었다. 하지만 당시 그는 실직 상태였고, 일단 전당포를 유지하면서 더 나은 직업을 찾아 보자고 생각했다. 그게 20년 전 일이다. 이제 그는 자신이 전당포 운영이라는 종신형을 선고받았음을 안다.

 어느 날 저녁, 문을 닫기 직전에 한 소년이 가게에 들어온다. 평상시의 손님과는 다른 타입이다. 사람들은 대부분 운이 나쁠 때 전당포에 온다. 자신이 가진 모든 것을, TV에서 가족의 유품에 이르기까지 빠르게 팔아 버리고 그 대가로 얼마 안 되는 돈을 받아 간다. 어떤 사람은 마약을 사기 위해, 다른 이는 그보다 그럴듯한 이유로 전당포를 찾는다. 어느 쪽이든 전당포의 성공은 타인의 불행에 달려 있다. 전당포 주인은 더 이상 그런 문제에 신경 쓰지 않는다. 익숙해졌다.

 하지만 이 소년은 다르다. 물론, 아무도 찾아가지 않는 물건을 싼값에 사려고 전당포에 오는 아이들이 있긴 하다. 하지만 이 아이에게는 눈에 띄게 다른 점이 있다. 그는 단정해 보인다.

움직이는 방식, 심지어 서 있는 자세조차 세련되고 우아하며 신중하고 섬세하다. 왕자로 살다가 지금은 거지인 척하는 것 같다. 그는 빵빵한 흰색 코트를 입고 있다. 코트가 약간 더럽다. 어쩌면 결국은 거지인지도 모른다.

계산대 위의 TV에서는 미식축구 경기가 나오고 있다. 하지만 전당포 주인은 더 이상 경기에 관심이 없다. 그의 시선은 TV에 머물러 있지만 생각은 가게 안을 돌아다니며 뭔가 사고 싶은 듯 이것저것 살피는 아이를 좇고 있다.

몇 분 뒤, 아이가 계산대 앞으로 다가온다.

「어떻게 도와줄까?」 전당포 주인은 진심으로 궁금해서 묻는다.

「여기, 전당포 맞죠?」

「문에 그렇게 쓰여 있잖아?」

「그럼 물건을 드리면 돈을 주시는 거죠?」

전당포 주인은 한숨을 쉰다. 결국 평범한 아이일 뿐이다. 그저 야구 카드 수집품이든 뭐든 담보로 맡기려는 다른 아이들보다 좀 더 순진할 뿐이다. 보통 그들은 담배나 술, 부모에게 알리고 싶지 않은 무언가를 구하려고 돈을 원한다. 하지만 이 아이는 그런 부류로 보이지 않는다.

「우린 돈을 빌려주고 가치 있는 물건을 담보로 잡는 거야.」 그가 아이에게 말한다. 「하지만 미성년자와는 거래 안 해. 뭔가 사고 싶은 거라면 괜찮지만, 여기서는 뭔가를 맡기고 돈을 받을 순 없다. 그러니까 야구 카드는 다른 데로 가져가.」

「누가 야구 카드래요?」

아이는 주머니에 손을 넣더니 팔찌 하나를 꺼낸다. 전부 다이아몬드와 금으로만 채워진 팔찌다.

아이가 손가락 사이에 팔찌를 걸고 늘어뜨리자 전당포 주인의 눈이 그야말로 튀어나오려 한다. 하지만 곧 그는 웃는다.

「뭘 한 거냐, 엄마한테서 훔치기라도 했어?」

아이의 표정은 여전히 다이아몬드처럼 단단하다. 「이건 얼마나 주실래요?」

「한 대 맞고 쫓겨나는 건 어떠냐?」

그래도 아이는 두려워하거나 실망하는 기색을 전혀 보이지 않는다. 그냥 특유의 품위 있는 동작으로 닳아 빠진 나무 계산대에 팔찌를 올려놓을 뿐이다.

「그냥 그거 치우고 집에 가지 그래?」

「저는 언와인드예요.」

「뭐?」

「들으셨잖아요.」

이 말에 전당포 주인은 온갖 이유로 당황한다. 일단, 그의 가게에 나타나는 언와인드 도망자들은 절대 자기가 언와인드라고 밝히지 않는다. 둘째, 그런 아이들은 언제나 절망적이고 화난 모습으로 나타나며, 그들이 팔아야만 하는 물건은 아무리 좋게 봐줘도 조잡하기 짝이 없다. 이렇게 침착한 경우는 절대 없고, 이렇게······ 천사처럼 보이는 경우도 없다.

「네가 언와인드라고?」

소년은 고개를 끄덕인다. 「팔찌는 훔친 거지만, 이 근처에서 훔친 건 아니예요.」

언와인드들은 물건이 훔친 것이라고 인정하는 경우도 없다. 그런 아이들은 언제나 자기가 누군지, 왜 물건을 팔려 하는지에 대해 대단히 정교한 이야기를 마련해 온다. 전당포 주인은 재미 삼아 그들의 이야기를 듣는다. 이야기가 괜찮으면 그냥 아이를 쫓아낸다. 이야기가 형편없으면 경찰을 불러 잡아가게 한다. 하지만 이 아이에게는 이야기가 없다. 이 아이는 진실만을 내놓는다. 전당포 주인은 진실을 어떻게 다뤄야 할지 잘 모른다.

「그래서.」 아이가 말한다. 「관심 있으세요?」

전당포 주인은 어깨를 으쓱한다. 「네가 누구든 그건 네 문제고, 말했다시피 난 미성년자와 거래 안 해.」

「예외를 두실 수도 있죠.」

전당포 주인은 아이와 팔찌를 번갈아 살펴본 뒤 다른 사람이 들어오지 않는지 확인하느라 문쪽을 본다. 「말해 봐라.」

「제가 원하는 건 간단해요. 5백 달러를 현금으로 주세요. 지금이요. 그러면 아저씨를 만난 적도 없는 것처럼 떠날게요. 팔찌는 아저씨가 가지시면 돼요.」

전당포 주인은 잘 훈련된 포커페이스를 유지한다. 「장난하냐? 이런 쓰레기를? 금도금에 다이아몬드 대신 지르콘을 썼고 세공 솜씨도 형편없어. 1백 달러 주마. 한 푼도 더 못 준다.」

아이는 절대 시선을 떼지 않는다. 「거짓말.」

물론 전당포 주인은 거짓말을 하고 있다. 하지만 그는 이런 비난에 분노한다. 「지금 당장 내가 경찰을 부르는 건 어떠냐?」

아이는 손을 뻗어 계산대에서 팔찌를 집어든다. 「그러셔도 돼요.」 그가 말한다. 「하지만 그러면 이건 못 가지시겠죠. 경찰이 압수해 갈 테니까.」

전당포 주인은 턱수염을 톡톡 두드린다. 어쩌면 이 아이는 보기보다 순진하지 않을지도 모른다.

「이게 쓰레기였으면 저한테 1백 달러를 주겠다고 하지도 않으셨을걸요.」 아이가 말한다. 「장담하는데 아무것도 제안하지 않았을 거예요.」 아이는 자기 손가락 사이에서 달랑거리는 팔찌를 바라본다. 「이런 물건의 가치를 잘 모르지만, 적어도 수천 달러는 될 거예요. 제가 요구하는 건 5백 달러뿐이고요. 그 말은, 이 팔찌의 가치가 얼마짜리든 간에 아저씨는 훌륭한 거래를 하시는 거라는 뜻이죠.」

전당포 주인의 포커페이스가 무너진다. 팔찌에서 눈을 뗄 수가 없다. 침을 흘리지 않는 게 최선이다. 그는 팔찌의 진짜 가치를 안다. 최소한 추측은 할 수 있다. 그는 아이가 요구하는 돈의 다섯 배를 자기 몫으로 챙길 수 있는 곳을 안다. 그러면 상당한 돈이 남을 것이다. 아내가 예전부터 원했던 긴 휴가를 떠날 수 있을 만큼 많은 돈이.

「250달러. 마지막 제안이야.」

「5백 달러요. 3초 드릴게요. 그 뒤엔 떠날 거예요. 하나……둘…….」

「알았다.」 전당포 주인은 한 대 맞은 사람처럼 한숨을 쉰다. 「흥정을 세게 하는구나, 꼬마야.」 그것 역시 이런 일이 이루어지는 방식이다. 실제로는 아이를 탈탈 털어먹으면서도 아이가 이겼다고 생각하게 만드는 것이다! 전당포 주인은 팔찌로 손을 뻗지만, 아이는 팔찌를 그의 손이 닿지 않는 곳으로 옮긴다.

「돈부터 주세요.」

「금고는 뒷방에 있어. 금방 돌아오마.」

「제가 같이 갈게요.」

전당포 주인은 대꾸하지 않는다. 아이가 그를 믿지 않는 것도 무리는 아니다. 사람을 믿었다면, 이 아이는 지금쯤 언와인드당했을 것이다. 뒷방에서 전당포 주인은 아이를 등지고 선다. 아이가 금고 비밀번호를 보지 못하도록 하기 위해서다. 그는 문을 금고를 연다. 그 순간, 단단하고 무거운 무언가가 머리에 세게 부딪힌다. 의식이 한순간에 흐트러진다. 그는 바닥에 쓰러지기도 전에 의식을 잃는다.

전당포 주인은 얼마 뒤에 정신을 차린다. 두통과 뭔가 잘못되었다는 희미한 기억이 떠오른다. 그는 몇 초가 지나서야 정신을 차리고 정확히 무슨 일이 벌어졌는지 깨닫는다. 그 조그만 괴물에게 속았다! 그 녀석은 전당포 주인에게 금고를 열게 하고, 금고가 열린 순간 그를 기절시킨 뒤 금고를 털어 갔다.

아니나 다를까, 금고는 활짝 열려 있다. 하지만 완전히 비어 있는 건 아니다. 안에는 팔찌가 있다. 황금과 다이아몬드가 텅 빈 금고 안의 추한 회색 강철을 배경으로 한층 더 반짝인다. 금고 안에 돈이 얼마나 있었더라? 최대 1천5백 달러였다. 이 팔찌의 가치는 최소 그 세 배는 될 것이다. 여전히 남는 장사다. 아이도 그 사실을 알고 있었다.

전당포 주인은 머리에 난 아픈 혹을 문지른다. 아이가 한 짓에 화가 나면서도, 이상하게 명예로운 범죄의 성격에 존경심이 일 정도다. 자신이 어렸을 때 저 아이만큼 영리하고 명예로웠다면, 이런 식의 배짱이 있었다면…… 아마 그냥 전당포 주인으로 머물지는 않았을 것이다.

27
코너

화장실 사건 다음 날 아침, 해가 뜨기도 전에 퍼티그들이 아이들을 깨운다. 「모두 일어나! 지금! 움직여! 움직여!」 퍼티그들은 시끄러운 데다 날이 서 있다. 코너가 처음으로 알아차리는 것은 그들이 든 무기의 안전장치가 풀려 있다는 점이다. 아직 잠이 덜 깬 흐릿한 정신으로, 코너는 리사를 찾는다. 퍼티그 두 명이 이미 리사를 다른 아이들과 함께 평소에는 맹꽁이자물쇠가 채워져 있던 커다란 이중문 쪽으로 몰아가는 게 보인다. 지금은 자물쇠가 풀려 있다.

「짐은 놔둬! 가! 움직여! 움직여!」

코너의 오른쪽에는 짜증이 많은 아이가 있다. 그 아이는 자기 담요를 빼앗아 갔다는 이유로 퍼티그를 떠민다. 퍼티그가 소총 개머리판으로 아이의 어깨를 친다. 심각한 부상을 입힐 정도는 아니지만, 그들이 진지하다는 강력한 메시지를 보낼 정도는 된다. 아이는 무릎을 꿇고 주저앉아 어깨를 쥔 채 욕설을 내뱉는다. 퍼티그들은 아랑곳하지 않고 계속 다른 아이들을 몰아간다. 그 아이는 아파하면서도 싸울 준비가 된 표정이다. 코너는 그 아이 곁을 지나가며 녀석의 팔을 잡아 일으켜 세워 준다.

「진정해.」 코너가 말한다. 「더 꼬이게 만들지 말고.」

아이는 코너의 손을 뿌리치며 말한다. 「이거 놔! 네 더러운 도움은 필요 없어.」 아이는 쿵쾅거리며 멀어져 간다. 코너는 고개를 젓는다. 자신도 저렇게 적대적인 시절이 있었던가?

앞에서는 거대한 이중문이 옆으로 미끄러지며 열리며, 언와인드들이 한 번도 본 적 없는 창고의 다른 공간이 드러난다. 그 안에는 컨테이너가 가득하다. 오래된 항공사의 화물 컨테이너로, 외형이나 튼튼하게 생긴 것이 항공 운송을 위해 제작된 것이다. 코너는 즉시 상황을 파악한다. 그들 모두가 공항과 이토록 가까운 곳에 보관되어 있었던 이유도. 어디로 가는지는 몰라도, 그들은 항공 화물로서 실려 갈 예정이다.

「여자는 왼쪽, 남자는 오른쪽. 움직여! 움직여!」

아이들 사이에서 불만이 터져 나오지만 공개적인 반항은 없다. 코너는 아이들 중 몇 명이나 지금 벌어지고 있는 일을 파악하고 있을지 궁금해진다.

「컨테이너 하나에 네 명씩! 남자는 남자끼리, 여자는 여자끼리. 움직여! 움직여!」

이제 모두가 재빨리 몰려다니기 시작한다. 좋아하는 일행과 함께하기 위해서다. 그러나 퍼티그들에게는 인내심도, 시간도 없다. 그들은 무작위로 네 사람을 모아 컨테이너 안으로 떠민다.

바로 그때, 코너는 롤런드가 위험할 정도로 가까이에 있다는 걸 알아챈다. 우연이 아니다. 롤런드는 의도적으로 다가온

것이다. 코너는 상상할 수 있다. 칠흑 같은 어둠, 비좁은 공간. 롤런드와 같은 컨테이너에 들어갔다간 이륙하기도 전에 죽을 것이다.

코너는 피하려고 하지만, 퍼티그가 롤런드와 코너, 롤런드의 협력자로 알려진 두 아이를 붙잡는다. 「너희 넷. 저쪽 컨테이너로!」

코너는 두려움을 드러내지 않으려 애쓴다. 롤런드에게 두려움을 들키고 싶지 않다. 코너도 무기를 준비했어야 했다. 롤런드가 지금 어딘가에 숨기고 있을 게 분명한 무기 같은. 코너는 삶과 죽음이 걸린 대결을 피할 수 없다는 걸 알고 대비했어야 했지만 그러지 않았다. 이제 그의 선택지는 제한되어 있다.

생각할 시간이 없으므로, 코너는 충동이 주도권을 잡게 놔두고 본능에 몸을 맡긴다. 그는 롤런드의 앞잡이 중 한 명에게 돌아서서 피가 날 정도로 세게 녀석의 얼굴을 때린다. 코가 부러졌을지도 모른다. 강한 충격에 아이의 몸이 빙글 돌지만, 아이가 반격할 겨를도 없이 퍼티그가 코너를 잡아 콘크리트 벽에 거칠게 밀어붙인다. 퍼티그는 몰랐겠지만, 이것이야말로 코너가 바라던 상황이다.

「날을 잘못 골랐다, 꼬마야!」 퍼티그가 소총으로 코너를 벽에 붙들어 둔 채 말한다.

「어쩔 건데요, 죽일 거예요? 우릴 구하려는 줄 알았는데.」

그 말에 퍼티그는 잠시 동작을 멈춘다.

「어이!」 다른 퍼티그가 소리친다. 「그 녀석은 잊어버려! 애들이나 실으라고.」 그런 다음, 그는 다른 아이를 잡아 롤런드와 그의 앞잡이들과 함께 4인 1조를 완성해 컨테이너에 넣는다. 코에서 피가 나는 아이는 아무도 신경 쓰지 않는다.

코너를 벽에 붙들어 놓고 있던 퍼티그가 비웃으며 말한다. 「널 빨리 컨테이너에 실을수록 골칫거리를 빨리 떠넘기는 셈이 되겠지.」

「양말 멋지네요.」 코너가 말한다.

그들은 코너를 가로 1.2미터, 세로 2.5미터짜리 화물용 컨테이너에 밀어 넣는다. 그 안에는 이미 아이 세 명이 기다리고 있다. 코너가 함께 있는 사람들이 누구인지 보기도 전에 컨테이너는 밀봉된다. 롤런드만 아니면 괜찮을 것이다.

「우리 모두 여기서 죽게 될 거야.」 코맹맹이 소리가 들린다. 축축하게 훌쩍거리는 소리가 이어진다. 아무리 훌쩍거려도 딱히 뭔가 뚫리는 것 같지는 않다. 코너는 이 아이를 안다. 이름은 기억나지 않는다. 모두가 그 아이를 그냥 〈입으로 숨 쉬는 놈〉이라고 한다. 그의 코가 늘 막혀 있기 때문이다. 그래서 앞 글자를 따 〈엠비〉라고 부른다.[9] 엠비는 집착하듯 늘 만화책을 보는 아이다. 하지만 여기서는 그럴 수 없다.

「그런 식으로 말하지 마.」 코너가 말한다. 「퍼티그들이 우리를 죽이려 했다면 진작 죽였을 거야.」

엠비의 고약한 입냄새가 컨테이너 안을 가득 채우기 시작한다. 「퍼티그들이 들켰을지도 몰라. 청소년 전담 경찰이 오고 있고, 자기들이 빠져나갈 유일한 방법은 증거를 없애는 것뿐인지도 몰라!」

코너는 징징거리는 아이들을 잘 참지 못한다. 그런 애들을

---

9 〈Mouth Breather〉의 앞 글자, MB.

보면 자꾸 동생이 떠오르기 때문이다. 부모가 끝까지 키우기로 한 아이가. 「닥쳐, 엠비. 아니면 장담하는데, 내가 양말을 벗어서 네 고약한 입에 쑤셔 넣을 테니까. 그러면 어떻게든 코로 숨 쉬는 방법을 알아내야 할걸!」

「양말 하나 더 필요하면 말해.」 바로 맞은편에서 익숙한 목소리가 들린다. 「안녕, 코너. 헤이든이야.」

「안녕, 헤이든.」 코너는 손을 뻗어 헤이든의 신발을 찾아 꽉 쥔다. 이 폐소 공포증이 일어날 것 같은 어둠 속에서 가장 인사와 가까운 행위다. 「그래서, 행운의 주인공 4호는 누구야?」 답이 없다. 「무언극 배우랑 같이 여행하게 됐나 보네.」 또 한 번 오랫동안 침묵이 흐른다. 그러고 나서 깊고 외국 억양이 섞인 목소리가 들린다.

「디에고.」

「디에고는 말이 별로 없어.」 헤이든이 말한다.

「그런 것 같네.」

그들은 조용히 기다린다. 엠비가 코를 훌쩍이는 소리만이 침묵을 끊는다.

「나, 화장실 가고 싶어.」 엠비가 중얼거린다.

「들어오기 전에 갔어야지.」 헤이든이 최대한 엄마 같은 목소리로 말한다. 「대체 몇 번이나 말해 줘야 해? 화물 컨테이너에 들어가기 전에 꼭 화장실에 가랬잖아.」

밖에서 기계 소리가 들려온다. 그들은 컨테이너가 움직이는 것을 느낀다.

「이거 싫어.」 엠비가 징얼거린다.

「누가 우릴 옮기고 있어.」 헤이든이 말한다.

「아마 지게차일 거야.」 코너가 덧붙인다. 아마 지금쯤 퍼티 그들은 떠난 지 오래일 것이다. 그중 한 명이 뭐라고 했더라? 〈널 빨리 컨테이너에 실을수록 골칫거리를 빨리 떠넘기는 셈이 되겠지〉라던가? 누군지는 몰라도 그들을 실어 나르도록 고용된 사람은 아마 컨테이너 안에 뭐가 들어 있는지 전혀 모를 것이다. 곧 그들은 비행기에 실려 미지의 목적지로 향하게 될 것이다. 그러자 다른 가족들의 바하마 여행이 떠오른다. 코너가 언와인드되는 날 떠나려 했던 그 여행이. 코너가 무단이탈한 지금도 그들은 떠났을까? 당연히 떠났을 것이다. 그들은 코너가 언와인드당하는 날 여행을 떠날 계획이었다. 그런 사람들이 코너가 탈출했다고 그만둘 이유가 있을까? 이 비행기가 바하마로 가는 거라면 웃기지 않을까?

「이러다 숨 막혀 죽겠어! 확실해!」 엠비가 말한다.

「좀 닥칠래?」 코너가 말한다. 「여기엔 공기가 충분해.」

「그걸 네가 어떻게 알아? 난 벌써 숨 쉬기가 힘들어. 천식도 있단 말이야. 여기서 발작이 일어나면 죽을 수도 있다고!」

「잘됐네.」 코너가 말한다. 「그럼 숨 쉴 사람이 한 명 줄어들 테니까.」

그 말에 엠비가 입을 다문다. 하지만 코너는 자신의 말에 죄책감을 느낀다. 「아무도 죽지 않을 거야.」 그가 말한다. 「그냥 긴장 풀어.」

헤이든이 말을 잇는다. 「차라리 죽는 게 언와인드당하는 것보다는 낫지. 아닌가? 설문 조사를 해보자. 너희는 죽을래, 언와인드당할래?」

「그런 거 물어보지 마!」 코너가 쏘아붙인다. 「둘 다 생각하고 싶지 않으니까.」 작은 컨테이너 바깥의 어딘가에서 금속 해치가 닫히는 소리가 들린다. 비행기가 활주로를 달리기 시작하며 발밑에 진동이 느껴진다. 코너는 기다린다. 엔진에 시동이 걸린다. 진동이 커진다. 점점 속도가 붙으며 코너는 벽으로 떠밀린다. 헤이든이 그에게 부딪힌다. 코너는 자리를 옮겨 헤이든이 다시 편히 있을 수 있도록 공간을 내준다.

「무슨 일이야? 무슨 일이야?」 엠비가 소리친다.

「아무것도 아니야. 그냥 비행기가 이륙하는 거야.」

「뭐! 여기가 비행기라는 말이야?」

코너는 눈을 굴려 대지만, 어두워서 그 표정은 보이지 않는다.

컨테이너는 관과 같다. 컨테이너는 자궁과 같다. 일반적으로 시간을 헤아리는 방법이 통하지 않는다. 불규칙한 요동이 끊이지 않는 긴장감으로 어두운 공간을 채운다.

일단 공중에 떠오르고 나자 네 아이는 한동안 말을 하지 않는다. 30분, 어쩌면 한 시간. 정확히 알 수 없다. 모두 각자의 불안한 생각에 사로잡혀 있다. 비행기가 난기류에 부딪힌다. 모든 것이 덜컹거린다. 코너는 위쪽 컨테이너에, 아래쪽 컨테이너에, 사방의 컨테이너에 아이들이 있을지 궁금해진다. 만일 있다 해도 아이들의 목소리는 들리지 않는다. 코너가 앉아 있는 곳에서는 그들 네 사람만이 우주에 존재하는 것 같다. 엠비는 조용히 오줌을 싼다. 코너는 냄새로 그 사실을 알아차린다. 모두가 냄새를 맡았을 테지만, 아무도 입을 열지 않는다. 이런 일은 누구에게나 일어날 수 있다. 이 여행이 얼마나 길어지느냐에 따라 누구든 실수할 수 있고.

마침내, 영원처럼 느껴지는 시간이 지나고 나서야 가장 말이 없던 아이가 입을 연다.

「언와인드.」 디에고가 말한다. 「차라리 언와인드당하겠어.」

헤이든이 그 질문을 던지고 오랜 시간이 지났지만, 코너는 그 말이 무슨 뜻인지 단번에 알아듣는다. 너희는 죽을래, 언와인드당할래? 그 질문이 그동안 내내 비좁은 어둠 속에서 답을 기다리고 있었던 것 같다.

「난 죽을 거야.」 엠비가 말한다. 「죽으면, 적어도 천국에 갈 수 있으니까.」

천국? 코너는 생각한다. 오히려 다른 곳에 갈 가능성이 높다. 부모조차 사랑하지 않았던 아이를 천국의 그 누가 원하겠는가?

「왜 언와인드는 천국에 가지 않는다고 생각하지?」 디에고가 엠비에게 묻는다.

「언와인드는 정말로 죽는 게 아니니까. 말하자면 아직 살아 있잖아. 우리의 모든 부위가 어딘가에 활용돼야 해. 그게 법이니까.」

그때 헤이든이 질문한다. 아무 질문이 아니다. 그 질문이다. 언와인드로 낙인찍힌 아이들 사이에 대단한 금기로 자리 잡은 질문. 모두가 생각하지만, 감히 입 밖에 내지 못하는 질문.

「그럼, 몸의 모든 부분이 살아 있되 다른 누군가의 안에 있는 건…… 살아 있는 걸까, 죽은 걸까?」 헤이든이 말한다.

헤이든은 이번에도 불꽃 위로 손을 이리저리 움직여 대고 있다. 불꽃이 느껴질 만큼 가깝지만, 화상을 입을 만큼 가깝지는 않게. 단, 지금 헤이든이 움직이고 있는 건 그 자신만이 아니라 모두의 손이다. 그 점이 코너를 자극한다.

「말을 하면 산소가 낭비돼.」 코너가 말한다. 「그냥 언와인드는 거지 같다는 데 동의하고 그만하자.」

그 말에 모두가 입을 다물지만 잠시뿐이다. 다음으로 입을 연 사람은 엠비다.

「난 언와인드가 그렇게 나쁘다고 생각하지 않아.」 그가 말한다. 「그냥 그 일이 나한테 일어나지 않기를 바랄 뿐이야.」

코너는 엠비의 말을 무시하고 싶지만 그럴 수 없다. 코너가 참아 줄 수 없는 존재가 하나 있다면, 그건 언와인드라는 수단을 두둔하는 언와인드다. 「그럼, 너한테 만약 안 일어나면 우리한테 일어나는 건 괜찮다는 뜻이야?」

「그런 말은 안 했어.」

「아니, 했잖아.」

「아아.」 헤이든이 말한다. 「재미있어지네.」

「사람들 말로는 아프지 않대.」 엠비가 말한다. 그게 위로가 된다는 듯이.

「그래?」 코너가 말한다. 「그럼 가서 험프리 던피의 모든 조각에 대고 물어보지 그래? 얼마나 안 아팠는지.」

그 이름이 주위에 서리처럼 내려앉는다. 난기류의 덜컹덜컹 흔들리는 움직임이 더욱 선명하게느껴진다.

「그럼…… 너도 그 애길 아는 거야?」 디에고가 말한다.

「그런 이야기가 있다고 해서 언와인드가 무조건 나쁘기만 한 건 아니야.」 엠비가 말한다. 「언와인드는 사람들에게 도움을 주잖아.」

「너, 십일조처럼 말한다.」디에고가 말한다.

그 말에 코너는 모욕감을 느낀다. 「아니, 안 그래. 내가 어떤 십일조를 알아. 걘 생각이 조금 특이할지 몰라도 멍청하진 않았어.」레브를 생각하자 절망이 밀려든다. 코너는 그 절망감과 싸우지 않는다. 그냥 그 감정이 온몸을 훑고 지나가게 놔둘 뿐이다. 그는 십일조를 아는 게 아니다. 알았던 것이다. 지금쯤이면 운명을 맞았을 게 분명한 십일조를.

「나더러 멍청하다는 거야?」엠비가 말한다.

「방금 그렇게 말한 것 같은데.」코너가 대꾸한다.

헤이든이 웃는다. 「야, 엠비 말이 맞아. 언와인드는 사람들에게 실제로 도움이 돼. 언와인드가 없었다면 대머리들이 다시 판을 쳤을 거야. 끔찍하지 않냐?」

디에고가 히죽거리지만, 코너는 조금도 재미있지 않다. 「엠비, 착륙을 하든 추락을 하든 뭐든 할 때까지 네 입을 말 대신 숨 쉬는 데 써주면 우리 모두 고맙겠어.」

「넌 내가 바보라고 생각할지 모르지만, 내가 이렇게 말하는 데는 그만한 이유가 있어.」엠비가 말한다. 「어렸을 때 폐 섬유증 진단을 받았거든. 양쪽 폐가 모두 망가져 가고 있었어. 난 죽을 예정이었고, 그들이 죽어 가는 폐를 모두 꺼내고, 언와인드한테서 나온 폐를 이식해 줬어. 내가 살아 있는 유일한 이유는 그 아이가 언와인드당했기 때문이야.」

「그러니까.」코너가 묻는다. 「네 목숨이 걔 목숨보다 중요하다?」

「걘 이미 언와인드당한 뒤였어. 내가 걜 그렇게 만든 게 아니야. 내가 그 폐를 받지 않았다면 다른 누군가가 받았을걸.」

코너는 화가 나 목소리가 높아진다. 엠비가 기껏해야 두어 발짝 떨어져 있는데도. 「언와인드가 없었다면, 이식 기술이 아니라 치료법이 발전했을 거야. 언와인드가 없었다면, 사람들은 다른 사람의 몸으로 이것저것 교체하는 대신 예전처럼 질병을 고치려 노력했을 거야.」

갑자기 엠비의 목소리가 사납게 울린다. 그 사나움에 코너는 깜짝 놀란다.

「네가 죽어 가는 입장이 돼도 그렇게 말할 수 있을지 두고 보자!」

「난 언와인드의 부위를 이식받느니 차라리 죽겠어!」 코너가 맞받아친다.

엠비는 뭐라고 더 말하려다 거의 1분 내내 이어지는 기침 발작을 일으킨다. 기침이 너무 심해 코너조차 겁이 날 지경이다. 실제로 이식받은 폐를 기침으로 토해 낼 것만 같다.

「괜찮아?」 디에고가 묻는다.

「응.」 엠비는 기침을 다스리려 애쓰며 말한다. 「말했다시피 이 폐에는 천식이 있어. 우리가 살 수 있었던 폐 중에 그나마 나은 게 이거였어.」

기침이 잦아들 끝날 무렵에는 엠비도 더는 할 말이 없는 듯하다. 이 말만 빼고.

「너희 부모가 그렇게까지 고생했다면, 왜 너를 언와인드하려는 거야?」 헤이든이 묻는다.

헤이든다운 질문이다. 이 질문에 엠비는 잠시 입을 다문다. 그에게는 힘든 주제임이 분명하다. 어쩌면 대부분의 언와인드보다 더 힘든 일일지도 모른다.

「우리 부모님이 의뢰서에 서명한 게 아니야.」 마침내 엠비가 말한다. 「아빠는 내가 어렸을 때 돌아가셨어. 엄마는 두 달 전에 돌아가셨고. 이모가 날 데려갔어. 문제는, 엄마가 나한테 남겨 준 돈이 좀 있었거든. 그런데 이모한테는 대학에 보내야 할 이모의 애들이 세 명이나 있었고. 그래서……」

엠비는 말을 마칠 필요가 없다. 다른 아이들이 점과 점을 이을 수 있다.

「젠장, 그거 구리다.」 디에고가 말한다.

「그러게.」 코너가 말한다. 엠비에 대한 분노는 어느새 엠비의 이모에게 옮겨 간다.

「늘 돈 문제지.」 헤이든이 말한다. 「우리 부모님도 갈라서면서 돈 때문에 싸웠어. 돈이 하나도 남지 않을 때까지. 그런 다음엔 나를 두고 싸웠지. 그래서 난 나조차 사라지기 전에 거기서 빠져나왔어.」

다시 침묵이 내린다. 엔진이 윙윙거리고 컨테이너가 덜컹거리는 소리 외에는 아무 소리도 들리지 않는다. 공기는 습하다. 숨 쉬기가 힘들다. 코너는 퍼티그들이 그들에게 필요한 산소의 양을 잘못 계산했을지도 모른다고 생각한다. 우리 모두 여기서 죽게 될 거야. 엠비가 했던 말이다. 코너는 고개를 뒤로 홱 젖혀 벽에 부딪힌다. 뇌에 들러붙은 나쁜 생각을 후려쳐 떨쳐 내고 싶다. 이곳은 혼자서 생각만 하기에는 적절한 장소가 아니다. 어쩌면 그 때문에 헤이든이 다시 물어봐야겠다는 충동을 느꼈는지도 모른다.

「아무도 내 질문에 대답하지 않았어.」 헤이든이 말한다. 「아무도 용기가 없나 봐.」

「어떤 질문?」 코너가 묻는다. 「너한테서는 추수 감사절의 방귀만큼 자주 질문이 나오잖아.」

「언와인드된 사람이 죽은 건지, 아니면 어떤 식으로든 살아 있는 건지 물었잖아. 말해 봐, 한 번씩은 생각해 봤을 거 아냐.」

엠비는 아무 말도 하지 않는다. 기침과 대화로 힘이 빠진 게 분명하다. 코너도 굳이 나서고 싶지 않다.

「그건 경우에 따라 다르지.」 디에고가 말한다. 「언와인드된 다음, 영혼이 어디에 있느냐에 따라 달라.」

보통 코너는 이런 대화를 아예 피하곤 했다. 그의 삶에서 중요한 건 분명한 것들, 보고 듣고 만질 수 있는 것들이었다. 신이니 영혼이니 하는 것들은 그가 들여다볼 수 없는 검은 상자 안 비밀 같았기에 그냥 놔두는 게 더 편했다. 지금은 그 자신이 검은 상자 안에 있었지만.

「네 생각은 어때, 코너?」 헤이든이 묻는다. 「언와인드당하면 영혼은 어떻게 되는 걸까?」

「나한테 영혼이 있다고 누가 그래?」

「토론을 위해서 있다고 치자.」

「내가 토론하고 싶다고 누가 그래?」

「이홀레!¹⁰ 그냥 대답해. 안 그러면 저 녀석이 널 내버려두지 않을걸.」

코너는 움찔하지만, 그렇다고 이 상자에서 빠져나갈 수는 없다. 「영혼에 무슨 일이 일어날지 내가 어떻게 알아? 우리 몸의 나머지 부분처럼 완전히 부서져서 산산조각이 될지도 모

---

10 스페인어로 〈이런〉, 〈아이고〉 같은 뜻의 감탄사.

르지.」

「하지만 영혼은 그렇게 되지 않아.」 디에고가 말한다. 「영혼은 나뉘지 않아.」

「영혼이 나뉘지 않는다면, 언와인드의 영혼은 멀리 뻗어 가는 걸지도 몰라.」 헤이든이 말한다. 「온갖 곳에 있는 우리의 모든 신체 부위 사이에, 거대한 풍선처럼 펼쳐지는 거지. 아주 시적인걸.」

헤이든은 자신의 말에서 시적인 느낌을 받았을지도 모르지만 코너에게는 그 생각이 끔찍하기만 하다. 그는 전 세계에 펼쳐질 만큼 얇고 넓게 늘어난 자신을 상상해 본다. 자신의 영혼이 그의 손과 눈, 뇌 조각을 받은 수천 명의 사람 사이에 거미줄처럼 얽혀 있는 모습을 상상한다. 그 어떤 부위도 더 이상 자신의 통제를 받지 않고, 전부 타인의 몸과 의지에 흡수된 모습을. 그런 상태에서 의식이 존재할 수 있을까? 코너는 언와인드의 손으로 카드 마술을 보여 주었던 트럭 기사를 떠올린다. 한때 그 손을 가졌던 아이는, 지금도 마술을 부릴 때 만족감을 느낄까? 그 아이의 영혼은 지금도 설명할 수 없는 방식으로 온전하게 존재하고 있을까? 그의 육신이 카드 패처럼 뒤섞였는데도, 그가 의식할 수 있으리라는 희망이 갈가리 찢겼는데도? 천국이든 지옥이든 뭐든 영원한 세계를 기대할 수 있을까? 영혼이 존재하는지는 모르겠다. 하지만 의식은 실제로 존재한다. 그것만큼은 코너도 확신한다. 언와인드의 모든 신체 부위가 여전히 살아 있다면, 그 의식도 어딘가로는 가야 하지 않을까? 코너는 이런 생각을 하게 만든 헤이든을 속으로 조용히 욕하지만…… 헤이든의 말은 아직 끝나지 않았다.

「뇌를 써볼 만한 문제가 하나 더 있어.」 헤이든이 말한다. 「내가 집에 있을 때 알던 여자애가 있거든. 걔는 어딘가 특별했어. 걔가 무슨 말을 하면 다들 꼭 듣고 싶어 했거든. 걔가 정말로 중심이 잘 잡혀 있었던 건지, 아니면 그냥 정신병 환자였는지는 모르겠어. 아무튼 걔가 그랬어. 누군가가 실제로 언와인드당한다면, 그 사람에게는 애초에 영혼이 없었던 거라고. 주님은 누가 언와인드당할지 아실 테고, 그 사람에게는 영혼을 주지 않으셨을 거라고.」

디에고가 못마땅하다는 듯 끙 소리를 낸다. 「마음에 안 드는데.」

「걘 언와인드는 태어나지 않은 사람이나 마찬가지라고 믿었어.」 헤이든이 말을 이었다.

「잠깐만.」 엠비가 마침내 침묵을 깨고 말한다. 「태어나지 않은 사람에게도 영혼은 있어. 생겨난 순간에 영혼이 생기는걸. 법에 그렇게 나와 있잖아.」

코너는 엠비와 다시 이런 이야기를 하고 싶지 않지만 참을 수가 없다. 「법에 적혀 있다는 이유만으로 진실이 되는 건 아니야.」

「그래, 법에 적혀 있다는 이유만으로 거짓이 되는 것도 아니지. 내 말은, 그게 법이 됐다는 건 아주 많은 사람이 생각해 보고 그게 말이 된다고 판단했기 때문이라는 뜻일 뿐이야.」

「흠.」 디에고가 말한다. 「엠비 말도 일리가 있는데.」

그럴지도 모르지만, 코너가 보기에 일리가 있는 말은 그보다 날카로워야 한다. 「어떻게 정확히 아는 사람이 아무도 없는 문제에 관한 법을 통과시킬 수 있지?」

「늘 그래 왔잖아.」 헤이든이 말한다. 「그게 바로 법이야. 옳고 그름에 관한, 학식에 따른 추정.」

「난 법에 아무 불만 없어.」 엠비가 말한다.

「하지만 법이 아니었대도 그 말을 믿었을까?」 헤이든이 묻는다. 「개인적인 의견을 말해 봐, 엠비. 네 두개골 안에 콧물 이상의 뭔가가 들어 있다는 걸 증명해.」

「시간 낭비야.」 코너가 말한다. 「콧물밖에 없어.」

「코 막힌 친구에게도 기회를 주자.」 헤이든이 말한다.

그들은 기다린다. 엔진 소리가 바뀐다. 코너는 기체가 천천히 하강하는 것을 느끼고, 다른 아이들도 그것을 느끼는지 궁금해한다. 그때 엠비가 말한다. 「태어나지 않은 아기들은…… 그 아기들도 가끔 엄지를 빨아, 맞지? 발길질도 하고. 그 전에는 세포 덩어리 같은 것일지 모르지만, 그런 행동을 하는 순간에는 영혼이 생기는 거야.」

「잘했어!」 헤이든이 말한다. 「의견이네! 네가 할 수 있을 줄 알았어.」

코너는 머리가 빙빙 돌기 시작한다. 비행기가 방향을 트는 걸까, 산소가 부족해서 그런 걸까?

「코너, 인정할 건 해야지. 엠비가 자기 수상한 회색질 어딘가에서 의견을 끄집어냈어. 이젠 네차례야.」

코너는 더 이상 싸울 기력도 없어서 한숨을 쉰다. 그는 자신과 리사가 아주 잠깐 함께 돌봤던 아기를 떠올린다. 「영혼 같은 게 있다면 — 그런 게 있다고 말하는 건 아니지만 — 아기가 세상에 태어나는 순간에 생기는 거야. 그 전에 아기는 그냥 엄마의 일부일 뿐이야.」

「아니, 아니야!」 엠비가 외친다.

「야, 얘가 내 의견을 궁금해해서 말한 것뿐이야.」

「하지만 그건 틀렸어!」

「봤지, 헤이든? 네가 뭘 시작했는지 알겠어?」

「응!」 헤이든이 신나서 말한다. 「이제 보니 우리가 우리만의 작은 하트랜드 전쟁을 시작하려는 것 같네. 너무 어두워서 그 전쟁을 볼 수 없다니 아쉽다.」

「내 의견이 궁금하다면, 너희 둘 다 틀렸어.」 디에고가 말한다. 「내가 보기에 이건 그런 일과 아무 상관이 없어. 중요한 건 사랑이야.」

「아, 이런.」 헤이든이 말한다. 「디에고가 로맨틱해졌네. 난 컨테이너 다른 쪽으로 가야겠다.」

「아니, 진지하게 하는 말이야. 사람은 사랑받기 전까지는 영혼이 없어. 엄마가 아기를 사랑하고 원할 때, 엄마가 아기의 존재를 아는 순간부터 아기에게 영혼이 생기는 거야. 사랑받는 순간, 그게 영혼이 생기는 순간이야. 푼토.[11]」

「그래?」 코너가 말한다. 「그럼, 황새 배달을 당하는 그 모든 아기는? 주보시에 있는 아이들은?」

「걔들은 언젠가 누군가에게 사랑받기를 바라야지.」

코너는 말도 안 된다는 듯 콧방귀를 끼지만, 그 말을 완전히 무시할 수는 없다. 오늘 들은 다른 말들과 마찬가지로. 그는 부모를 생각한다. 부모는 자신을 사랑했을까? 어렸을 때는 확실히 사랑했다. 하지만 시간이 흐르면서 더 이상 사랑하지 않

---

11 〈이게 핵심이야!〉라는 뜻의 스페인어.

게 됐다고 해서 자신이 영혼을 도둑맞은 건 아니었다……. 때로는 부모가 더 이상 그를 사랑하지 않는다는 사실을 인정하는 것이 영혼을 도둑맞은 것처럼 느껴졌지만. 적어도 부모가 언와인드 의뢰서에 서명한 순간 코너의 영혼 일부는 죽어 버렸다.

「디에고, 그거 정말 사랑스러운 생각이야.」헤이든은 최선을 다해 조롱하는 목소리로 말한다.「넌 안부 카드에 들어가는 문구를 써야겠다.」

「네 얼굴에다 써줄게.」

헤이든은 그냥 웃는다.

「넌 언제나 다른 사람들의 의견을 조롱해.」코너가 말한다.「그러면서 왜 절대 네 의견은 내지 않는 거야?」

「맞아.」엠비가 거든다.

「넌 늘 혼자 재미있으려고 사람들에게 장난을 걸어. 이젠 네 차례야. 우리를 재미있게 해줘.」

「그래.」엠비가 말한다.

「어디 말해 봐.」코너가 말한다.「헤이든의 세상에서는 우리에게 생명이 생기기 시작하는 때가 언제야?」

헤이든은 오랫동안 침묵한다. 그러다 마침내 조용히, 불편한 듯 말한다.「몰라.」

엠비가 그를 공격한다.「그건 답이 아니야.」

하지만 코너가 손을 뻗어 엠비의 팔을 잡는다. 그의 말을 막기 위해서다. 엠비가 틀렸으니까. 코너는 헤이든의 얼굴을 볼 수 없지만, 그의 목소리에서 진심을 들을 수 있다. 헤이든의 말에서는 빠져나가려는 기색이 느껴지지 않는다. 평소의 헤이든다운 가벼운 태도가 없다. 그것이 진실이다. 아마 코너가 헤이든에게서 처음으로 들은 정직한 말, 최초의 진심이었을 것이다. 「아니, 답 맞아.」 코너가 말한다. 「어쩌면 저게 가장 나은 답일지도 몰라. 더 많은 사람이 자기가 모른다는 걸 인정할 수 있었다면, 하트랜드 전쟁은 일어나지 않았을지도 몰라.」

그때 발밑에서 기계가 덜컹한다. 엠비가 헉하고 숨을 들이쉰다.

「착륙 장치야.」 코너가 말한다.

「아, 맞네.」

몇 분 뒤면 그들은 목적지에 도착하게 될 것이다. 목적지가 어딘지는 몰라도. 코너는 얼마나 오래 하늘에 떠 있었을지 가늠해 보려 한다. 90분? 두 시간? 방향을 알 수 없으니 착륙하는 곳은 어디든 될 수 있다. 아니면 엠비의 말이 맞을지도 모른다. 어쩌면 비행기는 원격으로 조종되는 것이고, 사람들이 증거를 없애기 위해 비행기를 바다에 버리는 것일지도 모른다. 아니, 그보다 더 나쁜 경우라면? 혹시……

「결국 여기가 하비스트 캠프라면?」 엠비가 말한다. 이번에는 코너도 그에게 입을 다물라고 말하지 않는다. 코너 자신도 같은 생각을 하고 있으니까.

디에고가 먼저 입을 연다. 「만일 그렇다면, 내 손가락은 조각가에게 갔으면 좋겠어. 내 손가락으로 영원히 남을 무언가를 만들 수 있게.」

그 말을 듣고 모두 생각에 잠긴다. 다음으로 입을 여는 사람은 헤이든이다.

「내가 언와인드당하면, 내 눈은 사진사에게 갔으면 좋겠어.」

헤이든이 말한다. 슈퍼 모델을 찍는 사진사한테. 내 눈으로 슈퍼 모델을 봤으면 좋겠거든.」

「내 입술은 록 스타에게 갈 거야.」 코너가 말한다.

「이 두 다리는 올림픽에 나갈 거야.」

「내 귀는 오케스트라 지휘자한테 갈 거야.」

「내 배는 음식 평론가한테.」

「내 이두근은 보디빌더에게.」

「내 코는…… 아무한테도 안 가면 좋겠다.」

비행기가 내려설 때, 그들은 모두 웃고 있다.

28
리사

리사는 코너의 컨테이너 안에서 무슨 일이 있었는지 모른다. 뭔지는 몰라도 남자 애들이 남자애들 얘기를 했을 거라고 짐작한다. 리사는 코너의 컨테이너 안에서 일어난 일이 그녀의 컨테이너에서, 비행기에 실린 대부분의 컨테이너에서 일어난 일과 거의 다르지 않다는 걸 전혀 모른다. 두려움과 의혹, 좀처럼 하지 않았던 질문, 드물게 꺼낸 이야기. 물론 구체적인 내용은 이 일에 참여한 사람들만큼 다양했겠지만 핵심은 같았다. 누구도 이런 이야기를 다시 꺼내지 않을 것이다. 이런 이야기를 한 적이 있다는 걸 인정하지도 않을 것이다. 하지만 그 덕분에 보이지 않는 연대가 생겨났다. 리사는 눈물이 많은 과체중 소녀를 알게 되었다. 그 소녀는 일주일째 니코틴을 끊어 잔뜩 긴장한 상태였다. 리사와 마찬가지로 주 정부의 피보호자였던 소녀도 있었다. 그녀 역시 리사와 마찬가지로 예산 삭감의 예기치 못한 피해자였다. 그 애의 이름은 티나였다. 다른 아이들도 자기 이름을 밝혔지만, 리사가 기억하는 건 티나의 이름뿐이다.

「우린 똑같아.」 비행 도중 언젠가 티나가 말했다. 「쌍둥이라고 해도 믿겠어.」 티나는 엄버지만, 리사도 그 말이 사실이라는 것을 인정할 수밖에 없다. 같은 상황에 처한 다른 사람이 있다는 것만으로도 위안이 된다. 하지만 동시에, 자신의 인생이 수천 개의 해적판 중 하나일 뿐이라는 생각이 들자 골치가 아프다. 물론 주립 보호 시설 출신의 언와인드들은 모두 다른 얼굴을 가지고 있다. 하지만 그들의 이야기는 놀라울 만큼 닮았다. 심지어 성도 같다. 리사는 누군지 몰라도 그들 모두에게 〈피보호자〉라는 뜻의 워드라는 성을 붙여야겠다고 결정한 사람을 조용히 저주한다. 보호 대상이라는 것만으로는 낙인이 충분하지 않다는 걸까.

비행기가 착륙하고 그들은 기다린다.

「왜 이렇게 오래 걸리지?」 니코틴 소녀가 조바심을 내며 묻는다. 「못 견디겠어!」

「우릴 트럭이나 다른 비행기로 옮기려는 걸지도 몰라.」 통통한 소녀가 말한다.

「그건 아니어야 할 텐데.」 리사가 말한다. 「이 안엔 한 번 더 여행할 만큼의 공기가 없어.」

소리가 들린다. 누군가가 컨테이너 밖에 있다. 「쉿!」 리사가 속삭인다. 「잘 들어 봐.」 발소리. 쾅 부딪히는 소리. 리사는 누군가가 말하는 소리를 듣는다. 하지만 그 말의 의미는 알아들을 수 없다. 그러다가 누군가가 컨테이너 옆면의 걸쇠를 풀고 틈새가 생기도록 당겨 연다. 뜨겁고 건조한 공기가 밀려든다. 몇 시간 동안 어둠 속에 있었기에 비행기 화물칸의 빛 조각이 햇빛만큼 밝게 보인다.

「다들 괜찮아?」 퍼티그가 아니다. 리사는 바로 알 수 있다. 더 어린 목소리다.

「우린 괜찮아.」 리사가 말한다. 「여기서 나가도 돼?」

「아직은 안 돼. 우리가 다른 상자부터 다 열고, 모두에게 신선한 공기를 줘야 해.」 리사가 보기에 그 목소리의 주인공은 그녀 또래의 아이일 뿐이다. 어쩌면 더 어릴지도 모른다. 그는 베이지색 민소매 셔츠에 카키색 바지를 입고 있다. 땀을 뻘뻘 흘리고 있으며 두 뺨은 햇볕에 그을었다. 아니, 그냥 탄 정도가 아니라 화상 자국이 남아 있다.

「여기가 어디야?」 티나가 묻는다.

「묘지.」 아이가 대답한다. 그러고는 다음 컨테이너로 옮겨 간다.

몇 분 만에 모든 컨테이너가 열리고 그들은 자유로워진다. 리사는 잠시 시간을 들여 일행을 바라본다. 세 소녀는 처음 이 컨테이너에 들어왔을 때 리사가 봐둔 모습과 놀라울 정도로 달라 보인다. 아무것도 보이지 않는 어둠 속에서 누군가를 알아 가다 보면, 그들에 대한 인상이 바뀌게 마련이다. 덩치 큰 소녀는 리사가 생각했던 것만큼 뚱뚱하지 않다. 티나는 키가 그렇게 크지 않다. 니코틴 소녀도 전혀 못생기지 않았다.

경사로가 화물칸에서 바깥으로 이어진다. 리사는 길게 줄지어 컨테이너에서 나오는 아이들을 따라 자기 차례를 기다린다. 이미 소문이 돌고 있다. 리사는 귀 기울여 들으며 허구에서 사실을 걸러 내려 애쓴다.

「애들이 몇 명 죽었대.」

「그럴 리가.」

「절반이 죽었다던데.」

「그럴 리가!」

「주위를 봐, 멍청아! 절반이 죽은 것처럼 보이냐?」

「뭐, 그냥 들은 얘기야.」

「죽은 건 어떤 컨테이너에 있었던 애들뿐이야.」

「맞아! 내가 듣기론, 걔들이 미쳐 날뛰면서 서로를 잡아먹었대. 뭐랄까, 기증자 파티처럼.」

「아냐, 그냥 질식한 거야.」

「네가 그걸 어떻게 알아?」

「내가 봤으니까. 바로 옆 컨테이너였어. 그 안에는 남자애 네 명이 아니라 다섯 명이 들어 있었는데, 걔들 모두 죽었어.」

리사는 그 말을 한 아이를 돌아본다. 「정말이야, 아니면 그냥 지어낸 이야기야?」

리사는 아이의 불안한 표정을 보고 그가 진심이라는 걸 알아챈다. 「그런 걸로는 농담 안 해.」

리사는 즉시 코너를 찾아보지만, 그녀의 시야는 같은 줄에서 있는 몇몇 아이에게 가로막힌다. 리사는 재빨리 계산을 해본다. 아이들은 대략 60명이었다. 다섯 명이 질식했다면, 죽은 아이가 코너일 확률은 12분의 1이다. 하지만 죽은 아이들의 컨테이너를 들여다본 아이가 죽은 아이들이 남자였다고 말했다. 다 합쳐서 남자는 30명뿐이다. 죽은 아이가 코너일 확률은 6분의 1이다. 코너가 마지막으로 들어온 아이들 중 한 명이었을까? 꽉 찬 컨테이너에 밀려 들어갔을까? 리사는 모른다. 퍼티 그들이 그들을 깨웠을 때 너무 허둥대느라, 다른 사람은커녕 자기 한 몸을 건사하는 것도 힘들었다. 제발요, 하나님. 코너가 아니게 해주세요. 코너가 아니게 해주세요. 리사는 코너에게 마지막으로 한 말이 화가 나서 한 말이라는 걸 떠올린다. 코너가 그녀를 롤런드에게서 구해 주었음에도 리사는 그에게 화를 냈다. 그냥 나가! 그녀는 그렇게 소리쳤다. 코너가 그녀에게 마지막으로 들은 말이 그것이라고 생각하니 견딜 수 없다. 그가 죽는다는 생각을 견딜 수 없다. 절대로.

리사는 나가는 길에 화물칸의 낮은 입구에 머리를 부딪힌다.

「머리 조심해.」 아이들 중 하나가 말한다.

「그래, 고맙다.」 리사가 대답하자 아이는 히죽거린다. 아이는 군복을 입고 있지만, 군의 고기 방패가 되기에는 너무 깡말랐다. 「그 옷은 뭐야?」

「불용 군수품이야.」 그가 말한다. 「훔쳐 온 영혼들을 위한 훔쳐 온 옷이지.」

화물칸 밖에서는 대낮의 빛이 눈을 멀게 할 듯하다. 열기가 용광로처럼 리사를 타격한다. 발밑의 경사로는 아래까지 비스듬하게 이어져 있어, 리사는 조심스럽게 발아래를 응시해야만 한다. 발을 헛디디지 않으려면 눈을 가늘게 떠야 한다. 땅에 이르렀을 때쯤, 리사의 눈은 주위를 알아볼 만큼 적응되어 있다. 사방에, 모든 곳에 비행기가 있지만 공항의 흔적은 없다. 그저 비행기만 시야가 미치는 저 끝까지 줄줄이 늘어서 있다. 더 이상 존재하지 않는 항공사의 비행기가 많다. 리사는 고개를 돌려 그들이 타고 온 비행기를 본다. 페덱스 로고가 선명하지만, 비행기 자체는 딱한 모습이다. 폐기장에 갈 준비를 마친 것처럼 보인다. 리사는 생각한다. 아니면 묘지에 버리거나……

「이건 말도 안 돼.」 리사 옆에 있던 아이가 툴툴댄다. 「비행기가 투명한 것도 아니고. 사람들이 비행기가 어디로 갔는지 금방 알게 될 거야. 우린 추적당할 거라고!」

「모르겠어?」 리사가 말한다. 「저 비행기는 방금 퇴역한 거야. 그런 거라고. 퇴역한 비행기를 기다렸다가 우리를 화물로 실어 보내는 거야. 어차피 여기로 오게 돼 있었으니 아무도 비행기를 찾지 않을 거야.」

비행기들은 황폐하고 단단한, 고동색 땅에 놓여 있다. 멀리 붉은 산이 솟아 있는 걸 보니 이곳은 남서부 어딘가가 분명하다.

간이 화장실이 생겨나고, 그곳에는 이미 초조해하는 아이들이 줄을 서 있다. 일행을 이끄는 아이들이 머릿수를 헤아리고, 혼란스러워하는 무리 속에서 질서를 잡으려 애쓴다. 그중 한 아이가 확성기를 들고 있다.

「화장실을 쓸 게 아니면 날개 아래에 머물러.」 그가 말한다. 「여기까지 와서 일사병으로 죽으면 안 되잖아.」

모두가 비행기에서 내린 지금, 리사는 간절히 사람들을 살펴보다가 마침내 코너를 발견한다. 아, 세상에! 당장 그에게 달려가고 싶지만, 공식적으로는 둘이 가짜 연애를 끝냈다는 점을 떠올린다. 그들 사이에 20명이 넘는 아이들이 있기에, 둘은 잠시 눈을 맞추고 비밀리에 고개를 끄덕인다. 그 끄덕임이 모든 말을 대신한다. 어제 일은 과거일 뿐이라고, 오늘부터 모든 게 새로 시작된다고.

그런 다음, 리사는 롤런드도 이곳에 왔다는 걸 알아차린다. 그는 리사와 눈이 마주치자 씩 웃어 보인다. 그 미소만으로 많은 것이 전달된다. 리사는 고개를 돌린다. 그가 질식한 컨테이너 안에 있었으면 좋았겠다고 생각한다. 그러고는 이처럼 고약한 소원에 죄책감을 느껴야 하는지 고민하다가, 죄책감이 전혀 느껴지지 않는다는 걸 깨닫는다.

골프 카트가 비행기 행렬을 따라 달려온다. 그 뒤로 붉은 먼지가 솟구친다. 운전자는 아이다. 옆자리에 탄 승객은 확실히 군인이다. 불용 군수품이 아니라 진짜 군복을 입고 있다. 초록색이나 카키색이 아니라 남색 제복이다. 그는 열기에 익숙한 듯 보인다. 제복을 입고 있으면서도 땀 한 방울 흘리지 않는다. 카트는 모여 있는 청소년 난민 무리 앞에 멈춰 선다. 운전자가 먼저 내려, 일행을 이끌고 있던 네 아이에게 합류한다. 시끄럽던 아이가 확성기를 들고 말한다. 「집중! 제독님께서 연설하실 거야. 정신 차리고 잘 들어.」

제복을 입은 남자가 골프 카트에서 내린다. 아이가 그에게 확성기를 내밀지만 그는 손사래를 친다. 목소리를 키울 필요가 없다. 「나는 이 묘지에서 가장 먼저 너희를 환영해 주는 사람이 되고 싶다.」

제독은 예순 살이 훌쩍 넘어 보인다. 얼굴에 흉터가 가득하다. 그제야 리사는 그의 제복이 전쟁 시절의 것임을 알아본다. 그게 생명파와 선택파 중 어느 쪽의 군복이었는지는 기억나지 않지만, 사실 상관없다. 양쪽 다 패배했으니까.

「이곳은 너희가 열여덟 살이 될 때까지, 우리가 너희 신분을 기꺼이 위조해 줄 영구적 후원자를 구할 때까지 너희 집이 될 것이다. 오해하지 마라. 우리가 이곳에서 하는 일은 대단히 불법적이지만, 그렇다고 우리가 법을 따르지 않는 건 아니다. 우리는 내가 정한 법을 따른다.」

그는 잠시 말을 멈추고, 최대한 많은 아이와 눈을 맞춘다. 아마 연설을 마치기 전까지 모든 아이의 얼굴을 외우는 것이 그의 목표일 것이다. 그의 시선은 예리하고 강렬하다. 리사는 그가 단 한 번 지그시 바라보는 것만으로도 모든 아이를 기억해 낼 수 있으리라 생각한다. 위협적인 동시에 안심이 된다. 제독의 세상에서는 아무도 틈새로 빠져나가지 못할 것이다.

「너희 모두는 언와인드 대상으로 지목되었지만 어떻게든 탈출했다. 그리고 내 수많은 관계자의 도움으로 이곳까지 왔다. 난 너희가 누구였는지는 상관하지 않는다. 너희가 이곳에서 어떤 사람이 되어 떠나는지도 상관하지 않는다. 내가 신경 쓰는 건 너희가 이곳에 있는 동안 어떤 사람으로 사느냐는 것뿐이다. 이곳에 머무는 동안 너희는 우리가 기대하는 대로 행동해야 한다.」

아이들 사이에서 누군가 손을 든다. 코너다. 리사는 그가 아니기를 바라지만. 제독은 시간을 들여 코너의 얼굴을 살펴본 뒤 말한다.「뭐지?」

「그래서…… 당신이 정확히 누군데요?」

「내 이름은 알 필요 없다. 전직 미국 해군 제독이었다는 것만으로 충분할 거다.」그러더니 그는 씩 웃는다.「지금은 물에서 나온 고기라고 할 수 있겠지. 현재의 정치 상황 때문에 나는 사임했다. 법에 따르면 다른 곳으로 시선을 돌려야 했지만, 그렇게 하지 않았다. 앞으로도 그럴 테고.」그러더니 그는 아이들을 둘러보며 큰 소리로 말한다.「내가 지켜보는 한, 누구도 언와인드당하지 않는다.」

모여 있는 모든 아이에게서 환성이 터진다. 이미 그의 작은 군대에 속해 있는, 카키색 군복을 입은 아이들까지도 환호한다. 제독은 활짝 미소 짓는다. 그 미소에 완벽하게 곧고 흰 치아가 드러난다. 묘하게 부조화를 이룬다. 그의 치아는 빛나지만, 그의 나머지 부분은 뼈만 남기고 닳아 버린 것처럼 보이기 때문이다.

「이곳은 하나의 공동체다. 너희는 규칙을 배워야 하고 그 규칙을 따라야 한다. 여느 사회에서나 마찬가지로 그러지 않으면 대가를 치르게 된다. 이곳은 민주주의 사회가 아니다. 독재 사회다. 내가 너희의 독재자다. 이건 필요에 따른 문제다. 독재는 너희를 숨겨 두고, 건강하게 지키기 위한 가장 효율적인 방식이기 때문이다.」 그는 다시 한번 미소 짓는다. 「난 내가 선량한 독재자라고 믿고 싶지만, 그 판단은 너희가 직접 할 수 있겠지.」

이때쯤 그의 시선은 모든 아이를 훑는다. 계산대의 식료품처럼, 그들 모두가 검토당하고 처리된다.

「오늘 밤, 너희는 신입 병영에서 자게 된다. 내일은 너희 능력을 평가해 각자의 부대에 배치할 거다. 축하한다. 너희는 목적지에 도착했다!」

그는 그 마지막 선언이 아이들의 마음에 파고들도록 잠시 뜸을 들인 다음, 골프 카트로 돌아가 그 자리를 빠르게 떠난다. 그의 뒤에서 아까와 같이 붉은색 먼지구름이 너울거린다.

「지금이라도 컨테이너에 돌아가면 안 될까?」 잘난 척하는 아이의 말에 몇몇이 웃는다.

「좋아, 잘 들어.」 확성기를 든 아이가 소리친다. 「우리는 너희를 보급용 비행기로 데려갈 거야. 거기서 옷, 식량, 필요한 모든 걸 받게 될 거야.」 그들은 확성기를 든 아이가 〈앰프〉라는 별명으로 불린다는 걸 알게 된다. 제독의 카트를 운전하던 아이는 〈지반〉이다.

「한참 걸어야 해.」 앰프가 말한다. 「걷기 힘든 사람은 지금 말해. 물이 필요한 사람도 손 들고.」

거의 모두가 손을 든다.

「좋아, 이쪽으로 줄 서.」

리사는 다른 아이들과 함께 줄을 선다. 아이들 사이에서 웅성거리며 속삭이는 소리가 오간다. 하지만 그들이 느끼는 감정은 지난 몇 주간의 절망과 다르다. 지금 이 소리는 학교에서 점심시간에 줄을 선 아이들의 웅성거림과 비슷하다.

아이들이 보급품을 받으러 가는 동안 그들을 이곳으로 데려온 비행기는 거대한 폐기장으로 끌려 들어간다. 최후의 쉼터다. 그제야 리사는 깊이 숨을 들이쉬며 한 달 치 긴장감을 함께 내쉰다. 이제 그녀는 감히 희망이라는 훌륭한 사치를 부려 본다.

29
레브

 1천5백 킬로미터 넘게 떨어진 곳에서 레브도 목적지에 도착하기 일보 직전이다. 그러나 이 목적지는 그의 목적지가 아니다. 사이러스 핀치의 목적지다. 미주리주 조플린. 「유소년 여자 농구의 제왕, 조플린 하이 이글스의 홈이지.」 사이파이가 말한다.

「여기에 대해서 많이 아는구나.」

「전혀 몰라.」 사이파이가 투덜댄다. 「그 녀석이 아는 거야. 알았던 거라고 해야 하나. 어쨌든.」

 그들의 여행은 전혀 수월해지지 않았다. 물론 이제는 돈이 있었다. 레브가 전당포에서 한 〈거래〉 덕분이었다. 하지만 그 돈은 음식을 살 때만 쓸 수 있었다. 그걸로는 기차표도, 심지어 버스표도 살 수 없었다. 미성년자가 직접 요금을 내는 것만큼 수상한 일은 없을 테니까.

 온갖 의도와 목적에도 불구하고, 레브와 사이파이의 관계는 여전하다. 단 하나, 중요하지만 언급되지 않은 문제만이 예외다. 사이파이는 여전히 리더 역할을 하고 있지만, 이제 실질적인 책임자는 레브다. 레브는 자기가 사이파이를 붙들어 주지 않으면 그가 무너지리라는 걸 아는 데서 죄책감이 섞인 묘한 쾌감을 느낀다.

조플린이 불과 30킬로미터밖에 남지 않은 곳에서, 사이파이의 경련은 더욱 심해진다. 걷기조차 힘들 정도다. 이제는 그냥 경련이 아니다. 발작이라도 일어난 듯 온몸을 떨게 하는, 괴로운 전율이다. 레브가 재킷을 건네자 사이파이는 그의 손을 쳐낸다. 「난 추운 게 아니야! 추운 거랑은 아무 상관도 없어! 머리가 잘못되어서 그런 거야. 내 머릿속에 물과 기름이 뒤섞여 있어서 그런 거라고.」

조플린에 도착한 뒤 사이파이가 정확히 무엇을 해야 하는지는 레브도 알 수 없다. 이제 그는 사이파이도 그 답을 모른다는 걸 깨닫는다. 사이파이의 머릿속에 있는 아이의 조각이 무슨 일을 강요하는지는 몰라도, 사이파이는 그 일을 전혀 이해하지 못한다. 레브는 그 일에 어떤 목적이 있기를, 파괴적인 것은 아니기를 바랄 뿐이다. ……비록 아이가 원하는 것이 나쁜 일, 정말로 나쁜 일일 거라는 의심을 떨칠 수 없지만 말이다.

「왜 아직도 나랑 같이 다니는 거야, 프라이?」 사이파이가 한 차례 몸을 떨며 묻는다. 「제정신인 녀석이라면 며칠 전에 떠났을 텐데.」

「내가 제정신이라고 누가 그래?」

「넌 제정신이 맞아, 프라이. 너무 제정신이라 겁날 정도야. 너무 제정신이라 제정신이 아니야.」

레브는 잠시 생각에 잠긴다. 그는 사이러스에게 진짜 대답을 해주고 싶다. 질문을 쫓아내는 대답이 아니라. 「내가 계속 함께하는 이유는.」 레브가 천천히 말한다. 「조플린에서 일어나는 일을 누군가는 목격해야 하기 때문이야. 누군가는 네가 왜 그런 일을 했는지 알아야 해. 그게 무슨 일인지는 몰라도.」

「그래. 나한테는 목격자가 필요해. 맞아.」 사이파이가 말한다.

「너는 강 상류로 헤엄쳐 올라가는 연어 같아.」 레브가 말한다. 「네 안에 그런 충동이 있는 거야. 내 안에는 널 거기까지 데려가려는 충동이 있고.」

「연어라······.」 사이파이는 생각에 잠긴 듯하다. 「전에 연어에 관한 포스터를 본 적이 있어. 연어가 폭포를 거슬러 펄쩍펄쩍 뛰고 있었거든? 그런데 그 위에 곰이 있었어. 연어는 곰의 입속으로 뛰어들고 있었지. 아래에는 웃기려고 써놓은 글이 있었어. 〈천 킬로미터의 여정도 가끔은 아주, 아주 나쁘게 끝난다〉였어.」

「조플린에는 곰이 없어.」 레브가 말한다. 사이파이의 기운을 북돋우려 다른 비유를 꺼내 들지는 않는다. 사이파이는 너무 똑똑해서 뭐든 나쁜 말로 바꿀 수 있기 때문이다. 아이큐 130점이 모두 자기 파괴적인 생각에 집중하고 있다. 레브는 그걸 감당할 수 없다.

여러 날이 지난다. 1킬로미터, 1킬로미터. 마을 하나, 또 하나. 그리고 어느 날 오후, 그들은 〈여기부터 조플린. 인구 45,504명〉이라고 적힌 표지판을 지난다.

30
사이타이

사이파이의 머릿속에 평화란 없다. 프라이는 그게 얼마나 끔찍한 일인지 모른다. 그는 무너져 가는 방파제를 두드려 대는, 폭풍에 일어난 파도처럼 감정이 사이파이를 휩쓸고 있다는 걸 모른다. 방파제는 곧 무너질 것이고, 그러면 사이파이는 완전히 무너진다. 모든 걸 잃게 될 것이다. 그의 정신이 귀에서 흘러나와 조플린 거리의 하수구로 빨려 들어갈 것이다. 사이파이는 그걸 분명히 안다.

그때, 그는 표지판을 본다. 여기부터 조플린. 그의 심장은 자기 것이지만, 가슴속에서 터질 듯이 뛰고 있다. 심장이 터지면 오히려 낫지 않을까? 그러면 사람들이 그를 재빨리 병원으로 데려갈 테고, 의사는 다른 누군가의 심장을 달아 줄 것이다. 그러면 사이파이는 그 아이까지 상대해야 할 것이다.

사이파이의 머릿속 한구석에 있는 소년은, 그와 말로 소통하지 않는다. 그는 감정을 전한다. 그는 자신이 다른 아이의 일부일 뿐이라는 점을 이해하지 못한다. 꿈속에서 어떤 건 알면서도, 정작 알아야 할 것들은 모르는 것과 비슷하다. 그 아이는……. 자신이 여기 있다는 건 알지만 자신의 전부가 여기에 있는 건 아니라는 점을 모른다. 자신이 이미 다른 사람의 일부가 되었다는 걸 모른다. 아이는 계속해서 사이러스의 머릿속에 존재하지 않는 것들을 찾는다. 기억을. 관계를. 그는 계속해서 단어들을 찾지만, 사이러스의 뇌는 그것을 다른 방식으로 암호화한다. 그래서 아이는 분노를 터뜨린다. 두려움을. 슬픔을. 방파제를 두드려 대는 파도처럼. 그리고 그 아래에는 사이파이를 끌어내는 흐름이 있다. 이곳에서 해야 하는 무언가가. 그게 무엇인지는 오직 아이만이 알고 있다.

「지도가 있으면 도움이 될까?」 프라이가 묻는다. 그 질문에 사이파이는 화가 난다. 「지도는 소용없어.」 그가 말한다. 「난 직접 가봐야 해. 여러 곳에 가야 해. 지도는 그냥 지도일 뿐이야. 거기 가는 거랑은 달라.」

그들은 조플린 외곽의 어느 모퉁이에 서 있다. 막대기로 수맥을 찾는 것과 비슷하다. 익숙한 건 아무것도 없다. 「이 녀석은 여길 몰라.」 사이파이가 말한다. 「다른 곳에 가보자.」

골목에서 골목으로, 갈림길에서 갈림길로 자리를 옮겨 보지만 마찬가지다. 아무 일도 일어나지 않는다. 조플린은 작은 도시지만, 한 사람이 샅샅이 알 수 있을 만큼 작은 도시는 아니다. 그러다가 마침내 그들은 중심가에 이른다. 길 양편에 가게와 식당이 늘어서 있다. 이 정도 크기의 여느 도시와 비슷하지만…….

「잠깐!」

「왜 그래?」

「이 녀석이 이 거리를 알아.」 사이파이가 말한다. 「저기야!

저 아이스크림 가게. 호박 아이스크림 맛이 느껴져. 난 호박 아이스크림을 싫어하는데.」

「분명 걔는 싫어하지 않았을 거야.」

사이러스가 고개를 끄덕인다. 「이 녀석이 가장 좋아하는 맛이었어. 찐따 같으니.」 그는 아이스크림 가게를 가리키다 천천히 왼팔을 젓는다. 「녀석이 저쪽에서 걸어와…….」 그는 다시 오른팔을 젓는다. 「그리고 아이스크림을 다 먹고는 저쪽으로 가.」

「그럼, 그 녀석이 왔던 길을 따라갈 거야, 아니면 그 녀석이 간 길을 따라갈 거야?」

사이파이는 왼쪽을 선택하지만, 결국 이글스의 홈인 조플린 고등학교 앞에 도착한다. 그는 칼의 이미지를 보고 즉시 깨닫는다. 「펜싱이야. 이 녀석은 이 학교 펜싱 팀에 있었어.」

「칼은 반짝거리지.」 프라이가 말한다. 그가 정답을 맞춘 게 아니었다면 사이파이는 그를 고약하게 쏘아보았을 것이다. 칼은 실제로 반짝거린다. 사이파이는 아이가 칼을 훔친 적이 있었을지 궁금해하다가, 아마 그랬으리라는 걸 깨닫는다. 상대 팀의 칼을 훔치는 건 펜싱계의 오래된 악습이다.

「이쪽이야.」 프라이가 앞장서며 말한다. 「그 녀석은 학교에서 아이스크림 가게에 들렀다가 집으로 갔을 거야. 우리가 가야 하는 곳이 그 녀석의 집이고. 맞지?」

답은 머릿속 깊은 곳에서 뱃속을 향해 솟구치는 충동처럼 떠오른다. 연어? 그보다는 낚싯줄에 걸려 몸부림치는 황새치에 가깝다. 그 낚싯줄이 그를 무자비하게 끌어당긴다. 「집으로.」 사이파이가 말한다. 「맞아.」

해 질 녘이다. 아이들이 거리에 나와 있다. 자동차 절반은 헤드라이트를 켜놓았다. 사람들이 보기에 그들은 그저 동네 아이들이 가는 곳으로 향하는, 동네 아이 둘에 불과하다. 아무도 그들을 알아보지 못한다. 하지만 한 블록 떨어진 곳에 경찰차가 한 대 서 있다. 주차되어 있었지만 이제는 움직이기 시작한다.

그들은 아이스크림 가게를 지나간다. 그때, 사이러스는 몸속에서 일어나는 변화를 느낀다. 그의 걸음걸이, 그의 몸가짐이 변화하고 있다. 그의 얼굴에 있는 근육들이 다르게 이완된다. 눈썹은 낮아지고 입술이 살짝 벌어진다. 나는 나 자신이 아니야. 다른 녀석이 나를 차지하고 있어. 사이파이는 이 일이 일어나게 놔두어야 할까, 저항해야 할까? 하지만 이미 저항의 시점을 넘어섰다. 이 일을 끝낼 수 있는 유일한 방법은 그냥 놔두는 것뿐이다.

「사이파이.」 옆에 있는 아이가 말한다.

사이파이는 그를 본다. 그의 일부는 그 아이가 그냥 레브일 뿐이라는 걸 알지만, 그의 다른 일부는 당황한다. 사이파이는 곧 이유를 알아차린다. 그는 잠시 눈을 감고 머릿속 아이를 설득한다. 프라이는 위협이 아니라 친구라고. 아이는 그 말을 이해하는 것 같다. 두려움이 조금 사라진다.

사이파이는 모퉁이에 이르러, 백 번쯤 해본 것처럼 왼쪽으로 돌아간다. 그가 결의에 찬 측두엽을 따라잡으려 노력하는 동안 그의 나머지 부분은 전율한다. 이제 어떤 감정이 느껴진다. 긴장되고 짜증 나는 기분. 그는 이 감정을 언어로 옮겨야 한다는 걸 안다.

「늦었어. 다들 엄청나게 화를 낼 거야. 다들 언제나 잔뜩 화가 나 있으니까.」

「뭐에 늦는다는 거야?」

「저녁 시간에. 다들 제시간에 저녁을 먹어야 해. 안 그러면 난 엿 되는 거야. 나 없이 먹을 수도 있지만 그러지 않아. 절대 그러지 않아. 그냥 음식을 끓이기만 해. 그리고 식어. 그게 다 내 잘못이야. 내 잘못, 언제나 내 잘못이야. 난 자리에 앉아야 해. 그러면 다들 하루가 어땠느냐고 물어. 좋아요. 뭘 배웠니? 아무것도요. 이번엔 또 뭘 잘못한 거야? 모든 걸요.」 그의 목소리가 아니다. 그의 입에서 나오는 소리지만, 어딘가 다르다. 음색은 똑같지만 억양이 다르다. 말투가 다르다. 이글스의 홈, 조플린에서라면 어울릴 법한 말투다.

또 다른 모퉁이를 돌았을 때, 사이파이는 경찰차를 다시 본다. 그들을 천천히 뒤따라오고 있다. 오해가 아니다. 틀림없이 따라오고 있다. 그게 전부가 아니다. 앞쪽에도 다른 경찰차가 있다. 하지만 그 차는 그냥 집 앞에 세워져 있다. 그의 집 앞에. 내 집 앞에. 사이파이는 결국 연어다. 저 경찰차는 곰이다. 알면서도 멈출 수가 없다. 그는 집에 가다가, 아니면 가려고 노력하다가 죽을 것이다.

집 앞에 가까워졌을 때, 길 건너편에 주차된 익숙한 도요타 자동차에서 두 남자가 내린다. 아빠들이다. 아빠들이 그를 본다. 얼굴에 안도감이 떠올라 있다. 하지만 고통도 깃들어 있다. 그러니까, 그들은 알고 있었다. 처음부터 그가 어디로 가는지 알고 있었을 것이다.

「사이러스.」 둘 중 하나가 소리친다. 사이러스는 그들에게 달려가고 싶다. 그들이 자신을 집으로 데려가 주기를 바란다. 하지만 그럴 수 없다. 아직은 돌아갈 수 없다. 아빠들이 성큼성큼 다가와 그의 앞길을 가로막지만, 그의 코앞까지 다가올 만큼 어리석게 굴지는 않는다.

「전 이 일을 해야만 해요.」 사이러스는 전혀 자기 목소리가 아닌 목소리로 말한다.

바로 그때, 경찰이 차에서 뛰쳐나와 그를 잡는다. 그의 힘만으로는 떨쳐 낼 수 없다. 그래서 그는 아빠들을 본다. 「저는 이 일을 해야만 해요.」 그가 다시 말한다. 「곰이 되지 마세요.」

그들은 사이러스의 말을 이해하지 못한다. 하지만 서로를 바라보더니 알아들은 듯 고개를 끄덕인다. 그들은 옆으로 비켜서며 경찰에게 말한다. 「놔주세요.」

「앤 레브예요.」 사이러스는 프라이가 그의 곁을 지키기 위해 자기 안전마저 기꺼이 걸었다는 걸 알고 놀라며 말한다. 「얘도 건드리지 마세요.」 아빠들은 잠시 프라이를 살펴보더니, 재빨리 다시 사이러스에게 관심을 돌린다.

경찰들은 몸수색을 하고 무기가 없다는 걸 확인한 다음에야 그가 집으로 향하게 놔둔다. 하지만 무기는 존재한다. 날카롭고 무거운 물건이다. 지금은 그의 머릿속 한구석에 있지만 잠시 후에는 그렇지 않을 것이다. 이제 사이파이는 겁이 난다. 그러나 멈출 수 없다.

현관에 경찰관이 서 있다. 그는 문 앞에 있는 남자와 여자에게 낮은 목소리로 뭔가를 이야기한다. 그들은 긴장한 채 사이파이를 힐끗 본다.

사이파이가 아닌 사이파이의 일부는 그 중년 부부를 너무나 잘 안다. 강렬한 감정의 번개가 내리쳐, 온몸을 활활 태워 버릴 것 같다.

그가 문을 향해 걸어간다. 발밑의 판석이 유령의 집 바닥처럼 꿈틀대는 것 같다. 그리고 마침내 그는 그들 앞에 선다. 부부는 겁먹은 것처럼, 경악한 것처럼 보인다. 사이파이의 일부는 이 모습에 기뻐한다. 일부는 슬퍼한다. 또 다른 일부는 여기만 아니라면 어디든 좋겠다고 생각한다. 하지만 그는 더 이상 그 일부가 어디인지 모른다.

그는 입을 열어, 감정을 언어로 옮기려 애쓴다.

「주세요!」 그가 요구한다. 「주세요, 엄마. 주세요, 아빠.」

여자는 입을 손으로 가리며 고개를 돌린다. 손으로 스펀지를 꽉 쥐어짜듯 눈물을 짜낸다.

「타일러?」 남자가 묻는다. 「타일러, 너냐?」

사이러스는 그제야 자신의 일부에게 이름이 있다는 걸 알게 된다. 타일러. 그래, 난 사이러스지만 타일러이기도 해. 난 사이타이야.

「얼른요!」 사이타이가 말한다. 「주세요. 지금 필요해요!」

「뭘 말하는 거니? 타일러.」 여자가 눈물을 흘리며 묻는다. 「우리한테 원하는 게 뭐야?」

사이타이는 말하려 하지만 단어가 떠오르지 않는다. 이미지조차 희미하다. 어떤 물건이다. 무기다. 그래도 이미지가 떠오르지 않는다. 하지만 몸이 기억한다. 그가 무언가를 동작으로 표현한다. 몸을 앞으로 숙이고 한 팔을 다른 팔 앞으로 내민다. 기다란 무언가를 아래로 향하게 한다. 그는 두 팔을 아래로 더 민다. 이제는 그것이 무기가 아니라 도구라는 걸 알 것 같다.

자신이 흉내 내는 행동을 이해하기 때문이다. 그는 무언가를 파내고 있다.

「삽!」 그가 안도의 한숨을 내쉬며 말한다. 「삽이 필요해요.」

남자와 여자는 서로를 본다. 그들 옆의 경찰관이 고개를 끄덕이자 남자가 말한다. 「저기, 헛간 안에 있어.」

사이타이는 곧장 집을 가로질러 뒷문으로 나간다. 모두가 그 뒤를 따른다. 부부도, 경찰도, 아빠들도, 프라이도. 그는 곧장 헛간으로 가 삽을 집어 든다. 삽이 어디에 있는지 정확히 안다. 그런 다음, 뜰의 한쪽 구석으로 간다. 잔가지 몇 개가 땅 위로 솟아 있다.

잔가지는 기우뚱한 십자가 모양으로 묶여 있다.

사이타이는 이곳을 안다. 그는 뱃속 깊은 곳에서 이 장소를 느낀다. 이곳은 반려동물들이 묻힌 장소다. 그 동물들의 이름은 모른다. 어떤 동물이었는지도 모른다. 하지만 그중 한 마리는 아이리시 세터였을 것 같다. 그는 동물 하나하나에게 어떤 일이 있었는지 떠올린다. 한 마리는 들개 떼와 마주쳤다. 다른 한 마리는 버스에 부딪혔다. 또 다른 동물은 나이가 들었다. 그는 삽을 가져다가 땅에 밀어 넣는다. 무덤 근처는 아니다. 그는 절대로 그 동물들을 방해하지 않는다. 대신 그는 삽을 무덤에서 2미터쯤 떨어진 무른 흙에 밀어 넣는다.

그는 삽질을 할 때마다 끙 소리를 내며 흙을 옆으로 거칠게 던진다. 60센티미터쯤 내려갔을 때, 삽이 둔탁한 소리를 내며 무언가에 부딪힌다. 그는 무릎을 꿇고 두 손으로 흙을 파내기 시작한다.

흙을 치운 뒤, 그는 안으로 손을 뻗는다. 손잡이를 잡고, 당기고 또 당기고 당긴다. 마침내 그것이 올라올 때까지. 그는 물에 젖고 진흙으로 얼룩진 서류 가방을 꺼낸다. 그 가방을 땅 위에 놓고 걸쇠를 풀어 연다.

서류 가방 안에 있는 것을 본 순간, 사이타이의 머리 전체가 마비된다. 완전한 시스템 다운이다. 움직일 수도, 생각할 수도 없다. 태양이 비스듬히 내리쬐는 붉은 광선 아래에서 모든 것이 너무도 밝고 너무도 반짝거리기 때문이다. 바라볼 만한 예쁜 것들이 너무 많아 움직일 수가 없다. 하지만 움직여야 한다. 이 일을 마무리해야 한다.

그는 보석으로 가득한 서류 가방에 두 손을 집어넣고, 손가락 사이로 미끄러지는 섬세한 황금 체인의 감촉을 느낀다. 금속과 금속이 맞부딪혀 달그락거리는 소리가 들린다. 다이아몬드와 루비, 지르콘과 플라스틱이 있다. 값진 것과 아무 값어치가 없는 것이 한데 뒤섞여 있다. 이것들을 언제, 어디에서 훔쳤는지는 전혀 기억나지 않는다. 훔쳤다는 것만 안다. 그는 이 물건들을 훔쳐서 모으고 숨겼다. 자신만의 작은 무덤에 넣었다. 필요할 때 파내려고. 하지만 그가 이것을 돌려줄 수 있다면, 어쩌면…….

그의 두 손을 감은 황금 체인은 경찰의 허리띠에 달린 수갑보다도 구속력이 강하다. 그는 보석을 쥔 채 비틀거리며 남자와 여자에게 다가간다. 반지와 핀이 뒤엉킨 꾸러미에서 몇 조각이 덤불 속으로 떨어진다. 손가락 사이로 빠져나간다. 그래도 사이타이는 붙잡을 수 있는 것들을 잡고 남자와 여자 앞에 선다. 그들은 토네이도의 앞길에 웅크린 것처럼 서로를 붙들고 있다. 사이타이는 무릎을 꿇고 반짝거리는 꾸러미를 둘의 발치에 떨어뜨린다. 그는 앞뒤로 몸을 흔들며 간절히 애원한다.

「제발요.」 그가 말한다. 「죄송해요. 죄송해요. 이러려던 게 아니에요.」

「제발요.」 그가 말한다. 「가져가세요. 저는 필요 없어요. 저는 갖고 싶지 않아요.」

「제발요.」 그가 말한다. 「뭐든 하셔도 돼요. 언와인드만 하지 말아 주세요.」

문득 사이파이는 타일러가 모른다는 걸 깨닫는다. 시간과 장소를 이해하는 그 아이의 일부는 이곳에 없다. 앞으로도 올 수 없다. 타일러는 자신이 이미 사라졌다는 사실을 이해하지 못한다. 사이파이가 무슨 일을 해도 타일러를 이해시킬 수는 없다. 그래서 그는 계속 울부짖는다.

「제발 저를 언와인드하지 마세요. 뭐든 할게요. 제발 저를 언와인드하지 마세요. 제에에에발······.」

그때, 그의 등 뒤에서 목소리가 들린다.

31
레브

「타일러는 그 말을 들어야만 해요. 그 말을 하세요!」레브가 말한다. 그는 마음속의 분노가 너무 커서 발밑의 땅이 분노로 갈라질 것 같다고 느낀다. 그는 사이파이에게 이 장면의 목격자가 되겠다고 말했지만, 목격만 하고 아무 행동도 하지 않을 수는 없다.

타일러의 부모는 여전히 함께 웅크린 채, 사이파이를 위로하는 대신 서로를 위로하고 있다. 그 모습에 레브는 더욱 화가 난다.

「언와인드하지 않겠다고 하라고요!」레브가 소리 지른다.

남자와 여자는 겁에 질린 토끼처럼 그를 바라보기만 한다. 그래서 레브는 바닥의 삽을 집어 들고, 야구 방망이처럼 어깨 위로 휘두른다. 「언와인드하지 않겠다고 말해. 안 그러면 그 쓸모없는 대가리를 무슨 일이 있어도 부숴 버리겠어!」레브는 그 누구에게도 이런 식으로 말해 본 적이 없다. 그 누구도 이렇게 위협한 적이 없다. 그는 이것이 단순한 위협이 아니라는 걸 안다. 그는 정말로 그렇게 할 것이다. 오늘 밤, 그는 필요하다면 그랜드 슬램을 달성할 것이다.

경찰이 권총집에 손을 뻗어 총을 꺼낸다. 레브는 신경 쓰지 않는다.

「삽 내려놔!」 경찰 중 누군가가 소리친다. 그의 총이 레브의 가슴을 겨누고 있다. 하지만 레브는 삽을 내리지 않는다. 쏘게 놔둬. 저 경찰이 총을 쏜대도 나는 쓰러지기 전에 타일러의 부모 중 하나를 제대로 갈겨 줄 수 있어. 난 죽을지 몰라도, 최소한 둘 중 하나와 함께 갈 거야. 레브는 평생 이런 기분을 느껴 본 적이 없다. 이렇게까지 폭발할 것 같은 기분은 처음이다.

「말해! 지금 말하라고!」

대치 상황에서 모든 것이 얼어붙는다. 경찰과 경찰의 총, 레브와 레브의 삽. 그러다가 마침내 남자와 여자가 그 상황을 끝낸다. 그들이 앞뒤로 흔들리고 있는 소년, 그들의 발치에 무작위로 펼쳐 놓은 뒤엉킨 보석 위에서 흐느끼고 있는 소년을 내려다본다.

「널 언와인드하지 않으마, 타일러.」

「약속해!」

「우린 널 언와인드하지 않을 거야, 타일러. 약속하마. 약속해.」

사이파이의 어깨에서 힘이 풀린다. 그는 여전히 울고 있지만, 더 이상 절망적으로 흐느끼지는 않는다. 그보다는 안도감의 눈물이다.

「감사합니다.」 사이파이가 말한다. 「감사합니다…….」

레브는 삽을 떨어뜨리고 경찰들은 총을 내린다. 부부는 눈물을 흘리며 안전한 집 안으로 도망친다. 사이러스의 아빠들이 공백을 채워 준다. 그들은 사이러스를 부축해 일으키고 꼭 끌어안는다.

「괜찮아, 사이러스. 다 괜찮아질 거야.」

사이파이는 흐느끼며 말한다. 「알아요. 이젠 다 괜찮아요. 다 괜찮아요.」

그 순간, 레브는 자리를 뜬다. 그는 이 방정식에서 아직 풀리지 않은 유일한 변수가 자신이라는 걸 안다. 곧 경찰이 그 사실을 깨달을 것이다. 그래서 그는 경찰이 허둥대는 부부와 우는 아이, 두 아빠, 바닥의 반짝거리는 물건에 정신이 팔린 틈을 타 그림자 속으로 물러난다. 일단 그림자 속으로 들어간 뒤에는 돌아서서 달린다. 잠시 뒤, 경찰이 레브가 사라졌다는 걸 알게 될 테지만 그에게 필요한 건 그 잠깐뿐이다. 그는 빠르니까. 언제나 빨랐다. 그는 덤불을 가로질러 옆 뜰로 들어간 뒤, 10초 만에 다른 거리에 접어든다.

그 끔찍하디끔찍한 사람들의 발치에 보석을 떨어뜨리던 순간 사이파이의 표정과, 마치 자신들이 피해자라도 되는 양 굴던 부부의 행동. 그 모든 광경이 평생 레브의 기억에 남을 터였다. 그는 자신이 이 순간으로 인해 변화했다는 것을, 심오하고도 두려운 방식으로 변모했다는 것을 안다. 이제부터 여행이 그를 어디로 이끌어 가는지는 전혀 중요하지 않다. 그는 이미 마음속에서 목적지에 이르렀으니까. 그는 땅속의 그 서류 가방과도 같은 존재가 되었다. 보석으로 가득하지만 빛이 닿지 않아 결코 반짝거리지도, 빛나지도 않는 존재로.

이제 하늘에서는 햇빛의 마지막 조각마저 사라진다. 남은 색이라고는 검게 희미해져 가는 짙은 푸른색뿐이다. 가로등은 아직 켜지지 않았다. 레브는 끝없이 펼쳐진 어둠의 음영을 가로질러 재빨리 움직인다. 뛰는 게 낫다. 숨는 게 낫다. 이제 어둠은 그의 친구가 되었으니 자신을 잃어버리는 게 낫다.

5부
묘지

 애리조나주 남서부는 비행기 묘지로 이상적인 장소다. 이 지역의 기후는 건조하고 대체로 맑으며, 스모그가 거의 없어 부식을 최소화하는 데 도움이 된다. 또한 알칼리성 토양은 매우 단단해서 비행기를 견인하고 주차해도 지표면이 가라앉지 않는다. (……)
 비행기 묘지는 비행기의 잔해와 고철 더미를 둘러싼 울타리만을 말하는 것이 아니다. 오히려 이곳은 수백만 달러 상당의 잉여 부품이 회수되는 장소로, 이 부품들은 운항 중인 비행기가 계속 비행할 수 있도록 하는 데 사용된다. (……)
 ― 조 젠트너, 「비행기 묘지」, desertusa.com

32
제독

 낮이 되면 이글거리는 태양이 애리조나주의 경토층을 구워 댄다. 밤이 되면, 기온이 곤두박질친다. 항공 역사의 모든 시대를 아우르는 4천 기 이상의 비행기가 태양의 열기 속에 빛난다. 순항 고도에서 내려다보면, 줄줄이 늘어선 비행기들이 일렬로 늘어선 작물처럼 보인다. 버려진 기술의 수확물이다.

 1) 너희는 필요에 따라 이곳에 왔으나, 선택에 따라 이곳에 머무른다.

 저 위에서는 좌초된 비행기 중 일부에 사람이 산다는 사실을 알 수 없다. 정확히 말하면 서른세 기다. 정찰 위성은 활동을 포착할 수 있지만, 포착과 인지는 다른 문제다. CIA의 데이터 분석가들에게는 피난 중인 언와인드 무리를 추적하는 것보다 훨씬 더 시급한 일들이 있다. 제독은 바로 그 점을 신뢰한다. 하지만 혹시 모르기에 묘지의 규칙은 엄격하다. 반드시 탁트인 곳으로 나가야만 하는 경우가 아니라면, 모든 활동은 기체 안이나 날개 아래에서 이루어진다. 열기가 이 규칙을 실행하는 데 도움을 준다.

2) 생존이 너희에게 존중받을 권리를 주었다.

엄밀히 말하자면, 제독이 이 묘지를 소유하고 있는 것은 아니다. 그러나 그의 관리에 반박의 여지는 없으며, 그는 오직 자신의 명령만을 따른다. 사업 수완과 그간 베푼 호의, 그리고 그를 제거하려는 군대의 조합이 이처럼 훌륭한 거래를 가능하게 했다.

3) 나의 길만이 유일한 길이다.

묘지의 사업은 날로 번창하고 있다. 제독은 퇴역 비행기를 사서 부품을 판매한다. 심지어 비행기를 통째로 되팔기도 한다. 대부분의 거래는 온라인으로 이루어진다. 제독은 한 달에 한 기 정도의 퇴역 비행기를 얻을 수 있다. 물론, 각 비행기에 언와인드라는 비밀 화물이 실려 있다. 그게 바로 묘지에서 벌어지는 진짜 사업이다. 사업은 순항 중이다.

4) 너희 생명은 내가 너희에게 준 선물이다. 선물처럼 대하라.

가끔 구매자들이 직접 와서 물건을 확인하고 고르는 경우가 있다. 그때마다 언와인드들에게는 미리 충분한 경고가 주어진다. 구매자들이 출입구를 통과해 비행기 구역에 도달하기까지의 거리는 8킬로미터다. 그 덕분에 아이들에게는 기계 속으로 그렘린처럼 사라질 수 있는 충분한 시간이 생긴다. 이러한 방문은 일주일에 한두 번밖에 되지 않는다. 제독이 남는 시간에 무엇을 하는지 궁금해하는 사람들도 있다. 제독은 그들에게

야생 동물 보호 구역을 만들고 있다고 말한다.

5) 너희는 너희를 언와인드하려 했던 자들보다 낫다. 위기에서 수완을 발휘하라.

제독이 고용한 사람 중 성인은 세 명뿐이다. 사무직 직원 두 명은 언와인드들에게서 멀리 떨어진 트레일러에 배치되어 있다. 헬리콥터 조종사 클리버는 두 가지 일을 한다. 첫 번째는 구매자들을 안내하며 멋지게 묘지를 구경시켜 주는 것이다. 두 번째는 일주일에 한 번 제독을 태우고 묘지 전체를 돌아보는 것이다. 클리버는 언와인드 무리가 묘지의 외곽에 격리되어 있다는 사실을 아는 유일한 직원이다. 그는 비밀을 지킬 만큼 많은 돈을 받고 있다. 게다가 제독은 암묵적으로 클리버를 신뢰한다. 누구든 자신의 헬리콥터 조종사는 믿어야 하기 때문이다.

6) 묘지의 모든 구성원은 공동체에 기여한다. 예외는 없다.

묘지에서 실제 작업을 수행하는 건 언와인드들이다. 비행기를 뜯고 부품을 분류하고 판매하도록 준비하는 일에 특별히 배정된 팀이 완전히 갖춰져 있다. 여느 쓰레기장과 비슷한 시스템이지만 규모가 좀 더 큰 셈이다. 모든 비행기를 분해하는 것은 아니다. 일부 비행기는 건드리지 않고 놔둔다. 제독이 통째로 되팔 수 있다고 생각하는 경우다. 일부 비행기는 숙소로 개조된다. 문자 그대로, 혹은 상징적으로 제독의 날개 아래에 자리한 아이들의 숙소로.

7) 10대의 반항은 교외의 학교에 다니는 아이들이나 하는 짓이다. 극복하라.

아이들은 임무와 나이, 개인적 필요에 따라 팀을 이룬다. 군대의 고기 방패를 조직적인 전투 인력으로 만들어 온 평생의 경험 덕분에 제독은 화가 난 문제아들을 기능적인 사회인으로 만들 수 있었다.

8) 호르몬은 내 사막을 지배하지 못한다.

여자와 남자가 같은 팀에 배정되는 경우는 없다.

9) 열여덟 살이 되는 순간, 너희는 내 관심사가 아니다.

제독은 아이들이 살고 일하는 모든 비행기에 열 가지 주요 규칙을 붙여 두었다. 아이들은 이 규칙을 십계명이 아닌 〈십개명〉이라고 부른다. 제독은 모두가 그 규칙을 외우기만 한다면 뭐라고 부르든 상관하지 않는다.

10) 너희 자신을 활용하라. 이것은 명령이다.

4백 명에 이르는 아이들을 건강하게 숨겨 두는 것, 온전히 보존하는 것은 어려운 일이다. 하지만 제독은 도전을 피한 적이 한 번도 없다. 그가 이 일을 하게 된 동기는 그의 이름만큼이나 혼자만 간직하는 문제다.

33
리사

 리사에게 묘지에서 보낸 처음 며칠은 가혹하기만 하다. 게다가 영원히 이어질 것처럼 보인다. 그녀의 입주는 모욕적인 통과 의례로 시작된다.

 새로 도착한 아이는 모두 심사 위원회와 만나야 한다. 심사 위원회란 내부가 텅 빈, 넓은 비행기 안 책상에 앉아 있는 열일곱 살짜리 아이들이다. 남자 둘, 여자 하나로 구성되어 있다. 이 세 사람이 리사가 비행기에서 내리자마자 처음 보았던 앰프, 지반과 함께 모두가 〈골든〉이라고 부르는 엘리트 5인조를 구성한다. 이 다섯 명은 제독이 가장 신뢰하는 이들이다. 그러므로 이들이 책임자 역할을 한다.

 리사의 차례가 되었을 때, 그들은 이미 40명이 넘는 아이들을 처리한 뒤다.

 「너 자신에 대해 말해 봐.」 오른쪽에 앉은 소년이 묻는다. 비행기 안은 배에 타고 있는 것과 비슷하기에 리사는 속으로 그를 〈우현의 소년〉이라고 부른다. 「아는 건 뭐고, 할 줄 아는 건 뭐야?」

리사가 마지막으로 마주했던 심사 위원회는 주보시에서 언와인드 선고를 했던 심사 위원회다. 그녀는 이 세 사람이 지루해하고 있으며, 자신이 무슨 말을 하든 별 관심이 없다는 걸 알 수 있다. 그저 다음 아이를 불러오기만 하면 된다는 식이다. 리사는 이들이 싫다. 주보시에서 그날, 자신을 인류라는 종족으로부터 분리해야만 하는 이유를 설명하던 교장만큼이나.

가운데에 앉은 소녀가 그녀의 속마음을 읽었는지 미소 지으며 말한다. 「걱정하지 마. 이건 시험이 아니야. 우린 그냥 네가 이곳에서 어디에 가장 잘 어울릴지 찾도록 도와주고 싶을 뿐이야.」 이상한 말이다. 어디에도 어울리지 못하는 것이 모든 언와인드의 문제니까.

리사는 심호흡을 한다. 「주보시에서 음악을 공부했어.」 그렇게 말한 뒤, 자신이 주립 보호 시설 출신이라는 점을 밝힌 것을 즉시 후회한다. 언와인드들 사이에도 선입견과 서열이라는 게 있다. 아니나 다를까, 우현의 소년이 등받이에 기대며 팔짱을 낀다. 못마땅해하는 것이 분명하다. 하지만 좌현의 소년은 말한다. 「나도 워드야. 플로리다 주보시 18호.」

「난 오하이오 23호.」

「어떤 악기를 연주해?」 소녀가 묻는다.

「클래식 피아노.」

「미안.」 우현이 말한다. 「음악가는 충분해. 비행기에는 피아노가 없고.」

「〈생존이 너희에게 존중받을 권리를 주었다.〉」 리사가 말한다. 「그게 제독의 규칙 아니야? 제독이 네 태도를 마음에 들어 할 것 같지 않은데.」

우현이 움찔한다. 「그냥 이거나 계속하면 안 될까?」

소녀가 미안하다는 듯 미소 짓는다. 「나도 쟤 말을 인정하기는 싫지만, 지금 우리에게는 음악의 거장 말고 다른 게 필요해. 또 뭘 할 수 있어?」

「뭐든 시키면 할게.」 리사는 이 상황을 끝내고 싶어서 말한다. 「어차피 그렇게 할 거잖아?」

「뭐, 조리실에는 늘 일손이 필요하지.」 우현이 말한다. 「식사 시간 이후에는 특히 더.」

소녀가 리사를 오랫동안, 간청하듯 바라본다. 어쩌면 리사가 그녀 자신을 위해서라도 더 나은 일을 떠올리기를 바라는 듯하다. 하지만 리사가 할 수 있는 말은 이것뿐이다. 「알았어. 접시 닦이란 말이지. 그럼 끝난 거야?」

그녀는 돌아서서 역겨움을 떨치려고 최선을 다한다. 그녀가 밖으로 나가려고 할 때, 다음 아이가 들어온다. 끔찍한 몰골이다. 코가 퍼렇게 부어 있다. 셔츠에는 피가 말라붙어 있고, 양쪽 콧구멍에서는 다시 피가 흐르기 시작한다.

「넌 왜 그래?」

소년은 리사를 알아보더니 말한다. 「네 남자 친구, 그 녀석 때문이야. 그놈은 대가를 치르게 될 거고.」

그 말에 온갖 질문이 떠오르지만 그가 셔츠가 흠뻑 젖도록 피를 흘리고 있다. 가장 중요한 건 피를 멈추는 것이다. 아이는 고개를 젖힌다.

「안 돼.」 리사가 말한다. 「앞으로 숙여. 안 그러면 네 피에 네가 질식할 수도 있어.」

아이는 리사의 말에 따라 고개를 숙인다. 3인조 심사 위원회가 등 뒤의 책상에서 나와 자신들이 무슨 일을 할 수 있을지 살피지만, 리사가 이미 상황을 통제하고 있다.

「이런 식으로 코를 잡아. 이런 일에는 인내심이 필요해.」리사는 아이에게 코를 잡는 정확한 방법을 보여 준다. 피가 멎을 즈음, 좌현의 소년이 그녀에게 다가와 말한다. 「잘하는데.」

리사는 접시 닦이에서 의무병으로 즉시 승진한다. 우스운 일이지만, 간접적으로 코너 덕분이다. 애초에 그 아이의 코를 부러뜨린 사람이 코너이기 때문이다.

코피를 흘리던 소년은 접시 닦이로 배정된다.

처음 며칠 동안 리사는 겁을 먹는다. 정식 훈련이라고는 받아 보지 못한 채 의무병으로 행세하려니 무시무시하다. 의료용 비행기 안에는 훨씬 많은 것을 아는 것처럼 보이는 아이들이 있다. 하지만 리사는 그들도 자신과 마찬가지로 처음 도착했을 때 이 일에 내동댕이쳐졌을 뿐이라는 걸 알아차린다.

「괜찮아질 거야. 넌 타고났어.」열일곱 살밖에 안 된 선임 의무병이 말한다. 그 말이 맞았다. 개념에 익숙해지자 응급 처치와 일반적인 질환, 심지어 간단한 상처의 봉합까지 모든 과정이 피아노 연주처럼 손에 익는다. 하루하루가 빠르게 흐르기 시작한다. 미처 깨닫기도 전에 리사는 그곳에 한 달을 머문다. 하루하루가 지날수록 안정감이 더해진다. 제독은 이상한 사람이지만, 리사가 주보시를 떠난 이후 아무도 그녀에게 해주지 못했던 일을 해냈다. 제독은 그녀에게 존재할 권리를 돌려주었다.

34
코너

 리사와 마찬가지로 코너도 자신에게 맞는 자리를 우연히 찾는다. 코너는 한 번도 자신이 기계를 다루는 데 재주가 있다고 생각해 본 적이 없다. 하지만 코너가 보기에는, 작동하지 않는 물건을 가만히 쳐다보면서 누군가 고쳐 주기만을 멍하니 기다리는 머저리들만큼 참기 어려운 존재도 드물다. 첫 주에, 리사가 유독 뛰어난 가짜 의사가 되는 법을 배우러 가 있는 동안, 코너는 타버린 에어컨의 작동 원리를 알아내고 쓰레기 더미에서 교체용 부품을 찾아 에어컨을 다시 작동시킨다.

 머잖아 그는 자신이 마주치는 모든 고장 난 기계에 비슷한 일이 벌어지고 있다는 것을 깨닫는다. 물론, 처음에는 시행착오가 있었다. 하지만 날이 갈수록 실수는 점점 줄어든다. 자신이 수리공이라고 자처하는 아이들은 많다. 그들은 기계가 작동하지 않는 이유를 아주 잘 설명한다. 반면 코너는 그 기계들을 실제로 고친다.

 덕분에 코너는 곧 쓰레기 처리 업무에서 수리 팀으로 재배정된다. 고칠 것이 끝없이 많기에 그는 다른 문제에서 신경을 돌릴 수 있다. 제독의 빡빡하게 구조화된 세상에서 리사를 거의 볼 수 없다는 점이나 롤런드가 이곳에서 사회적 지위를 빠르게 올리고 있다는 점 같은…….

롤런드는 묘지에서 가장 좋은 일을 배정받는 데 성공했다. 그는 온갖 방법을 동원하고 아부를 떨어 조종사의 조수가 되었다. 그가 하는 일은 대체로 헬리콥터를 청소하고 연료를 채우는 것이다. 하지만 롤런드는 왠지 훈련을 받는 듯한 냄새를 풍긴다.

「나한테 헬리콥터 모는 방법을 가르쳐 주고 있어.」 어느 날 코너는 롤런드가 다른 아이들에게 하는 말을 엿듣는다. 롤런드가 헬리콥터 조종간을 잡는다는 생각에 코너는 몸서리치지만, 많은 아이가 그의 말에 감탄하는 듯하다. 롤런드는 나이가 많아 쉽게 우위에 선다. 또한 사람의 심리를 조종해, 놀랄 만큼 많은 아이에게서 두려움과 존경심을 얻어 낸다. 롤런드는 아이들에게서 부정적 에너지를 끌어낸다. 이곳에는 그런 에너지를 가진 아이가 아주 많다.

반면 사회적 조종은 코너의 강점이 아니다. 심지어 자기 팀원들 사이에서도 코너는 약간 수수께끼다. 아이들은 그의 신경을 건드려서는 안 된다는 걸 안다. 코너는 짜증과 멍청함을 참아 주지 않기 때문이다. 하지만 그들은 누구보다도 코너를 자기편에 두고 싶어 한다.

「사람들이 널 따르는 건 너한테 긍지가 있어서야.」 헤이든이 어느 날 말한다. 「네가 엿같이 굴 때도 말이야.」

코너는 그 말에 웃을 수밖에 없다. 그에게 긍지가 있다고? 코너의 인생에는 그와 다르게 생각할 사람이 아주 많다. 하긴,

다른 한편으로 그는 바뀌어 가고 있다. 싸움을 덜 일으킨다. 아마 이곳에는 창고보다 숨 쉴 공간이 많기 때문일 것이다. 아니면, 그의 뇌가 충동을 성공적으로 억누르고 있는 걸지도 모른다. 물론 전적으로 리사 덕분이다. 행동하기 전에 생각하려고 억지로 노력할 때마다 그의 머릿속에서 속도를 늦추라고 말하는 것은 리사의 목소리니까. 코너는 그 사실을 리사에게 말해주고 싶지만, 리사는 언제나 의료용 비행기 안에 있다. 너무도 분주하다. 아무 이유 없이 그녀에게 다가가 〈네가 내 머릿속에 있어서 난 더 나은 사람이 됐어〉라고 말할 수도 없고.

리사는 여전히 롤런드의 머릿속에도 자리하고 있다. 그래서 코너는 걱정이 된다. 처음에 롤런드에게 리사는, 코너를 도발해 싸움을 일으키기 위한 수단이었다. 하지만 지금의 롤런드는 그녀를 상품으로 여긴다. 지금은 리사를 상대로 야만적인 힘을 쓰는 대신 기회가 날 때마다 매력을 발산해 꾀어내려 노력한다.

「너, 정말로 그 녀석한테 마음 있는 건 아니지?」 어느 날 코너가 리사에게 묻는다. 리사와 드물게 단둘이 이야기할 수 있는 기회를 얻었을 때다.

「방금 그 질문은 못 들은 걸로 할게.」 리사는 역겹다는 듯 말한다. 하지만 코너에게는 그렇게 생각할 만한 이유가 있다.

「여기 도착한 첫날 밤에 롤런드가 너한테 자기 담요를 줬어. 넌 그걸 받았고.」 코너가 지적한다.

「그래야 롤런드가 추울 테니까.」

「그런 다음에는 롤런드가 너한테 자기 음식을 줬고. 넌 그때도 받았어.」

「그러면 롤런드가 배고플 테니까.」

기차게 논리적이다. 코너는 리사가 자기 감정을 미뤄 두고, 롤런드만큼 계산적으로 굴며, 롤런드가 시작한 게임에서 그를 이기고 있다는 게 놀랍기만 하다. 그것 역시 코너가 리사를 존경하는 이유다.

「근무 호출!」

이 소리는 일주일에 한 번, 회의용 천막 아래에서 들려온다. 회의용 천막이란 묘지 전체에서 비행기의 일부가 아닌 유일한 구조물이며, 423명의 아이 모두가 한자리에 모일 수 있는 유일한 공간이다. 근무 호출. 바깥세상으로 나갈 수 있는 기회, 인생을 살아 볼 기회. 말하자면 그렇다.

제독은 이 회의에 참석하지 않는다. 대신 회의용 천막에서는 그의 영상이 재생된다. 묘지 곳곳에도 영상이 나온다. 그래서 모두가 제독이 지켜보고 있다고 느낀다. 모든 카메라가 항상 작동 중인지는 아무도 모르지만, 감시하고 있을 가능성은 언제나 존재한다. 코너는 제독을 만난 첫날부터 그가 별로 마음에 들지 않았다. 그로부터 얼마 지나지 않아, 그 모든 카메라를 보고 난 뒤에는 더욱 싫어하게 되었다. 매일 제독에 대한 상시적인 역겨움에 뭔가 더 보탤 일만 생기는 것 같다.

앰프가 확성기와 클립보드를 들고 회의를 주도한다. 「오리건에 사는 남자가 숲 몇 에이커를 제거해 줄 사람 다섯 명이 필요하대.」 앰프가 말한다. 「숙박 제공이고, 그 일에 필요한 도구 사용법도 가르쳐 준대. 작업에는 몇 달이 걸릴 테고, 일이 끝나면 새로운 신분을 받게 될 거야. 열여덟 살짜리 신분을.」

급여 이야기는 없다. 급여가 없기 때문이다. 하지만 제독은 돈을 받는다. 중개료다.

「할 사람?」

일을 할 사람은 늘 있다. 아니나 다를까, 열두 명 이상이 손을 든다. 대체로 열여섯 살짜리 아이들이다. 열일곱 살은 열여덟 살에 너무 가깝다. 그들에게는 이런 일이 별로 매력이 없지만, 그보다 어린 아이들은 미래에 대한 위압감을 너무 크게 느낀다.

「이번 회의가 끝나고 나서 제독님에게 말씀드려. 최종 결정은 제독님이 하실 거야.」

근무 호출 회의 때마다 코너는 분노를 느낀다. 그는 절대 손을 들지 않는다. 정말로 하고 싶은 일이 있다 하더라도. 「제독은 우리를 이용하고 있어.」 그가 주위 아이들에게 말한다. 「모르겠어?」

대부분의 아이는 그냥 어깨를 으쓱하고 만다. 하지만 헤이든은 다르다. 그는 어떤 상황에서도 자신만의 특이한 지혜를 덧붙일 기회를 결코 놓치지 않는다. 「어차피 이용될 거라면, 난 조각난 채로 이용되느니 산 채로 이용되겠어.」

앰프는 다시 클립보드를 보더니 들고 말한다. 「집 안 청소 서비스. 세 명이 필요해. 여자면 더 좋고. 가짜 신분은 제공되지 않지만, 일하는 곳이 안전하고 외진 곳이야. 그 말은, 열여덟 살이 될 때까지 청소년 전담 경찰의 손이 닿지 않는다는 뜻이지.」

코너는 쳐다보지도 않는다. 「제발 아무도 손을 들지 않았으면 좋겠다.」

「여자애 여섯 명이 손을 들었어. 전부 열일곱 살로 보여.」헤이든이 말한다. 「1년 넘게 가정부 노릇을 하고 싶은 사람은 없나 봐.」

「여긴 난민촌이 아니야, 노예 시장이지. 왜 그걸 아무도 모르는 거지?」

「누가 모른대? 그냥 언와인드 때문에 노예 제도가 차라리 나아 보이는 것뿐이야. 언제나 차악을 골라야지.」

「왜 꼭 악이 있어야 하는지 모르겠는데.」

회의가 해산했을 때, 코너는 누군가 자신의 어깨에 손을 얹는 것을 느낀다. 친구가 틀림없다고 생각하지만 아니다. 롤런드다. 너무도 놀라운 일이라 코너는 잠시 뒤에야 반응한다. 그는 롤런드의 손을 떨쳐 낸다. 「원하는 게 뭐야?」

「그냥 얘기나 하자고.」

「헬리콥터 닦아야 하지 않냐?」

롤런드가 그 말에 미소 짓는다. 「닦기보다는 조종을 더 많이 하지. 클리버가 날 비공식 부조종사로 삼았거든.」

「클리버도 죽고 싶나 보네.」 코너는 롤런드와 그의 아첨에 넘어간 조종사 중 누가 더 역겨운지조차 알 수 없다.

롤런드는 점점 흩어지는 아이들을 둘러보며 말한다. 「제독이 여기서 뭔가 한몫 챙기는 것 같지? 여기 찌질이 대부분은 상관하지 않는 것 같지만, 그래도 넌 거슬리잖아?」

「무슨 말을 하고 싶은 건데?」

「제독한테 약간…… 재교육이 필요하다고 생각하는 사람이 너 하나만은 아니라는 얘기야.」

코너는 이야기가 흘러가는 방향이 마음에 들지 않는다. 「내가 제독을 뭐라고 생각하든, 그건 내 문제야.」

「알았어. 근데 제독의 치아를 본 적 있어?」

「그게 왜?」

「자기 치아가 아닌 게 확실하거든. 내가 듣기로, 제독은 사무실에 그 치아를 뽑아낸 아이의 사진을 보관하고 있대. 그 애도 우리 같은 언와인드였는데, 제독 때문에 열여덟 살이 되지 못했다는 거야. 그걸 보면 궁금하지 않아? 제독의 몸에 우리한테서 나온 부분이 얼마나 더 있을지. 원래 제독의 몸이 남아 있긴 한 건지.」

지금 당장 처리하기에는 과도한 정보다. 정보의 출처를 생각하면, 코너는 이 정보를 아예 무시해 버리고 싶다. 하지만 처리하게 되리라는 걸 안다.

「롤런드, 최대한 분명하게 말할게. 난 널 믿지 않아. 난 널 싫어해. 너랑은 전혀 얽히고 싶지 않아.」

「나도 네가 꼴도 보기 싫어.」 롤런드가 말한다. 그러면서도 그는 제독의 비행기를 가리킨다. 「하지만 지금 이 순간 우리에게는 공동의 적이 있어.」

롤런드는 다시 아무 일 없었다는 듯이 어슬렁어슬렁 떠난다. 코너의 뱃속에 묵직한 무언가가 남는다. 자신과 롤런드가 어떤 식으로든 같은 편이 될 수 있다는 생각만으로 시큼하게 상한 무언가를 삼킨 듯한 기분이 든다.

일주일 동안, 롤런드가 코너의 머릿속에 심은 씨앗이 자라난다. 코너의 머릿속은 비옥한 땅이다. 처음부터 제독을 믿지 않았기 때문이다. 이제 코너는 제독을 볼 때마다 무언가를 발견한다. 제독의 치아는 정말로 완벽하다. 늙어 가는 참전 용사의 치아가 아니다. 제독이 사람들을 보는 방식, 특히 눈을 똑바로 들여다보는 방식은 그들의 눈을 재보는 것처럼, 자신에게 맞을 만한 눈을 찾는 것처럼 보인다. 그리고 근무 호출을 받고 떠난 아이들은…… 아예 돌아오지 않는데, 그 아이들이 어디로 갔는지 누가 알겠는가? 그 아이들이 언와인드되고 있는 게 아니라고 누가 장담할 수 있겠는가? 제독은 자기 목표가 언와인드를 구하는 것이라고 말하지만, 그에게 완전히 다른 계획이 있다면? 그런 생각들이 코너를 밤새 잠 못 들게 한다. 하지만 그는 누구와도 이런 생각을 나누지 않을 작정이다. 그랬다간 롤런드와 한편이 될 테니까. 그와는 동맹을 맺고 싶은 마음이 추호도 없다.

묘지에서 네 번째 주를 보내는 동안, 코너가 아직 머릿속으로 제독에게 불리한 주장을 쌓아 가고 있을 때 비행기가 도착한다. 그들을 이곳으로 실어 왔던 오래된 페덱스 비행기 이후로 처음 도착하는 비행기다. 이번에도 살아 있는 화물이 가득 실려 있다. 다섯 명의 골든이 새로 도착한 아이들을 비행기에서 데려가는 동안, 코너는 망가진 발전기를 고치고 있다. 그는 가벼운 흥미로 지나가는 아이들을 지켜보며, 그중 자신보다 기계 다루는 솜씨가 좋아서 그를 달갑지 않은 자리로 밀어낼 아이가 있을지 생각한다.

그때, 늘어선 줄 뒤쪽에서 어디선가 본 듯한 얼굴이 눈에 들어온다. 집에서 알던 아이일까? 아니, 다른 사람이다. 곧 그는 그 아이가 누구인지 깨닫는다. 몇 주 전에 언와인드되었을 게 분명하다고 생각했던 소년이다. 코너가 호의를 베풀어 납치했던 아이, 레브다!

코너는 손에 들고 있던 렌치를 떨어뜨리고 그에게 달려가지만, 도착하기 전에 자제력을 되찾는다. 뒤섞인 채 흘러넘치는 감정을 침착한 걸음걸이 아래에 묻어 둔다. 레브는 그를 배신했다. 한때 코너가 절대로 용서하지 않겠다고 맹세했던 아이다. 그런데도 레브가 언와인드당했다는 생각은 도무지 견딜 수 없었다. 그런 레브가 언와인드되지 않고 나타났다. 바로 여기에 나타나, 보급용 비행기로 향하고 있다. 코너는 전율한다. 코너는 분노한다.

레브는 아직 그를 보지 못했다. 다행이다. 덕분에 코너는 자기가 본 것을 이해할 시간을 얻는다. 레브는 더 이상 코너가 두 달도 더 전에 부모의 차에서 끌어냈던 단정한 십일조가 아니다. 이 아이는 길고 헝클어진 머리에 굳은 표정을 하고 있다. 십일조의 흰옷 대신 찢어진 청바지와 더러운 빨간색 티셔츠를 입고 있다. 코너는 그가 지나가게 놔두고 싶다. 그래야 이 변화된 모습을 처리할 시간이 생길 테니까. 하지만 그 순간, 레브가 그를 보고 미소 짓는다. 이것도 달라진 점이다. 둘이 서로를 알았던 짧은 시간에 레브는 코너를 보고 한 번도 그렇게 웃은 적이 없었다.

레브가 그에게 다가온다.

「줄에서 이탈하지 마!」 앰프가 명령한다. 「보급용 비행기는 이쪽이야.」

하지만 코너가 앰프에게 손사래를 친다. 「괜찮아. 아는 애야.」

앰프가 마지못해 물러난다. 「걔를 꼭 보급용 비행기에 보내.」그는 돌아가 다른 아이들을 인솔한다.

「그래서, 어떻게 지내?」레브가 말한다. 그냥 그런 식이다. 어떻게 지내냐니. 여름 방학에 만난 친구인 줄 알겠다.

코너는 자신이 해야 할 일을 안다. 그와 레브 사이의 균형을 바로잡기 위해 해야 할 일은 한 가지뿐이다. 이번에도 코너는 본능적으로 행동한다. 본능적이지만 비합리적이지는 않은 행동이다. 감정이 실려 있지만 충동적이지는 않은 행동. 이제 코너는 그 둘의 차이를 알게 되었다.

그는 물러서며 레브의 뺨을 후려갈긴다. 쓰러뜨릴 만큼은 아니지만, 고개가 반쯤 돌아가고 고약한 멍이 들 만큼 세게 친다. 레브가 반응할 새도 없이 코너가 말한다. 「방금 건 네가 우리한테 한 짓의 대가야.」그런 다음, 그는 레브에게 대답할 겨를도 주지 않고 갑작스럽고도 예상치 못한 행동을 한다. 그는 레브를 끌어당겨 꽉 끌어안는다. 작년에 지역 5종 경기에서 우승했던 동생을 끌어안았을 때처럼. 「네가 살아 있어서 정말, 정말 기쁘다, 레브.」

「응. 나도.」

코너는 어색한 기분이 들기 전에 레브를 놓아준다. 레브의 눈이 이미 부어오르기 시작했다. 문득 어떤 생각이 떠오른다. 「가자. 의료용 비행기로 데려다줄게. 그 눈을 고쳐 줄 사람을 알거든.」

코너는 그날 밤이 되어서야 레브가 얼마나 많이 변했는지 눈치챈다. 한밤중에 코너는 갑자기 깬다. 눈을 떠보니 손전등 불빛이 그의 얼굴을 비추고 있다. 빛이 아프게 느껴질 정도로 가깝다.

「야! 뭐야?」

「쉿.」 손전등 뒤에서 목소리가 들린다. 「나, 레브야.」

레브는 신참들의 비행기에 있었어야 한다. 새로 도착한 아이가 팀 배정을 받기 전까지 머무는 곳이니까. 그리고 밤에 밖으로 나오는 것은 엄격히 금지되어 있다. 레브는 더 이상 규칙에 얽매이는 아이가 아닌 게 분명하다.

「여기서 뭐 해?」 코너가 묻는다. 「이러다 엄청나게 곤란해질 수 있다는 거 알아?」 그는 여전히 손전등 뒤에 있는 레브의 얼굴을 보지 못한다.

「오늘 오후에 네가 날 때렸지.」 레브가 말한다.

「내가 널 때린 건, 빚을 갚기 위해서였어.」

「알아. 난 맞아도 싸. 그러니까 괜찮아.」 레브가 말한다. 「하지만 다시는 날 때리지 마. 그랬다간 후회하게 될 거야.」

코너는 다시 레브를 때릴 생각이 없지만, 최후통첩에 순응하는 편이 아니다.

「맞을 짓을 하면 때릴 거야.」 코너가 말한다.

손전등 뒤에서 침묵이 흐른다. 이어 레브가 말한다. 「좋아. 하지만 때리기 전에 내가 정말로 그런 짓을 했는지부터 확인해.」

빛이 꺼진다. 레브는 떠나지만 코너는 잠을 이룰 수 없다. 모든 언와인드에게는 알고 싶지 않은 사연이 있다. 이제는 레브에게도 그런 사연이 생긴 것 같다.

이틀 뒤 제독이 코너를 부른다. 수리해야 할 게 있는 모양이다. 제독이 머무는 곳은 이곳 아이들 중 누구도 태어나기 전,

에어포스 원[12]으로 쓰였던 낡은 747기다. 엔진은 제거되었고 대통령의 문장(紋章)은 덧칠되었지만, 페인트 아래는 여전히 엠블럼의 흔적이 남아 있다.

코너는 공구 가방을 들고 비행기 계단을 오른다. 무슨 일인지는 몰라도 빠르게 처리하고 싶다. 다른 모두가 그렇듯, 코너 역시 제독에 대해 병적인 호기심을 품고 있다. 오래된 대통령 전용기 내부가 어떻게 생겼을지 궁금하기도 하다. 하지만 제독의 꼼꼼한 시선을 받으면 덜컥 겁이 난다.

그는 해치를 지나 안으로 들어간다. 두 명의 아이들이 청소하고 있다. 코너가 모르는, 더 어린 아이들이다. 그는 골든도 여기에 있으리라고 예상했지만 그들은 어디에도 보이지 않는다. 비행기 내부로 말할 것 같으면 코너가 예상했던 것만큼 고급스럽지 않다. 가죽 시트는 찢어져 있고 카펫은 닳아서 거의 뚫려 있다. 에어포스 원이라기보다는 오래된 캠핑카 같다.

「제독은 어디 있어?」

제독이 비행기 안쪽에서 나온다. 코너의 눈은 아직 실내의 어둠에 적응하고 있지만 제독이 손에 무언가를 들고 있는 것만은 확실히 보인다. 「코너! 여기까지 와주다니 반갑구나.」 코너는 움찔한다. 제독이 들고 있는 건 총이다. 제독이 그의 이름을 알고 있다는 사실도 놀랍기는 마찬가지다.

「그건 왜 필요한 거죠?」 코너는 총을 가리키며 묻는다.

「그냥 닦고 있었다.」 제독이 말한다. 코너는 제독이 닦고 있던 총에 왜 탄창을 넣어 두었는지 궁금하지만 묻지 않는 게 최

---

12 미국 대통령의 전용 비행기.

선이라고 판단한다. 제독은 총을 서랍에 넣고 잠근다. 그런 다음 두 아이를 돌려보내고 해치를 닫는다. 이것이야말로 코너가 가장 두려워했던 상황이다. 아드레날린이 솟구치며 손끝과 발끝이 저릿해진다. 의식이 고조된다.

「뭔가 고치라고 하셨죠?」

「그래, 맞아. 내 커피 메이커다.」

「다른 비행기에 있는 걸 가져다 쓰시지 그러세요?」

「그야 난 이걸 고쳐 쓰는 게 더 좋으니까.」 제독이 침착하게 말한다.

그는 코너를 데리고 비행기 안으로 들어간다. 밖에서 보는 것보다 훨씬 넓다. 내부는 응접실과 회의실, 서재로 꾸며져 있다.

「그게 말이지, 네 이름이 꽤 자주 들리더구나.」 제독이 말한다.

코너에게는 새로운 소식이지만 딱히 반가운 소식은 아니다.
「왜죠?」

「일단, 네가 고친 물건들 때문이지. 물론, 싸움 때문이기도 하고.」

코너는 꾸지람을 듣게 되리라고 생각한다. 이곳에서 그는 예전보다 싸움을 덜했지만, 제독은 무관용 원칙을 지닌 사람이다.「싸운 건 죄송합니다.」

「그럴 필요 없다. 아, 네가 마구 굴러다니는 대포알 같다는 데는 의심의 여지가 없어. 하지만 넌 대체로 올바른 방향을 겨누더구나.」

「무슨 말씀인지 모르겠습니다, 제독님.」

「내가 보기에, 네가 끼어든 싸움은 전부 이런저런 문제를 해결하는 것이었어. 네가 진 싸움조차도 말이지. 그러니까, 그때도 넌 뭔가를 고친 거야.」 제독은 흰 치아를 드러내며 미소 지어 보인다. 코너는 그 미소에 몸을 떤다. 떨림을 감추려 애쓰지만 제독도 분명 봤을 것이다.

그들은 작은 응접실 겸 주방에 이른다. 「다 왔다.」 제독이 말한다. 낡은 커피 메이커가 조리대에 놓여 있다. 단순한 기계다. 코너는 뒤쪽을 열기 위해 스크루드라이버를 꺼내려고 하다가 플러그가 꽂혀 있지 않다는 걸 알아챈다. 플러그를 꽂으니 불이 들어오고, 커피 메이커는 꾸르륵거리며 작은 유리 주전자에 커피를 내리기 시작한다.

「이야, 대단한데.」 제독이 또 한 번 특유의 끔찍한 미소를 지으며 말한다.

「커피 메이커 때문에 부르신 게 아니죠?」

「앉거라.」 제독이 말한다.

「싫은데요.」

「어쨌든 앉아.」

그때 코너의 눈에 사진이 들어온다. 벽에 사진이 몇 장 붙어 있는데, 코너의 관심을 사로잡는 건 미소 짓는 또래 아이 사진이다. 그 미소가 낯이 익다. 바로 제독의 미소다. 롤런드가 말한 그대로다!

이제 코너는 도망치고 싶다. 하지만 머릿속에서 리사의 목소리가 다시 한번 여러 가능성을 헤아려 보라고 말한다. 물론 도망칠 수는 있다. 제독이 막기 전에 해치까지 갈 가능성이 존재한다. 하지만 해치를 열기가 만만치 않을 것이다. 공구 중 하나로 제독을 후려칠 수도 있다. 그러면 빠져나갈 시간을 충분히 벌 수 있을 것이다. 하지만 어디로 갈까? 묘지 너머에는 그저 사막, 사막, 더 많은 사막이 있을 뿐이다. 결국 코너는 이 상황에서 가장 나은 선택은 제독이 시키는 대로 하는 것임을 깨닫는다. 그는 자리에 앉는다.

「넌 날 싫어하지?」 제독이 묻는다.

코너는 그의 시선을 피하며 말을 돌린다. 「제독님은 절 여기에 데려와서 제 목숨을 구해 주셨고……」

「답을 피하지 마라. 넌 날 싫어하지?」

코너는 한 번 더 몸을 떤다. 이번에는 떨림을 숨기려고 하지도 않는다. 「네, 제독님.」

「이유를 알고 싶다.」

코너는 대답 대신 유감스러운 미소를 짓는다.

「넌 내가 노예 상인이라고 생각하지.」 제독이 말한다. 「내가 언와인드들을 이용해 돈벌이를 한다고 말이야.」

「제 대답을 아시면서 왜 물으시죠?」

「네가 날 봤으면 좋겠다.」

하지만 코너는 그 남자의 눈을 보고 싶지 않다. 더 정확히 말하면, 제독이 자신의 눈을 보지 않았으면 한다.

「날 보라고 했다!」

코너는 마지못해 시선을 들어 제독과 눈을 맞춘다. 「보고 있어요.」

「난 네가 똑똑한 아이라고 생각한다. 그러니 이제 생각해 보길 바란다. 생각해! 나는 미국 해군의 수훈 제독이야. 내가 돈을 벌기 위해 아이들을 팔아야 할 필요가 있다고 생각하나?」

「모르겠는데요.」

「생각해! 내가 돈이나 사치스러운 물건에 집착하는 사람으로 보이나? 난 대저택에 살지 않아. 열대의 섬으로 휴가를 떠나지도 않지. 1년 365일 내내 썩어 가는 비행기에서, 냄새나는 사막에서 시간을 보낸다. 왜 그럴 거라고 생각하나?」

「모른다고요!」

「알 것 같은데.」

이제 코너는 자리에서 일어난다. 제독의 말투에도 불구하고 점점 제독이 무섭지 않다. 현명한 일인지, 바보 같은 일인지는 모르겠지만 코너는 그가 원하는 답을 주기로 한다. 「권력 때문이겠죠. 수백 명의 무력한 아이들을 손아귀에 쥘 수 있으니까요. 누가 언와인드당할지, 또 누구의 어느 부위를 가질지 제독님이 고르고 선택할 수 있기 때문이죠.」

제독은 이 말에 허를 찔린다. 갑자기 그는 방어적으로 변한다. 「뭐라고 했나?」

「뻔하잖아요! 그 많은 흉터, 치아! 그건 원래 제독님의 치아가 아니죠? 그래서, 나한테 원하는 건 뭐예요? 눈이에요, 귀예요? 아니면 기계를 잘 고치는 내 손일지도 모르겠네요. 그게 날 부른 이유 아닌가요? 맞죠?」

제독의 목소리는 맹수처럼 으르렁거린다. 「선을 넘는구나.」

「아뇨, 선은 제독님이 넘었죠.」 제독의 눈에 깃든 분노가 무시무시하게 느껴지지만, 지금은 그 감정을 붙들 수 없다. 말이 대포알처럼 마구 굴러다닌다. 「우린 간절한 마음으로 여기까지 와요! 그런데 제독님이 우리에게 하는 일은…… 그건 너무…… 터무니없다고요!」

「그럼 내가 괴물이라는 말이구나!」

「네!」

「내 치아가 그 증거고.」

「네!」

「그럼 네가 가져가라!」

그러더니 제독은 코너가 상상도 못 한 일을 한다. 그는 입안에 손을 넣어 턱을 잡고, 치아를 입에서 뽑아낸다. 이글거리는 눈으로 코너를 바라보며, 손에 쥐고 있던 단단한 분홍색 덩어리를 탁자에 던진다. 치아는 달가닥하며 끔찍한 두 개의 조각으로 갈라진다.

코너는 놀라서 비명을 지른다. 전부 거기에 있다. 두 줄의 흰 치아도. 두 줄의 분홍색 잇몸도. 하지만 피는 없다. 왜 피가 없을까? 제독의 입안에도 피는 없다. 그의 얼굴은 무너져 내린 것처럼 보인다. 입은 그냥 축 늘어진, 뚫린 구멍일 뿐이다. 코너는 뭐가 더 끔찍한지 알 수 없다. 제독의 얼굴일까, 피가 묻지 않은 치아일까.

「이건 틀니라고 한다.」 제독이 말한다. 「언와인드 이전 시대에는 흔했지. 하지만 반값에 건강한 언와인드에게서 바로 빼온 진짜 치아를 심을 수 있는데 누가 가짜 치아를 원하겠니? 나는 이걸 태국에서 제작했어. 이 나라에서는 더 이상 틀니를 만들지 않으니까.」

「저는…… 이해가…….」 코너는 가짜 치아를 보다가, 자기도 모르게 미소 짓는 소년의 사진으로 고개를 휙 돌린다.

제독이 그의 시선을 따라간다. 「저 애는 내 아들이었다.」 제독이 말한다. 「내 아들의 치아는 저 나이 때 내 치아와 매우 비숫했지. 그래서 사람들이 아들의 치과 기록을 가져다가 내 틀니를 만들었다.」

롤런드의 말과는 다른 설명을 들으니 마음이 놓인다. 「죄송합니다.」

제독은 코너의 사과를 받아들이지도, 거부하지도 않는다. 「내가 언와인드들을 파견하고 받는 돈은 여기 남아 있는 아이들을 먹이고, 거리에서 도망 중인 언와인드들을 데려와 지내게 할 안전 가옥과 창고를 구하는 데 쓰인다. 아이들을 이곳으로 데려오는 비행기를 띄우는 데 쓰이고, 못 본 척해 달라고 뇌물을 건네는 데도 쓰이지. 그런 다음에도 남은 돈은 열여덟 살이 되어 무자비한 세상으로 떠나는 언와인드의 주머니에 들어간다. 그러니 네 정의에 따르면 난 여전히 노예 상인일 수 있겠지. 하지만 네가 생각하는 괴물은 아니다.」

코너는 여전히 탁자 위에서 번들거리는 틀니를 바라본다. 평화의 선물로 틀니를 가져다가 제독에게 다시 끼워 주고 싶지만, 그 장면이 그야말로 너무 역겨울 것 같아 그냥 둔다. 그는 제독이 직접 그 일을 하게 둔다.

「내가 오늘 한 말을 믿나?」 제독이 묻는다.

코너는 생각에 잠긴다. 그의 나침반이 미친 듯이 돌아간다. 진실과 소문, 사실과 거짓이 뒤엉켜 머릿속에서 너무 격렬하게 돌고 있어 뭐가 뭔지 구분할 수 없다. 「그런 것 같네요.」 코너가 말한다.

「분명히 알아야지.」 제독이 말한다. 「넌 오늘 노인의 가짜 치아보다 끔찍한 것들을 보게 될 테니 말이다. 나는 네가 그걸 감당할 수 있으리라 믿는다. 너에 대한 내 믿음이 잘못된 게 아니라는 걸 확인해야 한다.」

 8백 미터 떨어진 곳, 14번 통로의 32호 구역에는 한 달 전에 이곳으로 견인된 뒤 한 번도 움직이지 않은 페덱스 비행기가 있다.
 제독은 코너에게 골프 카트를 몰고 자신을 그리로 데려가라고 한다. 하지만 그 전에 먼저 〈예방 조치〉라며 수납장에서 권총을 챙긴다.
 페덱스 여객기 우현 날개 아래에는 조잡한 묘비로 표시된 다섯 개의 흙더미가 있다. 이동 중에 질식사한 다섯 명이다. 그들의 존재가 이곳을 진짜 묘지로 만든다.
 화물칸 해치가 열려 있다. 일단 도착하자 제독이 말한다.
「안으로 들어가서 2933호 컨테이너를 찾아라. 그런 다음에 나와서 얘기하자.」
「제독님은 안 가세요?」
「난 이미 갔다 왔다.」 제독이 손전등을 건넨다. 「이게 필요할 거다.」
 코너는 골프 카트 지붕에 서서 화물칸 해치를 넘어간 다음 손전등을 켠다. 그 순간 기억이 되살아나며 몸이 떨린다. 한 달 전과 정확히 같은 모습이다. 열린 컨테이너, 소변 냄새. 그들이 도착하면서 벗고 나왔던 태(胎)다. 코너는 비행기 안쪽으로 더 깊이 들어간다. 그와 헤이든, 엠비, 디에고가 들어 있었던 컨테이너를 지난다. 마침내 그는 〈2933〉이라는 숫자를 발견한다. 가장 먼저 실려 있던 컨테이너 중 하나다. 해치가 아주 조금 열려 있다. 코너는 해치를 활짝 열고 안을 비춘다.

안에 들어 있는 것을 본 코너는 비명을 지른다. 반사적으로 뒤로 물러나다가 등 뒤의 컨테이너에 머리를 부딪힌다. 제독은 미리 경고해 줄 수도 있었을 텐데 그러지 않았다. 괜찮아. 괜찮아. 난 내가 뭘 봤는지 알아. 내가 할 수 있는 일은 없어. 저 안에 있는 건 나를 해칠 수 없고. 그럼에도 코너는 시간을 들여 마음의 준비를 마친 뒤에야 다시 안을 들여다본다.

컨테이너 안에는 죽은 아이 다섯 명이 있다.

모두 열일곱 살이었다. 앰프와 지반이 있다. 그들 옆에는 케빈, 멀린다, 라울이 있다. 코너가 처음 이곳에 왔을 때 일자리를 배정해 주었던 아이들이다. 골든 다섯 명이 모두 있다. 피의 흔적도, 상처도 없다. 앰프가 눈을 뜬 채 아무것도 보지 못하고 있을 뿐, 나머지 아이들은 깊이 잠들어 있는 것처럼 보인다. 코너는 머리가 빙빙 돈다. 제독이 한 짓일까? 결국 제독은 미친 걸까? 하지만 왜? 아니, 이건 틀림없이 다른 누군가가 한 짓이다.

코너가 밖으로 나왔을 때 제독은 이미 날개 아래 묻힌 다섯 아이를 추모하고 있다. 그는 묘비를 바로잡고 흙을 고른다.

「이 아이들은 어젯밤에 실종됐다. 오늘 아침, 내가 컨테이너에 갇혀 있는 이 아이들을 발견했고.」 제독이 말한다. 「처음 질식한 다섯 아이와 똑같이 질식했어. 같은 컨테이너 안에서.」

「누가 이런 짓을 한 거죠?」

「정말이지 누굴까?」 제독이 말한다. 그는 무덤의 상태에 만족한 듯 코너를 돌아본다. 「범인은 가장 영향력 있는 아이 다섯 명을 죽였다. 그 말은, 이런 짓을 한 자는 누구든 이곳의 권력 구조를 송두리째 무너뜨리고자 한다는 뜻이야. 그래야 자기가 더 빠르게 정상에 오를 수 있으니까.」

코너가 알기에, 이런 짓을 할 수 있는 언와인드는 한 명뿐이다. 하지만 설마 롤런드가 이렇게까지 끔찍한 짓을 했으리라고는 믿기 어렵다.

「놈은 내가 직접 이 아이들을 발견하게 만들었다.」 제독이 말한다. 「오늘 아침 내 골프 카트를 여기에 놔뒀어. 똑똑히 알아 둬야 한다, 코너. 이건 선전 포고야. 놈은 수술적 공격을 감행한 거야. 이 다섯 아이는 내 눈과 귀를 담당하고 있었어. 이제 나는 아무것도 볼 수도, 들을 수도 없다.」

제독은 잠시 화물칸의 검은 구멍을 바라본다. 「오늘 밤, 너와 나는 다시 와서 저 아이들을 묻어 줄 거다.」

그 말에 코너는 침을 꿀꺽 삼킨다. 대체 그가 하늘의 누구를 화나게 했기에 제독의 새로운 부관으로 지명되었는지 알 수 없다.

「먼 곳에 묻을 거야.」 제독이 말한다. 「이 아이들이 죽었다는 말은 아무에게도 하지 않을 거다. 여기서 말이 나갔다간, 용의자들이 첫 승리를 거두게 될 테니까. 누군가 이야기하기 시작하면 — 분명 그럴 거다 — 우리는 소문을 추적해 범인을 밝힐 거야.」

「그런 다음에는요?」 코너가 묻는다.

「그런 다음 정의를 실현해야지. 그때까지 이건 우리만의 비밀이다.」

코너는 제독을 다시 비행기까지 태워 간다. 그동안 제독은 코너가 할 일을 분명히 밝힌다. 「내겐 새로운 눈과 귀가 필요해. 내가 언와인드 사이의 일을 따라갈 수 있게 해줄 사람 말이다. 양 떼 사이의 늑대를 찾아낼 사람이기도 하고. 난 네게 그 일을 해달라고 부탁하는 거야.」

「스파이가 되어 달라는 거예요?」

「넌 누구 편이냐? 내 편이냐, 누군지는 모르지만 이 짓을 벌인 사람의 편이냐?」

코너는 이제 제독이 그를 이곳으로 데려와서 이 장면을 직접 보게 한 이유를 깨닫는다. 이야기를 듣는 것과 시신을 목격하는 것은 전혀 다른 문제다. 그 장면은 코너가 누구와 동맹을 맺어야 할지 잔인할 정도로 분명히 밝힌다.

「왜 저예요?」 코너는 물을 수밖에 없다.

제독은 흰 틀니를 드러내며 미소 짓는다. 「그야 네가 악 중에서는 가장 작은 악이기 때문이지, 친구.」

다음 날 아침, 제독은 골든이 새로운 안전 가옥을 구축하러 파견되었다고 발표한다. 코너는 롤런드의 반응을 살핀다. 미소, 혹은 자기 친구들에게 향하는 눈길. 하지만 그런 건 없다. 롤런드는 실제로 무슨 일이 벌어졌는지 알고 있다는 뻔한 기미를 드러내지 않는다. 오히려 아침 발표 내내 무관심하고 딴 데 정신이 팔린 것처럼 보인다. 하루를 시작하고 싶어 못 견디겠다는 듯이. 그럴 만한 이유가 있다. 헬리콥터 조종사 클리버의 견습생으로 지내면서 롤런드는 그만한 대우를 받았다. 지난 몇 주 동안 롤런드는 헬리콥터 조종법을 제대로 배웠고, 클리버가 자리를 비울 때는 자기 생각에 그만한 자격이 있다고 생각되는 아이들을 몰래 태워 주었다. 롤런드의 말로는 클리버가 신경 쓰지 않는다고 했지만, 그보다는 아예 모르고 있을 가능성이 높다.

코너는 롤런드가 자신과 가까운 아이들만 태워 주리라 생각했지만, 실제로는 그렇지 않았다. 롤런드는 일을 해낸 아이들에게 보상을 준다. 심지어 그가 잘 모르는 아이들에게도 말이다. 그는 각 팀에서 충성스러운 아이들을 골라 보상한다. 때로 아이들에게 헬리콥터를 탈 자격이 있는 아이가 누구인지 투표하게 한다. 간단히 말해, 롤런드는 제독이 아니라 자신이 묘지의 책임자인 것처럼 군다.

제독이 있을 때는 복종하는 척한다. 하지만 주위에 아이들이 모이면 — 롤런드 주위에는 언제나 아이들이 모여 있다 — 온갖 기회를 동원해 제독을 깎아내린다. 「제독은 감을 잃었어.」 롤런드는 그렇게 말하곤 한다. 「제독은 언와인드로 사는 게 어떤 건지 몰라. 우리가 누구인지, 우리에게 필요한 게 뭔지 절대 이해할 수 없어.」 이미 마음을 얻은 아이들 사이에서는 제독의 치아와 흉터, 제독이 그들을 상대로 세워 두었다는 악마적 계획에 관한 음모론을 속삭인다. 그는 두려움과 불신을 퍼뜨리고, 그것을 발판 삼아 점점 더 많은 아이를 끌어모으고 있다.

코너는 롤런드가 입을 털어 대는 소리가 들릴 때마다 침묵을 지키려 입술을 깨문다. 제독을 변호하는 순간, 롤런드는 코너가 어느 편에 서 있는지 알아차릴 테니까.

묘지의 회의용 천막 근처에는 오락용 비행기가 있다. 안에는 TV와 전자 기기가 갖추어져 있고, 날개 아래에는 당구대와 핀볼 머신, 적당히 편안한 가구들이 놓여 있다. 코너는 그곳에 물안개 분무기를 설치하자고 제안했다. 그러면 뜨거운 낮 동안에도 날개 아래 공간이 조금은 더 시원해질 수 있을 테니 말이다. 하지만 더 중요한 이유가 있었다. 이 프로젝트를 맡으면 벽에 붙은 파리가 되어 대화를 엿듣고 파벌을 기록하고 전반적인 정찰을 할 수 있으리라 생각했던 것이다. 문제는, 코너가 절대 벽에 붙은 파리가 될 수 없다는 점이다. 오히려 그 일은 주목을 받는다. 아이들은 코너가 울타리를 칠하는 톰 소여라도 된 것처럼 그를 돕겠다고 나선다. 코너가 원하는 것은 눈에 띄지 않는 것이지만, 모두가 계속해서 그를 리더로 본다. 코너가 누구에게도 자신이 소위 〈애크런의 무단이탈자〉라고 밝히지 않았던 것이 얼마나 다행스러운 일인지 모른다. 요즘 떠도는 소문에 따르면, 애크런의 무단이탈자는 청소년 전담 경찰 연대를 쓰러뜨리고, 주 방위군을 꾀로 속이고, 하비스트 캠프 대여섯 곳을 해방했다. 코너는 그런 식의 명성과 겨루지 않아도 충분히 관심을 받고 있다.

코너가 물안개 분무기의 수도를 설치하는 동안 롤런드는 당구대 쪽에서 그를 지켜본다. 마침내 그가 큐를 내려놓고 다가온다.

「너, 그야말로 바쁜 일벌이구나.」 롤런드가 말한다. 주변 아이들이 다 들을 수 있을 만큼 큰 목소리다. 코너는 계단식 사다리 위에 올라가 물안개 분무기의 파이프를 날개 아래에 부착하고 있다. 덕분에 그는 롤런드를 내려다보며 대화를 이어 가는 만족감을 누린다. 「그냥 인생을 좀 더 편하게 만들려는 거야.」 코너가 말한다. 「여기엔 물안개 분무기가 필요해. 이 열기에 누가 질식하는 건 아무도 바라지 않을 테니까.」

롤런드는 냉담한 포커페이스를 유지한 채 말한다. 「다른 애들이 떠났으니, 이젠 네가 제독의 새 골든이라도 된 것 같네.」 그는 모두의 관심을 받고 있는지 확인하려는 듯 주위를 둘러본다. 「네가 제독의 비행기에 타는 걸 봤어.」

「뭘 고쳐 달라서 고쳐 줬어.」 코너가 대답한다. 「그게 다야.」

그때, 롤런드가 취조를 더 밀어붙이기도 전에 헤이든이 당구대 쪽에서 목소리를 높인다.

「거기 올라간 건 코너만이 아니야.」 헤이든이 말한다. 「거기엔 늘 들락거리는 애들이 있어. 음식을 가져가는 애들, 청소하는 애들……. 그리고 우리 모두가 알고 사랑하는, 입으로 숨 쉬는 아이에게도 제독이 관심을 보인다던데.」

모두의 시선이 엠비에게 쏠린다. 그는 이곳에 도착한 이후 핀볼 머신에 붙어 지내고 있었다. 「뭐?」

「너도 제독의 비행기에 탔었잖아.」 헤이든이 말한다. 「부정하지 마!」

「그래서?」

「그래서, 제독이 원하는 게 뭐야? 우리 모두가 궁금해하는 것 같은데.」

엠비는 갑자기 관심의 중심이 된 것에 불편해하며 움찔거린다. 「그냥 내 가족에 대해 알고 싶어 했어.」

코너에게는 새로운 정보다. 아마 제독은 살인자를 찾아내는 데 도움을 줄 사람을 더 찾고 있는지도 모른다. 엠비가 코너보다 훨씬 눈에 덜 띄는 건 사실이지만, 벽에 붙은 파리가 진짜로 벽에 붙은 파리여서는 안 되는 법이다.

「뭔지 알겠다.」 롤런드가 말한다. 「제독은 네 머리카락을 원하는 거야.」

「아니야!」

「맞아. 제독은 머리가 점점 빠지고 있잖아? 네 머리는 풍성한 대걸레 같고. 그 늙은이가 네 머리 가죽을 벗기려고 하는 거야. 나머지 몸은 언와인드당하게 보내고!」

「닥쳐!」

대부분의 아이가 웃는다. 물론 이건 농담이다. 하지만 코너는 얼마나 많은 아이가 롤런드의 말을 진지하게 받아들일지 궁금해진다. 약간 토할 것 같은 표정이 된 걸 보면 엠비 자신도 그렇게 생각하는 게 틀림없다. 그래서 코너는 화가 난다.

「그래, 그렇게 엠비나 괴롭혀.」 코너가 말한다. 「모두에게 네가 얼마나 형편없는 놈인지 보여 주라고.」 그는 사다리에서 내려와 롤런드의 눈을 마주 쏘아본다. 「야, 너 앰프가 확성기 놓고 간 건 알아? 네가 앰프 자리를 차지하지 그래? 하도 떠버리라, 그 일이 딱 맞을 것 같은데.」

롤런드의 대답은 아주 작은 미소조차 없이 나온다. 「나한테 시키지 않더라고.」

그날 밤, 코너와 제독은 제독의 방에서 비밀리에 만난다. 그들은 망가졌다는 소문이 난 기계로 커피를 내려 마신다. 롤런드에 대해서, 롤런드에 대한 코너의 의심에 대해서 이야기하지만 제독은 만족하지 않는다.

「난 의심이 아니라 증거를 원한다. 네 직감이 아니라 증거를 원해.」 제독은 자기 커피에 플라스크에 든 위스키를 조금 따른다.

코너는 보고를 마친 뒤 일어서서 떠나려 하지만, 제독이 그를 보내 주지 않는다. 그는 코너에게 두 번째로 커피를 따라 준다. 그걸 마시면 코너는 밤새 깨어 있을 것이 분명하다. 하긴, 어차피 오늘 밤은 잘 자지 못할 것 같지만.

「내가 이제부터 할 이야기를 아는 사람은 극히 적다.」 제독이 말한다.

「그럼 왜 말하시는데요?」

「네가 아는 게 내 목적에 부합하니까.」

솔직한 대답이지만, 여전히 제독의 진짜 의도를 숨기는 답이기도 하다. 코너는 제독이 전쟁에서 아주 뛰어난 지휘관이었으리라고 상상한다.

「훨씬 더 젊었을 때, 나는 하트랜드 전쟁에 참전했다.」 제독이 이야기를 시작한다. 「네가 너무도 무례한 추측을 했던 그 흉터는 수류탄을 맞고 이식 수술을 받으면서 생긴 거야.」

「어느 편이셨어요?」

제독은 특유의 상대를 꿰뚫어 보는 듯한 시선으로 코너를 본다. 「하트랜드 전쟁에 대해서는 얼마나 알고 있지?」

코너는 어깨를 으쓱한다. 「하트랜드 전쟁은 역사 교과서 마지막 장에 나와요. 근데 우리는 주 정부 시험 때문에 거기까지 진도를 나가지 못했어요.」

제독은 역겹다는 듯 손사래를 친다. 「교과서에서는 그 전쟁을 미화하지. 전쟁의 진짜 모습을 기억하고 싶어 하는 사람은 아무도 없어. 넌 내게 어느 편에 섰는지 물었다. 진실을 말하자면, 그 전쟁에는 두 편이 아니라 세 편이 있었어. 생명군, 선택단, 그리고 미군 중 어느 쪽에도 속하지 않은 사람들이었지. 그들의 임무는 양쪽이 서로를 죽이지 못하게 막는 거였다. 나는 그 세 번째 편에 있었어. 불행히도 우리는 성공하지 못했다. 알다시피, 갈등은 언제나 하나의 문제에서 시작한다. 의견 차이, 말다툼에서. 하지만 그런 갈등이 전쟁으로 번질 때쯤에는 원인은 더 이상 중요하지 않다. 이제 중요한 건 하나, 단 하나뿐이니까. 양편이 서로를 얼마나 증오하느냐는 문제 말이다.」

제독은 머그잔에 위스키를 더 따른 뒤에야 말을 잇는다. 「전쟁 이전에는 전쟁으로 이어지는 어두운 나날이 있었다. 옳고 그름의 기준으로 여겨졌던 모든 것이 뒤집혔지. 한편에서는 사람들이 생명권을 지키겠다며 임신 중절 시술을 하는 의사들을 살해했고, 다른 편에서는 사람들이 태아 조직을 팔겠다는 이유만으로 임신하고 있었다. 모두가 지도자의 능력이 아니라, 이 한 가지 문제에 대한 입장을 근거로 지도자를 선택했지. 광기 그 이상이었다! 그런 뒤에는 군대가 분열했고, 양측 모두 전쟁 무기를 손에 넣었다. 두 입장은 결국 서로를 파괴하기로 작정한 두 군대가 되었지. 그런 뒤에 생명법이 나온 거야.」

생명법이 언급되자, 코너는 등줄기를 따라 얼음물이 흐르는 듯한 느낌을 받는다. 그는 한 번도 생명법에 관심을 둔 적이 없었지만, 언와인드가 되고 나니 모든 게 달라졌다.

「아이가 생각할 수 있는 나이에 이르면 소급적으로 중절할 수 있다는 발상이 처음 나왔을 때, 나는 그 현장에 있었다.」 제독이 말을 이어 간다. 「처음엔 그저 농담이었어. 아무도 그 말을 진지하게 받아들이지 않았지. 그런데 같은 해, 신경 접목 기술을 완성한 과학자가 노벨상을 받았어. 기증자의 모든 부위를 이식에 활용할 수 있게 해주는 기술 말이다.」

제독은 커피를 깊이 한 모금 삼킨다. 코너는 두 번째 잔을 한 모금도 마시지 않았다. 지금 이 순간, 뭐라도 삼킨다는 건 말이 되지 않는다. 이미 마신 커피를 토하지 않는 게 코너가 할 수 있는 최선이다.

「전쟁이 점점 심화되면서, 우리는 양측을 협상 테이블로 이끌어 평화를 중재했다.」 제독은 말한다. 「그런 뒤에 언와인드라는 개념을 제안했지. 그렇게 하면, 원치 않는 아이들의 생명을 실제로 끊지 않고도 아이를 중절할 수 있을 테니까. 우리는 이 제안이 양측 모두에게 충격을 주어, 그들이 이성을 되찾게 해줄 거라 생각했다. 양측이 테이블 너머로 서로를 보며 누군가 눈을 깜빡일 거라고 말이야. 하지만 아무도 눈을 깜빡이지 않았다. 생명을 끊지 않고도 아동을 중절할 수 있다는 선택지는 양측 모두의 요구를 만족시켰지. 생명법이 통과되었고, 언와인드 합의가 시행됐다. 전쟁은 그렇게 끝났고, 모두가 전쟁이 끝난 것이 기뻐서 그 결과에 대해서는 신경 쓰지 않았어.」

제독의 시선은 잠시 먼 곳을 향한다. 이어 그는 손사래를 치며 말을 끝맺는다. 「나머지 얘기는 너도 알겠지.」

코너는 자세한 내용을 전부 알지는 못하지만, 핵심은 알고 있다. 「사람들이 신체 부위를 원했죠.」

「원했다기보다는 요구했다고 하는 게 맞을 거다. 암세포가 있는 결장은 건강한 장기로 교체할 수 있었어. 예전 같으면 내부 손상으로 사망했을 사고의 피해자가 새 장기를 얻게 됐다. 관절염에 걸린 주름투성이 손은 그보다 50년 어린 손으로 바뀔 수 있었지. 그 모든 새로운 신체 부위가 어딘가에서 나와야만 했어.」 제독은 잠시 말을 멈추고 생각에 잠긴다. 「물론, 더 많은 사람이 장기를 기증했다면 언와인드는 절대 생기지 않았을 거다. 하지만 사람들은 자기 것을 지키고 싶어 하지. 죽은 뒤에도 말이야. 윤리가 탐욕에 짓밟히기까지는 그리 오랜 시간이 걸리지 않았어. 언와인드는 거대한 산업이 되었고, 사람들은 그런 일이 벌어지도록 방치했다.」

제독은 아들의 사진을 힐끗 본다. 그가 말하지 않아도 코너는 그 이유를 짐작할 수 있다. 하지만 제독에게 고백을 마칠 존엄성을 허락한다.

「내 아들 할런은 훌륭한 아이였다. 똑똑했지. 하지만 문제가 있었어. 너도 어떤 스타일인지 알 거다.」

「제가 그런 스타일이에요.」 코너가 살짝 미소 지으며 말한다.

제독은 고개를 끄덕인다. 「10년 전쯤의 일이다. 할런은 엉뚱한 친구들과 어울리다가 도둑질하다 잡혔어. 제기랄, 나도 할런 나이 때는 똑같았다. 애초에 부모님이 나를 군사 학교에 보낸 이유가 그거였어. 나를 고쳐 놓겠다고. 단지 할런에게는 다른 선택지가 있었다. 좀 더…… 효과적인 방법이었지.」

「제독님이 할런을 언와인드했군요.」

「언와인드 합의의 아버지 중 한 사람인 내가 본보기가 되어 주길 모두가 기대했다.」 그는 엄지와 검지로 눈을 꾹 눌러 눈물이 흐르기 전에 닦아 낸다. 「우리는 의뢰서에 서명했고, 그 뒤에 생각을 바꿨어. 하지만 이미 너무 늦은 뒤였다. 사람들이 할런을 학교에서 바로 하비스트 캠프로 데려갔고, 서둘러 처리해 버렸다. 이미 언와인드가 끝난 뒤였어.」

코너는 언와인드가 그것을 결정한 사람들에게 어떤 식으로

짐이 될지 한 번도 생각해 보지 않았다. 그런 일을 한 부모에게 연민을 느낄 수 있으리라고는 상상도 하지 않았다. 하물며 언와인드를 가능하게 만든 사람들에게도.

「마음이 아파요.」 코너는 진심을 담아 그렇게 말한다.

제독의 몸이 굳는다. 그는 곧 정신을 차리고 말한다. 「그러지 마라. 너희 모두가 여기 있는 건 할런이 언와인드되었기 때문이다. 그 후에 내 아내는 나를 떠나 할런을 기념하는 재단을 세웠다. 난 군대를 떠나 지금보다 더 취한 상태로 몇 년을 보냈고. 그러다가 3년 전, 난 〈빅 아이디어〉를 떠올렸다. 이 공간이, 여기 있는 아이들이 그 결과다. 오늘까지 나는 언와인드로부터 천 명이 넘는 아이들을 구했다.」

이제 코너는 제독이 자신에게 왜 이런 이야기를 하는지 깨닫는다. 이건 단순한 고백이 아니라, 코너의 충성심을 확보하는 방법이다. 그리고 그 방법은 통했다. 제독은 음흉하고 집착이 강한 인간이었지만, 그 집착이 여러 생명을 구했다. 헤이든은 언젠가 코너에게 긍지가 있다고 말했다. 바로 그 긍지가 코너를 제독의 편에 단단히 붙들어 맸다. 그래서 코너는 잔을 든다. 「할런을 위하여!」 그가 말한다.

「할런을 위하여!」 제독이 따라 말한다. 그들은 함께 할런을 기리며 커피를 마신다. 「나는 조금씩, 조금씩 상황을 바로잡고 있다, 코너.」 제독이 말한다. 「조금씩, 조금씩. 한 가지 이상의 방법으로.」

35
레브

 사이파이를 떠나 묘지에 도착하기까지, 레브가 어디에 있었느냐는 문제보다 중요한 건 그의 생각이 어디에 머물렀느냐는 문제다. 그의 생각은 그가 숨어 지냈던 수많은 장소보다도 차갑고 어두운 곳에 있었다.
 레브는 불쾌한 타협을 하고 편익을 위한 범죄를 연달아 저지르며 한 달을 살아남았다. 생존을 위해서라면 뭐든 했다. 레브는 빠르게 세상 물정을 익혔고 생존 기술을 습득했다. 사람들은 언어와 문화를 익히려면 그 세계에 완전히 몰입해야 한다고 말한다. 그는 곧 길 잃은 자들의 언어를 배웠다.
 안전 가옥 네트워크에 들어오자마자, 그는 자신이 만만히 볼 상대가 아니라는 걸 알렸다. 자신이 십일조였다는 말은 하지 않았다. 대신 무장 강도로 체포당하기 일보 직전이었기 때문에 부모가 언와인드 의뢰서에 서명했다고 말했다. 레브에게는 우스운 일이었다. 그는 총을 만져 본 적조차 없었으니까. 다른 아이들이 그의 얼굴에서 단 한 줄의 거짓도 읽어 내지 못한다는 점이 놀라웠다. 레브는 예전부터 거짓말에 서툴렀다. 하긴, 그럴 만도 했다. 거울 속에 비친 자신의 눈이 그에게도 무섭게 느껴졌으니까.

레브가 묘지에 이르렀을 때쯤, 대부분의 아이가 그와 거리를 두어야 한다는 걸 깨달았다. 레브가 바라던 대로였다.

제독과 코너가 비밀회의를 한 바로 그날 밤이다. 레브는 손전등을 끄고 달조차 뜨지 않은, 기름처럼 매끄러운 어둠 속으로 나간다. 이곳에 도착한 첫날 밤, 그는 몰래 빠져나와 코너를 찾아갔다. 몇 가지 일을 분명히 하기 위해서였다. 그날 이후, 코너의 주먹에 맞아 생긴 멍은 흐려졌고, 둘은 그 일에 대해 다시 이야기하지 않았다. 사실 레브는 코너에게 별로 말을 걸지 않았다. 그보다 더 중요한 생각을 하고 있었기 때문이다.

그날 이후 매일 밤, 레브는 몰래 빠져나가려 했지만 그때마다 붙잡혀 돌아와야 했다. 하지만 지금은 상황이 다르다. 제독의 감시견 다섯 마리가 떠난 뒤, 보초 임무를 맡은 아이들이 해이해지고 있었다. 레브는 비행기 사이로 몰래 돌아다니다가 그중 몇몇이 심지어 근무 중에 잔다는 걸 알게 되었다. 대체 인력도 없이 다섯 명을 한꺼번에 보내 버리다니 제독이 멍청했다.

충분히 거리를 벌리자마자 그는 손전등을 켜고 목적지를 찾아본다. 몇 주 전에 한 소녀가 알려준 장소다. 그녀는 레브와 매우 닮아 있었다. 레브는 오늘 밤에도 자신과 닮은 아이들을 만나게 될지 궁금해진다.

30번 통로, 12호 구역. 제독에게서 최대한 멀리 떨어져 있으면서도 묘지 안에 있는 곳이다. 그 구역에는 아주 오래되어, 마지막 안식처에서 조각조각 부스러져 가는 DC-10기가 자리하고 있다. 레브는 해치를 열고 안으로 들어간다. 그리고 이미 들어와 있던 두 아이를 발견한다. 둘 다 레브를 보고 벌떡 일어나 방어적인 자세를 취한다.

「내 이름은 레브야.」 그가 말한다. 「여기로 가라는 말을 들었어.」

그는 이 아이들을 모르지만 놀랄 일은 아니다. 이곳의 아이들을 거의 다 알 만큼 묘지에 오래 있었던 것은 아니니까. 한 명은 분홍색 머리의 아시아계 소녀. 다른 아이는 머리를 밀었으며 온몸이 문신으로 뒤덮여 있다.

「누가 말해 줬는데?」 민머리가 묻는다.

「콜로라도에서 만난 여자애. 걔 이름은 줄리앤이야.」

그때, 그림자 속에서 세 번째 사람이 나온다. 어린애가 아니라 어른이다. 20대 중반쯤 되어보인다. 그는 미소 짓고 있다. 기름기가 흐르는 빨간색 머리에, 머리칼과 같은 색의 염소수염이 제멋대로 자라 있다. 움푹 들어간 뺨 위로 광대뼈가 두드러져 보인다. 헬리콥터 조종사, 클리버다.

「줄리앤이 널 보냈구나!」 그가 말한다. 「좋아! 걔 잘 지내?」

레브는 잠시 뭐라고 대답해야 할지 생각한다. 「줄리앤은 맡겨진 일을 해냈어.」 레브가 말한다.

클리버가 고개를 끄덕인다. 「뭐, 그런 거지.」

다른 두 아이가 자기소개를 한다. 민머리는 블레인, 소녀는 마이다.

「당신이랑 같이 헬리콥터를 타고 다니는 고기 방패는?」 레브가 클리버에게 묻는다. 「걔도 이 일에 함께하는 거야?」

마이가 역겹다는 듯 웃는다. 「롤런드가? 죽어도 아니야!」

「롤런드는 딱히…… 우리 모임에 맞는 재질이 아니거든.」 클리버가 말한다. 「그래서, 넌 줄리앤에 관한 소식을 알려 주러 온 거야, 아니면 다른 이유로 온 거야?」

「난 여기 함께하고 싶어서 왔어.」

「그건 네 얘기고.」 클리버가 말한다. 「우리는 그 말이 진짜지 알 수가 없지.」

「너 자신에 대해 말해 봐.」 마이가 말한다.

레브는 무장 강도 이야기를 꺼내려다가 입을 열기 전에 생각을 바꾼다. 이 순간에는 정직함이 요구된다. 이 관계는 진실에서 출발해야 한다. 그래서 그는 코너에게 납치되었던 순간부터 사이파이와 함께 했던 시간, 그 이후의 몇 주 동안 자신에게 있었던 모든 일을 이야기한다. 그가 말을 마치자 클리버는 매우, 매우 기뻐하는 듯하다.

「그럼, 넌 십일조구나! 아주 훌륭한데. 그게 얼마나 대단한 일인지 짐작도 못 할 거야!」

「이제 어때?」 레브가 묻는다. 「날 끼워 줄 거야, 말 거야?」

모두가 조용해진다. 진지해진다. 레브는 일종의 의식 같은 것이 시작되려 한다는 걸 알아챈다.

「말해 봐, 레브.」 클리버가 말한다. 「넌 너를 언와인드하려 했던 사람들을 얼마나 증오해?」

「아주 많이.」

「미안. 그걸로는 충분하지 않아.」

레브는 눈을 감는다. 마음속 깊은 곳으로 파고 들어가 부모를 떠올린다. 그들이 하려고 했던 일을, 레브가 그 일을 실제로 원하게 했다는 사실을 떠올린다.

「얼마나 증오해?」 클리버가 다시 묻는다.

「철저하게, 완전히.」 레브가 답한다.

「네 신체 부위를 가져다가 자기 몸의 일부로 삼으려 했던 사람들을 얼마나 증오하지?」

「철저하게, 완전히.」

「그 사람들과 세상 모든 사람이 대가를 치르는 걸 얼마나 바라지?」

「철저하게, 완전히.」 누군가는 이 모든 불공평함에 책임을 져야 한다. 모두가 대가를 치러야 한다. 레브가 그렇게 만들 것이다.

「좋아.」 클리버가 말한다.

레브는 그제야 자기 분노의 깊이에 놀란다. 하지만 두려움은 점점 사라진다. 레브는 그게 좋은 일이라고 자신을 타이른다.

「어쩌면 이 녀석, 진짜인지도 모르겠네.」 블레인이 중얼거린다.

레브는 일단 이 맹세를 하고 나면 다시는 돌아갈 수 없다는 걸 안다. 「나, 알고 싶은 게 하나 있어.」 레브가 말한다. 「줄리앤은…… 아주 분명하게 알고 있진 않았거든. 난 너희가 뭘 믿는지 알고 싶어.」

「우리가 뭘 믿느냐고?」 마이가 되묻는다. 그녀는 블레인을 보고 블레인은 웃는다. 하지만 클리버는 손을 들어 그를 조용히 시킨다. 「아니, 저건 좋은 질문이야. 진짜 질문. 진짜 대답을 해줘야 해. 우리한테 어떤 대의명분이 있느냐고 묻는 거라면…… 그런 건 없어. 그러니 그런 생각은 머릿속에서 지워 버려.」 클리버는 두 팔로 주변의 공간을 크게 휘젓는다. 「대의명분은 구식이야. 우리는 무작위성을 믿어. 지진! 토네이도! 우리는 자연의 힘을 믿어. 우리가 자연의 힘이야. 우리는 파괴야. 우리는 혼란이야. 우리는 세상을 망가뜨려.」

「제독도 꽤 잘 망가뜨렸지. 안 그래?」 블레인이 빈정거리며 말한다. 클리버가 그를 날카롭게 쏘아본다. 마이는 정말로 겁먹은 얼굴이다. 레브가 생각을 바꿔야 하나 고민하게 될 정도다.

「제독을…… 어떻게 망가뜨렸는데?」

「지난 일이야.」 마이가 말한다. 그녀의 목소리에는 불안과 분노가 깃들어 있다. 「우리가 제독을 망가뜨렸고, 그 일은 이제 끝났어. 우린 이미 끝난 일에 대해서는 말하지 않아. 안 그래?」

클리버가 고개를 끄덕이자 그녀는 긴장을 푸는 듯하다. 「중요한 건 우리가 누구를, 혹은 무엇을 망가뜨리느냐가 아니야.」 클리버가 말한다. 「망가뜨리기만 하면 돼. 우리가 봐온 대로라면 세상은 절대 움직이지 않아. 흔들려야만 움직이지. 내 말 맞지?」

「그런 것 같아.」

「뭐, 우리는 뒤흔들고 움직이게 만드는 사람들이야.」 클리버는 미소 지으며 레브를 가리킨다. 「문제는, 너도 그런 사람이냐는 거야. 우리 중 하나가 되기 위해서는 필요한 걸 가지고 있어야 해.」

레브는 세 사람을 오래도록 바라본다. 이들은 그의 부모가 싫어할 만한 부류다. 레브는 부모에 대한 반감만으로도 이들

편에 설 수 있다. 하지만 그걸로는 부족하다. 그것만으로는 안 된다. 그 이상이 있어야 한다. 그 순간 레브는 자신 안에 그 이상의 무언가가 있다는 것을 깨닫는다. 보이지는 않지만 존재한다. 끊어진 전기선 안에 도사리고 있는 치명적인 전류처럼. 분노다. 하지만 분노만은 아니다. 그 분노를 실행하려는 의지도 있다.

「좋아, 나도 함께할게.」 집에 있었을 때 레브는 언제나 자신보다 큰 무언가의 일부가 되었다고 느꼈다. 지금까지 그는 자신이 그 감정을 얼마나 그리워해 왔는지 깨닫지 못했다.

「가족이 된 걸 환영해.」 클리버가 말한다. 그는 별이 보일 만큼 세게, 레브의 등을 철썩 후려친다.

36
리사

코너가 뭔가 잘못되었음을 가장 먼저 알아차린 사람은 리사다. 리사는 레브가 뭔가 잘못되었음을 가장 먼저 알아차린 사람이기도 하다.

이기적인 한순간, 그녀는 그 사실에 짜증이 난다. 지금 그녀에게는 모든 일이 잘 풀려 가고 있기 때문이다. 이제야 그녀는 있을 곳을 찾았다. 이곳이 열여덟 살 생일이 될 때까지 자신의 성소(聖所)가 되어 주기를 바랄 뿐이다. 바깥세상에서는 지금 자신이 하고 있는 일을 절대 할 수 없을 테니까. 그녀가 하는 일은 무면허 의료 행위가 될 것이다. 생존이 최우선일 때는 괜찮지만, 문명 사회에서는 괜찮지 않은 일이다. 아마 열여덟 살이 되면 대학에, 의대에 갈 수 있을 것이다. 하지만 그러려면 돈과 인맥이 필요하고, 음악 수업을 들을 때보다도 훨씬 치열한 경쟁에 직면해야 할 것이다. 리사는 군대에 들어가 의무병이 될 수 있을지도 모른다고 생각한다. 고기 방패가 되지 않더라도 의무대에는 들어갈 수 있을 것이다. 결과적으로 어떤 선택을 하게 되든, 중요한 건 이제 선택지가 존재한다는 사실이다. 오랜만에 리사는 자신의 미래를 그려 본다. 이 모든 좋은 미래가 넘쳐 나는 상황에서, 그녀가 절대로 원하지 않는 것이 있다면 그건 이 모든 미래를 쏘아 쓰러뜨릴 만한 무언가다.

도서관 비행기 중 한 곳으로 향하면서, 리사의 머릿속에는 이런 생각이 가득하다. 제독은 가장 접근이 편하고 설비가 잘 갖춰진 비행기 세 대를 연구용 공간으로 빼두었다. 책과 컴퓨터, 뭐든 배우고 싶은 것을 배울 수 있는 자료가 갖춰져 있다. 「여긴 학교가 아니다.」 제독은 그들이 도착한 직후, 그렇게 말했다. 「선생도 없고 시험도 없다.」 이상하게도, 이처럼 기대가 부족하기 때문인지 도서관 비행기는 거의 언제나 가득 차 있다.

리사의 하루는 해가 뜬 직후에 시작된다. 도서관 비행기에서 하루를 시작하는 것이 그녀의 습관이 되었다. 이 시간에는 보통 그녀밖에 없다. 리사는 그게 더 좋다. 그녀가 배우고 싶어 하는 것이 다른 아이들을 불편하게 만들기 때문이다. 아이들의 신경을 거슬리게 하는 건 과목이 아니라, 그 과목을 공부하는 사람이 리사라는 사실이다. 리사는 주로 해부학과 의학 관련 서적을 공부한다. 아이들은 리사가 의료용 비행기에서 일한다는 이유만으로 그녀가 이미 알아야 할 모든 것을 알고 있다고 생각한다. 그래서 실제로는 그녀가 이런 것들을 배워야 한다는 걸 알면 불안해한다.

그런데 오늘 도서관 비행기에 도착했을 때, 리사는 놀라서 해치에 멈춰 선다. 이미 누군가가 와 있다. 코너다. 코너는 책에 너무 몰두해 리사가 들어오는 소리도 듣지 못한다. 리사는 잠시 뜸을 들이며 그를 살핀다. 그렇게 지친 모습의 코너는 처음이다. 도망치던 날들을 포함해도 그렇다. 하지만 동시에, 코너를 보게 되어 짜릿하다. 둘 다 너무 바빠, 얼굴을 마주할 시간조차 없었다.

「안녕, 코너.」

코너는 놀라 재빨리 고개를 들며 책을 탁 덮는다. 그러고는 말을 건 사람이 리사라는 걸 알고 긴장을 푼다. 「안녕, 리사.」 리사가 옆에 앉을 때쯤, 코너는 미소 짓고 있다. 아까와는 달리 피곤해 보이지 않는다. 리사는 자신이 코너에게 그런 영향을 줄 수 있다는 사실이 기쁘다.

「일찍 일어났네.」

「아니, 늦게까지 깨어 있는 거야.」 코너가 말한다. 「잠이 안 와서 여기로 왔어.」 그는 작고 둥근 창문을 힐끗 내다본다. 「벌써 아침이야?」

「아침이 되기 직전이야. 뭘 읽고 있어?」

코너는 책을 보이지 않는 곳으로 치우려 하지만 너무 늦었다. 그는 책 두 권을 꺼내 놓았다. 아래쪽 책은 공학에 관련된 책이다. 코너가 기계의 작동 방식에 관심이 있다는 점을 고려하면 놀랄 일은 아니다. 리사를 놀라게 한 건 위쪽에 놓인 책이다. 리사가 도착했을 때 코너가 들여다보고 있던 책. 그 책을 보고 리사는 거의 웃음을 터뜨릴 뻔한다.

「『바보들을 위한 범죄학』?」

「그래, 뭐. 누구에게나 취미는 필요하니까.」

리사는 코너를 바라보지만 코너가 못 이기는 척 고개를 돌린다. 「문제가 있는 거지?」 리사가 묻는다. 「난 〈바보들을 위한 코너학〉을 읽지 않아도 알 수 있어.」

코너는 리사의 눈을 피하려 한다.「그렇게 곤란한 문제는 아니야. 적어도 나한테는 그래. 어떤 면에서는 곤란한 문제일 수도 있겠지만. 모르겠다.」

「얘기하고 싶어?」

「절대로 하고 싶지 않아.」코너는 깊이 숨을 들이쉬며 의자에서 몸을 움직거린다.「걱정하지 마. 다 괜찮을 거야.」

「별로 확신이 없는 것 같은데.」

코너는 리사를 보다가 아직 둘밖에 없다는 걸 확인하려고 해치를 본다. 그런 다음, 그는 리사에게 몸을 숙이며 말한다.「이제는 골든이…… 없어서, 제독이 골든을 대신할 사람을 찾고 있어. 제독이 너한테 부탁하면 거절하겠다고 약속해 줘.」

「제독은 나라는 존재가 있다는 것조차 몰라. 왜 나한테 부탁하겠어?」

「나한테는 부탁했으니까.」코너는 힘주어 속삭인다.「엠비한테도 부탁한 것 같아.」

「엠비?」

「내가 말하고 싶은 건, 네가 표적이 되지 않았으면 좋겠다는 것뿐이야.」

「무슨 표적? 누구의 표적?」

「쉿! 목소리 낮춰!」

리사는 코너가 읽고 있던 책을 다시 보며 모든 퍼즐을 맞춰 보려 하지만, 조각이 충분하지 않다. 리사는 코너에게 다가가 억지로 그가 자신을 보게 한다.「난 너를 돕고 싶어.」그녀가 말한다.「네가 걱정돼. 부탁이니까 널 돕게 해줘.」

코너는 시선을 이리저리 돌리며 빠져나갈 구멍을 찾는다.

그러다 갑자기, 코너가 둘 사이의 좁은 거리를 건너와 그녀에게 입을 맞춘다. 리사는 전혀 예상하지 못한 일이다. 코너가 입을 떼자, 리사는 그의 표정에서 코너 역시 이 일을 예상하지 못했음을 깨닫는다.

「방금 건…… 왜 그런 거야?」

코너가 뇌를 다시 제대로 작동시키는 데 시간이 좀 걸린다. 「그건…….」 그가 말한다. 「무슨 일이 생겨서 다시는 널 못 보게 될지도 몰라서 그런 거야.」

「그래.」 리사가 말한다. 이번에는 그녀가 코너를 끌어당겨 다시 입을 맞춘다. 이번 입맞춤은 첫 번째보다 길다. 그녀는 입술을 떼며 말한다. 「방금 건…… 내가 너를 다시 볼 수도 있어서 그런 거야.」

코너는 떠난다. 어색하게 휘청거리며 나가다가 땅으로 이어지는 강철 계단에서 굴러떨어질 뻔한다. 둘 사이에 벌어진 모든 일에도 리사는 미소 지을 수밖에 없다. 입맞춤 같은 단순한 행동 하나로 최악의 걱정조차 잠재울 수 있다니 놀라운 일이다.

레브의 문제는 뭔가 근본적으로 다르다. 리사는 자기도 모르게 레브를 두려워한다. 그날 아침, 레브는 심한 일광 화상을 입은 채 병실에 들어온다. 달리기가 빠른 그는 메시지 전달 임무를 배정받았다. 대체로 그 일은 쪽지를 들고 비행기 사이를 오가는 것이다. 모든 전달자가 선크림을 발라야 한다는 것이 제독의 규칙이지만, 레브는 더 이상 누구의 규칙에도 얽매이지 않는 것처럼 보인다.

잠시 잡담을 나누다가 어색해진 리사가 재빨리 본론을 꺼낸다. 「음, 이젠 머리가 더 길어졌으니 최소한 이마와 목은 괜찮을 것 같네. 셔츠 벗어 봐.」

「셔츠는 거의 입고 있었는데.」 레브가 말한다.

「어쨌든 좀 보자.」

레브는 마지못해 셔츠를 벗는다. 몸에도 화상을 입었지만 팔과 뺨만큼 심하지는 않다. 하지만 리사의 눈길을 끈 것은 따로 있다. 희미한 손자국처럼 보이는, 그의 등에 남아 있는 부푼 자국이다. 리사가 손가락으로 그 자국을 쓸어 본다.

「누가 이랬어?」 리사가 묻는다.

「별거 아니야.」 레브는 리사에게서 셔츠를 낚아채 다시 입으며 말한다. 「그냥 어떤 녀석이었어.」

「너희 팀에서 누가 널 괴롭혀?」

「말했잖아, 아무것도 아니라고. 네가 뭔데, 우리 엄마라도 돼?」

「아니.」 리사가 말한다. 「내가 네 엄마였으면, 가장 가까운 하비스트 캠프에 처넣었을 거야.」

농담으로 한 말이지만 레브는 웃지 않는다. 「그냥 화상에 바를 거나 줘.」

그의 목소리는 으스스하다 못해 공허하게 들린다. 리사는 수납장으로 가서 알로에 연고 튜브를 꺼내지만, 아직 레브에게 건네주지 않는다. 「예전 레브가 그립네.」 그녀가 말한다.

그 말에 레브는 리사를 본다. 「기분 나쁘라고 하는 말은 아닌데, 넌 날 알지도 못했잖아.」

「그럴지도 모르지. 하지만 최소한 그땐 널 알고 싶었어.」

「더는 알고 싶지 않다는 거야?」

「글쎄다.」리사가 말한다. 「지금 이 아이는 내 취향엔 좀 너무 소름 끼쳐서.」리사는 그 말이 레브에게 가닿았다는 걸 알 수 있다. 왜 그런지는 모르겠다. 레브는 지금의 이 소름 끼치는 성격을 자랑스럽게 여기는 것처럼 보인다.

「예전 레브는 널 속여서 자기를 믿게 한 다음, 기회가 생기자마자 경찰에 신고했어.」그가 말한다.

「새로운 레브는 그러지 않을 거란 말이야?」

레브는 잠시 생각해 보더니 말한다. 「새로운 레브한테는 그보다 중요한 일이 있어.」

리사는 화상 연고를 그의 손에 쥐여 준다. 「그래, 뭐. 예전 레브를 보면 — 늘 신과 자기 사명 같은 것에 대해서 생각하던 녀석 말이야 — 우리가 그 녀석을 다시 보고 싶어 한다고 전해 줘.」

불편한 침묵이 흐르고, 레브는 손에 쥔 연고 튜브를 내려다본다. 잠시 리사는 그가 다른 레브의 흔적을 돌려놓을 무슨 말을 할지도 모른다고 생각하지만, 레브가 하는 말은 한마디뿐이다. 「이건 얼마나 자주 발라야 해?」

이튿날, 근무 호출이 있다.

리사는 근무 호출을 싫어한다. 그녀가 원하는 일은 나오지 않으리라는 걸 알기 때문이다. 하지만 모두가 참여해야 한다. 오늘 회의는 언와인드가 아닌 클리버가 주도한다. 앰프를 대신할 사람을 찾지 못해서 클리버가 임시로 진행을 떠맡은 것으로 보인다. 리사는 클리버를 싫어한다. 그는 표정이 불쾌하고 음흉하다.

오늘은 근무 요청이 세 건밖에 없다. 첫 번째는 비버스 브레스라는 이름의, 황량한 마을에서 배관공 보조 일을 할 사람을 구하고 있다. 다음으로 캘리포니아 어딘가에서 농장 일꾼을 구한다. 그리고 마지막 일은 그야말로 이상하다.

「알래스카주 프루도.」 클리버가 말한다. 「열여덟 살이 될 때까지 송유관 작업을 하는 거야. 내가 듣기로는 지구에서 가장 춥고 혹독한 곳이래. 하지만 뭐, 멀리 떨어져 있잖아? 자원자 세 명.」

처음으로 손을 든 아이는 벌을 받는 게 제2의 천성이라도 되는 듯한 모습의 아이다. 빡빡 민 머리에 이르기까지, 온몸이 혹독한 노동을 위해 단련된 것처럼 보인다. 다음으로 손을 든 사람을 보고 리사는 깜짝 놀란다. 마이다. 마이가 송유관 작업에 자원하다니, 무슨 생각일까? 창고에서 지낼 때 그토록 아끼던 소년을 떠나려고 하는 이유는 뭘까? 하긴, 생각해 보니 리사는 묘지에서 그 소년을 본 적이 없다. 리사가 이 상황을 이해하려 노력하는 동안 세 번째 손이 올라간다. 더 어린 아이다. 더 작은 아이다. 심한 일광 화상을 입은 아이다. 레브가 손을 높이 들고 있다. 그가 송유관 작업에 선발된다.

리사는 그야말로 믿을 수 없어 가만히 서 있다가, 사람들 사이에서 코너를 찾는다. 코너도 이 상황을 보고 있다. 그는 리사를 보고 어깨를 으쓱한다. 뭐, 코너에게는 어깨를 으쓱하고 말 일인지 몰라도 리사에게는 아니다.

회의가 끝나자마자 리사는 곧장 레브를 찾아 나서지만, 그는 이미 사람들 사이로 사라졌다. 그래서 리사는 병동으로 돌아오자마자 메신저를 부르고 또 부른다. 아이들에게 잊지 말고 약을 먹으라고 알리는 쪽지를 반복해서 보낸다. 마침내, 네 번째로 호출했을 때 레브가 연락병으로 파견된다.

레브는 리사의 표정을 봤는지, 해치 앞에 가만히 서 있기만 할 뿐 안으로 들어오지 않는다. 다른 의무병이 한 명 더 있기에 리사는 레브를 노려보며 뒤쪽을 가리킨다. 「저리로 가. 당장!」

「난 명령을 받지 않아.」 그가 말한다.

「저리로 가라고!」 그녀가 더욱 힘을 담아 말한다. 「당장!」

결국 레브는 명령을 받는 것으로 보인다. 그는 안으로 들어와서 비행기 뒤쪽으로 향한다. 레브가 뒤쪽 창고에 이르자, 리사는 칸막이 문을 닫고 그를 심하게 나무란다.

「대체 무슨 생각이야?」

레브의 얼굴은 강철같이 굳어 있다. 리사로서는 열 수 없는, 금고의 문 같다. 「난 알래스카에 가본 적이 없어.」 그가 말한다. 「지금이라도 가보게.」

「넌 여기 온 지 일주일밖에 안 됐어! 왜 그렇게 서둘러 떠나려는 거야? 그것도 그런 일을 하겠다고?」

「난 너한테도, 다른 누구에게도 설명할 의무가 없어. 손을 들었고 선발됐어. 그게 전부야.」

리사는 레브의 반항에 반항하려고 팔짱을 낀다. 「내가 보건 확인증을 끊어 주지 않으면 넌 아무 데도 못 가. 제독한테 네가…… 전염성 간염에 걸렸다고 말할 수도 있어.」

「안 돼!」

「어디 두고 봐.」

레브는 쿵쾅거리며 리사에게서 멀어지다가 화가 나서 벽을

5부 묘지 **339**

차고 다시 쿵쾅거리며 돌아온다. 「제독은 네 말을 믿지 않을 거야! 설령 믿는대도, 네가 날 영원히 병자로 만들어 잡아 둘 수는 없어!」

「왜 그렇게까지 가려고 하는 거야?」

「해야 할 일이 있으니까.」 레브가 말한다. 「네가 이해할 거라고는 기대 안 해. 네가 원하는 사람이 못 돼서 미안한데, 난 변했어. 난 너희가 두 달 전에 납치했던 그 멍청하고 순진한 아이가 아니야. 네가 무슨 짓을 하든 날 막을 순 없어. 난 여기를 떠나서 해야 할 일이 있다고.」

리사는 아무 말도 하지 않는다. 레브의 말이 맞기 때문이다. 최선을 다해 봐야 레브를 잠시 잡아 둘 수 있을 뿐 막을 수는 없다.

「그래서, 내가 전염성 간염에 걸린 거야?」 레브가 조금 더 침착하게 말한다.

리사는 한숨을 쉰다. 「아니야.」

레브는 돌아서서 칸막이 문을 연다. 떠나려는 결심이 너무 굳어서, 리사에게 작별 인사를 할 마음조차 없는 듯하다.

「한 가지는 네가 틀렸어.」 레브가 문을 나서기 전 리사가 말한다. 「넌 전만큼 순진해. 아마 전보다 두 배는 더 멍청한 것 같고.」

레브는 말없이 떠난다. 그날 오후, 아무 표시 없는 흰색 밴이 와서 그와 마이, 민머리를 태워 간다. 리사는 그 모습을 보며 이번에는 정말 레브를 다시 볼 일은 없을 거라 생각한다. 이번에도 그녀는 틀렸다.

37
엠비와 제독

엠비는 묘지에 들어오는 장비들을 전혀 이해하지 못한다. 자신이 그런 장비의 일부라는 것도. 그의 세계는 만화책의 네모난 칸과 잘 구획된 핀볼 머신의 경계 안으로 한정되어 있다. 그 안에 머무는 것이 엠비에게는 바깥세상의 불의와 잔인함에 맞서는 확실한 방어책이었다.

그는 방금 알래스카로 떠난 삼인조의 특이함에 의문을 품지 않는다. 자신과는 상관없는 일이기 때문이다. 그는 코너의 긴장감도 느끼지 못한다. 코너의 일이야 코너가 알아서 하면 된다. 그는 롤런드에 대해 궁금해하며 시간을 보내지도 않는다. 그냥 롤런드의 앞길에서 비켜 있을 뿐이다.

하지만 고개를 숙이고 있다고 해서 안전 구역에 머물 수 있는 건 아니다. 사실 엠비는 핀볼 머신의 중앙에 자리한 범퍼다. 모든 공이 그에게 맞고 다시 튕겨 나간다.

제독이 그를 불렀다.
엠비는 긴장한 채, 한때 미국 대통령의 이동식 지휘 본부였던 비행기의 입구에 서 있다. 이곳에는 낯선 남자 두 명이 있다. 흰 셔츠에 어두운색 타이를 맨 차림이다. 계단 아래에 대기하고 있는 검은 세단은 그들의 것임이 틀림없다. 제독은 책상 뒤에 앉아 있다. 엠비는 안으로 들어가야 할지, 돌아서서 도망쳐야 할지 고민한다. 하지만 제독이 그를 본다. 그 시선이 엠비의 발을 그 자리에 붙들어 맨다.

「절 찾으셨어요?」

「그래. 앉아라, 재커리.」

엠비는 억지로 제독의 맞은편 의자를 향해 걸음을 옮긴다. 「엠비예요.」 그가 말한다. 「다들 그렇게 불러요.」

「네가 선택한 거냐, 그 애들이 정한 거냐?」 제독이 묻는다.

「뭐, 대체로는 걔들이 선택한 거지만…… 저도 익숙해졌어요.」

「절대 다른 사람이 네 이름을 짓게 놔두지 마라.」 제독이 말한다. 그는 엠비의 사진이 클립으로 끼워진 파일을 휙휙 넘긴다. 두툼한 파일이다. 엠비는 저런 파일을 채울 정도로 자신의 인생에 흥미로운 일이 많았다니 상상조차 하기 어렵다. 「넌 모르겠지만, 넌 아주 특별한 아이다.」 제독이 말한다.

엠비는 신발 끈만 내려다볼 수밖에 없다. 언제나 그렇듯 신발 끈은 풀리기 일보 직전이다. 「그래서 제가 여기 온 건가요? 제가 특별해서?」

「그래, 재커리. 그리고 바로 그 이유로 넌 오늘 우리를 떠나게 될 거다.」

엠비가 고개를 든다. 「네?」

「널 만나고 싶어 하는 사람이 있어. 실은, 아주 오랫동안 널 찾아다닌 사람이야.」

「정말요?」

「이 사람들이 널 데려다줄 거다.」

「그게 누군데요?」 엠비는 오래된 환상을 품고 있었다. 부모 중 한 명이 실제로는 아직 살아 있을지 모른다는. 어머니가 아니라면 아버지라도. 그는 아버지가 실은 스파이라는 상상을 해왔다. 오래전에 있었던 아버지의 죽음은 그냥 공식적인 이야기이고, 실제로는 아버지가 만화책 속 영웅처럼 세상의 길들지 않은 구석으로 떠나 악과 맞서 싸우고 있다고.

「네가 아는 사람은 아니다.」 제독이 엠비의 희망을 깨뜨린다. 「하지만 좋은 여자다. 실은, 내 전 부인이야.」

「저는…… 무슨 말인지 모르겠어요.」

「곧 알게 될 거다. 걱정하지 마라.」

하지만 말은, 엠비에게 끝없이 걱정하라는 공개적 초청장이나 마찬가지다. 엠비가 과호흡을 하고 그의 기관지가 수축한다. 그는 기침하기 시작한다. 제독이 걱정스레 그를 본다.

「괜찮나?」

「천식이에요.」 엠비는 쌕쌕거리는 사이에 말한다. 그는 주머니에서 흡입기를 꺼내 한 모금 들이마신다.

「그래.」 제독이 말한다. 「내 아들에게도 천식이 있었지. 그애는 졸레어가 아주 잘 들었다.」 그는 엠비 뒤에 선 남자를 쳐다본다. 「저 폐에 잘 맞는 졸레어를 꼭 챙기시오.」

「네, 던피 제독님.」

그 말은 잠시 시간이 지난 뒤에야 엠비의 머릿속 못과 핀에 튕겨 정신적 지느러미발에 맞는다.

「던피요? 제독님 성이 던피예요?」

「묘지에서는 성을 쓰지 않아.」 제독은 그렇게 말하더니 일어서서 엠비와 악수한다. 「잘 가라, 재커리. 내 전 부인을 만나거든 안부를 전해다오.」

남자들이 그의 양팔을 잡고 밖으로, 기다리고 있던 세단으로 데리고 가는 동안에 엠비는 그저 끽끽거리는 소리로 대답할 수 있을 뿐이다.

소년이 떠나자 던피 제독은 의자 등받이에 기대앉는다. 그의 지배를 위협하는 여러 상황 속에서 이 순간만큼은 기쁘게 누릴 수 있다. 그는 잠시 만족감을 만끽하며, 미소 짓는 아들 할런의 사진을 힐끗 돌아본다. 현대의 전설에서는 험프리라는 이름으로 더 널리 알려져 있지만, 그를 사랑하는 사람들은 그의 진짜 이름을 안다. 그래, 제독은 자기 자신을 구원하고 있다. 상황을 바로잡고 있다. 한 조각, 한 조각씩.

38
폭도

 엠비의 실종은 거의 이틀 동안 누구의 눈에도 띄지 않는다. 그러다가 누군가가 핀볼 머신을 보고 뭔가 사라졌다는 걸 깨닫는다.

 「엠비는 어디 간 거야?」 사람들이 묻기 시작한다. 그들은 처음에는 건성으로 묻다가 밤이 되어서야 진지하게 캐묻기 시작한다. 아침이 되자 그가 사라졌다는 게 분명해진다.

 어떤 사람들은 그가 사막을 떠돌고 있는 걸 봤다고 주장한다. 어떤 사람들은 수수께끼의 자동차가 그를 데려갔다고 주장한다. 랠피 셔먼은 엠비가 광선을 타고 모선(母船)으로 올라가 자기 동족과 조우했다고 주장한다. 모든 주장이 고려된다. 모든 가능성이 검토된다. 엠비의 팀원들이 수색에 나서지만 아무런 단서도 나오지 않는다.

 이 모든 일이 벌어지는 내내 제독은 고요하다.

 이제 서열 밑바닥에 있던 엠비가 갑자기 모두의 가장 친한 친구가 된다. 그의 실종이 모두의 불안에 기름을 붓는다. 롤런드는 이 실종을 이용해 자기만의 공포 이론을 퍼뜨린다. 어쨌거나, 엠비가 사라질 거라고 매우 공개적으로 예측했던 사람이 바로 롤런드니까. 그 자신도 그 말을 한순간도 믿지 않았지만, 예측이 현실이 된 지금은 모두의 관심을 받는다.

「두고 봐.」 롤런드는 들으려는 사람만 있으면 말한다. 「머잖아 제독이 엠비의 풍성한 머리카락을 모자 아래에 숨기고 나타날 테니까. 다음 차례는 우리 중 누구라도 될 수 있어. 제독이 너희 눈을 봤다고? 너희 목소리에 귀 기울였다고? 제독이 너희의 일부를 원하면, 너희도 엠비처럼 사라지고 말 거야!」

롤런드의 말은 너무 설득력이 있어서, 그 자신조차 믿을 지경이다.

코너는 상황을 전혀 다르게 본다. 그는 롤런드가 엠비의 실종을 이용해 지지를 끌어모으려고 그를 없애 버렸다고 확신한다. 코너에게는 이 역시 롤런드가 골든을 죽였다는 또 하나의 증거다. 롤런드가 원하는 것을 얻기 위해서는 무엇이든 할 수 있는 인간이라는 증거.

코너는 제독에게 그런 의심을 전한다. 제독은 귀 기울여 듣지만 여전히 아무 대답도 하지 않는다. 제독은 엠비가 사라진 것이 자기 책임이라고 말하는 순간, 롤런드가 조장하는 광기에 바로 걸려들게 된다는 걸 안다. 제독은 코너에게 엠비를 다른 곳으로 보낸 사람이 자신이라고 말할 수 있지만, 그러면 원하지 않는 질문이 쏟아질 것이다. 그래서 그는 코너가 그 일을 한 사람이 롤런드라고 생각하게 놔둔다. 코너가 롤런드와 살인을 잇는 중요한 연결 고리를 더 열심히 찾게 만들기 위해서다. 이제는 제독도 롤런드가 유죄라고 믿게 되었기 때문이다.

「사라진 아이는 잊어버려라.」 제독이 말한다. 「롤런드가 다른 아이들을 죽였다는 걸 입증하는 데 집중해. 누가 롤런드를 도와줬을 게 틀림없다. 그러니 누군가는 알고 있을 거야. 지금 당장은 롤런드를 지지하는 아이가 너무 많아. 확실한 증거 없이는 롤런드를 쓰러뜨릴 수 없어.」

「그럼 제가 어떻게든 증거를 가져다 드릴게요.」 코너가 말한다. 「엠비를 위해서.」

코너가 비행기를 떠난 뒤 제독은 혼자 앉아 상황을 여러 각도에서 숙고한다. 묘지가 위태로웠던 적이 처음은 아니지만 위기 상황은 언제나 제독의 전문 분야였다. 그는 이번에도 상황을 잘 수습할 수 있을 것이며, 모든 것을 다시 통제하에 둘 수 있으리라 확신한다. 그렇게 앉아 있는 동안 그는 팔을 따라 번지는 어깨 통증을 느낀다. 전쟁에서 입은 다양한 부상이 또다시 고개를 드는 게 분명하다. 그는 아스피린을 가져다 달라며 의무병을 부른다.

39
롤런드

롤런드는 헤이든이 방금 건넨 봉투를 열고 안에 든 쪽지를 읽는다.

난 네가 뭘 했는지 알아. 거래하자. 페덱스 비행기에서 만나.

쪽지에는 서명이 없지만, 굳이 있을 필요도 없다. 롤런드는 누가 보냈는지 안다. 그에게 협박 쪽지를 보낼 배짱이 있는 건 코너뿐이다. 그만큼 멍청한 것도. 쪽지를 보자 롤런드는 머리가 빠르게 돈다. 나는 네가 뭘 했는지 알아. 짚이는 것이라면 얼마든지 있다. 롤런드는 발전기를 망가뜨린 적이 있다. 끔찍한 생활 환경에 대해 제독을 탓하기 위해서였다. 아니면, 코너는 리사에게 수작을 거는 척하며 의료용 비행기에서 훔친 이피캑 한 병에 대해 알고 있는 건지도 모른다. 롤런드는 그걸 음료에 몰래 넣어 구토 잔치를 벌인 다음, 모두가 식중독에 걸리게 했다고 제독을 탓할 계획이었다. 물론 그 외에도 코너가 알아낼 만한 일은 아주 많았다. 롤런드는 아무 감정도 드러내지 않고 쪽지를 주머니에 넣는다. 그리고 헤이든을 쏘아본다. 「그래서, 넌 이제 코너의 연락병이 된 거야?」

「야.」 헤이든이 말한다. 「난 스위스야. 중립이라고. 초콜릿도 잘 만들고.」

「꺼져..」 롤런드가 말한다.

「이미 꺼지고 있어..」 헤이든은 어슬렁거리며 멀어진다.

코너와 홍정해야 할지도 모른다는 생각에 롤런드는 열이 오른다. 하지만 최악의 상황은 아니다. 어쨌든, 홍정과 속임수는 롤런드에게 언제나 삶의 한 방식이었다. 그래서 롤런드는 페덱스 비행기로 향한다. 칼을 꼭 챙기고. 거래가 성사되지 않을 경우에도 대비해야 하니까.

40
코너

「나 왔다.」 롤런드가 페덱스 비행기 앞에서 소리친다. 「원하는 게 뭐야?」

코너는 화물칸 안에 숨어 있다. 그는 기회가 한 번뿐이라는 걸 안다. 제대로 해야만 한다. 「들어와. 얘기하자.」

「아니, 네가 나와.」

제법인데. 코너는 생각한다. 하지만 이번 일은 내 뜻대로 진행될 거야. 「들어오지 않으면 모두에게 내가 아는 걸 말할 거야. 모두에게 내가 찾아낸 걸 보여 줄 거야.」

잠시 침묵이 흐른다. 곧 화물칸 안으로 기어드는 롤런드의 실루엣이 보인다. 이제는 코너가 유리하다. 그의 눈은 화물칸의 어슴푸레한 빛에 적응했지만 롤런드는 그렇지 않다. 코너는 앞으로 뛰어 나가 제독의 총구를 롤런드의 등에 단단히 박아 넣는다. 「움직이지 마.」

롤런드의 두 손이 본능적으로 올라간다. 마치 이런 상황이 처음이 아닌 것처럼. 「이게 네가 말한 거래야?」

「닥쳐.」 코너는 한 손으로 그의 몸을 수색해 숨겨진 칼을 찾아낸다. 그것을 화물칸 밖으로 던진다. 코너는 롤런드에게 총을 더 깊숙이 밀어 넣는다.「움직여.」

「어디로?」

「어디로 가야 하는지 알잖아. 2933호 컨테이너. 가!」

롤런드는 늘어선 컨테이너들 사이 비좁은 공간을 비집으며 앞으로 나아가기 시작한다. 코너는 롤런드의 모든 동작을 주시한다. 등에 총구가 닿아 있는데도 롤런드는 오만하고 자신감이 넘친다.「날 죽이고 싶진 않을걸.」 그가 말한다.「여기 있는 모든 아이가 날 좋아해. 나한테 무슨 짓이라도 했다간 걔들이 널 갈가리 찢어 버릴 거야.」

그들은 2933호 컨테이너에 이른다.「들어가.」 코너가 말한다.

바로 그 순간 롤런드가 움직인다. 그는 휙 돌아서 코너를 밀치고 총을 빼앗으려 든다. 코너가 예상했던 일이다. 코너는 재빨리 총을 롤런드의 손이 닿지 않는 곳으로 옮긴다. 등 뒤의 컨테이너에 몸을 실으며 롤런드의 배를 발로 힘껏 찬다. 롤런드는 2933호 컨테이너 안으로 넘어진다. 그 순간 코너가 몸을 날려 해치를 쾅 닫고 잠근다. 안에서 롤런드가 분노를 터뜨리는 가운데 코너는 컨테이너 벽에 총을 겨눈다. 그리고 한 발, 두 발, 세 발…… 쏜다.

총성이 컨테이너 안에서 들려오는 겁에 질린 비명과 뒤섞인다. 롤런드가 외친다.「뭐 하는 거야? 너 미쳤어?」

코너의 총알은 매우 정확히 맞았다. 낮게, 컨테이너 한쪽 구석을 향했다.「네 피해자들에게는 없었던 걸 주는 거야.」 코너가 말한다.「공기구멍.」 그가 자리에 앉는다.「이제 얘기하자.」

41
폭도

 8백 미터 떨어진 사막에서 수색대가 돌아온다. 그들은 엠비를 찾지 못했다. 대신 외진 바위 절벽 뒤에서 별다른 특징이 없는 무덤 다섯 기를 찾았다. 겨우 몇 분 만에 소문은 순풍에 불길 번지듯 퍼져 나간다. 골든이 발견되었다. 하지만 그들은 그리 황금처럼 빛나 보이지 않았다. 누군가가 제독이 직접 그들을 죽인 거라고 말한다. 그 말이 소문이 되고, 소문은 빠르게 사실로 받아들여진다. 제독이 자기 부하들을 죽였다! 롤런드가 했던 말이 모두 사실이었다. 그런데 롤런드는 어디에 있지? 롤런드도 사라진 건가? 코너도 사라졌는데! 제독이 그들에게 무슨 짓을 한 거지!

 분노할 이유가 백 가지는 되는 언와인드 무리가 동시에 분노할 이유를 하나 더 발견한다. 그 정도면 이들이 선을 넘기에는 충분하다. 폭도는 제독의 비행기로 몰려간다. 가는 길에 점점 더 많은 아이가 따라붙는다.

42
리사

 몇 분 전, 리사는 제독의 요청에 따라 아스피린을 들고 그의 비행기로 향했다. 제독이 그녀를 맞이했다. 리사가 코너에게 말했듯, 제독은 그녀의 이름조차 몰랐다. 이제 제독은 리사와 잡담을 나누며, 그녀가 묘지에서 쌓은 경험이 바깥세상의 또래 아이 누구보다도 낫다고 말한다. 리사는 군대의 의무병이 될까 고민 중이라고 말하고, 제독은 기뻐하는 듯 보인다. 그는 어깨 통증에 대해 불평하며 아스피린을 달라고 한다. 리사는 아스피린을 건네며, 혹시 몰라 그의 혈압을 확인한다. 제독은 그토록 철저한 태도에 칭찬을 아끼지 않는다.
 바깥이 소란스럽다. 리사는 제독의 혈압을 재는 데 집중하기 어렵다. 이곳에서 소동이 일어나는 건 드문 일이 아니다. 무슨 일인지는 몰라도, 리사는 누군가에게 붕대를 감아 주고 얼음찜질을 해주는 것으로 끝나게 되리라고 생각한다. 리사의 일은 끝이 없다.

43
폭도

분노한 아이들이 제독의 비행기에 도착하기 시작한다.

「잡아! 잡아! 끌어내!」

그들이 강철 계단을 올라온다. 해치가 들썩인다. 아주 조금 열린 틈새로 리사는 밀려오는 대혼란의 물결을 내다본다. 인간 쓰나미가 그녀를 향해 몰려드는 것만 같다.

「안에 여자애를 잡아 뒀어!」

가장 앞선 아이가 계단 꼭대기에 이르러 해치를 비틀어 연다. 그를 맞이한 건 리사의 주먹이다. 그의 턱에 인정사정없는 주먹이 꽂힌다. 아이는 옆으로 넘어져 땅에 굴러떨어진다. 하지만 그가 있던 계단으로 더 많은 아이가 밀려든다.

「문 못 닫게 해!」

두 번째 아이의 눈에 직격으로 소독 스프레이가 분사된다. 아이는 통증에 비틀거리며 뒤로 물러나다가 계단을 올라오던 다른 아이들과 부딪힌다. 아이들이 도미노처럼 휘청거리며 쓰러진다. 리사는 해치를 홱 닫은 뒤 안에서 걸어 잠근다.

이제 아이들은 비행기 날개에 올라가 헐거운 금속 조각을 찾아 비틀어 뜯어낸다. 맨손의 분노로 비행기가 갈가리 찢긴다.

「창문을 깨! 둘 다 끌어내!」

아래에 있던 아이들이 돌을 던진다. 돌은 비행기를 두드리고 그만큼 동료들도 자주 맞힌다. 안에서는 우박이 떨어지는 소리가 들린다. 제독은 창밖의 광경을 보고 얼굴이 핼쑥해진다. 심장이 마구 뛰고 어깨와 팔이 쑤신다. 「어쩌다 이렇게 된 거지? 난 어쩌다 이 지경이 되도록 가만히 있었던 거야?」

돌이 기체를 두드려 대지만, 무장된 강철을 깨뜨리지는 못한다. 퇴역한 에어포스 원의 방탄유리는 끄덕도 하지 않는다. 그때, 누군가가 비행기를 발전기와 연결하는 전선을 끊어 버린다. 불이 꺼진다. 에어컨도 꺼진다. 비행기 안은 지글거리는 태양 아래에서 빠르게 익어 가기 시작한다.

44
코너

「넌 앰프와 지반을 비롯한 골든을 죽였어.」

「너 미쳤어?」

코너는 2933호 컨테이너 앞에 앉아, 열기 속에 이마를 훔친다. 롤런드의 목소리가 안에서 먹먹하게 들려오지만, 충분히 알아들을 수 있는 정도다.

「네가 골든의 자리를 차지하려고 걔들을 제거한 거야.」 코너가 말한다.

「맹세하는데, 여기서 나가면 널 —」

「날 뭐? 걔들을 죽인 것처럼 나도 죽이겠다고? 엠비를 죽인 것처럼?」

롤런드는 대답하지 않는다.

「너한테 거래하자고 했지.」 코너가 말한다. 「진짜 거래할 거야. 자백하면, 제독에게 말해서 네 목숨만은 살려 줄게.」

그 대답으로 롤런드는 코너의 관절을 불가능한 방향으로 뒤틀어 놓겠다고 말한다.

「자백해, 롤런드. 그래야만 여기서 나갈 수 있어.」 코너는 충분히 압박하면 롤런드가 자기가 한 짓을 자백하리라고 확신한다. 제독은 증거가 필요하다고 했다. 완전한 자백보다 확실한 증거가 어디 있겠는가.

「난 자백할 게 없어!」

「좋아.」 코너가 말한다. 「난 기다릴 수 있어. 하루 종일이라도.」

45
폭도

 제독의 비행기는 난공불락의 요새다. 내부 온도가 38도 가까이 올라간다. 리사는 열기에 버티지만 제독은 상태가 점점 나빠진다. 리사는 여전히 해치를 열 수 없다. 폭도들이 가차 없이 밀고 들어오려고 하기 때문이다.

 밖에서는 제독의 비행기에 몰려들지 않은 아이들이 사방으로 흩어진다. 제독에게 다가갈 수 없다면 다른 모든 것이라도 파괴하려는 것이다. 도서관 비행기, 숙소용 비행기, 심지어 오락용 비행기까지 모든 것이 갈가리 찢긴다. 그들은 불태울 수 있는 모든 것에 불을 지른다. 만족할 줄 모르는 분노가 터져 나온다. 그 분노 아래에는 이제야 분노를 터뜨릴 수 있다는 기이한 기쁨이 어려 있다. 그 기쁨 아래에는 더 큰 분노가 웅크리고 있다.

 묘지를 반쯤 건너간 곳에서, 클리버가 멀리서 솟아오르는 연기를 본다. 연기가 그에게 손짓한다. 클리버는 혼란에 이끌린다. 직접 봐야 하는데! 클리버는 헬리콥터를 돌려 분노한 폭도를 향해 날아간다.

그는 감히 혼란에 최대한 가까이 다가간다. 그의 활동이 어떤 식으로든 이런 결과로 이어졌을까? 그랬다면 좋겠다. 클리버는 엔진을 끄고 날개가 천천히 돌게 놔둔다. 경이로운 파괴의 소리가 들리도록……. 그때, 화가 난 언와인드들이 그에게로 돌아선다.

「클리버다! 제독의 부하야.」

갑자기 클리버가 주목의 대상이 된다. 그가 원했던 일이다.

46
코너

롤런드는 천천히 무너져 내린다. 그는 수많은 것을 자백한다. 기물 파괴나 절도 같은 사소한 일들이다. 코너는 그런 것들에 전혀 관심이 없다. 하지만 이 방법이 통할 것이다. 통해야만 한다. 코너에게는 정의를 실현할 다른 계획이 없다. 이 방법이 통해야만 한다.

「난 아주 많은 일을 했어.」 롤런드가 컨테이너 벽의 총알구멍을 향해 말한다. 「그렇지만 누굴 죽인 적은 없어!」

코너는 듣기만 한다. 더는 말을 하지 않는다. 자기가 말을 적게 할수록 롤런드가 많이 말한다는 걸 깨달았기 때문이다.

「걔들이 죽었다는 건 어떻게 알아?」 롤런드가 묻는다.

「내가 묻었으니까. 나랑 제독이.」

「그럼 네가 죽인 거네!」 롤런드가 소리친다. 「네가 죽여 놓고, 나한테 뒤집어씌우려는 거 아냐!」

이제 코너는 자기 계획의 결점을 보기 시작한다. 자백을 받지 못하고 롤런드를 내보냈다간 그의 손에 죽고 말 것이다. 그렇다고 롤런드를 영원히 저 안에 가둬 둘 수는 없다. 코너의 선택지는 이제 컨테이너 사이의 틈보다도 좁다.

그때, 밖에서 누군가의 목소리가 들린다.「안에 누구 있어? 코너? 롤런드?」헤이든이다.

「도와줘!」롤런드가 목청이 터져라 소리친다.「도와줘, 이 자식 미쳤어! 나 좀 꺼내 줘!」하지만 그 비명은 화물칸 밖으로 나가지 못한다. 코너가 일어나서 입구까지 간다. 헤이든이 그를 올려다본다. 평소처럼 태연한 표정이 아니다. 뭔가에 맞았는지 이마에는 고약한 멍도 들었다.

「세상에! 코너, 어서 가봐야 해! 상황이 미쳐 돌아가. 네가 막아야 해. 네 말이라면 들을 거야!」

「무슨 말이야?」

「제독이 골든을 죽였어. 그런 다음엔 다들 너도 죽였다고 생각해서…….」

「제독은 아무도 죽이지 않았어!」

「뭐, 그럼 애들한테 가서 그렇게 말해!」

「무슨 애들?」

「모두 다! 애들이 여길 다 때려 부수고 있어!」

코너는 멀리서 피어오르는 연기를 본다. 잠시 화물칸 안을 힐끗 본 뒤, 지금은 롤런드가 기다려도 되겠다고 판단한다. 코너는 땅으로 뛰어내려 헤이든과 함께 달려간다.「처음부터 다 말해 봐.」

현장에 도착했을 때, 코너는 눈에 보이는 광경을 받아들일 수 없다. 마음 한구석에서는 이 환영이 얼른 사라지기를 바란다. 마치 자연재해가 휩쓸고 지나간 뒤 같다. 깨진 금속, 산산

조각 난 유리, 부러진 나무 파편이 사방에 흩어져 있다. 책장에서 뜯긴 페이지들이 박살 난 전자 기기 옆을 펄럭거리며 날아간다. 모닥불이 여기저기서 타오르고 아이들은 불길을 향해 먹이가 될 잔해를 던져 넣는다.

「세상에!」

헬리콥터 근처에 모인 아이들이 야유하고 있다. 그들은 럭비 선수들처럼 스크럼을 짜고 무언가를 걷어차고 있다. 코너는 그게 무언가가 아니라 누군가라는 걸 깨닫는다. 그가 달려가 아이들을 떼어 낸다. 그를 아는 아이들은 즉시 물러나고 다른 아이들도 뒤따른다. 땅바닥의 남자는 두들겨 맞아 피투성이가 되었다. 클리버다. 코너는 무릎을 꿇고 그의 머리를 받쳐 든다.

「괜찮아요. 괜찮을 거예요.」 그렇게 말하면서도 코너는 그 말이 사실이 아니라는 걸 안다. 그는 피떡이 되도록 구타당했다.

클리버는 인상을 찡그린다. 입이 피투성이다. 그때 코너는 그가 인상을 쓴 게 아니라는 걸 깨닫는다. 그것은 미소다. 「혼란이야.」 클리버가 희미하게 중얼거린다. 「혼란…… 아름다워. 아름다워.」

코너는 이 말에 뭐라고 해야 할지 알 수 없다. 이 남자는 환각을 보고 있다. 틀림없다.

「괜찮아.」 클리버가 말한다. 「이건 죽기에 괜찮은 방법이야. 질식하는 것보다는 낫잖아…….」

코너는 그를 빤히 바라볼 수밖에 없다. 「무슨…… 뭐라고 했어요?」 질식에 대해서 아는 사람은 세 명뿐이다. 코너와 제독,

그리고 그 일을 저지른 사람.

「당신이 골든을 죽인 거였어! 당신과 롤런드가!」

「롤런드?」 클리버는 그 말에 고통을 잊은 듯 모욕당한 표정을 짓는다. 「롤런드는 우리 중 하나가 아니야. 걘 아무것도 몰라.」 클리버는 코너의 표정을 읽더니 웃기 시작한다. 웃음은 이내 꾸르륵거리는 소리로 바뀌더니 길고도 느린 날숨으로 빠져나온다. 미소는 결코 그의 얼굴을 떠나지 않는다. 눈은 여전히 뜨여 있지만, 그 안에는 아무것도 없다. 그의 피해자인 앰프와 똑같다.

「아, 제기랄. 죽었네. 맞지?」 헤이든이 말한다. 「애들이 클리버를 죽였어! 젠장, 애들이 클리버를 죽였다고!」

코너는 죽은 조종사를 먼지 속에 남겨 두고 제독의 비행기로 달려간다. 가는 길에 의료용 비행기를 지난다. 그곳도 완전히 박살 나 있다. 리사! 리사는 어디 있지? 제독의 비행기 곳곳에 아직도 아이들이 달라붙어 있다. 타이어는 칼로 찢겼다. 날개는 비스듬한 각도로 축 늘어져 있다. 꺾인 깃털 같다. 비행기 전체가 한쪽으로 기울어 있다.

「그만해!」 코너가 소리친다. 「당장 그만둬! 뭐 하는 거야? 무슨 짓을 한 거야?」

그는 날개 쪽으로 손을 뻗어 한 아이의 발목을 잡고 땅으로 끌어 내린다. 하지만 모든 아이를 그렇게 끌어 내릴 수는 없다. 그래서 그는 금속 막대를 잡고 날개를 때리고 또 때린다. 그 소리가 교회 종소리처럼 울린다. 마침내 모두의 시선이 코너에게로 향한다.

「너희 꼴 좀 봐!」 코너가 소리친다. 「너희가 모든 걸 망가뜨렸어! 어떻게 이런 짓을 할 수 있어? 너희는…… 언와인드당해도 싸. 너희 모두가!」

그 말에 모두가 멈춘다. 날개 위의 아이들도, 모닥불 근처의 아이들도. 그 말이 같은 언와인드의 입에서 나왔다는 사실에 충격을 받는다. 코너 역시 충격을 받는다. 그게 진심이라는 걸 알기에 더더욱. 거의 눈앞의 광경만큼이나 두려움을 느낀다.

제독의 비행기로 이어지는 접이식 계단이 옆으로 넘어져 있다. 「이쪽이야!」 코너가 말한다. 「이것 좀 도와줘!」

분노를 다 쏟아 낸 10여 명의 아이가 고분고분하게 달려온다. 그들은 함께 계단을 바로 세우고, 코너는 해치를 향해 올라간다. 창문을 들여다본다. 안이 잘 보이지 않는다. 제독이 바닥에 누워 있다. 움직이지 않는다. 제독이 문을 열 수 없다면 절대 안에 들어갈 수 없다. 잠깐…… 제독 옆에 누가 있는 건가?

갑자기 안쪽에서 레버가 돌아가고 해치가 열리기 시작한다. 순간 열기가 코너를 강타한다. 용광로처럼 폭발적인 열기다. 문 앞의 얼굴이 너무도 빨갛게 부어 있어, 코너는 잠시 후에야 그 사람을 알아본다.

「리사?」

리사는 기침하며 간신히 버틴다. 「난 괜찮아.」 리사가 말한다. 「난 괜찮은데 제독은…….」

그들은 함께 안으로 들어가 제독 옆에 무릎을 꿇는다. 제독은 여전히 숨을 쉬고 있지만, 숨소리는 가냘프고 힘겹다. 「열기 때문이야!」 코너가 말한다. 그는 문 앞에서 머뭇거리는 아이들에게 모든 해치를 활짝 열라고 지시한다.

「열기 때문만이 아니야.」 리사가 말한다. 「입술을 봐. 청색

증이야. 맥박도 거의 잡히지 않아.」

코너는 이해가 되지 않아 리사를 빤히 본다.

「심장 마비라고! 심폐 소생술을 했지만, 난 의사가 아니야. 내가 할 수 있는 일에는 한계가 있어!」

「내…… 내 잘못이다…….」 제독이 중얼거린다. 「내 잘못…….」

「쉿.」 코너가 말한다. 「괜찮아지실 거예요.」 하지만 클리버에게 말했을 때와 마찬가지로 코너 자신도 그 말을 믿기 어렵다.

그들은 제독을 계단 아래로 옮긴다. 밖에서 기다리던 아이들이 뒤로 물러나 코너에게 자리를 내준다. 둘이 마치 관이라도 옮기는 듯이. 그들은 제독을 날개 아래 그늘에 내려놓는다.

이어 주변에서 아이들이 웅성거리기 시작한다.

「제독이 골든을 죽였어.」 누군가 말한다. 「그러니까 저런 일을 당해도 싸.」

코너는 속이 부글부글 끓지만, 이제는 분노를 다스리는 법을 안다. 「골든을 죽인 건 제독이 아니야. 클리버야.」 코너는 모두가 들을 수 있도록 힘을 주어 말한다. 그 말에 아이들이 웅성대기 시작한다. 마침내 누군가 말한다. 「그럼 엠비는?」

제독의 손이 덜덜 떨리며 올라온다. 「내…… 내 아들이…….」

「엠비가 저 사람 아들이라고?」 한 아이가 말한다. 아이들 사이에 또 다른 소문이 번지기 시작한다.

하지만 의식이 오락가락하는 지금, 제독의 말은 무슨 말이든 앞뒤가 맞지 않는다.

「병원으로 데려가지 않으면 제독은 죽을 거야.」 리사가 제독의 가슴을 한 번 더 압박하며 말한다.

코너는 주위를 둘러보지만, 묘지에서 차와 가장 가까운 것은 골프 카트뿐이다.

「헬리콥터가 있어.」 헤이든이 말한다. 「하지만 조종사가 죽었다는 걸 생각하면 우린 망한 것 같아.」

리사가 코너를 본다. 그는 〈머저리들을 위한 리사학〉을 읽지 않고도 리사의 생각을 알 수 있다. 조종사는 죽었다. 그러나 클리버는 다른 조종사를 가르쳐 왔다. 「방법이 있어.」 코너가 말한다. 「내가 처리할게.」

코너는 자리에서 일어나 주위를 둘러본다. 연기로 얼룩진 얼굴들, 가만히 타들어 가는 모닥불. 오늘 이후, 모든 것이 달라질 것이다. 「헤이든.」 그가 말한다. 「네가 책임을 맡아. 모든 걸 통제하에 돌려놔.」

「농담하는 거지?」

코너는 헤이든이 권위와 씨름하도록 놔두고, 시야에 들어오는 아이 중 가장 덩치가 큰 아이 세 명을 고른다. 「너, 너, 너.」 코너가 말한다. 「너희는 나랑 같이 가자.」

세 아이가 앞으로 나선다. 코너가 앞장서서 2933호 컨테이너로 향한다. 롤런드에게로. 코너는 이제부터 해야 할 대화가 쉽지 않으리라는 걸 안다.

47
1년 차 레지던트

응급실에서 6개월 동안 일하면서, 젊은 의사는 직접 의대 교과서를 쓸 수 있을 만큼 이상한 일들을 겪어 왔다. 하지만 누군가가 병원 주차장에 헬리콥터를 비상 착륙시킨 건 이번이 처음이다.

의사는 간호사, 의료 보조원, 다른 의사 들과 함께 달려 나간다. 작은 개인용 헬리콥터다. 아마 4인승일 것이다. 형태는 온전하고 날개는 아직 돌고 있다. 헬기는 겨우 50센티미터 차이로 주차된 차를 치지 않았다. 누군가 비행 면허증을 잃게 될 것 같다.

두 아이가 헬기에서 내린다. 그들은 심각한 상태의 나이 든 남자를 데리고 있다. 이미 그들을 마중하러 바퀴 달린 들것이 다가오고 있다.

「옥상에 헬리패드가 있는데.」

「거긴 착륙 못 시킬 것 같았대요.」 소녀가 말한다.

의사는 아직 조종석에 앉아 있는 조종사를 본다. 조종간을 잡은 아이는 기껏해야 열일곱 살이다. 면허증을 잃는 게 문제가 아니다. 의사는 서둘러 남자에게 다가간다. 청진기로는 그의 흉강에서 아무런 소리도 잡아낼 수 없다. 의사는 주변의 의료진을 둘러보며 말한다. 「안정제를 투여하고, 이식 준비하세요.」 그런 다음, 그녀는 아이들을 돌아본다. 「심장 은행이 있는 병원에 착륙해서 다행이야. 아니었으면 도시 반대편까지 헬기 이송을 해야 했을 테니까.」

그때, 들것에 누워 있던 남자가 고개를 든다. 그는 의사의 소매를 잡는다. 그런 상태의 남자에게 있을 리 없는 힘으로 의사를 잡아당긴다.

「이식하지 마시오.」 그가 말한다.

아니, 나한테 이러지 마세요. 의사는 생각한다. 의료 보조원들이 망설인다. 「선생님, 이건 일상적인 수술이에요.」

「이분은 이식을 원하지 않으세요.」 소년이 끼어든다.

「대체 어딘지 모를 곳에서 미성년 조종사랑 같이 이분 목숨을 구하러 와놓고, 우리더러 수술을 하지 말라고? 우리한테는 건강하고 젊은 심장이 가득한 조직 보관소가 있는데…….」

「이식하지 마!」 남자가 다시 한번 말한다.

「그게…… 저분 종교에서 금지하는 일이라서요.」 소녀가 말한다.

「저기요.」 소년이 말한다. 「건강하고 젊은 심장으로 가득한 조직 보관소가 생기기 전에 하던 일을 해주시죠.」

의사가 한숨을 쉰다. 그녀는 의대를 졸업한 지 오래되지 않았기에 그게 어떤 기술인지 기억하고 있다. 「그러면 생존율이 심하게 떨어져. 그건 알지?」

「저분이 아세요.」

의사는 남자에게 마지막으로 생각을 할 시간을 조금 준 다음 포기한다. 의료진이 남자를 응급실로 데려가고, 두 아이가 뒤따른다.

그들이 떠나자마자 의사는 잠시 시간을 들여 숨을 고른다. 그때, 누군가가 그녀의 팔을 잡는다. 돌아보니 어린 조종사다. 조종사는 이 모든 일이 벌어지는 내내 조용했다. 어딘가 애원하는 듯하면서도 단호한 표정이다. 의사는 그 아이가 무슨 말을 하려는지 알 것 같다. 그녀는 헬리콥터를, 그다음에는 아이를 힐끗 본다. 「항공국에 얘기해.」 의사가 말한다. 「저분이 살면, 넌 분명 책임을 벗을 거야. 널 영웅이라고 부를지도 몰라.」

「청소년 전담 경찰을 불러 주세요.」 소년이 말한다. 그의 손아귀에 힘이 더 들어간다.

「뭐라고?」

「저 둘은 무단이탈 언와인드예요. 저분이 입원하면 몰래 빠져나가려 할 거예요. 그렇게 놔두지 마세요. 지금 청소년 전담 경찰을 부르시라고요!」

의사가 그의 손아귀에서 팔을 뺀다. 「알았어. 그래. 뭘 할 수 있는지 알아볼게.」

「그리고 경찰이 오면 꼭 저랑 먼저 얘기하게 해주세요.」 소년이 말한다.

의사는 돌아서서 병원으로 향한다. 가는 길에 핸드폰을 꺼낸다. 청소년 전담 경찰? 좋다, 불러 주겠다. 경찰이 빨리 올수록 이 모든 문제가 〈내 일이 아님〉이 될 확률도 높아질 테니까.

48
리사

 청소년 전담 경찰은 늘 비슷한 인상이다. 지쳐 있고, 화가 나 있다. 그들이 잡는 언와인드와 매우 비슷하다. 지금 리사와 코너를 지키고 있는 경찰도 예외가 아니다. 그는 둘이 갇혀 있는 진찰실 문을 막고 앉아 있다. 문 양옆에는 혹시 모를 사태에 대비해 경비원 두 사람이 더 배치되어 있다. 다른 경찰이 옆방에서 롤런드를 신문하는 동안, 그는 조용히 있는 것만으로 만족해 보인다. 리사는 옆방에서 어떤 이야기가 오가는지 짐작조차 하고 싶지 않다.
 「우리가 데리고 온 분이요.」 리사가 말한다. 「그분은 어때요?」
 「몰라.」 경찰이 말한다. 「병원이 어떤 곳인지 알잖냐. 그런 건 보호자한테나 알려 주는 거야. 너희는 보호자가 아닌 것 같고.」
 리사는 굳이 대꾸조차 하지 않는다. 그녀는 이 청소년 전담 경찰을 본능적으로 증오한다. 그의 존재 자체 때문에, 그가 대표하는 것 때문에.
 「양말 멋지네요.」 코너가 말한다.

경찰은 양말을 내려다보지 않는다. 약점은 전혀 드러나지 않는다. 「귀가 멋지구나.」 그가 코너에게 말한다. 「내가 좀 써 봐도 될까?」

리사가 보기에 청소년 전담 경찰이 되는 사람은 두 가지 부류로 나뉜다. 하나는 과거에 남을 괴롭히던 일진들, 고등학교 시절 영광의 나날을 평생 다시 살고 싶은 부류다. 둘째는 과거 그 일진들에게 괴롭힘당했던 사람들로, 모든 언와인드를 오래전에 자신을 괴롭혔던 아이로 본다. 두 번째 부류는 절대로 채워지지 않는 구덩이에 복수심을 끝없이 삽질해 넣는다. 다른 사람들을 비참하게 만들기 위해 일진과 그 피해자가 협동할 수 있다니 놀라운 일이다.

「그런 일을 하면 기분이 어때요?」 리사가 그에게 묻는다. 「아이들을 그 애들의 생명을 끊어 버리는 곳으로 보내 버리는 일이요.」

남자는 그런 질문을 전에도 들어 본 적이 있는 게 분명하다. 「그 누구도 살 가치가 없다고 생각하는 삶을 사는 기분은 어떤데?」

리사의 입을 다물게 만들려는 가혹한 공격이다. 이 공격이 통한다.

「난 얘 인생에 살 가치가 있다고 생각하는데.」 코너가 말한다. 그가 리사의 손을 잡는다. 「당신한테도 그렇게 생각하는 사람이 있으려나?」

이 말이 남자에게 먹힌다. 티 내지 않으려고 노력하긴 하지만. 「너희에게는 자신을 증명할 시간이 15년 넘게 있었어. 하지만 그러지 못했지. 지금 와서 너희가 한 형편없는 선택까지 세상 탓으로 돌리진 마.」

리사는 코너의 분노를 느낄 수 있다. 그녀는 코너가 깊이 숨을 들이쉬는 소리가 들릴 때까지 그의 손을 꽉 잡았다가 놓는다. 코너는 분노를 다스린다.

「너희는 언와인드되는 게 더 나을 수도, 심지어 행복할 수도 있다는 생각은 안 해봤어?」

「그런 식으로 합리화하는 거예요?」 리사가 말한다. 「우리가 더 행복해질 거라고 믿으면서?」

「이봐, 그런 식이라면 세상 사람 모두가 언와인드당해야 할 걸.」 코너가 말한다. 「당신부터 시작하지 그래?」

경찰이 코너를 노려보더니 재빨리 자기 양말을 힐끗 내려다본다. 코너가 히죽거린다.

리사는 잠시 눈을 감고, 이 상황에서 한 줄기 빛이라도 보려고 노력한다. 하지만 불가능하다. 리사는 병원에 올 때 이미 잡힐 가능성이 있다는 걸 알았다. 세상에 나가는 것이 얼마나 위험한 일인지 알고 있었다. 하지만 청소년 전담 경찰이 이렇게 빨리 들이닥칠 줄은 몰랐다. 아무리 특이한 방식으로 병원에 왔다지만, 혼란을 틈타 몰래 빠져나갈 시간은 있을 줄 알았다. 제독이 살든 죽든, 이제 달라질 건 없다. 리사와 코너는 언와인드당할 것이다. 미래에 대한 리사의 모든 희망은 다시 찢겨 나갔다. 잠깐이나마 그런 희망을 품었던 만큼 현실이 더욱 아프게 느껴진다.

49
롤런드

롤런드를 신문하는 청소년 전담 경찰은 짝눈에 시큼한 냄새를 풍긴다. 데오도런트 비누가 이 남자에게는 별 효과가 없는 것 같다. 옆방에 있는 동료와 마찬가지로 이 남자 역시 쉽게 흔들리지 않는다. 롤런드에게는 코너처럼 이 남자를 흔들어 놓을 재치가 없다. 하지만 괜찮다. 롤런드는 애초에 그를 흔들어 놓으려는 것이 아니니까.

롤런드의 계획은, 코너가 자신을 컨테이너에서 풀어 준 순간부터 시작되었다. 그는 그 자리에서 코너의 팔다리를 찢어 놓을 수도 있었다. 하지만 코너는 덩치에 있어서나 힘에 있어서나 롤런드와 비슷한 아이 세 명을 거느리고 왔다. 그 아이들은 롤런드의 편에 서야 할 아이들이었다. 당연히 그래야 했다. 모든 것이 극적으로 달라졌다는 사실을 롤런드에게 알려 준 첫 번째 신호가 이것이었다.

코너가 폭동에 대해, 클리버에 대해 말해 주었다. 그는 골든을 죽였다고 롤런드를 비난한 것에 대해서는 형편없는 사과를 했다. 롤런드는 그 사과를 받아들이지 않았다. 롤런드가 현장에 있었다면 폭동은 잘 조직되었을 것이다. 그가 현장에 있었다면, 그건 폭동이 아니라 반란이 되었을 것이다. 코너는 롤런드를 가둬 둠으로써 지도자가 될 기회를 박탈해 버렸다.

폭동의 현장에 도착했을 때, 모든 관심은 코너에게 집중되어 있었다. 모든 질문이 코너에게 향했다. 코너가 모두에게 뭘 해야 할지 말했고 모두가 귀 기울여 들었다. 롤런드의 가장 친한 친구들조차 롤런드를 외면했다. 롤런드는 자신의 지지자가 모두 사라졌다는 걸 본능적으로 알았다. 재난 현장에 없었기에 그는 외부자가 되었고, 다시는 이곳에서 잃은 것을 되찾을 수 없게 되었다. 그 말은, 새로운 계획을 세울 때라는 뜻이었다.

롤런드는 제독을 살리기 위해 헬리콥터를 조종해 달라는 데 응했다. 하지만 제독을 살리고 싶어서 그런 건 아니었다. 그 비행이 새로운 기회의 문을 열어 줄 것이기 때문이었다······.

「궁금한데.」 시큼한 냄새를 풍기는 경찰이 말한다. 「너도 자수해야 할 텐데 어째서 다른 두 아이를 신고한 거지?」

「무단이탈 언와인드를 신고하면, 5백 달러의 보상금을 주죠?」

경찰이 히죽거린다. 「너까지 합하면 1천5백 달러가 되겠지.」

롤런드는 청소년 전담 경찰의 눈을 똑바로 본다. 부끄러움도, 두려움도 없다. 그렇게 그는 대담하게 제안한다. 「내가 4백 명 넘는 무단이탈 언와인드가 모여 있는 곳을 안다면요? 내가 당신이 밀수 작전 전체를 박살 내는 데 도움을 줄 수 있다면요? 그럼 그 가치는 얼마일까요?」

경찰은 그대로 얼어붙는다. 그는 롤런드를 유심히 바라본다. 「좋아.」 그가 말한다. 「관심이 가네.」

50
코너

코너는 그 누구의 예상보다 오래 버텼다. 경찰과 무장 경비원 두 명이 그와 리사를 롤런드가 신문받고 있는 방으로 데려가는 동안 위로가 되는 건 그것뿐이다. 하지만 롤런드의 얼굴에 떠오른 잘난 체하는 표정을 보니 이 방에서 벌어진 일은 신문이라기보다 협상인 듯하다.

「자, 앉아라.」 롤런드 옆 책상 모서리에 걸터앉은 경찰이 말한다. 롤런드는 그들을 보지 않는다. 이 방에 그들이 있다는 사실조차 모른 척한다. 그냥 등받이에 기댈 뿐이다. 수갑만 아니었으면 팔짱도 끼고 있었을 것이다.

경찰은 시간을 낭비하지 않고 바로 본론으로 들어간다. 「여기 네 친구가 우리한테 아주 흥미로운 거래를 제안했어. 4백 명의 언와인드를 넘기는 대신 자유를 달라더군. 그 애들이 정확히 어디 있는지도 알려 주겠다고 자원했다.」

코너는 롤런드가 자신과 리사를 넘겨주리라는 건 알았지만, 그들 모두를 넘길 줄은 몰랐다. 롤런드치고도 새로운 밑바닥이다. 그는 여전히 둘을 보지 않는다. 다만 잘난 체하는 표정이 약간 굳은 듯하다.

「4백 명이라고?」 두 번째 경찰이 말한다.

「거짓말이에요.」 리사가 말한다. 그녀의 목소리가 놀랍도록 설득력 있게 들린다. 「당신들을 속이려는 거예요. 우린 셋밖에 없어요.」

「실은 이 녀석이 한 말이 사실이야.」 책상 위에 앉아 있던 경찰이 말한다. 「4백 명이라는 숫자에는 우리도 놀랐다만. 우리는 지금쯤 6백 명은 있을 줄 알았거든. 애들이 계속 열여덟 살이 된 모양이지.」

롤런드는 믿을 수 없다는 듯이 그를 본다. 「뭐라고요?」

「이렇게 말해서 미안하다만, 우리는 제독과 묘지에 대해 전부 알고 있다.」 경찰이 말한다. 「1년도 넘었어.」

두 번째 경찰이 킬킬거린다. 롤런드의 얼굴에 떠오른 멍한 표정이 재미있는 듯하다. 「하지만……..」

「왜 그 애들을 잡아들이지 않느냐고?」 경찰은 롤런드의 질문을 예상했다는 듯 말한다. 「이렇게 생각해 봐라. 제독은 동네 길고양이와 비슷해. 아무도 좋아하지 않지만, 쥐를 처리하기 때문에 아무도 쫓아내고 싶어 하지 않거든. 봐라, 길거리에 도망친 언와인드들이 있는 건 골치 아픈 문제야. 제독은 그들을 자기만의 작은 사막 게토에 잡아 두지. 제독은 모르지만, 사실 우리한테 필요한 일을 해주는 거야. 쥐를 없애 주니까.」

「물론 그 늙은이가 죽으면 우리가 들어가서 청소를 해야 할지 모르지.」 두 번째 경찰이 말한다.

「안 돼요!」 리사가 소리친다. 「다른 사람이 일을 넘겨받으면 되잖아요!」

두 번째 경찰은 전혀 상관하지 않는다는 듯 어깨를 으쓱한다. 「그럴 바엔 우리가 직접 쥐를 잡는 게 낫지.」

롤런드는 자기 계획이 무너져 내리는 모습을 믿을 수 없다는 듯 바라본다. 반면 코너는 안도감을 느낀다. 어쩌면 약간의 희망까지. 「그럼 우릴 돌려보내 줄 건가요?」

책상 위의 경찰이 파일을 집어 든다. 「유감이지만 그건 안돼. 못 본 척하는 것과 범죄자를 놓아주는 건 다른 문제거든.」 그러더니 그는 파일을 보고 읽기 시작한다. 「코너 래시터. 11월 21일 언와인드 예정이었다가 무단이탈했지. 넌 버스 기사 한 명이 사망하고 수십 명의 사람이 다친 사고를 일으켰고, 몇 시간이나 고속 도로 통행을 방해했어. 거기다 청소년 전담 경찰을 인질로 잡고, 그 경찰의 진정탄으로 그를 쏘았지.」

롤런드가 놀라서 경찰을 본다. 「쟤가 애크런의 무단이탈자예요?」

코너는 리사를 힐끗 보고 다시 경찰을 본다. 「맞아요. 인정하죠. 하지만 얜 그 일과 아무 관계가 없어요! 얘는 놔줘요!」

경찰은 고개를 저으며 파일을 살핀다. 「목격자들에 따르면 이 아이도 공범이야. 유감이지만, 이 애가 갈 곳은 한 군데뿐이다. 너와 같은 곳이지. 가장 가까운 하비스트 캠프 말이야.」

「저는요?」 롤런드가 묻는다. 「전 그 일과 아무 상관이 없는데요!」

경찰이 파일을 덮는다. 「〈연좌제〉라고 들어 봤나?」 그가 롤런드에게 묻는다. 「친구를 사귈 때 좀 더 신중해야겠다.」 그는 경비원들에게 셋 모두를 데려가라고 손짓한다.

6부
언와인드

    여러분의 심적 안정과 평화를 위해, 다양한 하비스트 캠프가 준비되어 있습니다. 각 시설은 주 정부의 면허를 취득한 민간 기관이 운영하며, 연방 정부가 여러분의 세금으로 운영 자금을 지원합니다. 어느 하비스트 캠프를 선택하시든, 여러분의 언와인드가 분열 상태로 이행하는 동안 우리 이사회에서 자격을 인정받은 직원이 최상의 돌봄을 제공할 것임을 약속드립니다.
    —『부모를 위한 언와인드 안내서』에서 발췌

51
캠프

 언와인드든 아니든, 누군가에게 영혼이 존재하느냐는 문제에 관해 사람들은 몇 시간씩 연달아 토론하기도 한다. 그러나 언와인드 시설에 영혼이 있느냐는 문제에 관해서는 그 누구도 의문을 제기하지 않는다. 없으니까. 그래서인지 이 거대한 의료 공장을 설계한 사람들은 여러 면에서 이 시설을 아동 친화적이고 사용자 우호적인 곳으로 만들고자 노력했다.

 우선, 이 시설은 초기와는 달리 더 이상 〈언와인드 시설〉이라 불리지 않는다. 현재는 〈하비스트 캠프〉로 불린다.

 둘째, 하비스트 캠프들은 하나같이 놀랍도록 경치가 좋은 장소에 위치하고 있다. 아마 손님들에게 큰 그림을 상기시키고, 그 장엄한 계획을 납득시키기 위해서일 것이다.

 셋째, 캠프 내부는 리조트처럼 잘 관리된다. 밝은 파스텔 톤의 색감으로 가득하고 빨간색은 가능한 한 배제된다. 빨간색은 심리적으로 분노, 공격성, 그리고 우연도 아니지만 피를 연상시키니까.

 애리조나주의 아름다운 마을에 있는 〈해피 잭 하비스트 캠프)는 하비스트 캠프의 완벽한 모범이다. 이곳은 애리조나주 북부의 소나무로 뒤덮인 산등성이에 자리 잡고 있다. 안정감을 주는 숲은 서쪽으로 이어지며 숨 막히도록 아름다운 세도나산맥의 붉은 풍경을 자랑한다. 바로 그 경치가 이 마을을 세운 20세기의 벌목꾼들을 행복하게 해주었을 것이 틀림없다. 그래서 마을에는 해피 잭[13]이라는 이름이 붙어 있다.

남자 숙소는 초록색으로 포인트를 준 밝은 파란색이다. 여자 숙소는 분홍색이 가미된 연보라색이다. 직원들은 편안한 반바지와 하와이안 셔츠로 이루어진 유니폼을 입는다. 의료동의 외과 의사들만이 예외다. 그들의 수술복은 햇빛처럼 밝은 노란색이다.

철조망이 있지만, 높다란 히비스커스 산울타리에 가려져 있다. 이곳의 언와인드들은 매일 사람으로 붐비는 버스가 정문에 도착하는 광경을 보지만, 떠나는 트럭의 모습은 보지 않아도 된다. 그런 트럭은 뒷문으로 나간다.

평균적으로 언와인드가 이곳에 머무는 기간은 3주다. 다만 혈액형이나 수요와 공급에 따라 체류 기간은 달라진다. 바깥 세상과 비슷하게, 자신의 때가 언제인지는 아무도 모른다.

때로는 직원들의 전문적이고도 긍정적인 태도에도 불구하고 언와인드들이 분노를 터뜨리는 경우가 있다. 이번 주에는 그런 분노가 의료동 옆면에 그라피티의 형태로 나타났다. 당신들은 아무도 속이지 못해.

---

13 벌목꾼을 영어로 〈럼버잭lumberjack〉 또는 〈잭jack〉이라 한다.

2월 4일, 세 아이가 경찰의 호송을 받으며 해피 잭 하비스트 캠프에 도착한다. 두 아이는 인정사정없이 곧장 환영 센터로 인도된다. 이곳에 도착하는 다른 언와인드들과 똑같다. 세 번째 아이는 따로 구분된다. 그는 숙소와 운동장, 언와인드들이 모여 있는 다양한 장소를 전부 지나게 되는 더 긴 길로 끌려간다.

코너의 발걸음은 짧고 자세는 구부정하다. 다리에는 족쇄가, 양손에는 수갑이 채워져 있다. 건장한 청소년 전담 경찰들이 양옆은 물론, 앞뒤에도 에워싸고 있다.

해피 잭의 모든 것은 평온하고 우아하다. 하지만 이 순간만은 예외다. 이따금 한 번씩, 유독 말썽을 일으키는 언와인드는 분리되어 모두가 볼 수 있도록 공개적인 망신을 당한 뒤에야 아이들 사이로 풀려난다. 그런 언와인드는 예외 없이 반항을 시도하고, 예외 없이 도착한 지 며칠 만에 의료동으로 끌려가 언와인드당한다.

이것은 해피 잭에 있는 모든 언와인드에게 무언의 경고가 된다. 프로그램에 따르지 않으면 이곳에서 지내는 시간이 아주, 아주 짧아질 것이라는 경고다. 교훈은 언제나 전달된다.

하지만 이번에는 해피 잭의 직원들이 모르는 것이 하나 있다. 코너 래시터의 명성이 그가 도착하기도 전에 이곳에 퍼져 있었다는 점이다. 애크런의 무단이탈자를 잡았다는 직원들의 공표는 이곳 언와인드들의 사기를 전혀 꺾지 못한다. 오히려 그 발표는 그저 소문에 불과하던 소년을 진짜 전설로 만들어 버린다.

52
리사

 상담을 시작하기 전에 한 가지 중요한 얘기를 해야겠구나. 넌 소위 애크런의 무단이탈자와 친구가 됐지만, 그 애와 절교하는 게 너를 위해서 가장 좋은 일이야.

 그들이 가장 먼저 한 일은 세 사람을 떼어 놓는 것이었다. 분열시켜 정복한다고 하던가? 리사에게 롤런드와 떨어지는 것은 전혀 문제가 되지 않는다. 하지만 코너에게 한 짓을 보자 더더욱 그가 보고 싶어진다.

 신체적으로, 코너는 어떤 식으로든 다치지 않았다. 상품을 손상해서는 안 될 테니까. 하지만 심리적으로는 이야기가 달랐다. 그들은 거의 20분 동안 코너를 데리고 캠프 전체를 행진했다. 그런 다음 코너의 족쇄를 벗기고 깃대 옆에 그냥 세워 두었다. 환영 센터로 데려가지도 않았고, 오리엔테이션을 해주지도 않았다. 아무것도 없었다. 코너는 모든 것을 혼자 알아내도록 방치되었다. 리사는 이런 행위가 코너에게 어려운 과제를 주기 위해서가 아니라는 걸 안다. 심지어 벌주려는 것도 아니다. 그보다는 코너에게 잘못할 기회를 최대한 주려는 것이다. 그렇게 하면 어떤 벌을 주든 정당화될 수 있을 테니까. 리사는 걱정했지만 잠시뿐이었다. 그녀는 코너를 너무 잘 알았다. 코너는 잘못을 저지르는 것이 옳은 일일 때만 잘못을 저지른다.

적성 검사를 아주 잘 본 것 같구나, 리사. 평균 이상이야. 너한텐 잘된 일이지!

이곳에서 반나절을 보낸 지금도 리사는 해피 잭 하비스트 캠프의 전형적인 모습에 충격을 받는다. 머릿속에서는 언제나 하비스트 캠프를 인간 소 떼의 전기 충격 도살장으로 상상해 왔다. 영양실조에 걸린 아이들이 죽은 눈빛으로 작은 회색 감방에 갇혀 있을 거라고, 비인간적인 악몽일 거라고. 하지만 이토록 그림 같은 악몽이 어째서인지 더 나쁘게 느껴진다. 비행기 묘지가 지옥으로 위장된 천국이었다면 하비스트 캠프는 천국을 가장한 지옥이다.

몸 상태도 좋아 보이는구나. 운동을 많이 했겠지? 달리기를 했으려나?

운동은 언와인드의 하루에서 가장 중요한 요소인 것으로 보인다. 처음에 리사는 다양한 활동이 언와인드에게 정해진 날짜가 올 때까지 정신을 쏟을 무언가를 주기 위한 것이라고 생각했다. 그러다가 환영 센터로 가는 길에 농구장을 지나면서 진짜 이유를 알게 되었다. 코트 옆에 토템 기둥[14]이 있었다. 다섯 개의 토템이 있었는데 그들의 눈 하나하나가 카메라였다. 선수가 열 명, 카메라가 열 대였다. 그 말은, 어딘가에서 경기 중인 언와인드들을 지켜보며, 눈과 손의 협응에 대해 기록하고 다양한 근육군의 힘을 측정하고 있다는 뜻이었다. 리사는 농구 경기가 언와인드를 즐겁게 해주기 위한 것이 아니라, 그들의 신체 부위에 가격을 매기기 위한 것임을 깨달았다.

「앞으로 몇 주 동안 다양한 행동 프로그램에 참여하게 될 거야. 리사, 듣고 있니? 알아듣기 쉽게 좀 천천히 말해 줄까?」

리사와 면담하는 캠프 상담사는 적성 검사 점수에도 불구하고 모든 언와인드는 백치가 틀림없다고 생각하는 듯하다. 이 여자는 수많은 나뭇잎과 분홍색 꽃이 뒤엉킨 블라우스를 입고 있다. 리사는 잡초 뽑듯 그녀를 공격하고 싶다.

「혹시 질문이나 걱정이 있니, 애야? 그렇다면 지금만큼 물어보기 좋은 때는 없거든.」

「나쁜 부위는 어떻게 돼요?」

그 질문에 상담사는 당황한 듯하다. 「뭐라고?」

「알잖아요, 나쁜 부위요. 내반족이나 잘 안 들리는 귀는 어떻게 해요? 그런 것도 이식에 쓰이나요?」

「넌 그런 게 없잖아. 안 그러니?」

「네, 하지만 맹장은 있어요. 맹장은 어떻게 돼요?」

「글쎄.」 상담사는 거의 무한한 인내심을 가지고 말한다. 「잘 안 들리는 귀라도 아예 없는 것보다는 낫지. 그것밖에 살 수 없

---

14 아메리카 원주민 문화에서 집 앞에 세우는 조형물로, 토템을 기둥에 그리거나 조각한 형태다.

는 사람들도 있단다. 네 맹장은 사실 딱히 누구에게도 필요 없겠지만.」

「그럼 법을 어기는 거 아니에요? 법에서는 살아 있는 언와인드의 백 퍼센트를 보존하라고 구체적으로 요구하잖아요.」

상담사의 얼굴에서 미소가 희미해지기 시작한다. 「그게, 실제로는 99.44퍼센트야. 맹장 같은 걸 고려하면 말이지.」

「그렇군요.」

「우리가 다음으로 할 일은, 입소 전 질문지를 작성하는 거야. 특이한 방법으로 도착한 만큼 너한테는 이 질문지를 채울 기회가 없었을 거야.」 그녀는 질문지 여러 장을 휘리릭 넘긴다. 「대부분의 질문은 지금 시점에서 의미가 없겠지만……. 우리한테 알려 주고 싶은 특별한 기술이 있다면, 그러니까 여기서 지내는 동안 공동체에 도움이 될 만한 기술이 있으면 알려 줘.」

리사는 그냥 일어나서 떠날 수 있으면 좋겠다고 생각한다. 지금 이 순간, 삶이 끝나는 순간에도 그녀는 〈무슨 쓸모가 있니?〉라는 불가피한 질문을 마주해야 한다.

「의료와 관련된 경험이 좀 있어요.」 리사는 밋밋하게 말한다. 「응급 처치니, 심폐 소생술 같은 거요.」

상담사가 미안하다는 듯 미소 짓는다. 「음, 여기에 너무 많은 게 한 가지 있다면 의료진이야.」 여자가 〈음〉이라는 말을 한 번만 더 하면, 리사는 그녀를 음속으로 쳐버릴지도 모른다. 「다른 건?」

「주보시에 있을 때 신생아실에 도움을 줬어요.」

이번에도 미약한 미소. 「미안. 여기엔 갓난아기가 없어. 그게 전부니?」

리사는 한숨을 쉰다. 「클래식 피아노도 공부했어요.」
 여자의 눈썹이 손가락 한 마디쯤 올라간다. 「정말? 피아노를 친다고? 음, 음, 음!」

53
코너

코너는 싸우고 싶다. 직원을 괴롭히고 모든 규칙을 어기고 싶다. 그렇게 하면 이 일이 더 빨리 끝나게 되리라는 걸 알기 때문이다. 하지만 그는 두 가지 이유로 그런 충동에 넘어가지 않는다. 하나, 그것이야말로 이곳 사람들이 코너에게 바라는 것이니까. 둘, 리사가 있으니까. 그는 자신이 도살장으로 끌려가는 걸 보면 리사의 마음이 무너져 내리리라는 것을 안다. 도살장. 아이들은 그곳을 그렇게 부른다. 물론 직원들 앞에서는 절대 그런 말을 하지 않지만.

코너는 숙소에서 유명 인사다. 그가 한 일이라고는 살아남은 것밖에 없는데, 이곳 아이들은 그를 일종의 상징으로 본다. 코너에게는 이상하고도 초현실적인 일이다.

「전부 사실은 아니지?」 코너 옆 침대에서 자는 아이가 첫날 밤에 묻는다. 「그러니까, 네가 정말로 청소년 전담 경찰 부대 전체를 그놈들 진정탄으로 쓰러뜨린 건 아니잖아.」

「당연하지! 그건 사실이 아니야.」 코너가 그렇게 말한다. 하지만 그가 부정하자 아이는 그 말을 더 믿을 뿐이다.

「널 찾느라고 정말로 고속 도로 전체를 봉쇄하지는 않았을 거야.」 다른 아이가 말한다.

「고속 도로 한 군데뿐이었어. 그리고 청소년 전담 경찰이 봉쇄한 것도 아니야. 내가 한 거지, 말하자면.」

「그럼 사실이네!」

아무 소용이 없다. 아무리 가볍게 이야기하려 해도 애크런의 무단이탈자가 그렇게 요란한 액션 히어로가 아니라고 설득할 수는 없다.

그리고 롤런드도 문제다. 그는 코너를 무척 경멸하지만, 지금은 코너의 명성이 일으킨 파도를 한껏 타고 있다. 롤런드는 다른 건물에 있지만, 그와 롤런드가 헬리콥터를 훔쳐 투손의 병원에 잡혀 있던 언와인드 백 명을 해방했다는 정신 나간 이야기가 이미 코너에게도 들려온다. 코너는 그들에게 롤런드가 한 일은 그들을 신고한 것뿐이라고 말할까 고민하다가, 다시 문제를 일으키기에는 인생이 문자 그대로 너무 짧다고 판단한다.

코너의 이야기를 실제로 귀 기울여 듣고, 지어낸 이야기와 사실을 분간할 줄 아는 아이가 한 명 있다. 그의 이름은 돌턴이다. 열일곱 살이지만 키가 작고 다부지며 머리카락이 제멋대로 자란 아이다. 코너는 그에게 무단이탈자가 된 날 무슨 일이 있었는지 정확히 말해 준다. 진실을 아는 사람이 있다는 사실에 코너는 안도감을 느낀다. 하지만 돌턴에게도 그 사건에 관한 나름의 관점이 있다.

「실제로 그게 전부라 하더라도 여전히 감명 깊긴 해.」 돌턴은 말한다. 「나머지 우리가 할 수 있으면 좋겠다고 생각하는 일인걸.」

코너는 그의 말이 옳다는 것을 인정할 수밖에 없다.

「넌, 뭐랄까, 이곳 언와인드들의 왕이야.」 돌턴이 그렇게 말한다. 「하지만 너 같은 애들은 진짜 빠르게 언와인드당해. 그러니까 조심해.」 그러더니 돌턴은 코너를 오랫동안 본다. 「무서워?」 그가 묻는다.

코너는 아니라고 말하고 싶지만 거짓말하고 싶지는 않다. 「응.」

그는 코너도 겁을 먹었다는 사실에 거의 안도감을 느끼는 듯하다. 「집단 상담 때, 놈들은 우리더러 두려움이 지나가고 상황을 받아들이는 단계에 이를 거라고 말해. 난 여기에 거의 6개월이나 있었어. 하지만 지금도 처음 왔을 때랑 똑같이 무서워.」

「6개월? 난 모두가 겨우 몇 주 만에 끝나는 줄 알았는데.」

돌턴은 위험한 정보라도 전하듯 가까이 몸을 숙이며 속삭인다. 「밴드에 들어가면 그렇지 않아.」

밴드라니? 생명이 침묵당하는 곳에 음악이 있다는 생각은 코너에게 어딘가 불편하게 느껴진다.

「놈들은 우리를 도살장 지붕에 세워 놓고, 아이들을 데리고 들어갈 때 음악을 연주하게 해.」 돌턴이 말한다. 「우린 뭐든지 연주해. 클래식, 팝, 구세계의 록 음악. 난 여기에 있었던 최고의 베이스 연주자야.」 그는 씩 웃는다. 「너도 내일 우리 연주를 들으러 와. 새로운 키보드 연주자가 생겼거든. 끝내주는 애야.」

아침에 하는 배구. 코너의 첫 공식 활동이다. 꽃무늬가 들어간 무지개색 셔츠를 입은 직원 몇 명이 클립보드를 들고 사이드라인에 서 있다. 배구장에는 열두 대의 개별 카메라가 설치되어 있지 않은 모양이다. 그들 뒤로, 도살장의 지붕 위에서 음악이 연주된다. 돌턴의 밴드다. 그것이 아침 배경 음악이다.

상대 팀은 코너를 보자 완전히 맥이 빠진다. 그의 존재만으로 패배가 확정되었다고 믿는 듯하다. 코너가 배구에 영 젬병이라는 건 상관없다. 그들에게 애크런의 무단이탈자는 모든 스포츠의 스타다. 롤런드도 상대 팀에 있다. 그는 다른 아이들처럼 주눅 들지 않는다. 그냥 배구공을 들고 노려보며, 코너의 목구멍에 공을 쑤셔 넣을 태세다.

경기가 시작된다. 경기의 강도에 맞먹을 만한 것은 공을 한 번 때릴 때마다 그 아래에 흐르는 두려움의 저류뿐이다. 양 팀 모두 패자가 즉시 언와인드당할 것처럼 경기에 임한다. 돌턴은 코너에게 일이 그런 식으로 진행되는 건 아니라고 알려 주었지만, 지는 게 도움이 될 리도 없다. 문득 코너는 마야의 포카톡이라는 게임을 떠올린다. 역사 시간에 배운 게임이다. 농구와 비슷하지만, 패배자는 마야의 신들에게 제물로 바쳐지는 게임이었다. 당시에 코너는 그 게임이 멋지다고 생각했다.

롤런드가 스파이크를 내리꽂는다. 공이 직원 중 한 명의 얼굴에 명중한다. 롤런드는 씩 웃으며 사과한다. 직원은 그를 노려본 뒤 클립보드에 뭔가를 적는다. 코너는 이 일로 롤런드가 며칠이나 손해를 볼지 궁금해진다.

갑자기 경기가 중단된다. 모두의 시선이 흰옷을 입고 경기장 맞은편 끝을 지나가는 한 무리의 아이들에게 향한다.

「저 애들은 십일조야.」 한 아이가 코너에게 말한다. 「십일조가 뭔지는 알지?」

코너는 고개를 끄덕인다. 「알아.」

「쟤들 좀 봐. 자기들이 다른 애들보다 훨씬 낫다고 생각한다니까.」

코너는 이미 십일조가 일반적인 아이들과는 다른 대접을 받는다는 말을 들었다. 직원들은 언와인드를 두 부류로 나누어 각각 〈십일조〉와 〈말썽꾼〉이라고 부른다. 십일조는 말썽꾼과 같은 활동에 참여하지 않는다. 말썽꾼들이 입는 파란색과 분홍색 유니폼을 입지도 않는다. 그들은 흰색 실크로 된 옷을 입는다. 그 옷은 애리조나의 햇빛 아래에서 너무도 밝게 빛난다. 십일조들을 볼 때면, 눈을 가늘게 떠야 할 정도다. 신의 청소년기 모습이라도 되는 것 같지만, 코너에게는 그들이 외계인 무리와 더 비슷해 보인다. 말썽꾼들은 소작농이 왕족을 증오하듯 십일조를 증오한다. 코너도 한때는 비슷한 감정을 느꼈을지 모르지만, 십일조를 한 명 알게 된 지금은 무엇보다 측은함을 강하게 느낀다.

「저 애들은 언와인드가 이루어지는 정확한 날짜와 시간을 안대.」 한 아이가 말한다.

「실제로 직접 예약을 한다던데!」 다른 아이가 말한다.

심판이 호루라기를 분다. 「좋아, 경기 다시 시작.」

그들은 선택받은 소수의 흰색 유니폼에서 고개를 돌린다. 그러나 마음속에서는 답답함이 한 겹 더해진다.

십일조들이 언덕 너머로 사라지는 한순간, 코너는 언뜻 그들 사이에서 아는 얼굴을 보았다고 생각한다. 하지만 곧 그게 착각일 뿐이라는 걸 깨닫는다.

54
레브

착각이 아니다.

레비 제더다이어 콜더는 해피 잭 하비스트 캠프에서도 매우 특별한 손님 중 하나다. 그는 다시 한번 십일조의 흰옷을 입고 있다. 그는 배구장의 코너를 보지 못한다. 십일조들에게는 말썽꾼들을 보지 말라는 엄격한 지시가 있었기 때문이다. 하긴 뭐 하러 보겠는가? 그들은 태어날 때부터 자신들이 더 높은 소명을 지닌 다른 계급에 속한다는 말을 들어 왔다.

레브에게는 여전히 일광 화상의 흔적이 남아 있지만, 그의 머리카락은 짧고 단정하게 잘려 있다. 예전과 똑같다. 그의 태도는 민감하고도 온화하다. 적어도 겉으로는 그렇다.

그의 언와인드는 13일 뒤로 예약되어 있다.

55
리사

 리사는 도살장 지붕 위에서 연주한다. 그녀의 음악이 운동장 너머, 수술대의 메스 아래로 들어가기만을 기다리는 천 명 넘는 영혼들의 귀에 전달된다. 손가락을 다시 건반에 올리게 된 즐거움에 맞먹는 것은 발아래에서 벌어지는 일을 알기에 느끼는 두려움뿐이다.

 지붕 위, 리사의 시야에는 고동색 판석 통로를 따라 끌려오는 아이들이 보인다. 다들 그 통로를 〈레드 카펫〉이라고 부른다. 레드 카펫을 걷는 아이들의 양옆에는 경비원들이 있다. 그들은 아이들의 위팔을 단단히 잡고 있다. 붙잡아 둘 수는 있지만, 멍들지는 않을 정도로 단단하게.

 그럼에도 돌턴을 비롯한 밴드 단원들은 이런 상황에 개의치 않고 연주를 이어 간다.

 「어떻게 그럴 수가 있어?」 리사는 쉬는 시간에 묻는다. 「어떻게 매일매일 저 애들이 들어갔다가 영영 나오지 않는 모습을 그냥 지켜볼 수가 있어?」

 「익숙해져.」 드럼 연주자가 물을 한 모금 마시며 말한다. 「너도 그렇게 될 거야.」

「아니! 난 그렇게 안 돼!」 리사는 단호히 말한다. 그녀는 코너를 생각한다. 코너에게는 이런 식으로라도 언와인드 집행을 미룰 기회가 없다. 전혀 가망이 없다. 「난 그놈들의 공범이 될 수 없어!」

「야.」 돌턴이 짜증을 내며 말한다. 「이건 생존의 문제야. 우린 살아남기 위해 해야 하는 일을 하는 거고! 네가 선택된 건 악기를 연주할 수 있고 솜씨도 좋기 때문이야. 그 기회를 날려 버리지 마. 넌 아이들이 레드 카펫을 걸어가는 데 익숙해지거나 직접 레드 카펫을 걷게 될 뿐이야. 그때가 되면 우리가 너를 위해서 연주해야겠지.」

리사도 무슨 말인지 안다. 하지만 그렇다고 이런 상황을 수긍해야만 하는 것은 아니다. 「지난번 키보드 연주자도 그렇게 된 거야?」 리사가 묻는다. 이건 아이들이 생각하고 싶어 하지 않는 주제임이 확실하다. 아이들은 서로를 본다. 아무도 그 질문에 답하려 하지 않는다. 리드 싱어가 태연하게 머리를 휙 넘기며 대답한다. 「잭은 열여덟 살이 되기 직전이었어. 그래서 생일 일주일 전에 놈들이 데려간 거야.」

「아주 행복한 잭은 아니었지.」 드럼 연주자가 그렇게 말하고 림 숏을 친다.

「그게 다야?」 리사가 말한다. 「그냥 데려갔다고?」

「일은 일이니까.」 리드 싱어가 말한다. 「우리 중 한 명이 열여덟 살이 되면 여기 사람들은 엄청난 돈을 잃어. 우리를 보내 줘야 하니까.」

「그래도 난 계획이 있어.」 돌턴이 다른 아이들에게 윙크하며 말한다. 아이들은 이 이야기를 들어 본 게 분명하다. 「내가 열여덟 살에 가까워지면 놈들이 날 잡으러 오기 전에 이 지붕에서 바로 뛰어내릴 거야.」

「자살하겠다고?」

「안 죽으면 좋지. 여긴 겨우 2층이니까. 하지만 난 심하게 고장 날 거야. 그런 상태일 때는 언와인드할 수 없거든. 나을 때까지 기다려야 해. 그때쯤이면 난 열여덟 살이 될 테고, 놈들은 엿을 먹게 될 거야!」 그는 드럼 연주자와 하이파이브한다. 둘이 웃는다. 리사는 믿을 수 없다는 듯 빤히 바라볼 뿐이다.

「개인적으로 난 법정 성인 연령이 17세로 낮아지기를 기대하고 있어.」 리드 싱어가 말한다. 「그렇게 되면, 난 직원들과 상담사들, 빌어먹을 의사들에게 갈 거야. 놈들의 얼굴에 침을 뱉어 줘야지. 그래 봐야 놈들은 내가 두 발로 정문을 곧장 나가게 놔둘 수밖에 없을걸.」

그때, 아침 내내 한마디도 하지 않던 기타 연주자가 악기를 집어 든다.

「잭을 위하여.」 그러더니 전쟁 이전 시대의 고전인 「수확자를 두려워하지 마라」[15]의 첫 화음을 연주하기 시작한다.

나머지 아이들이 합류해 마음을 담아 연주한다. 리사는 레드 카펫에 시선을 두지 않으려고 최선을 다한다.

---

15 수확자는 긴 낫을 든 저승사자를 말한다.

56
코너

 숙소는 여러 방으로 나뉘어 있다. 각 방에는 아이들 30명이 들어간다. 길고 좁다란 방에 침대 30개가 줄지어 놓여 있다. 낮 동안에는 깨지지 않는 커다란 창문으로 기분 좋은 햇빛이 들어온다. 코너는 저녁 먹을 준비를 하다가 자기 방 침대 두 개에서 이불이 벗겨져 있는 것을 알아챈다. 그 이불 속에서 자던 아이들은 어디에도 보이지 않는다. 모두가 그 사실을 알아채지만 아무도 이야기하지 않는다. 자기 침대 스프링이 망가졌다며 그중 하나를 차지하는 아이만이 예외다.

「망가진 건 새로 오는 녀석이 쓰라지.」 그가 말한다. 「난 마지막 주를 편안하게 지낼 거야.」

 코너는 사라진 아이들의 이름도, 얼굴도 기억나지 않는다. 그 때문에 괴롭다. 하루가 통째로 그를 무겁게 짓누른다. 아이들은 코너가 어떻게든 자신들을 구해 줄 거라고 믿지만 코너는 자기 목숨조차 구할 수 없다는 걸 안다. 직원들은 여전히 그가 실수를 저지르기를 기다리고 있다. 유일하게 기쁜 일은 리사가 적어도 지금은 안전하다는 사실이다.

코너는 점심시간이 끝날 무렵 멈춰 서서 밴드를 구경하다가 그녀를 보았다. 사방으로 리사를 찾아다녔는데, 리사는 바로 그곳에서, 뻔히 보이는 곳에서 마음을 다해 연주하고 있었다. 리사는 코너에게 피아노를 연주했었다고 말한 적이 있었지만 코너는 그 사실에 별 관심을 두지 않았다. 리사는 정말 대단했다. 이제야 코너는, 리사가 버스에서 도망치기 전에 어떤 사람이었는지 알아보는 데 더 많은 시간을 쓸 걸 그랬다고 후회한다. 그날 오후, 코너를 내려다본 리사는 미소 지었다. 리사답지 않은 행동이었다. 하지만 미소는 곧 현실을 인식한 표정으로 바뀌었다. 리사는 저 위에, 코너는 이 아래에 있었다.

코너는 숙소에서 생각에 잠겨 한참 시간을 보낸다. 고개를 들었을 때는 방의 모두가 이미 저녁을 먹으러 간 뒤다. 방에서 나서려고 일어나는데, 문 앞에 머뭇거리는 사람이 있다. 코너는 우뚝 멈춰 선다. 롤런드다.

「넌 여기 있으면 안 돼.」 코너가 말한다.

「그래, 맞아.」 롤런드가 말한다. 「그런데 네 덕에 여기 왔지.」

「내 말은 그런 뜻이 아니야. 네 방에서 빠져나온 걸 들키면 감점당하게 될 거야. 그럼 더 빨리 언와인드할 거고.」

「그런 걸 다 신경 쓰고 착하네.」

코너는 문으로 향하지만 롤런드가 앞길을 막는다. 코너는 처음으로 근육질의 체구에도 불구하고 둘 사이에 키 차이가 거의 없다는 걸 깨닫는다. 코너는 롤런드의 눈이 더 높은 데서 자길 내려다본다고 생각해 왔지만, 착각이었다. 코너는 롤런드의 꿍꿍이에 대비하며 말한다. 「이유가 있어서 온 거면 빨리 말해. 그게 아니면, 저녁 먹으러 가게 비켜.」

롤런드의 표정에는 심한 독기가 어려 있다. 그것만으로도 이 방 아이들을 모두 죽일 수 있을 것 같다. 「난 너를 열 번도 더 죽일 수 있었어. 죽였어야 했는데. 그랬으면 우린 여기 오지 않았을 테니까.」

「네가 병원에서 우리를 신고했잖아.」 코너가 일깨워 준다. 「네가 그런 짓만 안 했어도 우린 여기 오지 않았을 거야. 우리 모두 안전하게 묘지로 돌아갔겠지!」

「무슨 묘지? 남은 건 아무것도 없어. 네가 날 컨테이너에 가두고, 애들이 그 모든 걸 망가뜨리게 했잖아! 난 폭동을 막을 수 있었어. 하지만 네가 나한테 기회를 주지 않았어!」

「현장에 있었으면 넌 직접 제독을 죽일 방법을 찾았을 거야. 제기랄, 골든이 이미 죽지 않았다면 그 애들도 죽였을걸. 넌 그런 놈이야. 그게 너라고!」

롤런드는 갑자기 조용해진다. 코너는 자신이 선을 넘었다는 걸 안다.

「뭐, 내가 살인자라면 시간이 부족하네.」 롤런드가 말한다. 「시작해야겠어.」 그는 팔을 휘두르기 시작한다. 코너는 재빨리 방어하지만 곧 방어만으로는 부족해진다. 코너도 자신만의 분노에 빠져 들어가고 나름의 잔인한 공격을 펼치기 시작한다.

창고에서부터 미뤄 온 싸움이다. 롤런드가 리사를 화장실 구석에 몰아넣었을 때부터 두 사람 다 원해 온 싸움이다. 둘은 온 세상을 향한 걷잡을 수 없는 분노를 각자의 주먹에 싣는다. 벽과 침대 틀에 서로를 밀어붙이며 무자비하게 두들겨 팬다. 코너는 이것이 전에 해봤던 어떤 싸움과도 다르다는 걸 안다. 롤런드에게는 무기가 없지만, 그다지 필요하지도 않다. 롤런드 자신이 무기니까.

코너가 기술이 좋은 만큼 롤런드는 힘이 세다. 코너의 힘이 빠지기 시작하자 롤런드는 그의 목을 잡고 벽에 쾅 내리찍는다. 롤런드의 손이 코너의 기도를 누른다. 코너는 몸부림치지만 롤런드의 악력이 너무 세다. 그가 코너를 벽에 내리치고 또 내리친다. 목을 움켜쥔 손은 절대 풀지 않는다.

「넌 나를 살인자라고 했지만, 여기서 범죄자는 너뿐이야!」 롤런드가 소리친다. 「난 인질을 잡지 않았어! 청소년 전담 경찰을 쏘지도 않았고! 그리고…… 아무도 죽이지 않았어! 지금까지는!」 그는 손가락에 힘을 더 준다. 코너의 기도를 완전히 막아 버린다.

근육에 산소가 공급되지 않자 코너의 몸부림이 약해진다. 가슴이 들썩거리고, 시야는 어두워진다. 결국 보이는 것이라고는 분노에 찬 롤런드의 찡그린 얼굴뿐이다. 죽을래, 언와인드 당할래? 이제야 코너는 그 답을 알 것 같다. 어쩌면 이것이 그가 원했던 것인지도 모른다. 어쩌면 그래서 롤런드를 자극했는지도 모른다. 냉정한 무관심 속에 해체당하느니, 격분한 손에 살해당하고 싶어서.

코너의 시야가 미친 듯이 구불구불한 선으로 가득 찬다. 어둠이 다가온다. 의식이 사라져 간다.

하지만 그 순간.

순식간에 그의 머리가 바닥에 부딪힌다. 그는 놀라서 의식을 되찾는다. 시야가 맑아지기 시작하자 그를 내려다보는 롤런드가 보인다. 롤런드는 그냥 그 자리에 서서 코너를 노려보고 있다. 놀랍게도 롤런드의 눈에는 눈물이 고여 있다. 롤런드는 분노로 눈물을 감추려 하지만, 눈물이 눈가를 적신다. 롤런드는 코너의 목숨을 빼앗기 직전까지 갔던 손을 내려다본다. 그는 끝장내 버리지 못했다. 그 사실에 그도 놀란 듯하다.

「운 좋은 줄 알아.」 롤런드가 말한다. 그러고는 아무 말 없이 떠난다.

롤런드는 자신이 생각했던 것과 달리 살인자가 아니었다. 코너는 그 사실에 롤런드가 실망한 건지, 안도한 건지 알 수 없다. 코너가 보기에는 아마 두 감정을 다 조금씩 느끼고 있는 것 같다.

57
레브

해피 잭의 십일조들은 타이태닉호의 일등석 승객과 비슷하다. 십일조 주택에는 곳곳에 플러시 천으로 만든 비싼 가구가 놓여 있다. 극장과 수영장도 있고, 집에서 만든 것보다 나은 음식도 있다. 물론 그들의 운명은 말썽꾼들과 똑같다. 하지만 적어도 폼 나게 그 운명을 향해 간다.

저녁을 먹은 뒤, 레브는 십일조 주택의 체력 단련실에 혼자 있다. 그는 움직이지 않는 러닝머신에 서 있다. 러닝머신이 움직이지 않는 이유는 레브가 전원을 켜지 않았기 때문이다. 그의 두 발에는 두꺼운 패드가 들어간 러닝화가 신겨 있다. 발에 가해지는 충격을 충분히 완화하도록 양말도 겹쳐 신었다. 하지만 이 순간 그의 관심사는 발이 아니다. 손이다. 그는 그곳에 서서 두 손을 바라본다. 그 모습에 넋을 잃는다. 한 번도 손금에 이렇게 흥미를 느껴 본 적이 없다. 이 중 생명선이 있다고 하지 않는가? 십일조의 생명선은 나뭇가지처럼 여러 갈래로 나뉘어야 하지 않을까? 레브는 소용돌이 모양의 지문을 바라본다. 다른 사람이 이 손을 갖게 된다면, 신분 확인은 얼마나 악몽 같은 일이 될까. 지문의 주인이 한 명이 아니라면 지문에는 과연 무슨 의미가 있을까?

아무도 레브의 지문을 갖게 되지는 못할 것이다. 레브는 그것이 사실이라는 걸 안다.

십일조들을 위한 다양한 활동이 준비되어 있다. 하지만 말썽꾼들과는 달리, 십일조는 참여를 강요받지 않는다. 십일조가 되기 위한 준비 중에는 십일조 파티가 있기 전부터 이루어지는 한 달짜리 정신적, 신체적 요법이 있다. 모든 어려운 일은 집에서, 이곳에 오기 전에 끝난다. 이곳이 레브와 그의 부모가 선택한 하비스트 캠프가 아닌 것은 사실이지만 레브는 십일조다. 어느 캠프에 가든 통하는 평생 입장권을 가진 셈이다.

저녁 시간이면 십일조들은 대부분 레크리에이션실이나 수많은 기도 모임에 참석해 있다. 십일조 주택에는 온갖 종교의 성직자들이 있다. 목사, 신부, 랍비, 그리고 다른 종교의 성직자들. 양 떼 중 가장 좋은 것을 신에게 돌려준다는 개념은 종교 자체만큼 오래된 전통이기 때문이다.

레브는 필요한 만큼만 참석한다. 성경 공부를 할 때는 의심스러워 보이지 않을 만큼만 입을 연다. 그는 언와인드를 정당화하기 위해 성경 구절이 갈가리 찢기고, 아이들이 그 파편 속에서 신의 얼굴을 보려고 할 때도 침묵을 지킨다.

「저희 삼촌이 십일조의 심장을 받으셨어요. 이제 사람들은 삼촌이 기적을 행하실 수 있다고 하죠.」

「저는 십일조의 귀를 받은 어떤 여자분을 알아요. 그분이 한 블록 떨어진 곳에서 아기 울음소리를 듣고, 그 아기를 불에서 구하셨대요!」

「우리는 성스러운 공동체예요.」
「우리는 하늘에서 내린 만나죠.」
「우린 모두의 안에 있는 신의 조각이에요.」
아멘.

레브는 기도문을 암송하며, 그 기도가 자신을 바꿔 주고 예전에 그랬듯 높여 주기를 기대하지 않는다. 그의 마음은 단단해졌다. 그는 심장이 부스러지는 옥이 아니라 다이아몬드처럼 단단해지기를 바란다. 그러면 레브는 다른 길을 선택했을지도 모른다. 하지만 지금의 레브에게는, 그가 느끼는 것과 느끼지 않는 것에 비추어 보면 이 길이 맞다. 만일 맞지 않는대도, 뭐, 굳이 바꿀 생각은 들지 않는다.

다른 십일조들은 레브가 다르다는 걸 안다. 그들은 타락한 십일조를 본 적이 없다. 돌아온 탕아처럼 죄악을 끊고 무리로 돌아온 십일조는 더더욱 모른다. 하긴, 십일조들은 보통 서로를 잘 알지 못한다. 그들은 자신과 똑같은, 너무도 많은 아이에게 둘러싸여 있다. 선택받은 집단의 일원이 된 느낌을 받는다. 그러나 레브는 그 무리의 바깥에 있다.

레브는 러닝머신을 켠다. 보폭을 안정적으로 조정하고 발을 최대한 부드럽게 내딛는다. 러닝머신에는 최신 기술이 적용되어 있다. 온갖 설정이 가능한 화면이 달려 있다. 숲을 가로질러 조깅할 수도 있고, 뉴욕 마라톤에서 달릴 수도 있다. 심지어 물 위를 걸을 수도 있다. 일주일 전 해피잭에 도착한 첫날, 레브는 추가적인 운동을 처방받았다. 레브의 혈액에서는 중성 지방 수치가 높게 나왔다. 그는 마이와 블레인의 혈액 검사에서도 같은 문제가 나타났으리라 확신한다. 비록 셋은 따로따로 〈잡했고), 며칠 간격을 두고 도착했기에 그들을 연결할 고리는 없 겠지만.

「너희 가족력 때문일 수도 있고, 지방이 많은 식단 때문일 수도 있어.」 의사는 말했다. 그는 저지방 식단을 처방했고, 추가적인 운동을 하라고 제안했다. 레브는 중성 지방 수치가 높아진 이유를 안다. 그의 핏속에 흐르는 것은 사실 중성 지방이 아니다. 그와 비슷해 보이지만 조금 덜 안정적인 화합물이다.

그때 다른 소년이 체력 단련실에 들어온다. 그는 거의 흰색에 가까운 금발에 지나치게 강한 초록빛 눈을 가지고 있다. 유전자 조작이 이루어진 게 분명해 보인다. 그런 눈은 비싼 값에 팔릴 것이다. 「안녕, 레브.」 그가 레브 옆 러닝머신에 올라와 달리기 시작한다. 「좀 어때?」

「별거 없어. 그냥 뛰고 있는 거야.」

레브는 이 아이가 자발적으로 온 게 아님을 알고 있다. 십일조들은 절대 혼자 남겨지지 않는다. 이 아이는 레브의 친구가 되도록 보내진 것이다.

「좀 있으면 양초 밝히기를 할 거야. 너도 가?」

매일 저녁, 다음 날 언와인드되는 십일조를 기리기 위해 양초가 켜진다. 이렇게 기려지는 아이들은 저마다 연설을 하고, 나머지 아이들은 박수를 보낸다. 레브는 그것을 역겹다고 느 낀다.

「같게.」 레브가 말한다.

「넌 연설문은 쓰기 시작했어?」 아이가 묻는다. 「내 건 거의 다 완성됐는데.」

「내 건 아직 조각조각 나뉘어 있어.」 레브가 말한다. 아이는 이 농담을 이해하지 못한다. 레브는 러닝머신을 끈다. 레브가 이곳에 있는 한 아이는 그를 가만히 놔두지 않을 것이다. 레브는 정말이지 선택받은 자의 영광에 관해 이 아이와 이야기하고 싶지 않다. 그보다는 선택받지 못한 사람들, 하비스트 캠프에서 멀리 떨어진 곳에 있는 운 좋은 사람들에 대해 생각하고 싶다. 여전히 묘지라는 성역에 있는, 리사와 코너 같은 사람들을. 레브는 자신이 떠난 뒤에도 그들의 삶은 이어질 거라고 생각한다. 그 생각이 큰 위로가 된다.

더 이상 쓰이지 않는 응접실 뒤에는 쓰레기를 두는 낡은 건물이 있다. 레브는 지난주에 그곳을 발견했고, 그곳이 비밀 모임을 하기에 완벽한 장소라고 판단했다. 그날 저녁, 그곳에 도착해 보니 마이가 작은 공간에서 어슬렁거리고 있다. 그녀는 요즘 들어 점점 더 초조해지고 있다. 「얼마나 오래 기다려야 해?」 그녀가 묻는다.

「왜 그렇게 서둘러?」 레브가 묻는다. 「적당한 때가 될 때까지 기다려야 할 텐데.」

블레인은 양말 속에서 작은 종이 꾸러미 여섯 개를 꺼낸다. 그걸 하나하나 찢어서 열자, 작고 동그란 반창고를 같은 것이 나온다.

「그건 뭐야?」 마이가 묻는다.

「비밀이야. 곧 알게 될 테니 기다려.」

「너 정말 철없다!」

마이는 늘 금방 파르르 화를 낸다. 특히 블레인과 있을 때는 더욱 그렇다. 하지만 오늘 밤에는 그녀의 태도에 평소보다 더

한 불안이 배어 있다. 「왜 그래, 마이?」 레브가 묻는다.

마이는 잠시 뜸을 들인 뒤에야 대답한다. 「오늘 도살장 지붕에서 키보드를 치는 여자애를 봤어. 묘지에서 알던 애야. 걔도 날 알고.」

「그럴 리가 없어. 묘지에 있던 애가 왜 여기 있는 건데?」 블레인이 말한다.

「내가 확실히 봤어. 게다가 다른 아이들도 여기에 있는 것 같아. 걔들이 우리를 알아보면 어쩌지?」

블레인과 마이는 레브가 설명할 수 있다는 듯 그를 본다. 사실, 레브는 설명할 수 있다. 「일하러 나갔다가 잡힌 애들이 틀림없어. 그게 다야.」

마이는 긴장을 푼다. 「그래. 그래, 그렇겠네.」

「걔들이 우리를 알아보면 우리한테도 같은 일이 일어났다고 하면 돼.」 블레인이 덧붙인다.

「그래.」 레브가 말한다. 「문제 해결이네.」

「좋아. 다시 일 얘기로 돌아가서…… 내 생각에는 내일모레 하는 게 좋을 것 같아. 그다음 날에는 내가 미식축구 경기를 하도록 예정되어 있거든. 그게 별로 잘될 것 같지는 않고.」

그런 다음 그는 작은 반창고 두 개를 마이에게, 두 개를 레브에게 건넨다.

「반창고가 왜 필요해?」 마이가 묻는다.

「여기에 도착한 다음에 너희한테 이걸 주라는 지시를 받았어.」 블레인이 반창고 하나를 손가락에 쥐고 달랑거린다. 꼭 살색 나뭇잎 같다. 「이건 반창고가 아니야.」 그가 말한다. 「기폭 장치지.」

알래스카 송유관 작업은 애초에 존재하지 않았다. 다 떠나서, 대체 어떤 언와인드가 그런 일에 자원하겠는가? 중요한 건 레브와 마이, 블레인 외에는 아무도 자원하지 않도록 하는 것이었다. 그들이 탄 밴은 묘지를 벗어나 쇠락한 동네에 있는, 더 쇠락한 집으로 그들을 데려갔다. 삶에 시달려 쇠락한 사람들이 생각지도 못한 일들을 꾸미는 곳이었다.

레브는 그 사람들이 두려우면서도 동시에 그들에게 연대감을 느꼈다. 그들은 삶에 배신당한 비참함을 이해했다. 그들은 허무함보다도 텅 빈 마음이 어떤 것인지 이해했다. 그들은 레브에게 이 작전에서 그가 얼마나 중요한지 말했다. 레브는 아주 오랜만에 정말 필요한 존재가 된 기분이었다.

그 사람들은 〈사악하다〉는 말을 절대 쓰지 않았다. 세상이 그들에게 저지른 일의 사악함을 이야기할 때만 예외였다. 그들이 레브와 마이, 블레인에게 요구한 일은 사악한 것이 아니었다. 절대, 절대, 절대로. 오히려 그들이 느끼는 모든 것의 표현이었다. 그들이라는 존재 자체의 영혼이자 본성을 세상에 내보이는 일이었다. 그들은 메시지를 전하는 존재일 뿐 아니라 메시지 자체였다. 그들이 요구한 일은 레브의 머리를 가득 채웠다. 그의 핏속을 채운 치명적인 화학 물질처럼. 그 일은 뒤틀린 것이었다. 잘못된 것이었다. 하지만 레브에게는 딱 맞았다.

「우리에겐 혼란 말고 아무런 대의명분이 없어.」 그들을 끌어들인 클리버는 언제나 그렇게 말하곤 했다. 클리버가 삶이 끝날 때까지 영영 깨닫지 못한 것은 혼란이야말로 가장 강력한 명분이 될 수 있다는 것이었다. 혼란은 심지어 혼란의 세례를 받을 만큼 불행한 사람에게, 오직 혼란이라는 더러운 물에서만 위로를 받을 수 있는 사람에게 신앙이 될 수 있었다.

레브는 클리버의 운명이 어떻게 되었는지 모른다. 그는 자신이 이용당하고 있다는 것도 모른다. 딱히 관심도 없다. 레브가 아는 것은 머잖아 세상이 그가 느끼는 상실감과 공허함과 완전한 환멸을 조금이나마 겪게 되리라는 것뿐이다. 레브가 손을 들어 손뼉을 치는 순간, 그들도 알게 될 것이다.

58
코너

코너는 최대한 빨리 아침을 먹는다. 배가 고파서가 아니라 가고 싶은 곳이 있어서다. 리사의 아침 식사 시간은 코너 바로 전이다. 리사가 천천히 식사하고 코너가 빨리 식사하면, 해피잭 직원들의 관심을 끌지 않고도 둘은 어찌어찌 서로 마주칠 수 있다.

그들은 여자 화장실에서 만난다. 지난번에 이런 곳에서 만나야만 했을 때는 각자 다른, 고립된 칸에 들어가야 했다. 지금은 아니다. 둘은 같은 칸에 들어간다. 그들은 비좁은 공간에서 서로를 꽉 끌어안는다. 아무런 핑계도 대지 않는다. 그들의 인생에는 장난을 치거나 어색해하거나 서로에게 관심 없는 척할 시간이 없다. 그래서 그들은 영원토록 해온 것처럼 입을 맞춘다. 입맞춤이 숨을 쉬는 것만큼이나 중요하다는 듯이.

리사는 코너의 얼굴과 목에 난 멍 자국을 만져 본다. 코너가 롤런드와 싸우다가 얻은 상처다. 리사는 무슨 일이 있었느냐고 묻는다. 코너는 중요하지 않은 일이라고 말한다. 리사는 더 오래 머물 수 없다고, 돌턴과 밴드의 다른 아이들이 도살장 지붕에서 그녀를 기다릴 거라고 말한다.

「네 연주를 들었어.」 코너가 말한다. 「훌륭하더라.」

코너는 다시 리사에게 입을 맞춘다. 둘은 언와인드에 대해서는 아무 말도 않는다. 이 순간에는 그런 건 존재하지 않는다. 코너는 그들이 할 수 있다면, 이 관계를 더 멀리까지 끌고 나가리라는 걸 안다. 하지만 여기에서는, 이런 곳에서는 아니다. 둘에게는 결코 일어나지 않을 일이지만, 코너는 어째서인지 다른 공간, 다른 시간에서는 둘이 맺어지리라는 것을 확신한다. 그렇기에 만족한다. 그는 10초, 20초 동안 리사를 끌어안는다. 30초 동안. 그런 다음, 리사가 몰래 나가고 코너는 식당으로 돌아간다. 몇 분 뒤, 그는 리사가 연주하는 소리를 듣는다. 리사의 키보드 선율이 쏟아져 나와 해피 잭을 낙관적이고도 심장이 뛰게 하는, 저주받은 자들의 주제곡으로 가득 채운다.

59
롤런드

같은 날 아침, 식사 직후에 사람들이 롤런드를 잡으러 온다. 캠프 상담사와 경비원 두 명이 그를 숙소 복도로 몰아가 다른 아이들과 격리한다.

「당신들이 원하는 건 내가 아니에요.」 롤런드가 간절하게 말한다. 「난 애크런의 무단이탈자가 아니에요. 당신들이 원하는 건 코너라고요.」

「유감이지만, 아니야.」 상담사가 말한다.

「하지만…… 저는 여기 온 지 며칠밖에 안 됐는데…….」 롤런드는 왜 이런 일이 일어났는지 안다. 배구공으로 해피 잭 직원을 맞혔기 때문이다. 틀림없다. 아니면 코너와 싸워서일 것이다. 코너가 그를 밀고했다! 코너라면 그럴 줄 알았다!

「네 혈액형 때문이란다.」 상담사가 친절하게 설명한다. 「AB 마이너스. 희귀하고 수요가 아주 많은 혈액형이지.」 그가 미소 짓는다. 「이렇게 생각해 보렴. 넌 너희 방의 다른 아이들보다 훨씬 가치가 높아.」

「운도 좋지.」 경비원 중 한 명이 롤런드의 팔을 잡으며 말한다.

「위로가 될지 모르겠지만 말이야.」상담사가 다시 말한다. 「네 친구 코너는 오늘 오후에 언와인드가 예정되어 있어.」

롤런드는 밝은 실외로 끌려 나온다. 다리에 힘이 빠진다. 레드 카펫이 눈앞에 펼쳐져 있다. 말라붙은 피와 같은 색이다. 그 끔찍한 돌길을 가로지를 일이 있으면, 아이들은 닿기만 해도 운이 나빠진다는 듯 그 길을 뛰어넘었다. 지금은 그들이 롤런드가 그 길에서 발을 떼지 못하도록 막는다.

「신부님을 불러 주세요.」롤런드가 말한다. 「신부님을 불러 주는 거 맞죠? 신부님을 불러 달라고요!」

「신부님은 최후의 의식을 해주시는 거야.」상담사가 그의 어깨를 온화하게 어루만지며 말한다. 「죽어 가는 사람들을 위한 의식이지. 하지만 넌 죽는 게 아니야. 넌 계속 살아갈 거란다. 그냥 다른 방식으로 사는 것뿐이지.」

「그래도 신부님을 불러 줘요.」

「그래, 할 수 있는 일이 있는지 알아보마.」

도살장 지붕의 밴드는 이미 아침 연주를 시작했다. 그들은 롤런드의 머릿속에서 연주되는 장송곡을 조롱하기라도 하듯 경쾌한 춤곡을 연주한다. 롤런드는 리사가 밴드에 있다는 걸 안다. 그는 지붕 위에서 키보드를 연주하는 그녀를 본다. 그는 리사가 자신을 증오한다는 걸 알면서도 손을 흔든다. 관심을 끌어 보려 한다. 그를 싫어하는 사람이라도 그가 죽어 가는 모습을 지켜봐 주면 좋겠다. 아무도 보는 이 없이 사라지는 건 너무 쓸쓸하니까.

리사는 레드 카펫을 보지 않는다. 그를 보지 않는다. 리사는 모른다. 아마 나중에 누군가가 리사에게 롤런드가 오늘 언와인드당했다고 말해 줄 것이다. 그때 리사가 어떤 기분일지 궁금해진다.

그들은 레드 카펫 끝에 이른다. 도살장 문으로 이어지는 다섯 단의 돌계단이 있다. 롤런드는 계단 맨 아래에서 멈춰 선다. 경비원들이 그를 끌고 가려 하지만 롤런드가 그들을 떨쳐낸다.

「시간이 더 필요해요. 하루만 더. 그게 다예요. 하루만 더 줘요. 내일은 준비되어 있을 거예요. 약속할게요!」

그 순간에도 머리 위에서는 밴드가 연주하고 있다. 롤런드는 비명을 지르고 싶다. 하지만 이곳은 도살장과 너무 가깝다. 소리를 질러 봐야 밴드의 연주에 묻힐 것이다. 상담사가 경비원들에게 신호한다. 그들은 롤런드의 겨드랑이 바로 아래를 더 단단히 잡고, 그가 다섯 계단을 억지로 오르도록 한다. 순식간에 그는 문을 지난다. 등 뒤에서 문이 미끄러지며 닫힌다. 세상과 차단된다. 더는 밴드의 소리가 들리지 않는다. 도살장에는 방음 처리가 되어 있다. 어째서인지는 몰라도, 롤런드는 그러리라는 걸 알고 있었다.

60
채취

그 일이 어떻게 진행되는지 아는 사람은 아무도 없다. 아무도 그 일이 어떻게 이루어지는지 모른다. 언와인드의 채취는 이 나라에 있는 모든 채취 의료원의 벽 안에만 머물러 있는 비밀스러운 의료적 의식이다. 그런 면에서 채취는 죽음과 다를 바 없다. 죽음이라는 비밀의 문 너머에 어떤 신비가 있는지 아는 사람은 없으니까.

아무도 원치 않는 아이를 언와인드하는 데 필요한 것은 무엇일까? 두 팀으로 나뉜 열두 명의 외과 의사다. 그들은 고도의 의료적 전문성을 요구받으며 필요에 따라 번갈아 수술실을 드나든다. 아홉 명의 수술 보조원과 네 명의 간호사도 필요하다. 총 세 시간이 걸린다.

61
롤런드

롤런드가 이곳에 들어온 지 15분째다.

그의 주변을 부산스럽게 돌아다니는 의료진은 스마일 마크와 똑같은 색깔의 수술복을 입고 있다.

롤런드의 팔다리는 튼튼한 끈으로 수술대에 고정되어 있다. 쿠션이 덧대어진 끈은 롤런드가 몸부림쳐도 그의 몸을 다치지 않게 한다.

간호사가 그의 이마에서 땀을 닦아 낸다. 「긴장 풀어. 난 네가 이 일을 끝까지 마치도록 돕기 위해 여기 있는 거야.」

롤런드는 목 오른쪽에 따끔한 통증을 느낀다. 날카로운 바늘로 찌르는 듯한 통증이다. 이어 왼쪽에도 같은 느낌이 든다.

「뭐예요?」

「이게 다야.」 간호사가 말한다. 「네가 오늘 느낄 통증의 전부야.」

「그거네, 그럼.」 롤런드가 말한다. 「날 기절시키는 거죠?」

롤런드는 수술용 마스크로 가려진 그녀의 입을 볼 수 없지만, 그녀의 눈에서 미소를 읽을 수 있다.

「전혀 아니야.」 간호사가 말한다. 「법에 따라, 우리는 이 과정이 진행되는 내내 네가 의식을 잃지 않도록 해야 한단다.」 간호사가 그의 손을 잡는다. 「너한테는 네게 일어나는 일 전부를, 이 과정의 모든 단계를 알 권리가 있어.」

「알고 싶지 않으면요?」

「알고 싶을 거야.」 수술 보조원 중 한 명이 롤런드의 두 다리를 갈색 소독약을 적신 솜으로 문지르며 말한다. 「다들 알고 싶어 하거든.」

「우린 방금 네 경동맥과 경정맥에 카테터를 삽입했어.」 간호사가 말한다. 「이제 네 혈액은 고농도 산소가 주입된 합성 용액으로 대체되고 있단다.」

「진짜 혈액은 바로 혈액은행에 보낼 거야.」 롤런드의 발치에 있던 보조원이 말한다. 「한 부분도 낭비되지 않아. 장담할 수 있어. 넌 여러 생명을 구하게 될 거야!」

「산소 용액에는 통증 수용기를 마비시키는 마취제도 들어 있어.」 간호사가 그의 손을 쓰다듬는다. 「너는 완전히 깨어 있으면서 아무것도 느끼지 못할 거야.」

롤런드는 이미 팔다리가 얼얼해지는 느낌을 받기 시작했다. 그는 꿀꺽 침을 삼킨다. 「난 싫어. 당신이 싫어. 당신들 모두가 싫어.」

「이해해.」

28분이 지난다.

첫 의사들이 도착했다.

「저분들은 신경 쓰지 마.」 간호사가 말한다. 「나한테 얘기하렴.」

「무슨 얘기를 해?」

「뭐든 하고 싶은 얘기.」

누군가가 수술 도구를 떨어뜨린다. 뭔가가 쨍그랑 소리를 내며 수술대에서 바닥으로 떨어진다. 롤런드는 움찔한다. 간호사가 그의 손을 더욱 꽉 잡는다.

「발목 쪽이 약간 당기는 느낌이 들 수도 있어.」 수술대 발치에 있던 외과 의사 중 한 명이 말한다. 「걱정할 일은 아니고.」

45분.

너무 많은 의사가 들어온다. 너무 많은 일이 한꺼번에 벌어진다. 롤런드는 이렇게 많은 관심을 받아 본 적이 없다. 그들을 보고 싶지만 간호사가 그의 시야를 가로막는다. 간호사는 그의 서류를 읽는다. 그에 관한 모든 것이 적혀 있다. 좋은 것도, 나쁜 것도. 롤런드가 절대 말하지 않는 것들도. 이제는 말할 수밖에 없는 것들도.

「네 의붓아버지가 한 일은 끔찍했다고 생각해.」

「난 그냥 엄마를 보호하려던 거였어요.」

「메스.」 외과 의사가 말한다.

「너희 엄마가 고마워했어야 하는데.」

「엄마는 날 언와인드시켰어요.」

「엄마도 쉬운 결정은 아니었을 거야.」

「좋아, 클램프 채워.」

한 시간 15분.

의사들이 떠나고 새로운 의사들이 들어온다. 새로 들어온 의사들은 그의 배에 대단히 관심을 보인다. 롤런드는 발가락 쪽을 보려 하지만 발가락은 보이지 않는다. 대신 수술대 아래 쪽을 닦고 있는 수술 보조원이 눈에 들어온다.

「어제 어떤 애를 죽일 뻔했어요.」

「이젠 중요하지 않아.」

「죽이고 싶었는데 무서웠어요. 이유는 모르겠지만 무서웠어요.」

「그냥 잊어.」 전에는 간호사가 그의 손을 잡고 있었다. 지금은 아니다.

「복근이 대단한데.」 의사가 말한다. 「운동하니?」

금속이 쨍그랑거리는 소리. 수술대의 아래쪽은 고리가 풀려 끌려 나갔다. 열두 살 때, 엄마가 그를 라스베이거스로 데려갔던 일이 생각난다. 엄마가 슬롯머신을 하는 동안 롤런드는 마술 공연장에 있었다. 마술사가 여자를 절반으로 잘랐다. 그런데도 여자는 발가락을 꼼지락거리며 얼굴로는 미소를 지었다. 관중은 천둥 같은 박수 갈채를 보냈다.

이제 롤런드는 배가 불편하다고 느낀다. 불편하고 간질거리는 느낌이다. 통증은 아니다. 의사들이 그의 몸속을 뒤지며 이것저것 들어 올린다. 롤런드는 보지 않으려 하지만 자꾸 눈이 간다. 피는 없다. 그저 고농도 산소 용액이 있을 뿐이다. 형광 초록색의 용액은 부동액처럼 보인다.

「무서워요.」 롤런드가 말한다.

「알아.」 간호사가 말한다.

「당신들 모두 지옥에 갔으면 좋겠어.」

「자연스러운 일이야.」

한 팀이 나간다. 다음 팀이 들어온다. 그들은 롤런드의 가슴에 깊은 관심을 보인다.

한 시간 45분.
「유감이지만 이젠 대화를 멈춰야겠구나.」
「가지 마.」
「여기 있을 거야. 하지만 더는 이야기할 수가 없어.」

두려움이 롤런드를 둘러싸고, 그를 기절시킬 듯 위협한다. 롤런드는 두려움을 분노로 바꿔 보려 하지만 두려움이 너무 강하다. 그는 코너도 곧 붙잡혀 오리라는 만족감으로 두려움을 밀어내려 하지만, 그래도 기분은 나아지지 않는다.

「가슴에 얼얼한 느낌이 들 거야.」 의사가 말한다. 「걱정할 건 아니고.」

두 시간 5분.
「내 목소리가 들리면 눈을 두 번 깜빡이렴.」
깜빡, 깜빡.
「아주 용감하구나.」

롤런드는 다른 것들을, 다른 장소를 생각하려 하지만, 생각은 자꾸 이곳으로 돌아온다. 이제는 모두가 그와 너무 가까이 있다. 노란 형체들이 꽃잎이 오므라들듯 그의 사방으로 몸을 숙인다. 수술대의 다른 부분이 치워진다. 꽃잎이 더 가까이 다가온다. 롤런드는 이런 일을 당해도 싼 인간이 아니다. 그는 많은 일을 했다. 전부 좋은 일이었던 건 아니다. 하지만 이런 일을 당해도 싼 인간은 아니다. 게다가 그는 결국 신부를 만나지 못했다.

두 시간 20분.
「아래턱에 얼얼한 느낌이 들 거야. 걱정할 건 아니고.」
「내 목소리가 들리면 두 번 눈을 깜빡이렴.」
깜빡, 깜빡.
「좋아.」
롤런드는 간호사와 눈을 맞춘다. 간호사의 눈은 여전히 미소 짓고 있다. 언제나 미소 짓는다. 누군가가 그녀에게 영원히 미소 짓는 눈을 주었다.
「유감이지만, 지금부터는 눈을 그만 깜빡여야 해.」

「얼마나 됐지?」 의사 중 한 명이 말한다.
「두 시간 33분이요.」
「늦었네.」
완전한 어둠은 아니다. 그저 빛이 사라졌을 것뿐이다. 롤런드는 주변의 모든 소리를 듣지만, 더 이상 의사소통을 할 수 없다. 다음 팀이 들어온다.
「난 지금도 여기 있어.」 간호사가 말한다. 하지만 그런 뒤에는 조용해진다. 잠시 후 롤런드는 발소리를 듣고 그녀가 떠났다는 걸 안다.
「두피가 얼얼할 거야.」 의사가 말한다. 「걱정할 일은 아니고.」 의사들이 말을 거는 건 그때가 마지막이다. 그 이후로 의사들은 롤런드가 더 이상 이곳에 존재하지 않는 것처럼 말한다.

「어제 시합 봤어?」

「가슴이 찢어지더라.」

「뇌량 분리합니다.」

「기술이 좋은데요.」

「뭐, 뇌 수술도 아닌걸요.」 사방에서 들려오는 웃음소리.

기억이 뒤틀리며 반짝인다. 얼굴들. 그의 정신 깊은 곳에서 솟아오르는 꿈 같은 빛의 맥동. 감정. 몇 년 동안 생각해 본 적 없는 것들. 기억들이 꽃피었다가 사라진다. 롤런드는 열 살 때 팔이 부러졌었다. 의사가 엄마에게 새로운 팔을 달거나 깁스를 할 수 있다고 말했다. 깁스가 더 쌌다. 롤런드는 깁스에 상어를 그렸다. 깁스를 떼어 낸 뒤에는 상어를 영원히 간직하려고 문신을 했다.

「그 3점 슛만 성공했어도.」

「이번에도 불스가 이기겠네. 레이커스나.」

「좌측 대뇌 피질부터 시작합니다.」

또 다른 기억의 뒤틀림.

여섯 살 때, 아빠는 내가 태어나기도 전에 한 일로 감옥에 갔어. 아빠가 뭘 했는지는 영영 알 수 없었지만, 엄마는 나도 아빠랑 똑같다고 했지.

「선스는 가망이 없어.」

「뭐, 코치진만 괜찮았어도…….」

「좌측 측두엽이요.」

세 살 때 베이비시터가 있었지. 예뻤는데. 그 베이비시터가 내 동생을 흔들었어. 정말 심하게. 동생은 망가졌어. 다시는 바로잡을 수 없었어. 아름다운 건 위험해. 아름다운 것부터 없애야 해.

「글쎄, 내년에는 플레이오프에 진출할 수도 있어.」
「아니면 그다음 해나.」
「청신경 뗐던가?」
「아직요. 지금 바로······.」

난 혼자야. 울고 있어. 그런데 아무도 요람으로 오지 않아. 밤새도록 켜놓던 불도 다 꺼졌어. 화가 나. 너무 화가 나.

왼쪽 전두엽.

나는······ 나는······ 기분이 별로 좋지 않아······.

왼쪽 후두엽.

나는······ 나는······ 어딘지 기억이 안 나······.

왼쪽 두정엽.

나는······ 나는······ 내 이름이 기억나지 않지만······ 그렇지만······.

오른쪽 측두엽.

······아직 여기 있어.

오른쪽 전두엽.

난 아직 여기 있어······.

오른쪽 후두엽.

난 아직······.

오른쪽 두정엽.

난······.

소뇌.

난······.

시상.

난······.

시상 하부.

난…….
해마.
…….
수질.
…….
…….
…….

「시간은?」
「세 시간 19분이요.」
「좋아, 쉬어야겠다. 다음 거 준비해요.」

62
레브

 기폭 장치는 그의 보관함 안 양말 속에 숨겨져 있다. 그걸 발견하는 사람은 누구나 반창고라고 생각할 것이다. 레브는 기폭 장치에 대해 생각하지 않으려고 애쓴다. 생각하는 건 블레인의 역할이다. 레브에게 때가 되었다고 알려 주는 것도.

 오늘 레브의 방에 있는 십일조들은 피조물과 합일을 이루기 위해 자연 산책에 나섰다. 그들을 인도하는 목사는 잘난 척을 좀 하는 사람이다. 그는 자기 입에서 나오는 모든 단어가 지혜의 진주라도 되는 듯 말한다. 누군가가 받아 적기를 기대하듯 말끝마다 잠시 멈춘다.

 목사는 아이들을 이끌고 겨울로 접어들어 헐벗은 나무 쪽으로 향한다. 얼음과 눈이 있는 겨울에 익숙한 레브에게는 애리조나주의 나무들이 이 계절에도 낙엽을 떨어뜨리고 있는 것이 이상하게 보인다. 이 나무에는 여기저기 접목된 가지들이 무수히 달려 있다. 가지마다 나무껍질과 질감이 모두 다르다.

 「너희에게 이걸 보여 주고 싶었다.」 목사가 아이들에게 말한다. 「지금은 별 볼 일 없지만, 아아, 봄에 봐야 해. 오랜 세월 동안 우리는 각자가 가장 좋아하는 나무의 가지를 이 줄기에 접목했단다.」그는 다양한 가지를 가리킨다.「이 가지는 분홍빛 벚꽃을 피우고, 저 가지는 커다란 플라타너스 잎으로 가득 차지. 이 가지는 보랏빛 자카란다꽃으로 채워지고, 저 가지에는 묵직하게 복숭아가 달린단다.」

십일조들은 나무를 살펴보고 가지를 조심스레 만져 본다. 그 나무가 언제 타오르는 덤불[16]이 될지 모른다는 듯.「처음에는 무슨 나무였어요?」십일조 중 한 명이 묻는다.

목사는 대답하지 못한다.「잘 모르겠구나. 하지만 그건 사실 별로 중요하지 않아. 중요한 건 이 나무가 어떻게 변했느냐는 거야. 우린 이 나무를 우리만의 〈생명의 나무〉라고 부른단다. 훌륭하지 않니?」

「훌륭할 거 없어요.」자기도 모르게, 레브의 입에서 그 말이 튀어나온다. 예상치 못한 트림처럼, 갑작스럽게. 모두의 시선이 그에게 향한다. 레브는 재빨리 수습한다.「인간의 작품인걸요. 우린 자만해선 안 돼요.」그가 말한다.「잘난 체하다가는 창피를 당하는 법, 슬기로운 사람은 분수를 차린다.」

「그래.」목사가 말한다.「『잠언』······ 11장, 맞지?」

「『잠언』 11장 2절이요.」

「아주 훌륭하구나.」목사는 상당히 겸손해진 모습이다.「글쎄, 그래도 봄에 예쁜 건 사실이야.」

십일조 주택으로 돌아오는 길, 일행은 말썽꾼들이 언와인드 당하기 전에 최상의 신체적 조건을 갖출 수 있도록 관찰되고

---

16 성경에 나오는 모세의 덤불을 말한다.

훈련받는 운동장과 경기장을 지난다. 십일조들은 순교자라도 되는 것처럼 이따금 운동장에 들려오는 조롱과 야유를 견뎌낸다.

그렇게 운동장 앞을 지날 때, 레브는 부지불식간에 다시는 볼 수 없으리라 예상했던 사람과 마주친다. 코너가 그의 앞에 서 있다.

둘은 반대 방향으로 가다가 서로를 보고 우뚝 멈춰 선다. 충격이 너무나 커서 서로를 빤히 바라보기만 한다.

「레브?」

갑자기 젠체하는 목사가 다가와 레브의 양쪽 어깨를 잡는다. 「떨어져!」 목사가 코너에게 사납게 말한다. 「피해라면 이미 충분히 주지 않았니?」 그러더니 그는 코너를 그 자리에 두고 레브를 재빨리 끌고 간다.

「괜찮아.」 목사가 말한다. 그는 레브의 어깨를 꽉 잡은 채로 단호하게 멀어진다. 「우린 저 녀석이 누구인지, 네게 무슨 짓을 했는지 알고 있다. 네가 같은 하비스트 캠프에 있다는 걸 모르길 바랬어. 하지만 약속하마, 레브. 저 녀석은 다시 널 해치지 못할 거야.」 그런 다음, 그는 조용히 덧붙인다. 「오늘 오후에 언와인드당할 테니까.」

「뭐라고요?」

「참 잘된 일이지!」

해피 잭의 부지에서 십일조들이 아무 감시도 받지 않고 돌아다니는 모습을 보는 건 그리 드문 일이 아니다. 단, 십일조들은 대개 무리 지어 다닌다. 적어도 둘씩 같이 모여 다닌다. 한 명이 서둘러, 거의 달리듯 운동장을 가로지르는 모습을 보는 건 드문 일이다.

레브는 십일조 주택으로 돌아온 뒤 서둘러 움직였다. 기회가 생기자마자 몰래 빠져나왔다. 지금 그는 블레인과 마이를 찾아 사방을 뒤지고 있다.

코너가 오늘 오후에 언와인드당해. 어떻게 이럴 수가 있을까? 어쩌다 여기에 왔을까? 코너는 묘지에 안전하게 있었다. 제독이 코너를 내쫓은 걸까, 아니면 코너가 알아서 떠난 걸까? 어느 쪽이든, 코너는 잡혀서 이곳으로 끌려온 게 틀림없다. 레브가 유일하게 위안으로 삼았던 사실이, 친구들은 안전하리라는 믿음이 이제 찢겨 나갔다. 코너의 언와인드를 막아야 한다. 레브에게는 그걸 막을 힘이 있다.

그는 식당과 숙소 사이의 풀로 뒤덮인 공유지에서 블레인을 발견한다. 블레인은 같은 방 아이들과 함께 체조 요법을 받고 있다. 블레인의 체조는 이상해 보인다. 최대한 힘을 덜 주며, 동작에 별 효과가 없게끔 하려는 것이다.

「할 얘기가 있어.」 레브가 헐떡이며 말한다.

블레인은 놀라고 화난 표정으로 그를 본다. 「미쳤어? 여기서 뭐 하는 거야?」

직원이 레브를 보고 곧장 다가온다. 어쨌든, 다들 십일조와 말썽꾼이 어울려서는 안 된다는 걸 안다.

「괜찮아요.」 레브가 직원에게 말한다. 「집에서 알던 애예요. 그냥 작별 인사를 하고 싶어서요.」

직원은 마지못해 고개를 끄덕인다. 「그래, 하지만 빨리 끝내라.」

레브는 블레인을 따로 데리고 먼 곳으로, 아무도 엿들을 수 없는 곳으로 간다. 「오늘 하자.」 레브가 말한다. 「더는 못 기다려.」

「야.」 블레인이 말한다. 「언제 할지는 내가 정하는 거야. 아직 때가 아니야.」

「기다릴수록 실수로 폭탄이 터질 위험이 커져.」

「그래서 뭐? 무작위로 터뜨리는 것도 방법이야.」

레브는 블레인을 때리고 싶지만, 그랬다간 땅에 50미터 너비의 구덩이가 생기리라는 걸 안다. 그래서 그는 더 효과적인 무기를 꺼낸다. 블레인이 굴복할 수밖에 없는 말을 한다.

「사람들이 우리에 대해서 알아.」 레브가 속삭인다.

「뭐?」

「누군지는 몰라도, 여기에 박수도가 있다는 걸 안다고. 지금 혈액 검사 결과를 검토하고 있을거야. 이상한 걸 찾으려고. 머잖아 우리를 발견할 거야.」

블레인이 이를 악물고 욕을 뱉는다. 그는 잠시 생각하더니 고개를 젓기 시작한다. 「아니. 안 돼, 난 준비가 안 됐어.」

「네가 준비됐는지는 중요하지 않아. 혼란을 원해? 네가 원하든 원치 않든 오늘 혼란이 닥칠 거야. 놈들이 우리를 찾으면 어떻게 할 것 같은데?」

블레인은 그 생각에 메스꺼워하는 표정을 짓는다. 「숲에서 우릴 터뜨려 버릴까?」

「아니면 아무도 모르게 사막에서 터뜨릴 수도 있지.」

블레인은 잠시 더 생각해 보더니 몸을 떨며 깊이 숨을 들이마신다. 「점심때 마이를 찾아서 말할게. 2시 정각에 한다.」

「1시로 해.」

레브는 보관함을 뒤진다. 점점 더 미칠 것 같다. 양말이 이곳에 있어야 하는데! 양말이 있어야 하는데…… 찾을 수가 없다. 기폭 장치는 필수적이지 않지만 훨씬 깔끔하다. 레브는 일을 깔끔하게 하고 싶다. 깔끔하고 빠르게.

「그거 내 거야.」

레브가 돌아보니, 담황빛 머리카락에 에메랄드색 눈을 가진 아이가 그의 뒤에 서 있다. 「거긴 내 보관함이야. 네 건 저쪽이고.」

레브는 주위를 둘러보다가, 침대 하나를 잘못 헤아렸다는 걸 깨닫는다. 이 방에는 침대나 보관함을 구분할 만한 것이 아무것도 없다.

「양말이 필요하면 빌려줄게.」

「아냐, 내 거 많아. 고마워.」 레브는 심호흡하며 눈을 감고 공포심을 다스린다. 그런 다음, 맞는 보관함으로 간다. 기폭 장치가 든 양말이 그곳에 있다. 그는 양말을 주머니에 쑤셔 넣는다.

「괜찮아, 레브? 좀 이상해 보이는데.」

「괜찮아. 방금까지 뛰어서 그래. 러닝머신을 탔거든. 그게 다야.」

「아니잖아.」 아이가 말한다. 「내가 방금까지 체력 단련실에 있었어.」

「저기, 네 일에나 신경 쓸래? 난 네 친구도, 동료도 아니야.」

「하지만 우린 친구가 되어야 해.」

「아니. 넌 날 몰라. 난 너랑 다르다고. 알았어? 그러니까 나 좀 가만히 놔둬!」

그때 레브는 등 뒤에서 낮은 목소리가 들려 온다. 「그만하면 됐다, 레브.」

돌아보니 정장을 입은 남자가 서 있다. 목사가 아니라 일주일 전 그를 이곳에 입소시켰던 상담사다. 좋은 일일 리 없다.

상담사가 담황빛 머리카락의 아이에게 고갯짓한다. 「고맙구나, 스털링.」 소년은 시선을 떨어뜨리며 서둘러 나간다. 「스털링에게 네가 잘 적응하는지 확인하는 임무를 맡겼어. 과장하지 않고 말하자면, 걱정됐거든.」

레브는 상담사와 목사 두 명과 함께 방에 앉아 있다. 주머니 안의 양말이 불룩하다. 그는 불안해서 무릎을 떨다가, 갑작스러운 동작을 하면 안 된다는 걸 떠올린다. 그랬다간 폭발할지도 모른다. 레브는 억지로 가만히 있는다.

「문제가 있는 것 같구나, 레브.」 상담사가 말한다. 「이유를 알고 싶은데.」

레브는 시계를 본다. 12시 48분이다. 그와 마이, 블레인이 만나기로 한 시각까지 12분이 남았다.

「저는 십일조잖아요.」 레브가 말한다. 「그걸로는 이유가 부족한가요?」

목사 두 명 중 젊은 사람이 몸을 숙이며 말한다. 「우린 모든 십일조가 적절한 마음가짐으로 분열된 상태에 들어가도록 노력한단다.」

「네 문제를 바로잡으려고 노력하지 않는다면, 우리가 임무를 게을리하는 셈이 될 거야.」 나이 든 목사가 말한다. 그는 억지로 미소를 짓고 있다. 인상을 쓰는 것에 가깝다.

레브는 소리를 지르고 싶지만, 그래 봐야 이 방에서 더 빨리 나갈 수 없다는 걸 안다. 「그냥 지금은 다른 애들이랑 같이 있고 싶지 않아요. 혼자서 준비하고 싶다고요. 네?」

「하지만 그러면 안 돼.」 나이 든 목사가 단호하게 말한다. 「여기서는 그런 식으로 하지 않는단다. 모두가 서로를 응원하지.」

어린 목사가 몸을 앞으로 숙인다. 「다른 아이들에게도 기회를 줘야지. 다들 좋은 아이들이야.」

「뭐, 제가 안 좋은 아이인가 보죠!」 레브는 참지 못하고 다시 시계를 본다. 12시 50분. 10분 후면 마이와 블레인이 약속 장소에 있을 것이다. 그때도 레브가 이 고약한 사무실에 붙잡혀 있다면? 참 멋지지 않겠는가.

「어디 갈 데가 있니?」 상담사가 묻는다. 「계속 시계를 보던데.」

레브는 말이 되는 답을 내놓지 않으면 이들이 정말로 그를 의심하리라는 걸 안다. 「저는…… 저를 납치했던 아이가 오늘 언와인드당한다는 말을 들었어요. 그냥…… 아직 안 된 건지 궁금해서요.」

목사들이 서로를 보고, 이어 상담사를 본다. 상담사는 대단히 침착하게 등받이에 기댄다. 「아직 안 됐다면 곧 될 거야. 레브, 내 생각에는 네가 인질로 잡혀 있는 동안 겪었던 일을 이야기하는 게 좋을 것 같구나. 분명 끔찍했겠지만, 이야기를 하다 보면 기억의 힘을 없앨 수 있어. 오늘 너희 방 아이들과 특별한 모임을 하면 좋겠는데. 네가 마음속에 담아 둔 이야기를 다른 아이들과 나누는 시간이 될 거야. 다들 널 아주 잘 이해해 준다는 걸 알게 될 거란다.」

「오늘 밤이요.」 레브가 말한다. 「네, 알겠어요. 오늘 밤에 다 얘기할게요. 어쩌면 선생님 말씀이 맞을지도 몰라요. 다 얘기하고 나면 기분이 나아질 수도 있겠죠.」

「우린 그저 네 마음이 편해지길 바랄 뿐이야.」 젊은 목사가 말한다.

「그럼, 가도 돼요?」

상담사는 그를 잠시 더 살펴본다. 「긴장을 심하게 한 것 같구나. 내 안내에 따라서 이완 운동을 해볼까……..」

63
경비원

 그는 이 일자리를 싫어한다. 더위도 싫고, 도살장 앞에 몇 시간씩 서서 문을 지키며 허락 없이 드나드는 사람이 없는지 감시하는 것도 싫다. 주립 보호 시설에 있던 시절, 그에게는 친구들과 사업을 하겠다는 꿈이 있었다. 하지만 아무도 주보시 아이들에게는 대출을 해주지 않았다. 그가 성을 워드에서 멀러드로 바꾼 뒤에도 — 멀러드는 이 지역에서 가장 부유한 가문의 성이었다 — 그는 아무도 속일 수 없었다. 알고 보니, 주보시 출신 아이들 대부분이 세상을 속일 수 있을 줄 알고 퇴소할 때 그 성을 썼다. 결국 그가 속인 건 그 자신밖에 없었다. 그가 할 수 있었던 가장 좋은 일은 주보시에서 나온 해에 만족스럽지 않은 직업을 연달아 구하는 것이었다. 그중 가장 최근 일자리가 이 하비스트 캠프의 경비원이었다.
 지붕 위에서는 밴드가 오후 연주를 시작했다. 최소한 그 덕분에 시간이 조금은 더 빨리 흐른다.
 언와인드 두 명이 다가와 계단을 올라온다. 그들은 경비원의 호송을 받지 않고, 둘 다 알루미늄 포일로 덮인 접시를 들고 있다. 경비원은 둘의 모습이 마음에 들지 않는다. 소년은 민머리다. 소녀는 아시아계다.

「무슨 용건이냐? 너흰 여기 오면 안 돼.」

「이걸 밴드한테 전달하래서요.」 둘 다 초조하고 수상해 보인다. 새로운 일은 아니다. 모든 언와인드는 도살장 근처에서 긴장한다. 경비원에게는 모든 언와인드가 수상해 보인다.

경비원은 알루미늄 포일을 들춰 본다. 구운 치킨과 으깬 감자다. 가끔 밴드에게 음식을 가져다주는 건 사실이다. 하지만 보통은 언와인드가 아니라 직원이 나른다. 「밴드는 방금 점심을 먹은 것 같은데.」

「아닐걸요.」 민머리가 말한다. 그는 도살장 앞에 서 있지 않을 수만 있다면 세상 어디로든 가고 싶은 표정이다. 그래서 경비원은 그를 더 붙잡아 두기로 한다.

「위에 알려야겠다.」 경비원이 말한다. 그는 핸드폰을 꺼내 본부에 전화를 건다. 통화 중 신호가 들린다. 흔한 일이다. 경비원은 이들이 음식을 가지고 들어가게 하는 것과, 실제로 행정실에서 이들을 보냈을 경우 이들을 돌려보내는 것 중에 어느 쪽이 더 상황을 난처하게 만들지 생각한다. 그는 소녀가 든 접시를 바라본다. 「어디 보자.」 그는 포일을 걷어 내고 가장 큰 닭 가슴살 조각을 집어 든다. 「유리문으로 들어가라. 계단은 왼쪽이야. 위층으로 올라가지 않고 다른 곳으로 가려는 게 보이면, 내가 들어가서 너희를 진정탄으로 쏠 거다. 너희는 뭐에 맞았는지도 모를 만큼 빠르게.」

그들은 안으로 들어가자마자 시야에서 벗어난다. 경비원의 생각에서도 멀어진다. 경비원은 둘이 계단으로 가긴 했지만 밴드에게 음식을 가져다주지는 않았다는 걸 모른다. 그들은 접시를 그냥 버렸다. 그리고 경비원은 전혀 보지 못했다. 둘의 손바닥에 붙어 있던 작고 둥근 반창고를.

64
코너

코너는 절망적인 마음으로 숙소 창문을 내다본다. 레브가 이곳, 해피 잭에 있다. 어쩌다 이곳에 오게 됐는지는 중요하지 않다. 중요한 건, 레브가 이제 언와인드되리라는 사실뿐이다. 그 모든 게 무의미해졌다. 코너는 무력해진 나머지, 자신의 신체 부위가 이미 잘려 시장에 팔린 것 같은 기분을 느낀다.

「코너 래시터?」

돌아보니 입구에 경비원 두 명이 서 있다. 대부분의 아이가 이미 오후 활동을 하러 나간 뒤다. 남아 있는 아이들은 경비원을, 그리고 코너를 빠르게 힐끗 보고 시선을 돌린다. 이 일에서 빠질 수만 있다면 뭐든 분주하게 할 참이다.

「네. 왜요?」

「채취 의료원에서 출석을 요청한다.」 첫 번째 경비원이 말한다. 다른 경비원은 한 마디도 하지 않는다. 그냥 계속해서 껌을 씹는다.

코너의 첫 반응은, 이 일이 그가 생각하는 그 일일 리 없다는 것이다. 어쩌면 이들은 리사가 보낸 사람들인지도 모른다. 리사가 그를 위해 뭔가 하려고 하는 건지도 모른다. 어쨌든, 밴드에 들어간 리사에게는 지금 평범한 언와인드보다 큰 영향력이 있지 않을까?

「채취 의료원이요?」 코너가 되묻는다. 「왜요?」

「뭐, 네가 오늘 해피 잭을 떠난다고만 해두자.」

쩍, 쩍. 다른 경비원은 여전히 껌을 씹는다.

「떠난다고요?」

「왜 이래, 이 자식아. 우리가 굳이 말해 줘야겠어? 넌 여기서 골칫덩어리야. 너무 많은 아이가 너를 우러러본다. 하비스트 캠프에서 그건 절대 좋은 일이 아니야. 그래서 행정실이 문제를 처리하기로 한 거지.」

그들이 코너에게 다가온다. 코너의 두 팔을 잡고 그를 들어 올린다.

「안 돼! 안 돼! 이럴 수는 없어.」

「이럴 수 있어, 우리가 하고 있고. 이게 우리 일이야. 네가 우리 일을 어렵게 만들든, 쉽게 만들든 상관없다. 어쨌든 우리 일은 이루어지게 되어 있으니까.」

코너는 자신을 도와줄지 모른다는 듯 다른 아이들을 본다. 하지만 아이들은 눈을 피한다. 「잘 가, 코너.」 그중 한 명이 말한다. 코너 쪽은 보지도 않는다.

껌을 씹던 경비원이 껌 씹기를 멈춘다. 그는 좀 더 동정심을 느끼는 것처럼 보인다. 그 말은, 혹시 빠져나갈 틈이 있을지도 모른다는 뜻이다. 코너는 애원하듯 그를 본다. 경비원은 잠깐 생각한 뒤 말한다. 「내가 아는 녀석 중에 갈색 눈을 찾는 친구가 있어. 여자 친구가 그 녀석의 지금 눈 색깔을 싫어한대. 좋은 녀석이야. 너한테도 최악은 아닐 거다.」

「뭐라고요!」

「때로는 우리 몫의 신체 부위를 받기도 해.」 그가 말한다. 「이 직업의 좋은 점 중 하나지. 아무튼, 내가 네 마음에 한 조각 평화를 가져다줄 수 있다는 말이야. 네 눈이 웬 밑바닥 인생이나 아무것도 아닌 인간한테 가지는 않으리라는 걸 알게 될 테니까.」

다른 경비원이 히죽거린다. 「마음 한 조각이라. 좋은데. 자, 갈 시간이야.」 그들은 코너를 앞으로 끌어낸다. 코너는 마음을 다잡으려 애쓰지만, 이런 일에 어떻게 대비할 수 있겠는가? 어쩌면 사람들 말이 맞을지도 몰라. 죽는 게 아닐지도 몰라. 그냥 새로운 형태의 삶으로 넘어가는 걸지도 몰라. 괜찮을 수도 있어. 아닌가? 그럴 수는 없나?

코너는 사형장으로 끌려가는 수감자의 기분을 상상해 보려 애쓴다. 그런 사람은 맞서 싸울까? 코너는 도살장까지 발버둥 치고 비명을 지르며 끌려가는 자신의 모습을 상상해 본다. 하지만 그게 무슨 소용이 있겠는가? 코너 래시터로서 지구에서 살아온 시간이 끝나 가고 있다면, 남은 시간을 잘 써야 할 것이다. 그 자신이었던 사람을 제대로 인식하도록 마지막 순간을 자신에게 내주어야 한다. 아니다! 그는 아직도 코너 래시터다! 폐가 여전히 그의 통제하에 있는 동안, 폐를 드나드는 마지막 숨을 온전히 느껴야 한다. 몸을 움직일 때 긴장하고 이완되는 근육을 느껴야 한다. 해피 잭의 그 모든 광경을 눈으로 보고 뇌에 담아 두어야 한다.

「손 떼, 직접 걸어갈 테니까.」 그가 경비원들에게 명령한다.

그들은 즉시 코너를 놓아준다. 아마 그의 목소리에 실린 권위에 놀랐을 것이다. 코너는 어깨를 돌리고 목을 꺾어 딱 소리를 낸 뒤 앞으로 성큼성큼 걸어간다. 첫걸음이 가장 어렵다. 하지만 그 순간부터 코너는 달리지도, 시간을 끌지도 않겠다고 결심한다. 떨지도, 싸우지도 않을 것이다. 인생의 마지막 산책을 꾸준한 발걸음으로 해낼 것이다. 그리고 몇 주 후, 어디에 사는지도 모르는 누군가는 기억할 것이다. 한 젊은이가 긍지와 자존심을 잃지 않고 언와인드에 직면했음을.

65
박수도

 그 사악한 행위를 하기 직전에 박수도의 머릿속에서 무슨 일이 일어나는지 과연 누가 알 수 있을까? 그런 생각이 무엇이든 거짓이라는 점은 틀림없다. 하지만 모든 위험한 속임수가 그렇듯, 박수도들이 자신에게 하는 거짓말도 유혹적으로 위장되어 있다.

 자신들의 행동을 보고 신이 미소 지으리라고 믿는 박수도들에게, 그 거짓말은 성의(聖衣)를 입고 두 팔을 벌린 채 절대 오지 않을 보상을 약속한다.

 자신들의 행동이 어떤 식으로든 세상을 바꾸리라고 믿는 박수도들에게, 그 거짓말은 미래에서 그들을 돌아보며, 그들이 해준 일에 고마워하는 미소를 짓는 군중의 모습으로 위장하고 있다.

 자신의 개인적 불행을 세상과 나누고자 하는 박수도들에게, 그 거짓말은 다른 이들의 고통을 목격하는 것으로 스스로의 고통에서 해방되는 모습으로 나타난다.

 복수심으로 움직이는 박수도들에게, 그 거짓말은 양쪽에 같은 무게를 얹어 드디어 균형이 맞게 된 정의의 저울이다.

거짓말이 정체를 드러내는 건 박수도가 두 손을 부딪칠 때뿐이다. 그 마지막 순간, 거짓말은 박수도를 저버리고, 박수도는 완전히 혼자가 되어 이 세상을 떠난다. 망각의 세계까지 따라가 줄 거짓말은 없다.

박수도는 여자일 수도 있다.

마이의 인생에서 그녀를 이곳까지 이끌어 온 길은 분노와 실망으로 가득했다. 그녀의 한계점은 빈센트였다. 빈센트는 누구의 눈에도 띄지 않는 소년이었다. 마이가 한 달쯤 전에 창고에서 만나 사랑하게 된 소년. 그는 허공에서 죽었다. 자기가 뱉은 이산화탄소에 질식한 다른 네 아이와 함께 컨테이너에 처박혀서 아무도 그가 사라진 것을 모르는 듯했다. 아무도 신경 쓰지 않는 게 확실했다. 영혼의 짝을 찾았다가 묘지에 도착한 날 잃어버린 마이만이 예외였다.

탓해야 할 건 세상이었다. 하지만 제독의 골든 다섯 명이 빈센트와 다른 아이들을 매장하는 장면을 목격했을 때, 마이는 분노에 얼굴을 씌울 수 있었다. 골든은 존중하기는커녕 신성모독적인 태도로 빈센트를 묻었다. 농담하고 웃었다. 그들은 죽은 다섯 명의 소년을 부주의하게 흙으로 덮었다. 똥을 덮어 버리는 고양이처럼. 마이는 그런 분노를 느껴 본 적이 없었다.

클리버와 친구가 된 이후, 마이는 클리버에게 자신이 본 것을 말했고 클리버는 복수를 해야 마땅하다는 데 동의했다. 골든을 죽이자는 것은 클리버의 생각이었다. 그들에게 약을 먹여 페덱스 비행기까지 데려간 사람은 블레인이었다. 하지만 컨테이너의 해치를 봉인한 건 마이였다. 살인이 문을 닫는 것만큼 쉬운 일이라니, 마이에게는 놀라운 일이었다.

그 이후로 마이는 돌아갈 길이 없었다. 이미 침대가 마련되었으니, 그녀가 할 일이라고는 그 위에 눕는 것뿐이었다. 그녀는 오늘이 바로 그 침대에 들어가 쉬게 되는 날이라는 걸 안다.

도살장에 들어서자마자 마이는 수술용 장갑과 주사기, 이름을 알 수 없는 번쩍이는 도구들이 가득한 창고를 발견한다. 그녀는 블레인이 이 건물 북쪽 동의 어딘가에 있다는 걸 안다. 레브도 자기 자리에 있기를, 도살장 뒤편의 하치장에 서 있기를 기대한다. 최소한 계획은 그렇다. 지금은 정확히 1시 정각이다. 거사를 치를 시간이다.

마이는 창고에 들어가 문을 닫는다. 기다린다. 물론 이 일을 하겠지만, 아직은 아니다. 다른 아이들이 먼저 떠나야 한다. 그녀는 처음이 되지 않을 생각이다.

블레인은 2층의 인적이 드문 복도에서 기다린다. 도살장의 이 구역은 사용되지 않는 듯하다. 그는 기폭 장치를 사용하지 않기로 했다. 기폭 장치는 겁쟁이들이나 쓰는 것이다. 강경한 박수도는 기폭 장치가 없어도 단 한 번의 강한 박수만으로 충분하다. 블레인은 자신이 강경하다고, 형이 그랬던 것처럼 자신도 그럴 수 있다고 믿고 싶다. 그는 복도 끝에 선다. 다리를 어깨너비로 벌리고, 서브를 기다리는 테니스 선수처럼 발끝으로 통통 튄다. 두 손은 양옆으로 벌리고 있다. 그는 여전히 기다린다. 그는 강경하다. 그건 사실이다. 하지만 처음으로 떠나지는 않을 것이다.

레브는 긴장이 적당히 풀렸다고 상담사를 설득했다. 레브가 살면서 해본 최고의 연기였다. 심장이 마구 두근거리고 아드레날린이 핏속에 흘러넘쳐, 자연 발화할 것 같은 기분이었으니까.

「십일조 주택으로 돌아가지 그러니?」 상담사가 말한다. 「다른 아이들을 알아 가며 시간을 보내거라. 노력해야지, 레브. 그럼 너도 기쁠 거야.」

「네, 그렇게 할게요. 감사합니다. 이제 괜찮아요.」

「잘됐구나.」

상담사가 목사들에게 손짓하자 모두가 자리에서 일어선다. 1시 4분이다. 레브는 문밖으로 달려 나가고 싶지만, 그랬다간 또 한 번 치료를 받게 되리라는 걸 안다. 그는 목사들과 함께 사무실을 나선다. 목사들은 큰 그림 속 그의 자리와 십일조의 기쁨에 대해 떠들어 댄다. 레브는 밖에 나간 뒤에야 소동을 인식한다. 아이들이 활동을 하다 말고 몰려나와, 숙소와 도살장 사이의 공유지로 달려가고 있다. 블레인과 마이가 벌써 떠나 버린 걸까? 폭발음은 들리지 않았는데. 아니, 이건 다른 문제다.

「애크런의 무단이탈자야.」 레브는 아이들 중 한 명이 외치는 소리를 듣는다. 「언와인드당한대!」

그때 레브는 코너를 발견한다. 레드 카펫을 반쯤 지난 코너가 바로 뒤에 따라오는 경비원 두 명과 행진하고 있다. 아이들이 풀로 뒤덮인 공유지에 모여 있다. 더 많은 아이가 모여들고 있다. 아이들이 숙소에서, 식당에서, 사방에서 쏟아져 나온다. 하지만 그들은 거리를 지킨다.

밴드는 연주를 멈추었다. 키보드 연주자가, 한 소녀가 붉은 돌길에 있는 코너를 보고 울부짖는다. 코너가 고개를 들어 그녀를 보고 잠시 멈추었다가 입맞춤을 날려 보낸다. 그리고 계속 걸어간다. 레브는 그녀의 울음소리를 들을 수 있다.

이제는 경비원과 직원, 상담사 들이 당황해 사각형 안뜰에 모여든다. 그들은 이 불안한 무리를 원래 자리로 돌아가게 하려 애쓰지만, 아무도 떠나려 하지 않는다. 아이들은 그냥 그 자리에서 지켜본다. 그들은 이 일을 막지 못하겠지만, 목격할 수는 있다. 코너가 이번 생에서 성큼성큼 걸어 나가는 현장을 목격한다.

「애크런의 무단이탈자에게 박수를!」 한 소년이 소리친다. 「코너를 위해 박수를!」 그가 손뼉을 치기 시작한다. 머잖아 모든 아이가 손뼉을 치며, 레드 카펫을 행진하는 코너에게 환호한다.

손뼉.

박수.

마이와 블레인!

그 순간, 레브는 무슨 일이 일어날지 깨닫는다. 코너가 저 안에 들어가게 놔둘 수는 없다. 지금은 안 된다! 레브가 막아야 한다.

레브는 목사들에게서 떨어져 나온다. 코너가 거의 도살장 계단에 이르렀다. 레브는 아이들 사이로 달려가지만, 그들을 밀치고 지나갈 수는 없다. 그랬다간 자신이 폭발해 버리리라는 걸 안다. 레브는 빠르지만 신중하게 움직여야 한다. 그러다 보니 속도가 느려진다.

「코너!」 그가 소리친다. 하지만 사방의 환성이 너무 시끄럽다. 게다가 이제는 밴드가 다시 연주를 시작했다. 그들은 위대한 미국인들의 장례식처럼 국가를 연주하고 있다. 경비원과 직원들은 막지 못한다. 게다가 아이들을 통제하느라 너무 바빠, 레브는 그 틈을 이용해 레드 카펫으로 나선다.

이제 레브와 코너 사이를 막는 것은 아무것도 없다. 코너는 계단을 올라가기 시작했다. 레브가 다시 그의 이름을 소리쳐 부르지만, 코너는 여전히 듣지 못한다. 레브는 길을 따라 달린다. 그러나 유리문이 열리고 코너가 경비원들과 함께 안으로 들어갈 때도 그는 20미터 뒤에 있다.

「안 돼! 코너! 안 돼!」

하지만 문이 닫힌다. 코너는 도살장 안으로 들어가 버렸다. 하지만 언와인드되지는 않을 것이다. 건물 안에 있는 모든 사람과 함께 죽게 될 것이다. 레브는 실패를 완성하려는 것처럼 그제야 지붕을 올려다본다. 그리고 그를 내려다보는 키보드 연주자와 눈이 마주친다.

리사다.

어떻게 이렇게 멍청할 수 있었을까? 키보드 연주자가 울부짖을 때, 코너가 입맞춤을 날려 보낼때 그녀가 리사라는 걸 알아챘어야 했다. 레브는 뻣뻣하게 굳은 채 그 자리에 서 있다. ……그리고 세상이 종말을 맞는다.

블레인은 여전히 복도 끝에 서서, 다른 누군가가 먼저 떠나기를 기다린다.

「어이! 너 누구야? 여기서 뭐 하는 거야?」 경비원이 블레인에게 소리친다.

「물러나!」 블레인이 말한다. 「물러나지 않으면!」

경비원이 진정탄 총을 꺼내며 무전기에 대고 말한다. 「이 위쪽에 풀려난 언와인드 있음. 지원 요청!」

「경고했다.」 블레인이 말한다. 하지만 경비원은 도살장에서 날뛰는 언와인드들을 어떻게 처리해야 하는지 정확히 안다. 그는 블레인의 왼쪽 허벅지를 겨냥하고 진정탄을 발사한다.

「안 돼!」

하지만 너무 늦었다. 진정탄의 충격은 그 어떤 기폭 장치보다도 효과적이다. 블레인과 경비원은 블레인의 몸에 흐르는 6리터의 액화 폭탄이 발화하며 즉시 연소된다.

마이는 폭발음을 듣는다. 폭발이 지진처럼 창고 전체를 뒤흔든다. 마이는 생각하지 않는다. 아니, 할 수 없다. 더 이상은. 그녀는 손바닥의 기폭 장치를 본다. 이건 빈센트를 위해서다. 언와인드 의뢰서에 서명한 그녀의 부모를 위해서다. 온 세상을 위해서다.

마이는 손뼉을 한 번 친다.

아무 일도 일어나지 않는다.

두 번 친다.

아무 일도 일어나지 않는다.

세 번째로 손뼉을 친다.

세 번째가 마법을 일으킨다.

리사가 아래쪽 레드 카펫에 서 있는 레브를 본 순간, 폭발이 일어나며 도살장 북쪽 동이 찢겨 나간다. 그녀는 돌아서서 그 건물 전체가 무너져 내리는 모습을 본다. 「아아, 세상에! 아아, 세상에!」

「여기서 나가야 해!」 돌턴이 소리치지만, 그가 움직일 겨를도 없이 두 번째 폭발이 일어난다. 바로 아래에서 굉음이 울리며 환기구 뚜껑이 로켓처럼 하늘로 쏘아져 올라간다. 그들의 발아래 지붕은 얇은 얼음처럼 갈라지고, 결국 지붕 전체가 무너진다. 리사는 다른 밴드 아이들과 함께 연기 자욱한 심연으로 곤두박질친다. 그 순간 리사의 머릿속에 떠오른 생각은 단 하나뿐이다. 코너에 대한 생각, 밴드가 코너를 위해 작별의 노래를 끝까지 연주해 주지 못했다는 생각.

레브는 폭발로 산산조각 난 유리가 곁을 스치며 날아가는 가운데 그 자리에 서 있다. 그는 지붕이 무너지면서 밴드가 추락하는 모습을 본다. 몸속에 비명이 맺히더니 입으로 터져 나온다. 그 비명은 묘사할 수 없는 소리다. 고통에서 생겨난 비인간적 소리다. 그의 세상은 정말로 끝났다. 이제 그는 일을 마쳐야 한다.

무너진 건물 앞에 서서, 레브는 주머니 속에서 양말을 꺼낸다. 기폭 장치를 찾을 때까지 양말을 더듬거린다. 기폭 장치의 뒷면을 벗겨 내자 접착제가 드러난다. 그는 그것을 손바닥에 붙인다. 성흔처럼, 그리스도의 손에 난 못 자국처럼. 여전히 괴로워 울부짖으며, 레브는 두 손을 내민다. 고통이 사라지게 만들 준비를 한다. 두 손을 앞으로 들어 올린다. 두 손을 앞으로 들어 올린다. 두 손을 앞으로 들어 올린다.

하지만 두 손을 맞부딪칠 수 없다.

하고 싶다. 해야 한다. 하지만 할 수가 없다.

이 일이 끝나게 해주세요. 제발, 누군가 이 모든 일이 끝나게 해주세요.

아무리 노력해도, 그의 정신이 이 순간 모든 것을 끝내고 싶어 해도 그의 다른 부분은, 그의 더 깊고 강한 부분은 레브가 두 손을 맞부딪치도록 놔두지 않는다. 이제 그는 실패자로서도 실패한다.

주님, 아아, 주님. 제가 뭘 하는 걸까요? 뭘 한 걸까요? 어쩌다 이렇게 되었을까요?

폭발음을 듣고 도망쳤던 군중이 돌아왔다. 하지만 그들은 레브를 보지 않는다. 그들에게는 다른 무언가가 보이기 때문이다.

「봐!」 누군가 소리친다. 「저기!」

레브는 아이들이 손가락질하는 방향을 돌아본다. 폐허가 된 도살장의 유리문을 밀고 나오는 사람은 코너다. 그는 비틀거린다. 얼굴이 갈가리 찢겨 피범벅이다. 한쪽 눈을 잃었다. 오른팔은 짓이겨져 뭉개졌다. 하지만 그는 살아 있다!

「코너가 도살장을 터뜨렸어!」 누군가 소리친다. 「코너가 도살장을 터뜨리고 우리 모두를 구했어!」

그때, 경비원 한 명이 현장에 뛰쳐 들어온다. 「숙소로 돌아가. 너희 모두! 당장!」

아무도 움직이지 않는다.

「내 말 안 들려?」

그러자 한 아이가 경비원에게 라이트 훅을 날린다. 경비원의 몸이 사실상 한 바퀴 빙글 돈다. 경비원은 진정탄 총을 꺼내서 공격해 온 아이의 팔을 쏜다. 아이는 꿈나라로 가버리지만, 다른 아이들이 있다. 그들은 경비원의 손에서 총을 빼앗아 그에게 겨눈다. 한때 코너가 했던 그대로다.

애크런의 무단이탈자가 도살장을 폭발시켰다는 소식은 해피 잭의 모든 언와인드 사이에 번개처럼 퍼진다. 몇 초 만에 불복종은 전면적인 반란으로 폭발한다. 모든 말썽꾼이 이제는 말썽보다 더한 공포 그 자체가 되었다. 경비원들이 총을 쏘지만, 아이들은 그야말로 너무 많고 진정탄은 턱없이 부족하다. 쓰러지는 아이가 한 명 있으면 일어서는 아이도 한 명 있다. 경비원들은 빠르게 제압당한다. 일단 그들이 무너지자 폭도는 정문으로 몰려가기 시작한다.

코너는 이 사건을 전혀 이해하지 못한다. 그가 아는 것은, 자신이 건물 안으로 들어갔는데 무슨 일이 일어났다는 것뿐이다. 이제 그는 더 이상 건물 안에 있지 않다. 얼굴이 잘못되었다. 아프다. 심하게 아프다. 팔을 움직일 수 없다. 발아래 땅이 이상하게 느껴진다. 폐가 아프다. 기침하자 고통은 더 커진다.

코너는 이제 비틀거리며 계단을 내려간다. 이곳에 아이들이 있다. 수많은 아이가. 언와인드들이. 그래, 그렇다. 그는 언와인드다. 그들 모두가 언와인드다. 하지만 그 말의 의미가 코너의 머릿속에서 빠르게 사라져 간다. 아이들이 도망치고 있다. 싸우고 있다. 두 다리에서 힘이 풀린다. 코너는 땅바닥에 쓰러진다. 태양을 올려다본다.

자고 싶다. 여기가 자기에 좋은 곳이 아니라는 건 알지만, 어쨌든 자고 싶다. 축축하다. 끈적한 느낌도 든다. 콧물이 흐르는 걸까?

그때, 그의 위에 떠 있는 천사가 보인다. 온통 흰색이다.

「움직이지 마.」 천사가 말한다. 코너는 그 목소리를 알아듣는다.

「안녕, 레브. 좀 어때……?」

「쉿.」

「팔이 아파.」 코너가 늘어지는 목소리로 말한다. 「네가 또 날 문 거야?」

그때 레브가 이상한 일을 한다. 그는 셔츠를 벗는다. 셔츠를 반으로 찢는다. 찢어진 셔츠 절반을 코너의 얼굴에 대고 꾹 누른다. 그 바람에 얼굴이 더 아프다. 코너는 신음한다. 이어 레브가 셔츠의 나머지 절반으로 코너의 팔을 감는다. 세게 묶는다. 팔도 아프다.

「야…… 무슨…….」

「말하지 마. 그냥 긴장 풀어.」

이제 주변에는 다른 사람들도 있다. 코너는 그들이 누군지 모른다. 진정탄 총을 든 아이가 레브를 보자 레브는 고개를 끄덕인다. 아이가 코너 옆에 무릎을 꿇는다.

「약간 아플 거야.」 진정탄 총을 든 아이가 말한다. 「하지만 너한테 필요한 것 같아.」

그는 확신 없이 코너의 몸 이곳저곳을 겨눈다. 결국 엉덩이로 결정한다. 코너는 총소리를 듣는다. 엉덩이에 날카로운 통증이 번진다. 시야가 어두워져 간다. 그는 마지막으로 레브를 본다. 그가 셔츠도 없이, 검은 연기를 쏟아 내는 건물로 서둘러

간다.

「이상하네.」 코너가 중얼거린다. 이어 그의 정신은 이 모든 일이 하나도 중요하지 않은, 조용한 곳으로 향한다.

7부
의식

　인간은 우주라 불리는 전체의 일부로서, 시간과 공간에 제한되어 있다. 인간은 자신을, 자신의 생각과 감정을 나머지와 분리된 것으로 경험한다. 이는 의식이 만들어 낸 일종의 시각적 망상이다. 이런 망상은 우리를 일종의 감옥에 가두어 놓는다. (……) 우리의 임무는 살아 있는 모든 것과 자연 전체의 아름다움을 포용하기 위해 공감의 범위를 넓힘으로써 이 감옥에서 우리 자신을 해방하는 것이 되어야 한다.
　— 알베르트 아인슈타인

　우주와 인간의 어리석음, 이 두 가지는 무한하다. 우주에 대해서는 사실 잘 모르겠지만.
　— 알베르트 아인슈타인

66
코너

코너는 생각이 있어야 할 곳에서 아른거리는 혼돈만을 느끼며 의식을 되찾는다. 얼굴이 아프다. 한쪽 눈으로만 보인다. 다른 눈에는 압박감이 느껴진다.

그는 흰색 방에 있다. 창문 너머로 햇빛이 보인다. 의심의 여지 없는 병실이다. 눈을 압박하는 것은 붕대가 틀림없다. 코너는 오른팔을 들어 보려 하지만, 어깨가 아파서 아직은 그럴 가치가 없겠다고 판단한다.

이제야 그는 자신을 이곳까지 오게 한 사건들을 꿰어 맞추기 시작한다. 그는 언와인드되기 직전이었다. 폭발이 있었다. 반란이 있었다. 레브가 그를 내려다보고 있었다. 기억나는 건 그게 전부다.

간호사가 병실에 들어온다. 「이제야 일어났네! 기분이 어떠니?」

「좋아요.」 코너가 말한다. 목소리는 완전히 쉰 소리밖에 나지 않는다. 그는 목을 가다듬는다. 「얼마나 됐죠?」

「2주 좀 넘게 의학적으로 유도된 혼수상태였어.」 간호사가 대답한다.

2주라니. 너무도 오랫동안 하루하루를 버텨 온 목숨에게 2주는 영원처럼 느껴진다. 그리고 리사는…… 어떻게 되었을까?

「여자애가 하나 있었는데요.」 코너가 말한다. 「도살…… 채취 의료원 지붕에 있었어요. 걔가 어떻게 됐는지 아세요?」

간호사의 표정은 아무런 단서를 드러내지 않는다. 「그건 전부 나중에 해결하면 돼.」

「하지만…….」

「〈하지만〉은 없어. 지금 네게 필요한 건 회복이야. 우리의 예상보다도 훨씬 잘해 주고 있단 말도 해줘야겠네요, 멀러드 씨.」

코너는 처음엔 그녀의 말을 듣지 제대로 듣지 못한 줄 알았다. 그는 불편하게 움직이며 묻는다. 「네?」

간호사가 그의 베개를 북돋워 준다. 「지금은 그냥 쉬시라고요, 멀러드 씨. 나머지는 우리가 처리할 테니까.」

두 번째로 한 생각은, 자신이 결국 언와인드되었다는 것이었다. 그는 언와인드되었고, 누군가가 그의 뇌 전체를 이식받았다. 그는 이제 다른 사람의 몸속에 들어와 있다. 하지만 아무리 생각해 봐도 그럴 리 없다는 게 분명하다. 그의 목소리는 여전히 자신의 목소리처럼 들린다. 혀를 문질러 보니 치아도 그가 기억하는 그대로다.

「제 이름은 코너인데요.」 그가 간호사에게 말한다. 「코너 래시터요.」

간호사는 친절하지만 어딘가 계산적인 표정으로 그를 살핀다. 거의 불안해질 정도다. 「글쎄다.」 간호사가 말한다. 「어쩌다 보니 사진이 그을려 사라진 신분증이 폐허에서 발견됐어. 엘비스 멀러드라는 19세 경비원의 신분증이더구나. 그 모든 혼란 속에서 누가 누군지 알아낼 방법은 없었고, 우린 그 신분증을 낭비해 버리는 건 아까운 일이라고 생각했어. 안 그러니?」 간호사가 손을 뻗어, 코너가 좀 더 편안히 앉도록 침대 각도를 조정해 준다. 「이제 말해 보세요. 이름이 뭐랬죠?」

코너는 이해한다. 그는 눈을 감고 깊이 숨을 들이쉰 뒤 다시 뜬다. 「가운데 이름도 있나요?」

간호사가 차트를 확인한다. 「로버트요.」

「그럼 제 이름은 E. 로버트 멀러드예요.」

간호사는 미소 짓더니 손을 내밀어 코너와 악수한다. 「만나서 반가워요, 로버트.」

반사적으로, 코너는 오른손을 뻗었다가 어깨에 다시 둔한 통증을 느낀다.

「미안. 내 실수야.」 간호사는 대신 코너의 왼손과 악수한다. 「접목된 팔이 완전히 나을 때까지는 어깨가 약간 아플 거야.」

「방금 뭐라고 하셨어요?」

간호사가 한숨을 쉰다. 「나도 참 말이 많다니까. 의사들은 언제나 자기가 직접 알려 주고 싶어 하는데. 하지만 이젠 비밀이 다 드러났잖아? 나쁜 소식은 우리가 네 팔과 오른쪽 눈을 구할 수 없었다는 거야. 좋은 소식은, E. 로버트 멀러드로서 네게 비상 이식을 받을 자격이 있었던 거지. 눈은 내가 봤어. 걱정하지 마, 그럭저럭 잘 어울리니까. 팔은…… 뭐랄까, 새 팔이 네 왼팔보다 근육질인데 운동 요법을 제대로 받으면 금방 균형이 맞을 거야.」

코너는 머릿속으로 그 정보를 굴려 보며 실감이 나기를 기다린다. 눈. 팔. 운동 요법.

「익숙해지기엔 너무 엄청난 일이라는 거 알아.」 간호사가 말한다.

코너는 처음으로 새 손을 본다. 그의 어깨에는 붕대가 감겨 있고 팔은 팔걸이에 고정되어 있다. 그는 손가락을 펴본다. 펴진다. 손목을 돌려 본다. 돌아간다. 손톱은 깎아야 할 테고 손마디는 코너 자신의 것보다 굵직하다. 그는 엄지로 손가락 끝을 문질러 본다. 감각은 언제나 그랬듯 똑같다. 코너는 손목을 좀 더 돌려 보다가 멈춘다. 두려움의 파도가 온몸에 솟구치는 것이 느껴진다. 두려움이 뱃속 깊이 맺힌다.

간호사는 팔을 바라보며 씩 웃는다. 「신체 부위에 나름의 개성이 있을 때도 있지.」 그녀가 말한다. 「걱정할 건 아니고. 배고프겠네. 점심을 가져다줄게.」

「네.」 코너가 말한다. 「점심, 좋죠.」

간호사는 코너를 새 팔과 단둘이 남겨 놓고 떠난다. 그의 팔. 잘못 알아볼 리 없는, 뱀상어 문신이 새겨진 팔.

67
리사

 리사가 알던 그녀의 인생은 박수도들이 도살장을 날려 버린 날 끝났다. 모두가 결국, 그 일을 저지른 사람은 코너가 아니라 박수도라는 걸 알게 되었다. 증거에 의심할 여지가 없었다. 특히, 살아남은 박수도가 자백한 다음에는 더욱 그랬다.

 코너와 달리, 리사는 한 번도 의식을 잃지 않았다. 그녀는 I자 모양의 대들보 아래에 깔려 있었지만 정신은 완전히 또렷했다. 폐허 속에 누워 있는 동안, 대들보가 그녀의 몸을 덮칠 때는 고통을 느꼈지만, 곧 통증이 어느 정도 가라앉았다. 그녀는 그게 좋은 징조인지, 나쁜 징조인지 알 수 없었다. 다만 돌턴은 엄청난 고통을 겪었다. 그는 겁에 질려 있었다. 리사는 그를 진정시키려고 애썼다. 그에게 말을 걸고, 괜찮을 거라고, 모든 게 괜찮아질 거라고 말했다. 그녀는 돌턴이 죽는 마지막 순간까지 그렇게 말해 주었다. 기타 연주자는 운이 더 좋았다. 그는 잔해 속에서 몸부림쳐 나올 수 있었다. 하지만 리사를 풀어 줄 수는 없었기에, 도와줄 사람을 보내겠다고 약속하고 떠났다. 그는 약속을 지킨 게 틀림없다. 마침내 도와줄 사람들이 왔으니까. 대들보를 들어 올리는 데는 세 사람이 필요했지만, 리사를 옮기는 데는 한 사람만 있으면 충분했다.

이제 리사는 병실에서 회복하고 있다. 침대라기보다는 고문 기구에 가까운 장치에 고정된 채로. 그녀는 인간 짚 인형이라도 된 것처럼 강철 바늘이 몸을 여기저기 찌른다. 그 바늘들은 딱딱한 틀로 정확한 자리에 고정되어 있다. 발가락은 볼 수 있지만 느낄 수 없다. 앞으로는 발가락을 보는 것만으로 만족해야 할 것이다.

「손님이 왔어.」

간호사가 문 앞에 서 있다. 그녀가 옆으로 비키자 문 앞에는 코너가 서 있다. 그는 멍이 들고 붕대를 감지만 매우 생생하게 살아 있다. 그의 눈이 즉시 눈물로 가득 차지만, 리사는 스스로 무너지지 않으려 애쓴다. 아직도 흐느끼기엔 너무 아프다.「거짓말이란 거 알았어.」리사가 말한다.「사람들이 네가 폭발로 죽었다고 했거든. 네가 건물 안에 갇혔다고. 하지만 난 밖에서 너를 봤어. 사람들이 거짓말하고 있다는 걸 알았어.」

「죽었을 수도 있어.」코너가 말한다.「그런데 레브가 출혈을 멈춰 줬어. 레브가 날 살렸어.」

「레브는 나도 살렸어.」리사가 말한다.「나를 건물에서 밖으로 데리고 나왔거든.」

코너가 미소 짓는다.「형편없는 꼬마 십일조치고는 나쁘지 않네.」

코너의 표정을 보니, 레브가 박수도 중 하나였다는 사실을, 폭탄을 터뜨리지 않은 박수도였다는 사실을 코너는 아직 모르고 있는 듯하다. 리사는 말해 주지 않기로 한다. 어차피 그 소식은 뉴스를 도배하고 있다. 코너도 곧 알게 될 것이다.

코너는 자신이 혼수상태였다는 점에 대해서, 새로 얻은 신분에 대해서 말해 준다. 리사는 해피 잭의 무단이탈자들이 거의 잡히지 않았다고 말해 준다. 아이들이 정문으로 몰려가 탈출했다고. 그녀는 코너와 대화를 나누며 그의 팔걸이를 힐끔거린다. 거기서 튀어나온 손가락은 코너의 것이 아닌 게 분명하다. 리사는 무슨 일이 일었을지 짐작하고 있다. 코너도 그 사실을 의식하고 있다는 걸 알 수 있다.

「그래서, 사람들이 뭐래?」 코너가 묻는다. 「네 부상에 대해서 말이야. 괜찮을 거래?」

리사는 어떻게 대답해야 할지 고민하다가 그냥 빨리 말하기로 한다. 「허리 아래로는 마비됐대.」

코너는 그 이상의 말을 기다리지만, 리사가 해줄 수 있는 말은 그게 전부다. 「뭐…… 그렇게 나쁜 건 아니지? 고칠 수 있잖아. 그런 건 늘 고치니까.」

「응.」 리사가 말한다. 「끊어진 척추를 언와인드의 척추로 바꿔서 고치지. 그래서 내가 수술을 거부한 거야.」

코너는 믿을 수 없다는 듯이 그녀를 본다. 그러자 리사는 코너의 팔을 가리킨다. 「사람들이 선택권을 줬다면 너도 똑같이 했을 거야. 뭐, 난 선택권이 있어서 그걸 선택한 거고.」

「아아, 리사.」

「그러지 마!」 리사가 코너에게서 바라지 않는 것이 하나 있다면, 그건 바로 동정심이다. 「지금은 사람들이 나를 언와인드 할 수 없어. 장애인을 언와인드하는 건 법으로 금지돼 있으니까. 하지만 내가 수술을 받으면, 회복하는 순간 나를 언와인드할 거야. 이렇게 있으면 나는 온전하게 남아 있을 수 있어.」리사는 의기양양하게 미소 짓는다. 「그러니까, 시스템을 이긴 건 너만이 아니야!」

코너도 미소 짓는다. 그는 붕대를 감은 어깨를 돌려 본다. 팔걸이가 움직이며 그의 새 팔이 더 드러난다. 문신이 보일 정도로. 코너는 얼른 문신을 감추려 하지만 너무 늦었다. 리사가 문신을 본다. 그녀는 그 문신을 안다. 리사가 눈을 맞췄을 때 코너는 부끄러워 고개를 돌린다.

「코너……?」

「약속할게.」 그가 말한다. 「이 손으로는 절대 너를 만지지 않겠다고.」

리사는 지금이 둘 모두에게 매우 중요한 순간임을 안다. 저 팔은…… 리사를 화장실 벽에 대고 몰아붙이던 바로 그 팔이다. 지금 와서 혐오감이 아닌 다른 무엇으로 저 팔을 볼 수 있을까? 말로 다 할 수 없는 일을 하겠다고 위협하던 저 손가락. 어떻게 저 손가락에서 거부감 아닌 무언가를 느낄 수 있을까? 하지만 코너를 보자 그 모든 감정이 희미해진다. 그는 그냥 코너다.

「어디 봐.」 리사가 말한다.

코너가 망설이자, 리사는 손을 뻗어 그의 팔을 조심스레 팔걸이에서 빼낸다. 「아파?」

「약간.」

리사는 손가락으로 코너의 손등을 쓸어 본다. 「느껴져?」

코너는 고개를 끄덕인다.

리사는 그 손을 가만히 얼굴로 들어 올려 손바닥을 자신의 뺨에 댄다. 잠시 그렇게 있다가 놓아준다. 코너가 직접 손을 움직이게 한다. 코너는 손으로 리사의 뺨을 어루만지며, 손가락으로 눈물 한 방울을 닦아 낸다. 부드럽게 그녀의 목을 쓰다듬는다. 리사는 눈을 감는다. 코너의 손가락이 그녀의 입술을 쓸어 보는 것을 느낀다. 이어 코너는 손을 치운다. 리사는 눈을 뜨고 그 손을 잡아 꼭 쥔다.

「이젠 이게 네 손이라는 걸 알아.」 리사가 말한다. 「롤런드라면 절대 나를 그렇게 만지지 않았을 거야.」 코너가 미소 짓는다. 리사는 잠시 뜸을 들이며 손목의 상어를 내려다본다. 이제는 그 상어가 두렵지 않다. 상어는 한 소년의 영혼으로…… 한 남자의 영혼으로 길들여졌으니까.

68
레브

그리 멀지 않은 곳, 삼엄한 보안이 이루어지는 연방 소년원 안에 레비 제더다이어 콜더가 있다.

그는 대단히 구체적인 필요에 따라 설계된 감방에 갇혀 있다. 감방에는 쿠션이 덧대어져 있다. 7센티미터 두께의 강철 방폭 문도 달려 있다. 방은 지속적으로 섭씨 7도로 유지된다. 레브의 체온이 너무 높아지는 것을 막기 위해서다. 하지만 레브는 춥지 않다. 실은 덥다. 여러 겹의 내화성 단열재로 감싸여 있기 때문이다. 그는 허공에 매달린 미라처럼 보인다. 하지만 미라와 달리 그의 두 손은 가슴 위에 교차되어 있지 않다. 양옆으로 벌린 채 대들보에 묶여 있다. 그가 손을 맞부딪치지 못하게 하기 위해서다. 레브가 보기에 사람들은 그를 십자가형에 처해야 할지, 미라형에 처해야 할지 몰라서 둘 다 한 것 같다. 이런 식이라면 그는 손뼉을 칠 수도 없고, 바닥에 떨어질 수도 없으며, 우연히 자기 몸을 폭발시킬 수도 없다. 어떤 이유로든 그가 폭발하게 되더라도 감방은 그 충격을 견디도록 설계되어 있다.

사람들은 그에게 네 번의 수혈을 했다. 체내에 남아 있는 폭발 물질이 완전히 빠져나갈 때까지 몇 번이나 더 수혈을 해야 하는지는 말해 주지 않는다. 그들은 레브에게 아무것도 말하지 않는다. 그를 면회하러 오는 연방 요원들은 레브가 그들에게 해줄 수 있는 말에만 관심을 보인다. 그들은 레브에게 정신병이 좋은 것이라도 되는 양 떠들어 대는 변호사를 붙여 주었다. 레브는 변호사에게 자신은 정신병에 걸린 게 아니라고 말한다. 그 자신도 더는 확신할 수 없지만.

감방 문이 열린다. 레브는 또 한 번 신문이 이루어질 거라고 생각하지만, 이번에 들어오는 사람은 다른 인물이다. 레브는 잠시 후에야 그를 알아본다. 그가 수수한 목사의 옷을 입고 있지 않기 때문이다. 그는 청바지에, 단추가 달린 줄무늬 셔츠를 입고 있다.

「좋은 아침이구나, 레브.」

「댄 목사님?」

목사의 등 뒤로 문이 쾅 닫힌다. 하지만 울림은 없다. 부드러운 벽이 모든 소리를 흡수한다. 댄 목사는 추워서 두 팔을 문지른다. 누군가 그에게 재킷을 가져오라고 말해 줬어야 했다.

「사람들이 괜찮게 대해 주니?」 그가 묻는다.

「네.」 레브가 말한다. 「폭발성 물질이 되었을 때 좋은 점은 아무도 저를 때릴 수 없다는 거예요.」

댄 목사는 의무적으로 미소 짓는다. 이어 어색함이 주도권을 잡는다. 목사는 애써 레브와 눈을 맞춘다. 「내가 알기로는 네가 숲에서 빠져나갈 때까지, 몇 주 동안만 너를 이렇게 감싸 둘 거야.」

레브는 목사가 구체적으로 어떤 숲을 말하는 건지 궁금하다. 당연히, 그의 인생은 이제 어두운 숲속의 어두운 숲속의 어두운 숲이 될 것이다. 레브는 목사가 왜 여기에 온 건지, 뭘 증명하고 싶은 건지도 알 수 없다. 레브는 그를 만난 것을 기뻐해야 할까? 화를 내야 할까? 이 사람은 꼬마일 때부터 레브에게 십일조는 신성한 것이라 말해 온 사람이자…… 십일조가 되지 말고 도망치라고 말한 사람이다. 댄 목사는 레브를 꾸짖으러 온 것일까? 축하하러 온 것일까? 레브가 이제 손조차 댈 수 없는 비천한 존재가 되었기에 그의 부모가 목사를 보낸 것일까? 직접 오지 않으려고? 아니면, 댄 목사는 처형되기 직전인 레브에게 최후의 의식을 해주러 온 것일지도 모른다.

「그냥 끝내시지 그래요.」 레브가 말한다.

「뭘 끝내라는 거니?」

「뭐든 하러 여기 온 거잖아요. 하고 가세요.」

감방 안에는 의자가 없어서, 댄 목사는 쿠션이 덧대어진 벽에 기대선다. 「사람들이 저 밖에서 벌어지는 일에 대해 얼마나 말해 주던?」

「제가 아는 건 이 안에서 벌어지는 일뿐이에요. 아는 게 거의 없다는 얘기죠.」

댄 목사는 한숨을 쉬고 눈을 비빈다. 그리고 어디에서부터 시작해야 할지 고민하느라 시간을 들인다. 「첫째. 사이러스 핀치라는 소년을 알고 있니?」

그 이름이 언급되자 레브는 두려움이 밀려오기 시작한다. 레브는 자신의 과거가 조사되고 또 확인되리라는 걸 알았다. 그게 박수도들에게 일어나는 일이다. 그들의 인생 전체가 벽에 붙여 놓고 파헤쳐야 할 페이지가 되고, 그들이 살면서 만난 사람들은 용의자가 된다. 물론, 그런 일은 보통 박수도가 손뼉을 치며 다음 세상으로 넘어간 다음에 일어난다.

「사이파이는 이 일과 아무 상관이 없어요!」 레브가 말한다. 「전혀 없어요. 여기에 사이파이를 끌어들일 수는 없죠!」

「진정해라. 그 애는 괜찮아. 다만, 그 애가 앞으로 나서서 대단히 시끄럽게 떠들고 있을 뿐이야. 그 애가 너를 알기에 사람들이 그의 말에 귀 기울이고 있다.」

「저에 대해서 시끄럽게 떠든다고요?」

「언와인드에 대해서.」 댄 목사가 대답한다. 그는 처음으로 레브에게 다가온다. 「해피 잭 하비스트 캠프에서 벌어진 일 때문에 사람들이 이야기하기 시작했어. 모래 속에 머리를 묻고만 있었던 사람들이 말이다. 워싱턴에서는 언와인드에 반대하는 시위가 벌어졌다. 사이러스는 심지어 의회에서 증언까지 했어.」

레브는 사이파이가 의회 청문회에서, 전쟁 이전 시대의 시트콤에서 나온 듯한 엄버 말투로 온갖 욕설을 퍼붓는 모습을 상상한다. 그러자 오랜만에 미소가 떠오른다.

「성인이 되는 법정 연령을 열여덟 살에서 열일곱 살로 낮추자는 논의도 나오고 있다. 그렇게 된다면, 언와인드를 앞둔 아이들 중 자그마치 5분의 1이 목숨을 구하게 될 거야.」

「좋네요.」 레브가 말한다.

댄 목사는 주머니에 손을 넣어 접힌 종잇조각을 꺼낸다. 「사실은 보여 줄 생각이 없었지만, 네가 봐야 할 것 같구나. 상황이 어떻게 변했는지, 너도 알아야 해.」

그 종이는 잡지의 표지다.

레브가 실려 있다.

그냥 실려 있는 게 아니다. 레브 자체가 표지다. 7학년 때 찍은, 야구 하는 사진이다. 손에 글러브를 끼고 카메라를 보며 미소 짓는. 헤드라인은 〈왜, 레브? 왜?〉다. 레브는 이곳에 갇혀 스스로의 행동을 수없이 돌아봤지만, 그동안 바깥세상도 똑같은 일을 하고 있으리라고는 한 번도 생각해 보지 않았다. 그는 이런 관심을 원하지 않는다. 하지만 이제 보니, 그는 세상과 이름을 부르는 사이가 된 것 같다.

「너는 거의 모든 잡지 표지에 실렸어.」

레브가 알 필요는 없는 얘기다. 그는 댄 목사가 그 모든 잡지를 모아 주머니에 넣고 다니지는 않기를 바란다. 「그래서 뭐요.」 레브가 말한다. 아무 상관 없다는 듯 행동하려 애쓴다. 「박수도는 언제나 뉴스에 나오잖아요.」

「뉴스에 나오는 건 박수도가 저지른 일이야. 박수도들이 일으킨 파괴 말이다. 하지만 박수도가 누구인지는 아무도 신경 쓰지 않아. 대중에게는 모든 박수도가 똑같아. 하지만 넌 달라, 레브. 너는 손뼉을 치지 않은 박수도야.」

「저도 치고 싶었어요.」

「치고 싶었으면 쳤겠지. 하지만 넌 대신 폐허로 달려 들어가 네 사람을 끌어냈어.」

「세 사람인데요.」

「세 사람…… 하지만 할 수만 있었다면 넌 더 여러 번 많은 사람을 구했을 거야. 다른 십일조들은, 그 애들은 모두 뒤에 남았다. 그 애들은 각자의 소중한 신체 부위를 지켰어. 하지만 너는 사실상 구조 활동을 이끌었지. 너를 따라 들어가 생존자들을 끌어낸 말썽꾼들이 있었으니까.」

 레브도 기억한다. 폭도가 정문을 무너뜨리는 와중에도 수십 명의 언와인드가 그와 함께 폐허로 다시 들어갔다. 댄 목사의 말이 맞다. 레브는 계속해서 들어갔을 것이다. 하지만 한 번만 잘못 움직였다가는 자기 몸이 터져서 도살장의 나머지 부분도 무너지고 말 것 같았다. 그래서 그는 레드 카펫으로 돌아가, 구급차가 리사와 코너를 데려갈 때까지 그들과 함께 앉아 있었다. 이후 그는 혼란 가운데 일어서서, 자신이 박수도임을 고백했다. 누구든 들으려고 하는 사람만 있으면 고백하고 또 고백했다. 결국 한 경찰관이 친절하게 그를 체포해 주겠다고 했다. 그 경찰관은 레브가 폭발할까 봐 그에게 수갑을 채우는 것조차 두려워했지만, 괜찮았다. 레브는 체포에 저항할 뜻이 없었다.

「네가 한 일은…… 사람들을 혼란에 빠뜨렸어. 아무도 네가 괴물인지, 영웅인지 알 수 없었다.」

 레브는 생각한다. 「세 번째 선택지는 없어요?」

 댄 목사는 대답하지 않는다. 어쩌면 답을 모르기 때문일 것이다. 「난 어떤 일이 일어나는 데는 이유가 있다고 믿을 수밖에 없어. 네가 납치당한 것도, 박수도가 된 것도, 손뼉을 치지 않기로 한 것도…….」 목사는 손에 든 잡지 표지를 힐끗 본다. 「그 모든 일이 이런 결과로 이어졌다. 오랜 세월, 언와인드는 그저 아무도 원하지 않는 얼굴 없는 아이들이었어. 하지만 지금은 네가 언와인드라는 현상에 얼굴을 붙였다.」

「사람들이 제 얼굴을 다른 누군가의 얼굴에 붙일 수 있을까요?」

댄 목사가 다시 웃는다. 이번에는 억지웃음이 아니다. 그는 레브를 비인간적인 무언가가 아니라 그냥 어린아이처럼 본다. 그 덕분에 레브는 잠깐이나마 평범한 열세 살짜리가 된 듯한 기분이다. 이상한 느낌이다. 그는 사실 평범한 아이였던 적이 없으니까. 십일조는 절대 평범한 아이가 아니다.

「그래서, 이젠 어떻게 되는 거예요?」 레브가 묻는다.

「내가 아는 대로라면, 몇 주 안에 네 피에서 가장 독한 폭발 물질을 다 제거할 거야. 넌 여전히 불안한 존재겠지만 전보다는 나을 거다. 원하는 만큼 손뼉을 쳐도 폭발하지 않을 거야. 나라면 한동안 신체 접촉이 잦은 스포츠는 하지 않겠다만.」

「그런 다음에는 저를 언와인드할까요?」

댄 목사가 고개를 젓는다. 「박수도는 언와인드하지 않아. 그 물질은 결코 네 몸속에서 완전히 빠져나가지 않거든. 내가 네 변호사와 얘기했다. 네 변호사는 곧 사람들이 너에게 거래를 제안할 거라고 하더구나. 어쨌거나, 너는 애초에 너를 이용했던 집단을 잡는 데 도움을 준 게 사실이니까. 그 사람들은 마땅한 대가를 치를 거다. 하지만 법원은 너를 피해자로 볼 가능성이 높아.」

「저는 제가 무슨 일을 하는 건지 알고 있었어요.」 레브가 말한다.

「그럼 왜 그랬는지 말해 보렴.」

레브는 입을 열지만, 언어로 표현할 수가 없다. 분노. 배신감. 공정하고 정의로운 척하는 우주에 대한 격분. 하지만 그게 진짜 이유였을까? 정당화에 불과했던 건 아닐까?

「넌 네 행동에 책임이 있을지도 몰라.」 댄 목사가 말한다. 「하지만 네가 진짜 세상을 살아갈 마음의 준비를 하지 못한 건 네 잘못이 아니야. 그건 내 잘못이지. 너를 십일조로 키운 모두의 잘못이고. 우리는 네 피에 독극물을 주입한 사람들만큼이나 죄인이야.」 댄 목사는 부끄러워 시선을 돌리며, 점점 더 커지는 자기 안의 분노를 억누른다. 하지만 레브는 그의 분노가 자신을 향한 게 아니라는 걸 알 수 있다. 댄 목사는 깊이 숨을 들이쉬고 말을 잇는다. 「이대로라면 넌 아마 소년원에서 몇 년을 보내고, 몇 년 더 가택 연금을 받게 될 거다.」

레브는 이 말에 안심해야 한다는 걸 알지만, 그런 느낌은 천천히 다가온다. 그는 가택 연금에 대해 생각해 본다. 「누구 집에요?」 그가 묻는다.

댄 목사는 그 질문의 행간을 읽는다. 「너도 이해해야 해, 레브. 너희 부모님은 부러질 뿐 절대 굽히지 못하는 사람들이다.」

「누구 집에요?」

댄 목사가 한숨을 쉰다. 「너희 부모님이 언와인드 의뢰서에 서명했을 때 너는 국가의 피보호자가 됐어. 하비스트 캠프에서 그런 일이 벌어진 이후로는 주 정부가 너희 부모님에게 양육권을 돌려주겠다고 했지만 너희 부모님이 거부하셨고. 미안하구나.」

레브는 놀라지 않는다. 겁은 나지만 놀라지는 않는다. 부모를 떠올리자 박수도가 될 만큼 그를 광기로 몰아갔던 옛 감정이 솟아오른다. 하지만 이제 레브는 그 절망감에 바닥이 있다는 것을 안다. 「그럼, 이제 제 성은 〈워드〉가 되는 거예요?」

「꼭 그럴 필요는 없어. 네 형 마커스가 후견인 자격을 달라는 청원을 넣고 있단다. 그렇게 되면, 너는 언제든 여기서 풀려나면 네 형의 돌봄을 받게 될 거야. 그러니 여전히 콜더로 살 수 있겠지. ……그러니까, 네가 원한다면 말이다.」

레브는 십일조 파티에서 마커스만이 자신을 위해 목소리를 내주었다는 사실을 떠올린다. 찬성한다는 뜻으로 고개를 끄덕인다. 당시에는 그 상황을 이해하지 못했다. 「어머니, 아버지는 마커스와도 의절했어요.」 적어도 레브는 좋은 친구와 함께할 수 있을 것이다.

댄 목사는 셔츠 주름을 펴며 추워서 살짝 몸을 떤다. 평소와는 다른 모습이다. 목사 옷을 입지 않은 그의 모습을 본 건 오늘이 처음이다. 「그건 그렇고, 왜 그런 옷을 입으셨어요?」

댄 목사는 잠시 뜸을 들이다가 대답한다. 「사임했거든. 교회를 떠났어.」

댄 목사가 댄 목사가 아니라니, 레브는 충격을 받는다. 「무슨…… 신앙을 잃으신 거예요?」

「아니.」 댄 목사가 말한다. 「그냥 확신만 잃었지. 난 지금도 주님을 신실하게 믿는단다. 다만 인간 십일조를 묵인하는 신을 믿지 않을 뿐이야.」

예상치 못하게 북받치는 감정에 레브는 숨이 막힌다. 대화하는 내내, 지난 몇 주 동안 쌓여 온 모든 것이 한꺼번에 충격파처럼 밀려온다. 「그런 선택지도 있는지는 몰랐는데요.」

평생 레브에게 허락된 믿음은 한 가지뿐이었다. 그것이 레브를 둘러싸고 고치 속에 가두었다. 지금 그를 둘러싼 여러 겹의 단열재처럼 숨 막히는 부드러움으로 그를 구속했다. 살면서 처음으로, 레브는 자신의 영혼을 둘러싼 그런 구속이 느슨

해지는 것을 느낀다.
「저도 그 신을 믿어도 될까요?」

69
언와인드

 텍사스 서부에는 제멋대로 뻗어 가는 목장이 있다.
 그 목장을 지을 자금이 된 유전은 오래전에 말라 버렸지만, 돈만은 남아서 더욱 불어났다. 지금은 그곳에 하나의 단지가 존재한다. 골프장만큼 푸르른 오아시스가 평평하고 거친 평야 한가운데에 자리해 있다. 그곳이 할런 던피가 열여섯 살까지 어린 시절을 보내며, 그 과정에서 여러 어려움을 겪었던 곳이다. 그는 오데사에서 난동을 부렸다는 이유로 두 차례 체포당했지만, 거물급 제독인 그의 아버지가 두 번 다 빼주었다. 세 번째에는 그의 부모가 다른 해결책을 떠올렸다.
 오늘은 할런 던피의 스물여섯 번째 생일이다. 그는 파티를 하고 있다. 말하자면 그렇다.
 할런의 파티에는 수백 명의 손님이 모였다. 그중 한 명은 재커리라는 이름의 소년이다. 비록 그의 친구들은 그를 엠비로 알고 있지만 말이다. 그는 지금껏 꽤 오랜 시간을 이 목장에서 지내며 이날만을 기다려 왔다. 그는 할런의 오른쪽 폐를 가지고 있다. 오늘, 그는 할런에게 그 폐를 돌려줄 예정이다.

동시에, 서쪽으로 965킬로미터 떨어진 곳에서는 기체가 넓은 비행기가 비행기 묘지에 착륙한다. 비행기 안에는 컨테이너가 가득하고, 각 컨테이너에는 언와인드 네 명이 들어 있다. 컨테이너가 열리자, 10대 소년이 그중 한 컨테이너에서 고개를 내민다. 무슨 일이 벌어질지 몰라 긴장한 표정이다. 그를 맞이하는 것은 손전등 불빛이다. 불빛이 내려가자 소년은 컨테이너를 연 사람이 어른이 아니라 다른 아이라는 것을 알아차린다. 아이는 카키색 옷을 입고 그들에게 미소 짓는다. 그는 굳이 필요 없어 보이는 치아에 교정기를 끼고 있다. 「안녕, 내 이름은 헤이든이야. 오늘 내가 너희를 구해 줄 거야.」 그가 선언한다. 「안에 있는 애들은 다 안전하고 건강한 거야?」

「우린 괜찮아.」 어린 언와인드가 대답한다. 「여기가 어디야?」

「연옥.」 헤이든이 말한다. 「애리조나주라고도 알려져 있지.」

어린 언와인드는 컨테이너에서 나온다. 무엇이 그를 기다리고 있을지 몰라 겁에 질려 있다. 그는 양 떼처럼 몰려 나가는 아이들의 행렬을 따라가다가, 헤이든이 경고했음에도 나가는 길에 화물칸 문에 머리를 부딪힌다. 대낮의 가혹한 빛과 물집이 잡힐 듯한 열기가 경사로를 따라 땅으로 내려가는 그를 공격한다. 그는 이곳이 공항이 아니라는 걸 알 수 있다. 하지만 사방에 비행기가 있다.

멀리서 골프 카트 한 대가 그들을 향해 굴러오며, 붉은 먼지를 깃털 장식처럼 피워 올린다. 골프 카트가 가까워질수록 아이들은 점점 더 조용해진다. 골프 카트가 멈추고 운전자가 내린다. 얼굴 반쪽에 심한 흉터가 있는 남자다. 그 남자가 헤이든과 잠시 조용히 이야기를 나눈 뒤, 아이들을 향해 말한다.

어린 언와인드는 그제야 그 사람이 성인 남자가 아니라 다른 아이일 뿐이라는 걸 깨닫는다. 자신보다 그리 나이가 많지 않다. 아마 얼굴의 흉터 때문에 나이가 더 들어 보였던 것 같다. 아니면, 그의 태도 때문인지도 모른다.

「나는 이 묘지에서 처음으로 너희를 환영해 주는 사람이 되고 싶어.」 그가 말한다. 「공식적으로 내 이름은 E. 로버트 멀러드지만……」 그가 미소 짓는다. 「다들 나를 코너라고 불러.」

제독은 영영 묘지에 돌아오지 않았다. 건강이 허락하지 않았다. 대신 그는 가족 소유의 텍사스 목장에서 몇 년 전 그를 떠났던 아내의 돌봄을 받고 있다. 몸이 약해졌고 더는 잘 움직일 수 없지만 별로 달라진 건 없다. 「의사들은 내 심장의 25퍼센트만이 아직 살아 있다고 하지.」 그는 누구든 물어보는 사람이 있으면 말한다. 「그 정도면 충분해.」

그를 살아 있게 한 것은 다른 무엇보다도 할런의 성대한 파티가 열릴 것이라는 기대였다. 〈험프리 던피〉에 관한 무시무시한 이야기는 결국 사실이었다고 할 수 있다. 그의 모든 신체 부위가 발견되었고, 그 부위를 받은 모든 사람이 모였다. 하지만 이곳에서 수술은 이루어지지 않을 것이다. 소문과 달리, 할런을 조각조각 다시 맞춘다는 계획은 없었다. 하지만 던피 부부는 실질적으로, 유일하게 의미 있는 방식으로 아들을 짜맞추고 있다.

할런은 지금도 이곳에 있다. 제독과 그의 아내가 정원에 들어설 때도. 그는 웃고 떠드는 수많은 파티 손님의 목소리에 있다. 온갖 나이의 남녀가 모여 있다. 각자 이름표를 달고 있지만, 이름은 적혀 있지 않다. 오늘은 이름이 중요하지 않다.

한 젊은이의 옷깃에는 〈오른손〉이라 적힌 스티커가 붙어 있다. 그는 기껏해야 스물다섯 살 남짓이다.

「어디 보자.」 제독이 말한다.

남자가 손을 내민다. 제독은 손을 살펴보다가 엄지와 검지 사이에 있는 흉터를 발견한다. 「할런이 아홉 살 때 내가 그 녀석을 데리고 낚시를 갔지. 송어 배를 가르다가 생긴 흉터야.」

그때 등 뒤에서 목소리가 들린다. 첫 번째 남자보다 좀 더 나이가 많아 보이는 다른 남자다.

「기억나요!」 그가 말한다. 제독은 미소 짓는다. 기억은 여기 저기 흩어져 있을지 모르지만 이곳에 있다. 모든 기억이.

제독은 고집스럽게 자신을 엠비라고 부르는 소년을 따라잡는다. 그는 정원 가장자리를 서성거리고 있다. 이제야 제대로 된 천식약을 받아 덜 쌕쌕거린다. 「여기서 뭐 하는 거냐?」 제독이 묻는다. 「다른 사람들이랑 같이 있어야지.」

「아는 사람이 없는걸요.」

「아니, 있어.」 제독이 말한다. 「그냥 안다는 걸 아직 모를 뿐이야.」 그는 엠비를 사람들에게로 데려간다.

한편, 비행기 묘지에서는 코너가 새로 도착한 아이들을 맞이하고 있다. 그들은 타고 온 비행기 앞에 모여 있다. 코너는 그들이 자신의 말에 귀 기울인다는 점에 놀란다. 자신이 실제로 그들의 존경심을 끌어낸다는 사실에도. 이런 일에는 언제까지나 익숙해지지 못할 것이다.

「너희 모두가 여기에 있는 이유는 언와인드로 낙인찍혔지만 탈출하는 데 성공했고, 수많은 사람의 노력으로 이곳까지 왔기 때문이야. 여긴 너희가 열일곱 살이 되어 언와인드당할 수 없게 될 때까지 너희 집이 될 거야. 이건 좋은 소식이야. 나쁜 소식은, 청소년 전담국이 우리에 대해 안다는 거야. 놈들은 우리가 어디에 있는지, 뭘 하고 있는지 알아. 하지만 지금까지는 우리를 가만히 놔뒀어. 우리가 위협이 아니라고 생각하기 때문이야.」

그런 뒤에 코너는 미소 짓는다.

「뭐, 우리가 그걸 바꿔 놓겠지만.」

코너는 말을 하면서 그들 하나하나와 눈을 맞추며, 모두의 얼굴을 머릿속에 새긴다. 그들 하나하나가 인정받는다는 느낌이 들도록 한다. 독특하다고. 중요하다고.

「너희 중에는 이미 너무 많은 일을 겪어서 그냥 열일곱 살이 될 때까지 살아남기만을 바라는 아이들도 있겠지.」 그가 말한다. 「난 그런 애들을 탓하지 않아. 하지만 너희 중에 언와인드를 완전히 끝내기 위해 모든 것을 걸 아이들도 있다는 걸 알아.」

「그래.」 뒤쪽의 한 아이가 허공에 주먹을 치켜들고 구호를 외치기 시작한다. 「해피 잭! 해피 잭!」 몇몇 아이가 합세한다. 하지만 코너가 이런 걸 원하지 않는다는 사실을 모두가 알아채고, 구호는 빠르게 잦아든다.

「우린 도살장을 폭파하지 않을 거야.」 코너가 말한다. 「그런 짓을 했다간, 언와인드란 언와인드되는 게 나은 폭력적인 아이들이라는 사람들의 인식을 더 부추기게 될 뿐이야. 우린 행동하기 전에 생각할 거야. 그게 저 사람들을 곤란하게 만들 거야. 우린 하비스트 캠프에 잠입해, 전국의 언와인드를 단결시킬 거야. 캠프에 도착하기도 전에, 버스 안에서 그 애들을 풀어 줄 거야. 우리에겐 목소리가 있어. 우린 그걸 활용할 거야. 사람들이 우리 목소리를 듣게 만들 거야.」 이제 아이들은 환성을 참지 못한다. 코너도 이번에는 허용한다. 이 아이들은 삶에 패배당했다. 하지만 지금 묘지에는 그들 한 명, 한 명을 가득 채우기 시작한 에너지가 있다. 코너는 그 느낌을 기억한다. 처음 이곳에 왔을 때 코너도 그 느낌을 받았다.

「난 우리가 언와인드될 때 우리 정신에 무슨 일이 일어나는지 몰라.」 코너가 말한다. 「우리 정신이 언제 시작되는지도 모르고. 하지만 이건 알아.」 그는 모두가 듣고 있는지 확인하려고 잠시 말을 멈춘다. 「우리에겐 우리 삶을 살아갈 권리가 있어!」

아이들이 열광한다.

「우리에겐 우리 몸에 일어나는 일을 선택할 권리가 있어!」

더 큰 환성이 터진다.

「우리에겐 그 두 가지를 모두 누릴 자격이 있어. 그런 세상을 만드는 게 우리 일이야.」

한편, 던피 목장에서도 흥분이 고조되어 간다. 정원 근처에서 이루어지는 대화의 웅성거림은 점점 더 많은 사람이 관계를 맺으며 함성으로 자라난다. 엠비는 자신이 가지고 있는 오른쪽 폐의 왼쪽 짝을 지닌 소녀와 경험을 나눈다. 한 여자는 자기가 한 번도 본 적 없는 어떤 영화에 대해서, 그 영화를 함께 본 친구들을 기억하는 남자와 이야기를 나눈다. 제독과 그의 아내가 지켜보는 가운데 놀라운 일이 일어난다.

대화가 합쳐지기 시작한다!

수증기가 결정이 되어 멋지고도 독특한 눈송이의 형태를 이루듯, 재잘거리는 목소리들이 응집해 단 하나의 대화가 된다.

「저쪽을 봐! 할런이 저 벽에서 떨어졌을 때가……」

「여섯 살 때지! 그래…… 기억나!」

「그래서 몇 달이나 손목 깁스를 해야 했어.」

「비가 오면 지금도 손목이 아파.」

「벽에 올라가지 말았어야 했는데.」

「올라갈 수밖에 없었어. 황소한테 쫓기고 있었는걸.」

「너무 무서웠어!」

「저 들판의 꽃은…… 향기가 나?」

「그 냄새를 맡으니까 어느 여름에…….」

「내 천식이 그리 심하지 않았을 때…….」

「……뭐든지 할 수 있을 것 같았던 때가 생각나.」

「뭐든지!」

「세상이 나를 기다리고 있었어!」

제독이 아내의 팔을 잡는다. 둘 다 눈물을 참지 못한다. 슬픔의 눈물이 아니라 경이로움의 눈물이다. 지금 이 순간 심장의 남은 부분이 멎는다 해도 제독은 지구상의 그 누구보다 행복하게 눈을 감을 것이다.

그는 사람들을 보며 희미하게 중얼거린다.「하…… 할런?」

정원 가득한 모든 사람의 시선이 그를 향한다. 한 남자가 손을 들어 목을 가볍게 만지며, 조금 더 나이가 들었을 뿐인 할런 던피의 목소리로 말한다. 「아빠?」

제독은 너무나 북받쳐 말을 잇지 못한다. 그래서 그의 아내가 자기 앞의 남자를, 자기 옆의 사람들을, 주변 사방의 군중을 바라보며 말한다. 「집에 돌아온 걸 환영해.」

965킬로미터 떨어진 곳, 비행기 묘지에서는 한 소녀가 한때 에어포스 원이었던 망가진 비행기의 날개 아래에 놓인 그랜드 피아노를 연주하고 있다. 휠체어를 타고 있지만 희귀한 종류의 기쁨을 담아 연주한다. 그녀의 소나타가 새로 도착한 아이들의 사기를 북돋운다. 그녀는 지나가는 아이들에게 미소 지으며 연주를 멈추지 않는다. 이 용광로 같은 공간에, 날 수 없는 비행기로 가득한 이곳에도 보이는 것 이상의 무언가가 있음을 분명히 밝힌다. 이곳은 모든 언와인드에게, 하트랜드 전쟁에서 싸우고 진 모든 사람에게, 그러니까 모두에게 구원의 자궁이다.

코너는 새로 도착한 아이들이 이미 와 있는 수천 명의 아이에게 환영받는 모습을 지켜본다. 그리고 리사가 연주하는 음악이 그를 가득 채우도록 놔둔다. 해가 지기 시작하며 열기는 누그러진다. 하루 중 이 시간에 줄줄이 늘어선 비행기들은 단단한 땅 위에 만족스러운 그림자의 패턴을 드리운다. 코너는 미소 지을 수밖에 없다. 이렇게 가혹한 공간도 특정한 빛을 받으면 아름다워질 수 있단 사실에.

코너는 모든 것을 받아들인다. 음악과 목소리, 사막, 하늘. 그는 큰일을 앞두고 있다. 세상을 바꾸고, 아이들을 구하는 일. 하지만 바퀴는 이미 굴러가기 시작했다. 그가 해야 할 일은 그 바퀴를 멈추지 않게 하는 것뿐이다. 그 일을 혼자 할 필요는 없다. 그에게는 리사와 헤이든, 이곳의 모든 언와인드가 있다. 코너는 깊이 숨을 들이쉬고, 긴장감과 함께 내쉰다. 이제야 그는 감히 희망이라는 멋진 사치를 부려 본다.

2권 『언홀리』에서 계속

감사의 말

소설에서는 때로 부분의 총합이 전체보다 위대하다. 이 책을 최고의 형태로 만들어 보라는 어려운 과제를 내준 편집자 데이비드 게일이 없었다면, 나는 이 책을 쓸 수 없었을 것이다. 또한, 이 책뿐만 아니라 내 모든 작업을 지지해 준 사이먼 앤드 슈스터의 모든 이에게 감사한다.

나의 자녀 브렌던, 재러드, 조엘, 에린에게, 누구도 언와인드 하려 들지 않을 만큼 훌륭한 아이가 되어 주어 고맙다. 특히 나의 마이스페이스 페이지를 만들어 주었을 뿐만 아니라 『언와인드』를 미리 읽고 원고를 출판사에 보내기 전 초안 작업에 큰 도움을 준 재러드에게 감사한다.

헤이디 피셔와 그의 아들 사이러스에게도 감사한다. 이들은 〈사이파이〉라는 이름을 떠올렸고, 내가 가장 좋아하는 캐릭터에게 그 이름을 쓰도록 허락해 주었다.

함께 글을 쓰는 모임인 픽셔네어에도 꾸준히 통찰력을 제공해 준 데 대해 감사한다. 내가 두 번째 초안을 작업할 때 어마어마한 도움을 준 뛰어난 언론 전문가 트루마넬 메이플스와

리 앤 존스에게도 감사한다.

이 책에 관한 아이디어를 이야기했을 때 나를 앉혀 놓고 〈이 책은 꼭 써야 한다〉라고 말해 준 스티브 레인에게도 감사를 전한다.

나의 뇌 역할을 해준 비서 브랜디 로멜리에게도 고맙다.

despair.com(내가 본 웹사이트 중 가장 재미있는 웹사이트)의 저스틴 슈얼에게, 〈야망〉에 관한 〈의욕을 꺾는〉 포스터를 인용할 수 있도록 허락해 준 데 대해서도 감사한다.

각 장 사이에 들어간 사실적 정보를 쓰는 데 도움을 준 BBC의 찰스 패멘트, desertusa.com의 짐 브렘너와 조 젠트너에게도 감사한다. 참고로, 이베이에 올라온 영혼 판매 글과 그에 대한 답변은 실화다. 비행기 묘지도 실제로 존재한다. 신체 부위 때문에 목숨을 잃은 우크라이나 아기들에 관한 소름 끼치는 이야기도 사실이다. 소설이란 현실에서 겨우 한 발짝 떨어져 나온 합리화에 불과한 경우가 얼마나 많은지를 보여 주는 증거다.

옮긴이 **강동혁** 서울대학교 영문학과와 사회학과를 졸업하고 동 대학원에서 영문학 석사 학위를 받았다. 옮긴 책으로 바버라 킹솔버의 『내 이름은 데몬 코퍼헤드』, 에르난 디아스의 『먼 곳에서』, 『트러스트』, 커트 보니것의 『타이탄의 세이렌』, 압둘라자크 구르나의 『그 후의 삶』, 앤디 위어의 『프로젝트 헤일메리』, 토바이어스 울프의 『올드 스쿨』, 『이 소년의 삶』, J. K. 롤링의 〈해리 포터〉 시리즈, 앤드루 숀 그리어의 『레스』, 진 필립스의 『밤의 동물원』, 말런 제임스의 『일곱 건의 살인에 대한 간략한 역사』(전2권) 등 다수가 있다.

언와인드: 하비스트 캠프의 도망자

발행일	2025년 7월 10일 초판 1쇄
	2025년 12월 15일 초판 6쇄
지은이	닐 셔스터먼
옮긴이	강동혁
발행인	홍예빈
발행처	주식회사 열린책들

경기도 파주시 문발로 253 파주출판도시
전화 031-955-4000 팩스 031-955-4004
홈페이지 www.openbooks.co.kr 이메일 literature@openbooks.co.kr

Copyright (C) 주식회사 열린책들, 2025, *Printed in Korea.*
ISBN 978-89-329-2522-6 04840
ISBN 978-89-329-2521-9 (세트)